JANINE BOISSARD

UNE FEMME EN BLANC

roman

ROBERT LAFFONT

ISBN 2-221-08254-0

Remerciements

Merci à mon ami Claude Richard qui m'a, le premier, encouragée dans cette aventure.

À Régine Richer qui m'a ouvert la porte du bloc opératoire.

À Jacques Despretz, lecteur attentif de ces pages.

À Brigitte Cappiello.

Et enfin, merci à Marie-Anne et à Agnès qui savent tenir avec cœur la main de leurs patients.

Première partie

LE PREMIER POINT

1.

C'est un matin comme les autres à l'hôpital. Il est sept heures trente. L'aide soignante, l'infirmière sont déjà passées dans les chambres prendre tension et température. Un bruit de vaisselle indique que le moment du petit déjeuner est proche. Il y a moins de soupirs, moins de plaintes dans les lits, comme si la douleur avait attendu l'arrivée du jour pour désarmer un peu. Certains s'endorment enfin.

C'est un petit Paul de six ans en chirurgie pédiatrique : rupture de la rate lors d'un accident de la route ; on a pu la lui conserver. Ne reste qu'à espérer une bonne cicatrisation.

L'enfant me regarde tandis que je viens vers lui, ouvrant ses yeux le plus grand possible pour me montrer que, contrairement à son voisin, lui ne dort pas, lui m'attendait. Un Babar couronné d'or partage son oreiller.

« Babar a bien dormi ?

– Babar a pleuré, il voulait sa maman. »

Sous mes lèvres, le front est tiède. « Elle va venir, sa maman. Et bientôt, toi, tu rentreras dans ta maison. »

Le visage trop sérieux s'éclaire. Du plus petit au plus âgé, à l'hôpital, la « maison » est le mot lumière.

« Madame ! »

Cette voix de sergent-major qui nous a fait sursauter, Paul et moi, c'est celle de Mlle Martineau, la surveillante : trente ans de service, chignon gris impeccable, grosses lunettes, gros sabots...

« Le docteur Roux vient d'arriver.

– Merci, j'y vais. »

La main de Paul jaillit du drap et s'agrippe à la mienne, maigres serres d'aiglon : « Reste avec moi.

– Écoute, mon chéri, je dois aller m'occuper d'une petite Mélanie. Elle a le même âge que toi et on va l'opérer de l'appendicite, tu sais ce que c'est ? »

Du menton, cœur trop gros pour parler, il acquiesce, puis me libère.

« Ça ira ? »

La trompe de Babar fait un grand « oui » que démentent les larmes qui roulent sur les joues.

Dira-t-on jamais assez la dignité des enfants dans la souffrance ?

Le bloc est prêt. En Grande-Bretagne, ils l'appellent le « théâtre ». Éprouverai-je toujours la même émotion en entrant en scène ? Ici, la vie se joue pour de vrai. Continuerai-je longtemps à me dire, étonnée : « C'est bien toi, là, Margaux Lespoir, chirurgien ? »

« Bonjour madame. »

L'infirmière me présente la blouse, noue les cordons, attache le masque, me tend les gants. La panseuse-instrumentiste a préparé son matériel sur le chariot. Derrière Mélanie, endormie sur la table, Rémi Chauvet, l'anesthésiste, m'adresse un clin d'œil complice, grossi par les verres épais des lunettes : « La nuit a été calme, docteur ?

– Sûrement plus que la vôtre ! »

Rémi vient d'avoir une petite fille et se plaint d'être de garde chez lui chaque nuit.

Il est huit heures. On n'attend plus que l'acteur principal : le grand prêtre. Sans doute est-il en train de procéder à la cérémonie de purification des mains et avant-bras, une cigarette aux lèvres que l'infirmière lui enlèvera avant de lui mettre son masque. Les battants de la porte s'ouvrent à toute volée : le voilà.

« Mesdames, monsieur, bonjour ! »

Cinquante ans, bel homme et le sachant, Roux n'en profite pas auprès des femmes ; on dit qu'il adore la sienne. Voyant l'infirmière lui présenter la casaque, je ne peux m'empêcher de penser à ces compagnons d'autrefois dont les blouses, comme les nôtres, se nouaient dans le dos, les rappelant ainsi, disait-on, à l'humilité de ceux qui ne peuvent s'habiller seuls.

Tout en enfilant les gants de caoutchouc, il s'approche de la table et observe le fin visage de sa patiente. En général, c'est moi qui me charge des interventions courantes comme celle-ci, mais les parents de la fillette sont, paraît-il, de ses amis et il leur a promis d'opérer lui-même.

Ses yeux très verts croisent les miens : « Vous allez bien, madame ? » Devant les autres, c'est toujours « madame ». Dans son bureau, il arrive que ce soit « Margaux ». Lorsqu'il y a deux ans il m'a demandé d'être son assistante, j'ai eu du mal à croire à ma chance. D'autres étaient aussi qualifiés que moi ; et de sexe masculin ! Je dois beaucoup au docteur Roux et son regard, parfois, me le rappelle.

Nous plaçons ensemble les champs opératoires, ne laissant à découvert que la partie de l'abdomen où il va intervenir. La peau, badigeonnée, a la couleur du bronze ; du bout des doigts, Roux explore, se renseigne. Puis il se tourne vers Rémi : « Prêt ? » L'anesthésiste acquiesce.

« Bistouri. »

L'instrumentiste place dans la main du chirurgien le bistouri électrique. Roux ne pratique pas la cœliochirurgie.

Le ventre est propre : pas de pus. Je regarde les mains accomplir leur travail, rapides, efficaces. Avant d'entrer au bloc, j'ai croisé les parents de cette petite fille dont on viole le ventre neuf ; jeunes sûrement, mais à cet instant, sans âge. L'âge est une lumière plus ou moins vive sur un visage, l'angoisse l'éteint. Ils m'ont arrêtée : « Madame, c'est bien le docteur Roux qui va opérer Mélanie, n'est-ce pas ? » Craignaient-ils que ce ne soit seulement l'assistante ? Je leur ai souri : « Bien sûr puisqu'il vous l'a promis. » Je n'ai pu m'empêcher d'ajouter : « Tout se passera bien, ne vous en faites pas. » J'imaginais leur attente. « Tu imagines trop », blaguent mes amis. C'est que je suis mère moi aussi.

« Compresses... Écarteur... »

Les lèvres de l'instrumentiste frémissent, faisant machinalement le compte des compresses utilisées.

« Pinces... »

Voici le fauteur de trouble qui en a tant fait mourir autrefois. Roux examine l'appendice à la lumière du scialytique. Il est intact. Avec un léger haussement d'épaules, il le laisse tomber dans le haricot que lui tend l'infirmière : pour le labo. Les parents ne sauront pas qu'il l'a retiré pour rien. Le cas est fréquent. De toute façon, c'est une bonne chose de faite. Quant à la douleur dont se plaignait Mélanie, elle disparaîtra probablement d'elle-même. Il arrive que l'inquiétude de la famille nourrisse un mal sans gravité.

Roux se tourne vers moi : « Refermez, s'il vous plaît. » Il a un geste vers son masque pour le retirer. Mon cœur bat plus fort : « Monsieur, ne croyez-vous pas qu'il faudrait chercher s'il n'y a rien d'autre ? »

La petite avait une forte fièvre hier, il ne peut l'ignorer. Et c'est la routine que de vérifier. Entre le bonnet et le masque, les sourcils se froncent. Le silence est total au bloc, la tension perceptible. Même avec humilité, on ne discute pas les ordres du patron. Le regard de celui-ci m'en fait souvenir. Puis il prend l'aiguille et le fil préparés par l'instrumentiste et fait le premier point avant de me les remettre : « Allez-y. »

« Pas de bon poil ce matin, notre rouquin bien-aimé », remarque Rémi lorsque le battant de la porte retombe.

Un rire court que je ne partage pas. J'y vais.

2.

Je suis née il y a trente-trois ans dans cet hôpital qui porte le beau nom de Chartreuse. Situé en Côte-d'Or, à Chatenay, c'est ce qu'on appelle un « hôpital de proximité ». Le mot me plaît : « près ». Près de ceux qui souffrent et de leur famille. Pour y mener ma mère, prise de douleurs alors qu'elle l'aidait aux champs, mon père n'eut que trois kilomètres à faire. Il les fit sur son tracteur.

Est-ce parce que j'ai poussé mon premier cri entre ces murs que « j'imagine trop », comme plaisantent mes amis ? Ce bébé « triste » qui ne veut pas vivre, ces enfants qui appellent « maman » la nuit, cette adolescente en difficulté, ce sont mes frères et mes sœurs. Et ces vieux que les leurs abandonnent pourraient être mes parents.

« Margaux ! J'ai gardé ta place. »

À la cafétéria, Marie m'accueille avec un grand sourire. Plutôt que de déjeuner en salle de garde avec les autres médecins, je préfère venir ici. Je m'y sens plus à l'aise. Cela m'est parfois reproché.

Je pose mon assiette près de celle de mon amie : « Tout va bien ?

– Tout va bien. »

Martiniquaise, belle, vibrante, vivante, Marie des Ilets travaille à la maternité. Il paraît que cela ne se fait pas, pour un chirurgien, de frayer avec une infirmière ; mais douée comme elle l'est, s'il n'y avait eu la couleur de la peau et le manque de sous, elle pourrait être à ma place. Je le lui fais parfois remarquer et son rire se voile un peu.

Elle soupire en regardant mes saucisses-frites que j'agrémente généreusement de sauce tomate.

« Si tu crois que c'est avec ça que tu attraperas un homme !

– Mais je ne cherche à attraper personne, moi !

– C'est bien ton tort ! »

Son rire éclate, chaud et épicé comme les plats dont elle régale son entourage, comme son corps qu'elle offre volontiers ainsi qu'un dessert supplémentaire. J'attaque mon repas sans grand-faim : il me faut toujours un moment pour sortir du bloc. Le menton sur le poing, mon amie m'observe.

« Tu es de garde, ce week-end ?

– Dieu soit loué, non ! Je le passe à la ferme. Tu veux venir ? »

La ferme, c'est chez mes parents. J'y retrouverai Éric, mon fils, dix ans.

« Demain ! À condition qu'on aille aux champignons, répond Marie.

– Des champignons ? Qui parle de champignons ? »

Cette voix au « r » roulé, c'est celle de Jordan, notre Libanais. « Le beau Jordan », comme certaines l'ont surnommé. À juste titre !

« Mesdames permettent ? »

Il pose sa tasse de café à côté de nos assiettes, s'installe. Jordan a quitté son pays pour raisons politiques. Il est chrétien et pratiquant. L'occupant syrien ne le laissait plus travailler. Son diplôme ne valant rien en France, il fait fonction d'assistant à la Chartreuse, dans le service des urgences. Cela signifie qu'il opère à tour de bras, assure un maximum de gardes, tout en n'étant guère mieux payé qu'une infirmière. Ce qui ne l'empêche pas d'être toujours de bonne humeur : la France, sa seconde patrie, ne l'a-t-elle pas recueilli ?

« Un méchant bruit court, nous apprend-il. " Notre bel hôpital serait menacé. "

– Menacé ?

– Le trou de la Sécu, la restructuration, ça ne vous dit rien ? On parle de supprimer des lits.

– Et les malades, qu'est-ce qu'on en fait, on les supprime aussi ? s'indigne déjà Marie.

– On les envoie au CHU de la grande ville.

– À l'usine, quoi ! »

Jordan n'est pas homme à colporter de faux bruits ; l'inquiétude pince mon cœur.

« Comment le sais-tu ?

– Une lettre à en-tête du ministère est arrivée sur le bureau de notre directeur.

– Et quels services seraient touchés ?

– Mes informateurs ne m'en ont pas dit davantage. Je vous tiendrai au courant. »

Le Libanais vide sa tasse, se relève :

« Sur ce...

– C'est ça, bravo..., l'interrompt Marie. On débarque, on fout sa petite bombe sur la table et on se barre.

– L'élément étranger doit se rendre indispensable avant d'être “ restructuré ”, plaisante Jordan.

– Mais tu ES indispensable ! »

Mon exclamation lui tire un sourire de reconnaissance. Qui se souvient encore, depuis six ans qu'il travaille ici, qu'il est un exilé ? Loin d'une maison, d'une famille, d'un ciel qu'il aimait ? Il prend ma main, l'effleure de ses lèvres : « Merci, m'dame ! » Marie le regarde s'éloigner, long, souple, dans sa blouse blanche. Jordan parle un peu comme on chante, il marche comme on danse et manie ainsi qu'un artiste les instruments miniaturisés de cœlioscopie. Je l'envie, moi qui n'en suis qu'au b.a.-ba de ce qu'on appelle la « chirurgie à ventre fermé » : appendices, kystes. Un jour...

Jordan a disparu. Mon amie soupire : « Mignon, non ? J'ai tout essayé : rien à faire. C'est toi qui l'intéresses !

– Moi ? J'éclate de rire : Tu rêves, Marie.

– Et toi, tu oublies un peu trop souvent que tu es belle », constate-t-elle sévèrement.

Ce vendredi soir, avant de quitter l'hôpital, je suis allée rendre visite à Mlle Jeanne, au service de gériatrie. Parmi les enfants à qui cette ancienne institutrice à Chatenay avait voué sa vie se trouvait une petite fille qui, bien qu'étant parmi les meilleures, ne se sentait pas trop à l'aise dans sa peau. On aurait dit que cette peau était trop étroite pour elle, comme les murs de la ferme où elle vivait avec ses parents, comme les conversations, toujours les mêmes : le temps, le blé, les sous, le pain. Parfois, cette petite fille sentait s'engouffrer dans sa poitrine une sorte de vent qui, en même temps, faisait exploser son cœur de bonheur et lui donnait le vertige car elle ne savait où il la mènerait.

Mlle Jeanne sortait de son armoire des livres à couvertures cartonnées : « Ils te montreront le chemin », disait-elle. « Ils », les héros d'histoires de courage devant lesquels le monde s'ouvrait, qui, de petits et méconnus, devenaient grands et parfois rois. La maîtresse me faisait donc confiance pour les imiter ? Je pouvais donc gagner moi aussi ?

Sans mon institutrice, serais-je aujourd'hui « Margaux Lespoir, chirurgien » ?

La porte de la chambre qu'elle partage avec une autre vieille dame est ouverte.

Du couloir, j'entends sa voix froissée : « *Ô temps, suspends ton vol, et vous, heures propices ! suspendez votre cours...* »

Mlle Jeanne « habite » la Chartreuse depuis deux ans : insuffisance cardiaque, difficultés respiratoires. Elle n'est jamais seule : elle vit en compagnie de ses poètes préférés dont elle récite à longueur de journée les vers pour entretenir sa mémoire. Est-ce son lit que l'on pense à supprimer pour l'expédier dans le grand mouroir de la ville voisine où ses anciennes élèves – sa seule famille – auraient moins de facilité à lui rendre visite ?

« C'est toi, la petiote ?

– C'est moi, mademoiselle. »

Elle tend les mains, s'empare de mes bras, remonte au visage, palpe, caresse. Les vieux se régénèrent au contact de la peau des plus jeunes : laissez-les faire. Les vieux attachent une grande importance à la nourriture : l'un des seuls plaisirs qui leur restent : gâtez-les.

« Sais-tu ce qu'on a eu à dîner ? De la tarte aux pommes. Et pas de la surgelée ! Et toi ?

– Moi, ce n'est pas encore fait. Ce sera pour tout à l'heure à la ferme.

– Tu vas y retrouver ton gamin ?
– Bien sûr, mademoiselle Jeanne. »
L'institutrice se tourne vers le lit voisin. Sa compagne de chambre a perdu partiellement la tête et totalement l'audition, mais on ne sait jamais ! Pour plus de sécurité, elle baisse la voix : « Quand te décideras-tu à lui donner un père ?
– Ce ne sera jamais qu'un beau-père ; il faut être prudent. »
Je ne peux venir sans qu'elle me pose la question. De nul autre je ne l'accepterais.
« Beau ou non, j'aimerais le rencontrer avant de m'en aller, déclare-t-elle. Faire un gamin pour soi toute seule, c'est peut-être à la mode, mais comment veux-tu qu'il s'envole avec des moitiés d'ailes ?
– Je ne l'ai pas fait pour moi toute seule, mademoiselle Jeanne. Et vous le savez très bien. »
J'avais vingt-trois ans. J'étais en troisième année de médecine à Dijon. Benoît Duriez m'avait tout de suite attirée. Contrairement aux autres, il ne se livrait pas à ces grasses plaisanteries qui me mettaient mal à l'aise. Il passait ses loisirs au cinéma et m'avait fait découvrir cet art. Mais ce qui me fascinait chez lui, c'était son aisance, cette façon qu'il avait de se « promener » dans la vie, légèrement, décontracté, partout chez lui. J'avais peine à quitter mes sabots de paysanne et mon léger accent me gênait, quand bien même il était celui de Colette. Je faisais tout pour l'effacer.
Une parente éloignée m'héberge contre de menus services. Benoît vit dans le bel appartement de ses parents. Il m'y emmène souvent. Nous dévastons le frigidaire avant de bûcher ensemble dans sa chambre tapissée de livres que je lui emprunte et dévore. Je suis amoureuse, c'est sûr ! Et, comme on dit : « Ce qui devait arriver arriva. »
Une illusion d'amour peut s'éteindre en quelques minutes. Tout émue, hésitant entre bonheur et appréhension, j'apprends à Benoît que je suis enceinte. La panique qui s'empare de lui, son « Qu'est-ce que vont dire mes parents ? » vident instantanément mon cœur. Je me suis trompée. Je n'ai jamais aimé ce petit garçon froussard.
Non, mademoiselle Jeanne, je n'ai pas voulu Éric pour moi toute seule, mais j'ai refusé qu'il ait un père sans enthou-

siasme, qui l'accepte uniquement par devoir. J'accouchai au mois d'août ; en octobre, je ne retrouvai pas Benoît à la faculté. Ses parents, mis au courant, l'avaient-ils éloigné ? En un sens, j'en fus soulagée.

« N'empêche, marmotte Mlle Jeanne, un père, c'est utile. Penses-y, la petiote. »

La leçon donnée, elle se tourne vers la table de nuit dont elle me désigne la porte avec des mines de conspiratrice. Derrière un vieux chandail sont dissimulés une bouteille de porto et des verres. Le personnel a pour consigne de fermer les yeux. Une infirmière stagiaire qui avait découvert l'entorse au règlement et cru bon de dénoncer Mlle Jeanne s'était vu sévèrement rappeler à l'ordre. Nous trinquons.

« Et toi, maintenant ? Raconte... Tu ne me dis rien. »

Je dis Paul, Corinne, Sébastien et les autres : ces petits dans les lits, là-haut, courageux et fragiles, mes patients enfants. Je dis le lourd bonheur de me les voir confiés, ma reconnaissance envers le patron qui m'a offert ce poste, cette anxiété parfois de n'en être pas digne, cette grâce qui guide mes doigts au profond du mystère que recèle chaque corps...

Certains affirment que la vocation de médecin n'existe plus vraiment. On choisirait de soigner son prochain pour le fric ou le statut social, comme d'autres optent pour le métier d'ingénieur ou de banquier. Voire...

Pour moi, en tout cas, c'était bien une vocation et vous m'avez aidée à la réaliser, petite grande dame en bout de route qui, m'écoutant, souriez aux anges. Ceux qui vous attendent là-haut. Ma main de chirurgien au feu !

Mon rapport terminé – et je me suis tue sur Mélanie, pourquoi ? – Mlle Jeanne me tend son verre vide.

« Range-moi vite ça et file. Ne les fais pas attendre, surtout ton père. Tu le connais ! »

3.

« La voilà enfin ! » dira-t-il et, dans cet « enfin », ce ne sera pas la joie de me voir que je sentirai, mais une ancienne, si ancienne réprobation.

« Moi, je serai docteur... »

Il avait commencé par rire, Guillaume Lespoir, en entendant la présomptueuse déclaration de la petite fille. Mon frère Roland, pour rabaisser mon caquet, s'était contenté d'un : « Et moi je serai président de la République. »

Puisque je travaillais bien à l'école, il avait été décidé que je « ferais » institutrice ou employée des postes : « Dans le papier », disait mon père. En tout cas, pas dans la terre, cette terre des ancêtres que des messieurs à souliers de cuir, qui n'avaient jamais tâté que du macadam des grandes villes et des parquets cirés des ministères, l'obligeaient à abandonner, morceau par morceau, pour une lointaine et confuse Europe.

D'où m'était venue l'idée extravagante de ne travailler ni dans la terre ni dans le papier, mais dans « le vivant » ? Était-ce d'avoir vu, lors d'un agnelage difficile, ce père si rude se changer en petit garçon respectueux devant les gestes adroits du vétérinaire ? Il arrive qu'une seule image déclenche une vocation. Je n'en démordais pas.

« Docteur, c'est trop haut pour nous », avait-il déclaré en une ultime tentative pour me décourager après que j'eus décroché mon bac : m'enfermant dans ce « nous » fait de journées où à la fois le temps ne passait pas et où la vie me semblait aller trop vite pour que je puisse m'y arrimer.

« Pas trop haut pour moi », avais-je répondu.

J'étais même passée à l'échelon supérieur : chirurgie.

Mais que serais-je devenue sans l'argent envoyé en cachette par ma mère, durant mes cinq années d'études, mis secrètement de côté, depuis combien de temps, à cet effet ?

Sitôt quittée la nationale et engagé sur le chemin de terre, vous apercevez la ferme, tapie sous son beau toit brun-roux, de la couleur du « pavé de santé », pain de seigle, de miel et d'épice dont nous nous régalions, mon frère et moi, pour le goûter. L'hiver, revenant de l'école, voyant briller la lumière aux carreaux de la salle, je pédalais plus fort, pleine d'une joie lourde. C'était dans cette salle que tout se passait : les repas, le travail des enfants, la couture, les comptes et les règlements de comptes.

« Objets inanimés, avez-vous donc une âme ? » réciterait Mlle Jeanne. La salle, avec son coffre et sa longue table de bois, participe depuis toujours à l'âme de la maison.

Je gare ma moto près du tracteur où, dès qu'il faisait beau, j'aimais me percher pour réviser mes leçons dans les fortes senteurs de la cour. Pastis, le labrador, m'a annoncée ; maman vient à ma rencontre, prend mon casque. Elle a fini par s'habituer à me voir « jouer les amazones ».

« On ne t'a pas attendue pour dîner, le père avait faim.

– Vous avez bien fait. C'est moi qui suis en retard. »

Après ma visite à Mlle Jeanne, je suis passée me changer dans mon petit appartement de Chatenay. Et, à la ferme, on soupe à sept heures et on se lève à six, même si la retraite a libéré le temps. Soleil et saisons commandent.

« Éric ?

– Il a un bon carnet. Tu verras. »

Comme chaque vendredi, mes parents l'ont pris à l'école et ramené ici.

Est-ce que je me trompe ? Le ton de ma mère est contraint.

Mon petit garçon est assis devant la télévision à côté de son grand-père : tignasse claire contre tignasse grise. La tignasse noire au creux de ses genoux, c'est Horace, son lapin angora.

« Maman ! »

Me voyant apparaître, il se laisse glisser de sa chaise pour courir vers moi.

Non ! pas pour courir !

Pour claudiquer, boiter, bas, très bas. Mon fils, mon petit prince, est bancroche. À cinq ans, une horreur de staphylocoque dans le genou. La guerre contre l'infection. Les dégâts. Résultat : une jambe en équerre. « Un jour, on réopérera, madame. » Avant la puberté, c'est promis.

« Tu viens voir mon carnet ? »

Je vois surtout, sur son front, un gros bleu tout frais cogné. « Comment t'es-tu fait ça ?

– Je suis tombé », répond-il trop vite.

N'insistons pas. Pas maintenant. Je vais poser mes lèvres sur le front du père, qui n'a pas éteint le poste pour accueillir la fille : « Bonsoir, papa.

– Te voilà enfin ! grogne-t-il. Le petit a absolument voulu t'attendre. Il est temps de le coucher. C'est pas des heures.

– On va réparer ça. »

Après avoir embrassé ses grands-parents, Horace dans les bras, Éric me précède dans sa chambre, l'ancienne de mon frère, Roland, magasinier à Chalon et dont l'épouse, Cindy, qui travaille « dans le papier », méprise ses culs-terreux de beaux-parents, ne leur rend que les visites obligatoires. Tu vois, mon père : travailler « dans le vivant » n'a pas que du mauvais ! Le vivant, c'est aussi le cœur.

Sur l'oreiller, l'enfant a ouvert son carnet scolaire comme un présent de bienvenue. En toutes matières, il est excellent. J'en profite pour embrasser goulûment et sur toutes les coutures le lauréat qui se débat pour la forme. Toi, mon fils, si tu le souhaites, tu seras ministre ! À moins qu'il ne te plaise davantage d'être paysan comme ce grand-père que tu adores. Mais alors, équipé du matériel moderne que, par une sorte d'orgueil, il a toujours refusé et luttant coude à coude avec ceux qui auront fait le même pari difficile que toi.

Fauteuil de ministre ou siège de tracteur, aucun trône ne sera trop haut pour ton bonheur.

Dents énergiquement brossées, museau passé à l'eau, Horace mis en cage, mon Éric se hisse dans son lit. Je prends place au bord, désigne le front blessé : « Maintenant, la vérité vraie, s'il vous plaît...

– Ils m'ont appelé Quasimodo ! J'ai foncé dedans, les autres m'ont défendu, ça a fait une belle bagarre. »

Ne pas céder à mon envie de serrer le guerrier dans mes bras, plaindre ou maudire le sort : des bagarres, belles ou non, il aura à en affronter d'autres.

« Je n'ai pas voulu le dire à Papy. Il se fait toujours du souci pour moi.

– Tu as bien fait. Secret-secret ? »

Nous heurtons nos paumes pour sceller le pacte.

« Des moitiés d'ailes »...

La phrase de Mlle Jeanne me tourne dans la tête. Cette force que j'essaie d'insuffler à mon fils ne sera jamais que celle d'une mère.

Il remonte l'édredon jusqu'au menton : on ne peut pas dire qu'on gaspille le chauffage à la ferme.

« Tu restes les deux jours avec nous ?

– Les deux. Et demain Marie vient : on ira aux champignons.

– Ouais... »

Comme maman le faisait pour la fillette, je laisse la porte entrouverte afin que le petit garçon se rassure à la lumière de la salle, s'endorme aux bruits familiers : la queue du chien qui bat de bonheur sur le carrelage, les tintements de vaisselle, l'eau qui coule, les voix d'une maison.

La soupière est sur la table, le feu rallumé sous la cocotte où mijote du quatre étoiles à bonne odeur de civet. Un œil sur le film qu'il fait semblant de regarder, un sur sa fille dont l'appétit est revenu, Guillaume Lespoir se garde de la tendresse. Dommage que nul ne lui ait appris à en donner. Je bous parfois de gestes rentrés.

« Dis-moi, demande-t-il à voix basse en désignant la chambre du petit. Ce bleu qu'il a au front, ça serait pas plutôt les autres qui le lui auraient fait ?

– Puisqu'il t'a dit qu'il était tombé ! »

Le nez dans ma soupe, je réprime un sourire : le petit, le bâtard de la Margaux, dont on a tant jasé sous les toits alentour avant de lui ouvrir les bras, « l'enfant de la honte » ramené à la ferme par ma mère qui, pour la première fois, avait osé tenir tête à son mari, aujourd'hui, s'il le fallait, le frileux Guillaume donnerait sa vie pour lui.

4.

Je ne sais ce qui m'a réveillée : l'odeur du pain grillé qui montait de la salle, ou, dans la cour, le moteur d'une mobylette. Le pain grillé, c'était Mathilde, dite Mattie, ma mère, la mob, c'était Marie. Marie déjà ? J'ai consulté le réveil : neuf heures passées.

Ma nuit avait été agitée, peuplée de rêves où se mêlaient Quasimodo, Mélanie et Jordan. « C'est toi qui l'intéresses »... Vous riez à la réflexion saugrenue d'une amie et voici qu'elle force la porte de votre sommeil et que, vos yeux ouverts, le trouble demeure. Saugrenue ? Dans mon rêve, Jordan me faisait l'amour et cela n'avait rien d'un cauchemar.

« Il t'arrive un peu trop souvent d'oublier que tu es belle », avait dit aussi Marie. Pour elle, être belle était un présent du ciel, n'en pas profiter un péché. À moi, c'était souvent apparu comme un handicap : peut-on être belle et bon chirurgien ? Belle et patauger dans le sang et la souffrance ? Voilà la question qu'il me semblait lire dans le regard des hommes.

Je me suis levée. La glace de l'armoire, dite « celle de la mariée », me renvoyait l'image d'une femme en court teeshirt, aux cheveux fauves embroussaillés. Toutes celles de la maison avaient dû s'y surprendre au saut du lit, se regarder comme moi, peut-être soulever la chemise...

Je l'ai fait pour elles. Eh bien oui, plutôt belle, la Margaux ! Jambes longues, corps harmonieux, rempli là où il le fallait. Un visage ? « De sauvageonne », affirmait le fameux Benoît

Duriez. Depuis combien de temps la sauvageonne avait-elle voulu oublier qu'elle pouvait plaire, être désirée ?

Après la naissance d'Éric, je m'étais interdit de tomber amoureuse. J'avais dit « oui » à quelques-uns qui, pour la plupart, avaient déjà une personne dans leur vie. Les autres auraient voulu prendre trop de place dans la mienne, aucun ne m'avait retenue. La seule passion que je m'autorisais : le travail. Les robes du soir dont je rêvais ? La casaque du chirurgien, et ma coiffure s'appellerait « charlotte ».

J'ai adressé une grimace à la femme de la glace. Elle pouvait bien se moquer de la longue chemise de nuit où ses ancêtres cachaient leur corps, n'en faisait-elle pas autant sous la blouse ?

Et voici qu'ouvrant mes volets sur le doré matin d'automne, recevant le bonjour d'une brise tiède, enveloppante, parfumée à la nostalgie du temps qui jamais, hélas, ne suspend son vol, soudain il me nargue, ce corps. Il proteste, réclame sa part de caresses. À cet instant, je ne dirais pas non à deux mains habiles, un corps puissant ; être investie, fouillée, apaisée. À condition que l'envahisseur soit tendre, léger, un passant. Cette brûlure-là, est-ce d'avoir rêvé de Jordan ?

Sous la douche – que je prends fraîche comme il est conseillé en cas d'ardeur intempestive – je m'efforce de rire. Bravo, Margaux ! En plus d'une amie infirmière, prends donc un amant libanais. Voilà qui t'ouvrira les portes de cette bonne société qui, jusque-là, te sont restées fermées.

Mais ma bonne société à moi, c'est cette Martiniquaise dorée, installée à la table de la salle, devant un bol fumant. C'est la femme en tablier à fleurs qui, face à elle, épluche des pommes de terre comme si elle avait été mise au monde pour ça, et Pastis, chien de président, qui me fait un accueil de reine. Sans compter le bouffon, Horace, une oreille dressée, l'autre tombante : sa façon, selon Éric, de nous faire de l'œil.

« Nous avons eu une naissance cette nuit, m'annonce Marie. Une belle petite fille. La maman criait qu'elle voulait une péridurale mais le bébé est venu trop vite, on n'a pas eu le temps. »

Son clin d'œil me confie le contraire : mais si, on aurait eu le temps d'empêcher la mère de souffrir ! Et, sur le papier, tout le monde a droit à la péridurale. Seulement voilà : un spécialiste est nécessaire pour la pratiquer, elle pèse lourd sur le budget d'un hôpital, alors on la réserve aux femmes qui en ont vraiment besoin. Le bon vieux « Tu enfanteras dans la douleur » n'est pas près de disparaître. Hélas, le « Tu mourras dans la douleur » non plus.

Marie me fait place près d'elle. Maman abandonne l'épluchage pour verser dans « mon » bol le café et le lait, bouillants s'il vous plaît. Les tartines grillent.

« Où est Éric ?

– Avec son grand-père. Ils font le potager. On t'a laissée dormir, tu avais l'air éreintée hier. »

D'un seul coup le malaise est là : hier quelque chose ne s'est pas passé comme cela aurait dû. Je ne suis pas satisfaite de moi. Je chasse ce souvenir, attrape la tartine que me tend maman. D'abord, c'est fait pour ça, les mères ! Beurrer, confiturer maison les tartines du petit déjeuner et du goûter, sentir la lavande, vous débusquer l'angoisse au ventre, panser les blessures de l'âme. Panseuses, instrumentistes, médecins, chirurgiens au besoin, elles sont tout cela à la fois. Et j'aurais pu suivre ce chemin-là, épouser l'un des « braves garçons » qui s'étaient présentés à mes dix-huit ans. J'aurais des horaires fixes, de calmes certitudes et non, comme ce matin, cette foutue interrogation dans la tête : Mélanie...

« Tu es trop scrupuleuse, me reproche Mlle Jeanne. Chez toi, ça touche parfois à la manie. »

Est-on jamais trop scrupuleux lorsqu'il s'agit de la vie d'un enfant ?

« Mauvaise nouvelle ! annonce Marie d'une voix assombrie. C'était vrai ce que racontait Jordan hier pour tes lits. Comment il appelait ça ? La restructuration...

– Comment le sais-tu ?

– La chef ! La maternité et les urgences seraient dans le collimateur.

– Mais c'est impossible ! »

Les urgences, nous en vivons tous à la Chartreuse. C'est la vie prête à basculer qu'il faut retenir à tout prix, l'accident de voiture, l'enfant qui s'est pris pour un oiseau, la machine agricole dévoreuse de chair vive. Quant à la maternité, c'est la lumière d'un hôpital. Les cris des bébés avides de vivre font oublier, là-haut, les gémissements des vieux à qui seule la mort est promise.

« Ils ne peuvent pas faire ça ! »

Inquiète, maman me regarde. Certes, elle m'a soutenue dans le choix de mon métier mais ne s'est jamais défaite de la crainte que le ciel ne me tombe sur la tête : à force de viser les hauteurs...

« Si on supprime la maternité, où je vais, moi ? »

Le soleil a déserté le visage de Marie et je comprends pourquoi elle a débarqué si tôt ce matin : chercher secours auprès de l'amie chirurgien.

« On n'en est pas là ! Je vais me renseigner. De toute façon, s'il le faut, on se battra.

– Se battre ? Qui parle de se battre ? Et contre qui : les moulins à vent comme d'habitude ? » tonitrue mon père.

Il vient d'apparaître à la porte de la salle, accompagné du petit, tous deux en bottes à semelles de feuilles, Éric les joues délicieusement rosées.

« Maman, j'ai trouvé des escargots ! » triomphe-t-il en brandissant un seau.

Bottes retirées, il vient m'en faire admirer quelques respectables spécimens avant de les mettre à l'abri de l'appétit démesuré d'Horace.

Guillaume effleure mon front de ses lèvres, retire sa casquette pour saluer Mlle Marie. La Martiniquaise et le paysan bourguignon se sont tout de suite bien entendus. « Entendus » est le mot. Au fond d'eux-mêmes, ils récitent un même couplet : celui des petits, résignés à leur sort. Je refuse de me résigner. Jamais ! Mais ma gorge se serre à la pensée que si j'avais été infirmière mon père l'aurait mieux accepté : cela aurait été du « pour nous ». Perdras-tu jamais, Margaux, l'espoir de conquérir l'homme qui t'a mise au monde ? Est-ce parce qu'il ne te reconnaît ni comme femme ni comme chirurgien que tu oublies un peu trop souvent que tu es belle ?

Éric à bout de bras, Marie examine d'un œil d'expert le cocard auquel la nuit n'a pas apporté d'amélioration notable.

« Est-ce que tu as besoin de ça pour leur montrer que tu es le meilleur ? » gronde-t-elle.

Elle l'aime, Marie, mon oisillon. Il paraît qu'il lui donne envie d'en faire un. Mais pas question de le faire juste « pour elle ». Nous attendons un père à la hauteur...

Quant à Éric, il est amoureux. La peau, la couleur, la tiédeur, le parfum de mon amie l'attirent comme un papillon la flamme. Et puis, Marie n'a-t-elle pas passé brillamment l'examen ?

C'est un jeu que nous avons inventé, mon fils et moi. Face à son infirmité, les gens ont trois attitudes possibles. Il y a ceux qui détournent les yeux, font comme si de rien n'était : pour ceux-là, zéro ! Ceux qui se répandent en « Mon pauvre petit », soupirs et gémissements : zéro pointé ! Et enfin, il y a les autres, qui prennent la chose naturellement, n'ignorent ni ne plaignent et, éventuellement, n'hésitent pas à poser des questions : « Comment cela t'est-il arrivé ? Dis donc, avec les copains, ça ne doit pas être drôle tous les jours. » Ceux-là ont droit au cœur d'Éric, ce cœur compliqué de petit garçon blessé qui réclame à la fois une qualité d'amour supérieure et d'être traité comme les autres.

Bref, Marie peut bien appeler Éric « Quasimodo », si cela lui chante, il le prendra pour un compliment.

À midi, elle a partagé avec nous le bœuf bourguignon, la laitue du jardin, les pommes meringuées. Elle a réussi l'exploit de faire rire aux éclats le sérieux Guillaume avec ses histoires de boutique. Après le café, nous avons chaussé les bottes et pris les paniers. Les cèpes poussent nombreux par ici et je connais les coins. Ne me les demandez pas, je les garde pour moi. Mes narines en frémissaient déjà.

C'est alors que le téléphone a sonné.

Je n'irais pas aux champignons. Cet appel, je l'attendais. Je savais qu'il viendrait de l'hôpital. Inutile de m'en dire la cause : une petite fille qui depuis hier matin jouait à la marelle dans ma conscience : entre ciel et enfer.

5.

« Qu'est-ce qu'elle a, madame ? Elle n'est plus dans sa chambre, personne ne veut rien nous dire, que s'est-il passé ? »

Dans le couloir, envahi par les visiteurs du week-end, deux parents affolés m'ont arrêtée. Je suis venue directement de la ferme, sans prendre le temps de me changer. Leur regard sur mes baskets, mon survêtement, mon vieux pull, exprime leur pensée : un chirurgien, ça ?

« Je vais aller la voir. Si vous voulez bien, nous parlerons après.

– Mais où est-elle ? Et le docteur Roux, pourquoi n'est-il pas là ? Il avait dit qu'il n'y avait plus de problème...

– Le docteur Roux viendra plus tard. »

Mme Évrard serre contre sa poitrine un paquet cadeau, comme un bouclier. Soudain, elle saisit mon bras : « Est-ce qu'elle va mourir ?

– Mais non, madame. Voyons ! »

C'est cela, les parents ! Imaginant tout de suite le pire. Cette femme n'est ni une exaltée ni une hystérique : elle souffre dans sa chair, pour sa chair. Et, à ce cri d'angoisse, le médecin se doit de répondre. Mais comment pourrais-je le faire avant d'avoir vu Mélanie ?

Je conduis le couple dans la salle d'attente. Une pièce sans chaleur, fonctionnelle comme on dit, avec des plantes en plastique et des revues périmées. Salle d'attente : salle d'angoisse. Rien n'est fait ici pour apaiser.

« Asseyez-vous. Le temps d'examiner la petite et je reviens.
– On ne peut pas y aller avec vous ?
– Non, monsieur. »

Comme il me semble compter peu face à ce notable en costume trois-pièces qui arbore un ruban rouge au revers de sa veste. Martineau n'est pas de garde aujourd'hui et, malgré son sale caractère, je la regrette. Elle a ce qu'apporte une longue expérience : l'autorité. Elle aurait su calmer ces parents.

Le rapport de l'infirmière indique que la nuit de Mélanie a été mauvaise. Pour protéger sa voisine, on l'a transportée dans une chambre particulière. C'est l'interne de service qui a pris la décision de m'appeler : la petite a une forte fièvre et se plaint constamment du ventre.

Je me penche sur le visage en sueur, les yeux trop brillants. Mélanie s'agrippe au drap, craignant que je ne lui fasse mal et, avant même que je la touche, elle hurle. J'entraîne l'infirmière vers la porte.

« Le docteur Roux ?
– Il est à Dijon, madame. On a essayé de le joindre. Il venait de partir à la chasse. Quelqu'un est allé l'avertir. »

Le temps de le trouver, plus deux heures de route, c'est trop.

« Appelez le docteur Chauvet. Faites préparer le bloc. »

Rémi n'a pas quitté Chatenay ce week-end. Il avait proposé de me prendre Éric ; il a un garçon de son âge. L'infirmière sort rapidement de la chambre. Je tire une chaise près du lit de Mélanie qui suit chacun de mes mouvements avec terreur. Je caresse sa main, brûlante. Dès qu'un enfant est en âge de comprendre, il faut lui expliquer la situation, l'associer aux gestes que l'on va faire, supprimer au moins la part de peur liée à l'incertitude. L'enfant fait parfois mieux face que ses parents.

« Écoute, ma chérie. On va te donner un médicament : un comprimé que tu laisseras fondre sous ta langue, d'accord ? »

Mélanie acquiesce : elle connaît.

« Après, tu te sentiras plus calme. On viendra te chercher sans te faire de mal, on t'endormira comme l'autre jour et je regarderai ce qui ne va pas dans ce ventre-là. Tout se passera bien, promis ! »

Les larmes affluent à ses yeux : « Je veux voir ma maman, supplie-t-elle.

– Dès que tu seras revenue dans ta chambre. Et ça ne m'étonnerait pas qu'elle ait une belle surprise pour toi. Tu verras aussi ton papa. »

Ils sont à quelques mètres mais je ne prendrai pas le risque de les lui envoyer avant l'intervention. Ils lui communiqueraient leur manque de confiance. L'infirmière revient avec la prémédication.

« On a pu joindre le docteur Chauvet, madame. Il vient tout de suite. »

Un poids de moins dans ma poitrine. Rémi assistait à l'intervention de vendredi. Il en a vu autant que moi, nous serons deux à découvrir la surprise...

J'embrasse le front de Mélanie : « Hardi, la fille ! » L'ai-je entendue répéter le mot ? Hardi, Margaux !

Dans le vestiaire, je troque ma tenue de campagnarde contre celle de travail : pyjama, bottes, bonnet. Où est la femme de ce matin qui rêvait de caresses, d'abandon ? Ainsi qu'avant chaque intervention, mon corps, mon esprit sont vigoureusement tendus vers un but : la vie. Avec, cependant, une légère anxiété qui disparaîtra sitôt que mes mains entreront en action.

Les Évrard ont dédaigné les sièges. Ils attendent, debout, à l'endroit même où je les ai laissés. Voyant ma tenue, ils comprennent tout de suite. J'aurais pu réopérer sans rien leur dire, la plupart des médecins auraient agi ainsi. Je ne m'en suis pas senti le droit : j'ai promis.

« Qu'allez-vous faire ? Qu'est-ce qu'elle a ? »

La voix de M. Évrard est presque menaçante.

« Je vais rouvrir. Je crains une infection.

– C'est au docteur Roux de prendre la décision.

– On ne peut le joindre pour l'instant. En son absence, c'est moi qui le remplace. Attendre serait prendre un risque ; je ne pense pas que vous le souhaitiez. »

Mme Évrard sanglote. Son mari me regarde d'un air incertain. Il paraît que je fais moins que mon âge ; il y a des jours où je le regrette.

« Croyez-moi, monsieur, il n'y a pas de temps à perdre. »

J'ai mis toute ma force de persuasion dans ma voix. Mélanie attend. Il me laisse aller.

Rémi achève de se laver les mains lorsque je le retrouve devant les lavabos. Il a fait vite : lui aussi circule en moto. Il m'envie la mienne : aérienne, facile à manier, munie du démarreur électrique indispensable aux « amazones ».

« Vous ici, madame ? plaisante l'anesthésiste.

– Et vous, monsieur, je ne vous savais pas de garde... »

Les paroles sont légères, les voix tendues. J'ajoute : « Je suis vraiment contente qu'on t'ait trouvé !

– À ton avis ? interroge-t-il.

– Péritonite.

– Et où est notre cher patron ?

– À la chasse, près de Dijon. »

Et voici à nouveau, dans la lumière du scialytique, la petite fille endormie. Voilà la couture que j'ai pratiquée. Il me semble qu'alors je me donnais rendez-vous aujourd'hui, où je vais défaire l'ouvrage entamé par Roux.

« Bistouri... Écarteurs... »

Au sang se mêle du pus. Nous l'avons bien, notre péritonite !

« Compresses... »

Très vite, je découvre ce qui reste d'un diverticule de Neckel, fixé sur l'intestin. Cette excroissance d'à peine trois centimètres était sans doute la cause de tout. Depuis le début. Fièvre, souffrance. Infecté, le diverticule s'est probablement rompu cette nuit. Mon regard rencontre celui de Rémi.

« Il était temps », murmure-t-il.

Nettoyer, drainer, cette fois ne rien abandonner au hasard, se montrer archiscrupuleuse, maniaque. L'instrumentiste prévient mes désirs. Tout est maintenant propre, net. Je ne laisserais à personne le soin de recoudre pour moi. Je le fais, si l'on peut dire, avec des doigts jubilatoires. Tu vivras, mon cœur !

« Ne la quittez pas avant qu'elle se réveille.

– À vos ordres, patron, promet mon anesthésiste favori. Et chapeau, madame ! »

Lorsque je suis revenue dans la salle d'attente, le soir tombait déjà. Je n'avais pas vu le temps passer. Les Évrard étaient assis côte à côte sur une banquette. Ils se sont levés d'un même mouvement ; mon sourire a semblé les rassurer un peu.

« Tout va bien. Il s'agissait d'une péritonite.

– Une péritonite ? »

Ils se regardaient d'un air incrédule. « Mais ce n'est pas possible puisqu'on a retiré l'appendice ? » a protesté le père.

J'ai expliqué la présence du diverticule sur l'intestin : une affection classique. Ils n'avaient plus à se faire de souci : tout était net à présent.

« Alors c'était ça qui lui faisait mal, pas l'appendicite ? s'est exclamée maladroitement la mère.

– Probablement. »

J'ai désigné le paquet à ses pieds : « Vous allez pouvoir lui donner votre cadeau. On viendra vous chercher dès qu'elle sera réveillée. Ne restez pas trop longtemps quand même. »

M. Évrard gardait le silence. Ses sourcils étaient froncés.

« Il y a une chose que je ne comprends pas, a-t-il dit d'une voix hostile. Comment se fait-il qu'on lui ait laissé ce... diverticule lorsqu'on l'a opérée vendredi ? Ne pouvait-on le voir ? »

J'ai hésité quelques secondes. Est-ce à cause de cette hésitation que tout est arrivé ? Mais il me fallait répondre sans accuser Roux. J'ai dit : « Vous savez, ce n'est pas toujours évident à trouver. Et l'essentiel n'est-il pas que tout aille bien à présent ?

– Je ne sais pas », a-t-il répondu.

6.

Dimanche après-midi, nous avons ramassé un plein panier de cèpes. « Tu vois, maman, ils t'ont attendue », a constaté Éric avec satisfaction. Le matin, j'avais fait un saut à la Chartreuse : Mélanie allait bien. Je me sentais légère, l'esprit en paix. Je pouvais enfin respirer « à fond » et je m'emplissais de la splendeur de cette forêt, la mienne, où le vent d'automne moissonnait dans les ors et les roux. Seule ombre au tableau : Marie, qui recevait de la famille, n'avait pu revenir.

Dimanche soir, cette fois dans notre petit appartement de Chatenay, nous avons, Éric et moi, dîné en amoureux, à la bougie et en musique s'il vous plaît. La flamme dansait sur le doux visage de mon fils et dans nos cœurs. Ce sont, me semble-t-il, ces instants de bien-être où point n'est besoin de parler pour sentir que l'on n'est plus seul, qui, ajoutés les uns aux autres, finissent par former du bonheur. Si, soudain, j'ai eu envie jusqu'à la douleur d'arrêter le temps, n'était-ce pas qu'inconsciemment je sentais ce bonheur menacé ?

Lorsque je suis arrivée à l'hôpital, lundi matin, Martineau m'a semblé plus revêche encore que d'habitude : son « bonjour » était glacé. Je n'y ai pas prêté attention. Célibataire, notre surveillante considérait la Chartreuse comme son domicile principal et Roux comme sa propriété. En avait-elle été, très classiquement, amoureuse un jour ? Qu'il ait choisi pour assistante une femme jeune et jolie l'avait ulcérée ; elle ne m'avait jamais réellement acceptée. Mais sur le plan du travail, elle se montrait sans reproche. L'essentiel ! Je m'étais résignée. L'ambiance à la ferme, certains jours, m'avait habituée à la réprobation muette.

En revanche, j'ai tout de suite senti la tension au bloc. Rémi semblait fatigué et ne m'a pas gratifiée de la plaisanterie d'accueil habituelle. Nous avions beaucoup de travail, je ne m'y suis pas arrêtée. Cela devait être encore une histoire de couple : nul n'ignorait que celui de l'anesthésiste traversait des tempêtes.

Je souhaitais faire part le plus vite possible au patron de mon intervention sur Mélanie mais, ce matin-là, il opérait à sa clinique : la clinique du Parc. Ce serait pour le soir.

Passant dans mon bureau avant d'aller déjeuner, j'ai trouvé une note de notre directeur me demandant de venir le voir le plus vite possible. Je m'entendais très bien avec Marcel Levaillant. À la Chartreuse, on l'avait surnommé « le médiateur ». Sa porte était ouverte à tous, aussi bien au marmiton qu'au chef de service. La soixantaine, chaleureux, courtois, intègre, c'était un homme d'une autre époque. Pourquoi dit-on cela de ceux qui réunissent ces belles qualités ? Notre époque n'en produirait-elle plus ?

À plusieurs reprises, j'étais allée trouver Levaillant pour lui parler de ce que tout le monde ici appelait ma « marotte » : la création de quelques chambres destinées aux proches des petits opérés lorsque ceux-ci n'habitaient pas Chatenay. Afin que les petits Paul, les petites Mélanie n'appellent plus « maman » en vain la nuit. J'étais convaincue qu'ils s'accrocheraient davantage à la vie, se rétabliraient plus rapidement si leurs parents luttaient à côté d'eux. Un bâtiment vétuste, dans la cour de l'hôpital, pouvait être aménagé à cet effet. Je m'étais même proposé de le repeindre avec des amis.

« Un jour ! » promettait Levaillant avec un sourire en coin à chaque fois que je revenais à la charge. Ce jour était-il arrivé ?

Jamais il n'avait été si loin !

Le visage du directeur était soucieux. Je me suis souvenue des révélations de Marie : allait-il me parler de la fameuse restructuration ? Ce n'était pas cela non plus ; il est venu tout de suite au fait.

« Que s'est-il passé pour la petite Évrard ? » a-t-il demandé d'une voix sèche.

Une sonnette d'alarme a retenti dans ma tête. J'ai raconté brièvement l'intervention de Roux, vendredi, la fièvre de samedi, ma décision de réopérer, ce que j'avais découvert : tout était réglé à présent.

« Tout est réglé... si ce n'est que le père a décidé de porter plainte, a laissé tomber Levaillant. Il a la réputation d'un homme entêté. À part ça, vous savez peut-être qu'Évrard est notaire et fort estimé dans cette ville. S'il persistait dans sa décision, ce pourrait être lourd de conséquences. »

Je ne comprenais pas : pourquoi porter plainte ? Mélanie ne pouvait aller mieux.

« Évrard refuse de laisser passer ce qu'il considère, à tort ou à raison, comme une grave négligence de votre part », a répondu sèchement Levaillant.

Mon cœur a bondi : « Quelle négligence ?

– Il vous reproche de n'avoir pas essayé de trouver, lors de la première intervention, la cause de l'infection.

– Mais ce n'était pas mon intervention, monsieur, c'était celle du docteur Roux.

– Je ne l'ignore pas, cependant Roux vous avait demandé de tout vérifier avant de refermer. Et il se trouve que vous ne l'avez pas fait. »

Il m'a semblé tomber. Ce n'était pas possible. Roux ne pouvait avoir dit ça. « Au contraire, monsieur, au contraire, ai-je bredouillé. Je voulais vérifier, je le lui ai demandé...

– Comment cela ? Expliquez-vous. »

C'était au tour de Levaillant de ne pas comprendre. D'une voix que je ne pouvais empêcher de trembler, j'ai raconté l'appendice intact, ma demande de vérification et le premier point fait en réponse. Aurais-je dû aller contre l'ordre du patron ? Sans aucun doute ! Ma conscience m'avait reproché de ne pas l'avoir fait jusqu'à ce que j'intervienne à nouveau. Mais qui était coupable ? Roux de m'avoir interdit de chercher plus loin en commençant à refermer ou moi de lui avoir obéi ?

Levaillant s'était levé. Il a fait quelques pas dans son bureau, l'air préoccupé. Une seule chose m'importait : qu'il me crût.

Je me suis levée à mon tour. Surtout, pas de larmes ! Un jour, à la télévision, j'avais vu un ministre, une femme, pleurer à propos d'une injustice. Je m'étais dit : « Elle n'est pas digne de son poste ! » Comme j'étais jeune et intransigeante !

Je me suis approchée de notre directeur :

« Monsieur, c'est la vérité. Me croyez-vous ? » Il n'a pas cherché à éviter mon regard.

« Je vous crois de bonne foi, madame. »

Le sang est monté à mes joues : de bonne foi, mais me trompant peut-être... De bonne foi, mais coupable. Qu'avais-je espéré ? Qu'il dirait : « Bien sûr, c'est à vous que je fais confiance, pas au docteur Roux. » La parole du patron l'emportait nécessairement sur celle de l'assistante.

« Je vous prie d'accepter ma démission.

– Elle est refusée », a-t-il répondu.

Il a mis sa main sur mon épaule. J'avais envie de m'y agripper comme le petit Paul à la mienne, l'autre matin. Sa voix, lorsqu'il a enfin parlé, était très basse, lasse aussi.

« Le voulez-vous ou non, Margaux, ce local pour les mamans ? Croyez-vous qu'il existera jamais si vous quittez la Chartreuse ? »

C'était la première fois qu'il m'appelait Margaux. Et propose-t-on de satisfaire la marotte de quelqu'un en l'avenir duquel on ne croit pas ? Dans ses yeux, cette fois, il m'a semblé lire mon innocence. J'ai balbutié : « Je le veux, monsieur, je vous remercie. »

Cette fois, elles étaient là, les larmes. Je me suis sauvée.

7.

Par l'infirmière de garde, j'ai appris que le patron était passé voir Mélanie hier, dimanche, accompagné des parents de la petite fille. Évrard, ami de Roux, avait dû appeler celui-ci dès son retour de Dijon, exiger une explication. Ses mots me hantaient : « Comment se fait-il qu'on lui ait laissé ce diverticule ? » Et j'avais hésité avant de répondre pour ne pas nuire à Roux. Pris de court, celui-ci s'était-il défaussé sur moi de sa négligence ? Je ne me résignais pas à y croire. J'avais une totale confiance en lui. Il devait y avoir une explication.

Martineau déjeunait dans le bureau des infirmières. Je lui ai demandé à quelle heure elle attendait notre chef de service. « Comme d'habitude, madame, dans la soirée. » Son regard était ironique. Je me suis souvenue de l'accueil glacial du matin. Martineau m'accusait elle aussi. Martineau triomphait. Ne l'avait-elle pas toujours bien dit ? Son très cher patron s'était fourvoyé en prenant comme assistante une femme dont l'incapacité venait d'être démontrée.

« Puis-je faire quelque chose pour vous ? » a-t-elle demandé hypocritement.

Je l'ai détestée.

Me calmer... réfléchir... Je suis rentrée chez moi. Même à Marie, j'aurais été incapable de parler.

Sur la table du salon où je dormais dans un canapé-lit, Éric occupant la seule chambre, notre nouveau puzzle était en train : un paysage de montagne, traître au possible avec sa neige, le vert de ses pins, le bleu du ciel et son chalet de bois. Nous aimions chercher ensemble, ne serait-ce que quelques minutes, la pièce adéquate. Après le travail, c'était pour moi le meilleur moyen de me poser en douceur à la maison.

J'ai regardé ce puzzle. J'avais envie de tout balayer, ficher en l'air ce paysage en carton, mes illusions, ma vie. Était-il donc si fragile, le monde que je m'étais construit, pour que la première injustice suffise à m'en faire douter ?

Maman avait glissé dans mon sac du fromage et des fruits. Maman craignait toujours que je me laisse mourir de faim. Maman tremblait toujours pour moi. Je me suis obligée à grignoter. J'ai nourri Horace. Je ne tenais pas en place ; à peine arrivée, je n'avais plus qu'une hâte : retourner à l'hôpital, m'expliquer avec Roux, rétablir la vérité.

Consultation, programme opératoire du lendemain, contre-visites, l'après-midi s'est déroulé dans un brouillard d'angoisse. Je ne suis pas retournée voir Mélanie, je craignais de rencontrer ses parents ; voilà que j'agissais en coupable.

Voici que j'agissais en gamine : je surveillais le couloir, j'écoutais aux portes. À peine ai-je entendu la voix du patron que j'ai couru frapper à la sienne.

La pièce était imprégnée de la fumée des cigarettes qu'il allumait les unes après les autres. Nul n'ignorait à la Chartreuse qu'à plusieurs reprises il avait décidé d'arrêter le tabac, sans résultat. Je regardais cet homme, assis droit derrière son bureau, beau, tranquille, élégant et, pour la première fois, je me demandais qui il était. Que connaissais-je de lui ? Le professeur, l'excellent praticien, l'homme autoritaire et courtois, parfois condescendant, c'était tout. De ses pensées, ses opinions, sa vie hors de l'hôpital, je ne savais rien.

« Asseyez-vous, Margaux ! Je suppose que vous venez me parler de la petite Évrard. Merci de vous en être occupée samedi : vous avez fait ce qu'il fallait. »

Il a pris un coupe-papier et l'a fait tourner entre ses doigts. Pour moi, chacun de ses gestes était celui d'un chirurgien : un chirurgien que je respectais.

« Dommage que ce diverticule ait été découvert si tard ! »

J'ai entendu ma voix, blanche : « Si tard, monsieur ?

– Levaillant a dû vous en faire part : le père Évrard est très excité par cette histoire.

– Il m'a dit qu'il voulait porter plainte.

– D'un homme tel que lui, cela ne m'étonne pas. C'est un empoisonneur. Ces notaires... »

Il a posé le coupe-papier. Il a joint les mains et m'a regardée droit dans les yeux : « Avouez qu'il est regrettable que vous n'ayez pas vérifié vendredi. »

Mon cœur s'est emballé : « Je voulais vérifier, monsieur, rappelez-vous. Je vous l'ai demandé.

– Je m'en souviens très bien, a-t-il répondu. Et aussi que je vous ai dit : " Allez-y. "

– Après avoir commencé à refermer : le premier point ! »

J'avais presque crié. Les sourcils de Roux se sont froncés : « Quel premier point ? Je ne vois pas de quoi vous parlez ? »

Je me suis sentie plonger. Je n'y voyais plus clair. Pouvais-je me tromper ? Mais non ! Je revoyais Roux faisant le point, me tendant l'aiguille : « Allez-y. » D'autres l'avaient vu aussi. Il ne m'a pas laissé le temps d'en parler. Il s'est levé.

« Margaux, vous n'allez tout de même pas faire une montagne de cette histoire ? Un oubli, cela peut arriver à tout le monde. Et nous ne sommes pas aux États-Unis, personne ne vous traînera devant les tribunaux. Laissez-moi faire, je connais Évrard, il se contentera d'un blâme du comité d'établissement, un avertissement si vous préférez. Ce qu'il veut, c'est marquer le coup. »

Son regard me donnait un ordre : m'en tenir là ? Accepter d'être tenue pour coupable par les médecins de la Chartreuse, réunis autour de Levaillant ?

Je me suis levée à mon tour : « Je ne vois pas pour quelle raison je devrais être jugée pour une faute que je n'ai pas commise, monsieur. D'autres pourront témoigner : nous n'étions pas seuls au bloc. »

Il s'est figé. Qu'avais-je dit ? Moi, Margaux, j'avais menacé le patron, l'homme par la grâce duquel j'étais là. Il allait crier, me mettre à la porte.

Il est venu vers moi et il a pris mes poignets dans ses mains. Sa voix était sourde, autoritaire.

« Ne me dites pas que vous cherchez la guerre ? Vous savez

bien qu'en aucun cas vous ne la gagnerez. Allez-vous compromettre votre avenir pour un simple... incident ? Il n'aura, je m'y engage, aucune suite néfaste sur votre carrière. »

Il m'a lâchée. Il est revenu derrière son bureau : « J'ai besoin de vous », a-t-il ajouté.

Besoin de mon savoir ou de mon silence ? J'ai compris à cet instant que, pour le patron, être accusé de négligence, dans une petite ville où tout se sait, tout se colporte, était tout simplement impensable. Il fallait que ce soit moi.

« Alors, Margaux ? »

Lui pouvait m'appeler par mon prénom. Je ne m'en sentais pas le droit. Toute la différence.

« Trop haut pour nous »... Les paroles de mon père ont retenti dans ma tête. J'ai cherché en vain les mots pour me défendre, les mots cinglants comme épées de chevaliers, coupants comme diamants. Nul ne les avait appris aux Lespoir.

Je suis sortie dans le fracassant silence d'une confiance brisée.

8.

« Quel salaud, ce type ! Quel salaud, quand même ! Tu ne vas pas te laisser faire, j'espère ! Tu vas te battre. On sera tous derrière toi. »

Malgré ma détresse le « tous » de Marie me fait sourire. Cri du cœur des humbles face à l'injustice. Mais qu'y aura-t-il dans ce « tous » ? Aucun de ceux dont la voix pourrait compter. À l'avance, je sais que les médecins de la Chartreuse se rangeront derrière le patron : solidarité de rang. De sexe ? Mis à part l'obstétricienne, je suis la seule femme chirurgien de l'hôpital.

J'ai couru directement du bureau de Roux à l'ancien garage où habitait ma Martiniquaise dans la banlieue de Chatenay. Avec les tissus fleuris et les paravents qui délimitaient les différentes pièces, elle avait trouvé le moyen de rendre l'endroit chaleureux ; Marie avait réinventé le loft.

Quelques personnes s'affairaient autour d'un repas. Dont Jordan.

« Chut, c'est son anniversaire, m'a glissé Marie. On peut dire que tu tombes bien. »

Est-ce le « tu tombes bien » de l'amitié ? L'air heureux de Jordan traversant la pièce à grands pas pour m'accueillir ? Mon cœur s'est débridé. J'ai tenté de rire : « Vous ne devinerez jamais ce qui m'arrive ! » Et voilà qu'eux ne riaient pas, leurs visages, au contraire, s'assombrissaient, c'est que mes larmes coulaient en même temps que mon rire. Je leur ai tout servi à la fois : l'hypocrisie, la malhonnêteté, la bassesse, la trouille, pas d'autre mot. Effet garanti, stupeur générale.

Et, à présent, j'ai honte. Il me semble leur avoir livré la « vraie » Margaux.

Celle qui sous l'honorable blouse de chirurgien n'a jamais cessé de douter, n'y a jamais vraiment cru ?

« Le salaud..., répète Marie. Le salaud... »

Ici, au moins, on me croit. Elle file me chercher un verre : « Tiens, bois ça. » Une de ses spécialités : boisson à base de jus de fruits frais et de rhum : légère et meurtrière. À quelques pas, ses amis me regardent. Je reconnais une aide soignante, un agent hospitalier, le petit personnel d'un hôpital, bien souvent adoré des malades, qui sait tenir une main, prendre le temps d'écouter et même, parfois, d'aimer. Ils semblent gênés. Ils n'osent mêler leurs voix à celles de Marie et de Jordan. Pour eux, quoi qu'il m'arrive, je reste une personne des « hautes sphères » ainsi que dirait mon père.

Comme vous vous trompez, les amis ! Je ne suis plus de nulle part. Je flotte entre mes racines paysannes et ce monde bourgeois où je ne me suis jamais sentie à l'aise. « Margaux, un conseil : choisissez mieux vos relations »...

« Viens t'asseoir », dit ma relation libanaise.

Jordan m'entraîne sur un canapé, produit de récupération comme tout le mobilier ici. Mes relations sont fauchées.

« Si je comprends bien, ce que tu risques, c'est un blâme du comité ? »

J'acquiesce. Mais je ne suis pas sûre qu'il comprenne. Ce sera de l'assassinat ! On va assassiner la petite fille qui, à l'école, regardait les autres, les différentes, en se promettant de les éblouir un jour. L'adolescente qui voulait prouver à son père qu'aucun monde n'était trop haut pour elle. Pour lui. Celles-là seront jugées, rejetées. La joie mauvaise de Martineau ce matin m'a donné un avant-goût de ce qui m'attend : le mépris, la condescendance. Retour à la case départ. Où êtes-vous, héros de mes lectures, mes guides, mes modèles ? J'ai bâti mon royaume sur du sable.

« Calme-toi, supplie Jordan. Tu dis que Levaillant t'a crue... Il ne te laissera pas accuser sans preuves. »

M'a-t-il vraiment crue ? Voici que j'en doute à présent.

« Il a la parole du patron, qu'est-ce que tu veux qu'il fasse ?
– Qui était là vendredi, quand Roux a opéré ?
– Rémi pour l'anesthésie. La panseuse, c'était Agnès. L'infirmière, Caroline.
– Eh bien, qu'ils aillent trouver Levaillant et lui disent ce qui s'est passé.
– Je ne peux pas leur demander ça.
– Pourquoi ? s'étonne Marie.
– Ils se mettront le patron à dos.
– Mais Rémi ? Rémi, c'est ton ami ou non ? »

D'autorité, elle me met le téléphone dans la main : « Appelle-le. » Je forme le numéro : l'un de ceux que j'ai en mémoire. Et soudain une image me revient : le visage crispé de l'anesthésiste ce matin. Lui aussi savait ! Comme Martineau. Et qui encore ? Je raccroche.

« Qu'est-ce qui t'arrive ? demande Marie.
– Rémi est au courant. Ce matin, il était bizarre. Il n'osait pas me regarder.
– Raison de plus pour l'appeler, insiste Jordan. Nous devons en avoir le cœur net. »

J'apprécie le « nous ». Et aussi le français châtié. Les meilleurs défenseurs de notre langue sont souvent des étrangers. Nous ne pensons plus à la respecter ; pour eux, elle est la grande dame d'un pays libre.

Francine, femme de Rémi, me répond. Nous ne nous sommes jamais entendues. Francine est une emmerdeuse, sans cesse sur le dos de son mari, exigeant le partage des tâches ménagères alors qu'elle ne travaille pas à l'extérieur, jalouse sans doute de l'amour que Rémi porte à son métier. Mais ce métier éprouvant, cette promenade accompagnée dans un sommeil qui touche à la mort, il faut l'aimer pour le faire bien.

Francine reconnaît tout de suite ma voix : « Vous voulez parler à Rémi ? Il n'est pas là. »

Elle l'a dit trop vite : une phrase préparée. Rémi est là, j'en suis certaine. Il est là et ne veut pas me parler.

« Quand pourrai-je le joindre ?
– En tout cas pas ce soir : il rentrera tard. »

Je lui raccroche au nez : qu'elle sache que je ne suis pas

dupe ; qu'elle transmette à l'intéressé. Je me tourne vers mes amis, les vrais.

« Rémi ne déclarera pas la guerre au patron.

– Alors on fera intervenir le syndicat, décide Marie avec force.

– Tu es folle ! Surtout pas. »

J'ai crié. Digne fille de mon père ! Les syndicats, la politique, la bagarre, pas pour les Lespoir. Sûrs d'avance de perdre, les Lespoir. Résignés, écrasés, vaincus. Je m'étais dit : « Moi, jamais ! » Mais, faire intervenir le syndicat de la Chartreuse serait obligatoirement porter l'affaire sur la place publique. Comment continuer à y travailler après ?

« Alors, qu'est-ce que tu veux ? demande impatiemment Marie.

– Je ne sais pas.

– Moi, je sais, décide Jordan. Margaux veut qu'on la laisse tranquille, qu'on parle d'autre chose. »

Je suis debout. Il m'oblige à me rasseoir : « S'il te plaît, reste avec nous. Dans une heure, je n'aurai plus jamais trente-quatre ans... »

J'ai appelé Mme Mazeran, ma voisine de palier, qui s'occupe d'Éric en mon absence. Comme chaque jour, elle avait été le chercher à l'école, elle avait veillé à ce qu'il se mette au travail, prenne sa douche. Âgée d'une soixantaine d'années, sans grandes ressources, ce travail « à la carte » l'enchantait. Je lui ai demandé de faire dîner mon fils et veiller sur lui depuis son appartement. Je ne rentrerais pas tard. Éric est venu me parler : « Tu es de garde, maman ? – Pas exactement, chéri, une urgence. » Les urgences, il avait l'habitude. Un gros « bisou » a claqué dans l'appareil.

Les bougies d'anniversaire soufflées, Jordan m'a raccompagnée à ma voiture. C'était étrange, mais mon rêve était toujours présent. Il me l'avait rendu plus proche. Il avait comme tissé des liens secrets entre nous. Sans ce rêve, aurais-je osé exprimer une vérité que j'avais peine à admettre moi-même ?

« Tout à l'heure, j'ai compris quelque chose, Jordan. Quand j'ai appelé Rémi. Et aussi quand Marie a parlé du syndicat. Je ne veux pas la guerre. Je veux rester à la Chartreuse. Je veux rester avec vous. J'ai déjà cédé à Roux. Je me laisserai accuser à sa place, voilà la vérité. Je suis lâche. »

Jordan m'a regardée de ses yeux libanais que les héroïnes de romans roses auraient qualifiés de « veloutés ». L'amitié s'y inscrivait. Seulement l'amitié ?

« Et alors ? a-t-il dit. Tu es un formidable chirurgien, Margaux. Tout le monde le sait à la Chartreuse. Tu es notre avenir. Il n'y a qu'une seule personne pour en douter encore. »

Ma poitrine s'est gonflée. J'ai eu envie de prouver : « Et quelle personne ?

– Vous, madame », a-t-il répondu.

9.

Le nez sur ses bottes de cuir, le bras enserrant son casque de moto, Rémi m'attend dans le hall de l'hôpital. Il est sept heures quinze. Nous opérons à huit.

« On parle ici ou tu préfères qu'on aille en face ? »

... En face : le café de l'Étoile. Quelle étoile ?

« Ici ! »

Ce serait trop facile d'aller ailleurs, loin de l'endroit où nous opérons ensemble, où l'entente s'est tout de suite faite entre l'homme aux rondeurs rassurantes, à l'œil malicieux derrière les verres bombés : le calme fait anesthésiste, et la femme enfin arrivée au port, n'osant croire à sa chance et pour qui chaque acte était une preuve à apporter qu'elle en était digne.

Dès l'ascenseur, j'attaque ; tant pis pour l'infirmière qui monte avec nous.

« Pourquoi n'as-tu pas voulu me parler hier ?

– Francine... Tu la connais. J'aimais mieux qu'on soit seuls. »

Une fois dans mon bureau, il pose ses affaires sur un fauteuil et attend. C'est lui qui fait une tête de condamné. J'aurais presque pitié.

« Qui t'a mis au courant ?

– Roux. Il a appelé dimanche soir à la maison. Il m'a appris qu'Évrard était fou furieux qu'on ait dû réopérer sa fille. Il a dit : “ C'est vraiment dommage que Mme Lespoir n'ait pas vérifié comme je le lui avais demandé. ” Le message était limpide. Et lundi matin, il a fait la même chose avec Agnès et Caroline. »

La panseuse-instrumentiste, l'infirmière...

« Qu'est-ce qu'elles en ont pensé ?

– " Pas question de se mêler des affaires du patron. " »

Voilà qui est clair. Si je me bats, ce sera seule. Je m'assois à mon bureau. Ce cadre drôlement peinturluré est un cadeau de mon fils : Noël dernier. Entre deux grands-parents attendris, il me sourit. Hier, il dormait lorsque je suis rentrée. Et il dormait toujours quand je suis partie ce matin. Il passera mercredi à la ferme. Concilier métier de mère et de chirurgien, difficile ! Mais, cette semaine, cela m'arrange de ne pas trop voir Éric-les-antennes... Il devinerait que ça ne va pas.

Rémi est resté debout.

« Qu'est-ce que tu voulais que je fasse, Margaux ? Que je dise à Roux : " Vous mentez, patron ! Non seulement vous n'avez pas vérifié mais vous vous êtes vexé de la remarque de votre assistante et vous lui avez interdit de le faire " ? Tu imagines ?

– Très bien ! C'est exactement ce que j'aurais répondu, moi. À chacun son réflexe. »

Rémi soupire. Il est au supplice.

« Ça fait dix ans que je travaille avec Roux. Ici et au Parc. Il peut demander quelqu'un d'autre quand il veut. J'ai deux gamins, Margaux, j'ai quarante-cinq ans. Pas envie de recommencer de zéro.

– Tu sais ce qui m'attend ?

– On parle d'un blâme du comité d'établissement.

– " On " ?

– Martineau évidemment ! Elle était là quand Évrard a piqué sa crise. »

Il s'approche de moi. Il voudrait me toucher. Il n'ose.

« Évrard a commencé par attaquer le patron. Il pensait qu'il avait été seul à intervenir. C'est alors que Roux a parlé de toi. Tu veux savoir quelque chose, Margaux ? Ça ne marche pas fort à la clinique. Ils sont loin de faire le plein. Si Roux était accusé, toute sa clientèle risquerait de ficher le camp. Tandis que toi...

– Moi ?

– Si c'est toi, Évrard se contentera d'un blâme du comité : d'autant que tu as superbement rattrapé les choses. »

Les yeux me brûlent. « Chapeau, madame ! » C'était ce que m'avait dit Rémi après que j'eus nettoyé le terrain. Je m'étais sentie reconnue. Pourquoi un tel besoin du regard approbateur des autres ? Jordan a raison : il n'est d'important que de se reconnaître soi-même.

« Roux est président du comité ; il se débrouillera pour que ça n'aille pas trop loin. Dans quelques semaines, plus personne n'y pensera.

– Si ! Moi. »

Je me lève. Il est temps. Une fois de plus, nous allons faire équipe ensemble. Aurons-nous Agnès et Caroline ? Ce matin, j'opère sous cœlio. Une appendicectomie pour commencer, tiens ! Sous cœlio, il est plus facile de vérifier : vous voyez tout, en gros plan, sur un écran. S'il y a contestation, vous pouvez utiliser la cassette : la chirurgie de l'avenir.

« Tu m'en veux beaucoup ? demande Rémi.

– J'aurais aimé que tu sois à mes côtés et que tu le fasses savoir à Roux. Ça n'aurait pas été bien loin ; moi non plus, figure-toi, je n'ai pas envie de recommencer de zéro... »

Rémi soupire. Non, je ne lui en veux pas « beaucoup ». Le seul vrai salaud dans l'histoire, c'est celui qui fait du chantage au boulot.

Je récupère son casque sur le fauteuil et le lui tends : premier point d'un raccommodage d'amitié. Il ne s'y trompe pas ; son œil s'éclaire.

« On y va ?

- On y va. »

Levaillant a appelé en fin de matinée : Évrard acceptait que l'affaire ne sorte pas de la maison ; tout se réglerait lors de la réunion du comité.

« Roux persiste dans sa déclaration. Voulez-vous que nous nous voyons ?

– Cela me semble inutile, monsieur. Quand aura lieu cette réunion ?

– Vendredi : dix-huit heures. J'ai pensé que le plus tôt serait le mieux. Vous n'êtes pas obligée d'y assister, Margaux. Je vous excuserai. »

Il semblait soulagé. Pas très courageux non plus, notre « médiateur » ! Mais lui avait des excuses : la parole du président du comité contre celle de l'assistante et aucun témoin.

« Je serai là, monsieur. J'y tiens beaucoup. »

Visite des entrants, comme chaque après-midi, accompagnée de l'interne, une infirmière, l'inévitable Martineau. Nous nous sommes arrêtés plus longuement devant un petit Léon : dix ans, une plaque à retirer d'un tibia. Accident de vélo.

Léon mourait de peur ; il l'aurait bien gardé toute la vie, sa plaque. À ses côtés, son père n'en menait pas large non plus. Lui, il aurait volontiers sacrifié un tibia pour empêcher son Léon de pleurer. J'avais eu le même réflexe devant le genou de mon fils. Seigneur, le mien plutôt, dix fois le mien !

« Un jour, ai-je expliqué à Léon, il a bien fallu que tu renonces au biberon. Et ton "doudou", est-ce que tu l'emmènes toujours à l'école ? Ça n'a pas été des moments faciles à passer, mais ils t'ont permis de grandir. Si tu gardes cette broche, ce sera un peu comme si, toute ta vie, tu suçais ton doudou. »

Léon a daigné rire, le papa aussi, c'était gagné.

Dans la chambre voisine, Cyril : un coude. Lui s'était pris pour Tarzan. On a l'impression, lorsqu'on travaille à l'hôpital, que les enfants sont en danger permanent. L'air revêche, Martineau suivait. Pensait-elle qu'un blâme du comité serait une sanction trop douce pour la coupable ? Elle pouvait me faire la gueule qu'elle voulait, cela ne me touchait plus. Les mots de Jordan, hier, m'avaient libérée. Dans ma poitrine, un bouillonnement connu : désir de vengeance ? Je préfère le mot « revanche ».

Et, pour me prouver que j'avais bien passé le cap, après avoir lâché mon escorte, j'ai terminé mes visites par Mélanie.

Sa mère était près d'elle. Ce visage lisse, détendu, elle me le devait. Je me suis contentée d'un bref salut dans sa direction. La petite me tendait les bras.

« Alors, ma chérie. Il paraît que tu sors demain ? Et cette fois pour de bon ? »

Elle a brandi sous mon nez une magnifique poupée ; elle me regardait d'un air malicieux.

« Hardi, les filles », a-t-elle lancé.

Une joyeuse émotion m'a emplie. Cet « hardi ! » que je lui avais offert à l'heure de la peur, qui lui avait permis de la surmonter, peut-être l'aiderait-il dans sa vie. Il serait synonyme de victoire.

Mme Évrard m'a rejointe dans le couloir ; elle semblait gênée.

« Docteur, je voulais vous remercier...

– Mais de quoi, madame ? Je n'ai fait que mon travail. »

Je me suis sauvée avant qu'elle ne m'explique qu'elle n'était pour rien dans la plainte déposée contre moi par son mari.

Qu'attendent les femmes, de notaires ou autres, pour devenir quelque chose dans la recherche de la vérité ?

10.

Et c'est jeudi soir, veille du grand jour. Lorsque je rentre à la maison, Éric travaille à notre puzzle, Horace au creux de ses genoux. Un morceau de ciel se dessine : c'est par là qu'il a décidé de commencer, par le haut.

« Regarde, maman, tout ce que j'ai trouvé !

– Eh bien... »

Je prends place près de mon fils en pyjama, le cheveu lisse et qui sent bon le shampooing. Douceur d'être ensemble. Sacrée semaine, quand même ! Il m'en reste de la peine à trouver ma respiration. Il me faut sans cesse aller la chercher au fond de ma poitrine. Et ce n'est pas terminé.

« Ça va pas, maman ?

– Mais si !

– Mais non... »

Comme il me connaît ! Il faut dire que je n'ai jamais été bonne comédienne, surtout avec lui. Ah, je les vois, les psy, fronçant leurs sourcils de spécialistes : on ne prend pas son fils pour confident. De confident à compagnon, de compagnon à mari... « Laissez-le être petit, madame. »

C'est que, parfois, je me sens petite moi aussi.

« La vérité vraie », exige Éric.

Une sorte de mot de passe entre nous. J'entoure ses épaules de mon bras. Le pire, messieurs les psy, pour une âme comme pour un corps d'enfant, c'est de les laisser dans le noir.

Afin que le noir soit moins noir, je m'efforce de sourire :

« Imagine qu'à l'école on t'accuse d'une faute que tu n'as pas commise...

– Une faute comment ?

– Par exemple... le feu a pris quelque part. On dit que c'est toi qui l'as mis.

– Tu n'as pas mis le feu, maman ? »

Son air inquiet me tire un rire. « Bien sûr que non ! C'est quelqu'un d'autre. L'ennui est qu'il ne veut pas le reconnaître alors il prétend que c'est moi. Et tout le monde le croit. »

Il réfléchit. Quelles images passent-elles dans la tête de cet enfant, spécialiste de l'injustice avec sa vilaine patte ?

« Moi, j'irais lui casser la figure avec les copains. »

Bref serrement de cœur en pensant à Rémi.

« Les copains te lâchent. Ils n'ont pas envie de se battre. Et tu ne peux pas gagner seul. »

À nouveau, il se concentre. Puis il laisse tomber sa tête sur mon épaule : « Alors, je me dirais très fort : "Je m'en fous puisque j'ai ma maman." »

Là, j'ai compris que mon fils me demandait de l'aimer plus que le reste, mon travail, ma vie. J'étais la première pour lui, il voulait être le premier pour moi. Et, curieusement, c'est à cet instant que j'ai donné raison à Mlle Jeanne : « Un père, c'est utile »... Ce n'était pas en se disant : « Je m'en fous puisque j'ai ma maman » que les ailes lui pousseraient.

Cela m'allait bien de me livrer à de la psycho de bazar alors que le feu n'était pas éteint à l'hôpital, mais il se trouve que cela m'a redonné de la force. Je ne pouvais pas gagner seule ? À voir.

J'ai fait un malheur dans les poils d'Horace, mes idées de défaite, les cheveux trop bien lissés de mon fils.

« Je t'ai, mon chéri et c'est le principal. Mais figure-toi que ma foutue Chartreuse, j'y tiens aussi. Et le salaud qui veut me faire casquer à sa place, il se pourrait bien qu'il ne perde rien pour attendre. »

Ce n'est sûrement pas comme ça qu'une mère doit parler à son fils. Mais le fils a éclaté de rire, la mère s'est sentie mieux et plusieurs morceaux de ciel bleu leur sont tombés tout cuits dans la main.

11.

C'est un comité restreint : à peine une dizaine de médecins autour de Levaillant, tous masculins et, sauf Rémi, tous chefs de service.

Maternité, urgences, orthopédie, chirurgie digestive... Aucun n'est de mes amis, aucun ne m'a jamais reçue chez lui. C'est comme ça ! La fillette de la ferme n'était pas non plus invitée à certains goûters donnés par ses camarades de classe qui, le lendemain, en parlaient entre elles et se taisaient lorsqu'elle approchait.

En tant que président, Roux nous fait face, assis à côté de Levaillant. C'est certainement lui qui a voulu la présence de Rémi : témoin actif des deux interventions. Il souffre, Rémi, l'excellent médecin qui sait faire rire les enfants avant de les endormir.

Quelques-uns, comme lui, sont en civil. Ils partiront dès la séance levée. Les autres portent la blouse. J'ai, exprès, retiré la mienne : le chirurgien n'a rien à voir ici, il n'a commis aucune faute, on va juger le bouc émissaire, faire sauter le fusible comme on dit.

Levaillant compte les présents :

« Tout le monde est là ? Eh bien, nous allons pouvoir commencer. Vous remarquerez que Mme Lespoir a tenu à être présente alors que rien ne l'y obligeait. »

Les regards se tournent vers moi. Que savent-ils de l'affaire ? Aucun ne s'est inquiété d'avoir ma propre version. La leur aurais-je donnée ?

« Nous sommes ici pour parler d'une plainte émanant de M. Évrard, père de Mélanie Évrard, huit ans, opérée vendredi dernier d'une appendicectomie par le docteur Roux. »

« Nous » sommes ici ? Moi, pas vraiment ! Cette réunion que j'ai tant redoutée, je la survole. Je suis le ciel gris, les arbres ruisselants, les oiseaux blottis. Depuis ce matin, la pluie n'a pas cessé et cela me plaît. Les jours mouillés, dans la salle, je me sentais doublement protégée : « On peut allumer la lumière, maman ? » A-t-on allumé plus tôt que de coutume pour Éric, que mon père est allé chercher à l'école comme chaque vendredi, qui doit être assis à ma place, devant la grande table, avec ses livres et ses cahiers. Merci d'être là, mon fils. Tant pis pour toi, Benoît Duriez, qui ne connaîtra jamais le superbe cadeau que tu m'as fait.

Roux prend la parole.

« Lors de cette intervention, j'étais assisté de Mme Lespoir. M. Chauvet, ici présent, appliquait l'anesthésie. »

Cette voix nette, professorale, c'était à la faculté de Dijon où Roux enseignait que je l'avais entendue pour la première fois. Je le savais chef de service à l'hôpital de ma ville. Il n'avait pas élève plus assidue que moi. Mon incrédule bonheur, quelques années plus tard, lorsqu'il m'avait proposé le poste d'assistante à la Chartreuse ! Je me revois courant à la ferme, j'entends mon cri : « Je reviens ! » Je revenais à la maison : victorieuse ! Maman avait pleuré. Mon père était resté sans mots, et j'avais eu le sentiment qu'en gagnant je m'éloignais un peu plus de lui. Éric s'était emparé de ma main : « Maintenant, on va tous habiter ensemble ? »

« J'ai confié à Mme Lespoir le soin de refermer après avoir procédé aux vérifications habituelles. Dans la nuit de vendredi à samedi, la petite Évrard s'est à nouveau plainte du ventre. Samedi, l'interne de service, M. Bernard, a averti Mme Lespoir qui a pris la décision de réopérer. »

Roux se tourne vers Rémi : « Monsieur Chauvet, s'il vous plaît ? » Rémi me lance un bref regard, s'éclaircit la voix.

« J'ai été appelé à trois heures sur la demande de Mme Lespoir. Celle-ci craignait une péritonite. »

L'infection, ma recherche, le diverticule... Il avait dit : « Il était temps ! » Il affirme d'une voix grave : « Par bonheur,

Mme Lespoir a pris en temps voulu la décision qui s'imposait. » Si, par malheur, on avait attendu le retour de Roux, où serais-tu, Mélanie ?

Retour à Levaillant et à l'objet de la plainte. Évrard s'est renseigné : le diverticule, la véritable cause de l'infection, aurait dû être détecté et retiré lors de la première intervention.

« Il semble, explique Roux, l'air peiné, qu'il y ait eu... mauvaise communication entre Mme Lespoir et moi : celle-ci a refermé sans faire une exploration plus approfondie. »

Silence. Tous les regards sont tournés vers moi. Une dernière chance m'est offerte de me justifier.

Dans un film, je me lèverais et clamerais la vérité. Pris de remords, Rémi me soutiendrait. La vilenie du méchant patron finirait par être découverte. Applaudissements du public.

Nous ne sommes pas dans un film. Si je raconte ce qui s'est passé, Rémi se taira. Personne ne me croira. Ce n'est pas moral du tout mais j'ai tout à perdre à dire la vérité.

« À la suite de cette plainte, Mme Lespoir m'a proposé sa démission », annonce Levaillant.

Regard stupéfait de Roux : il l'ignorait. Ce geste de révolte de ma part va-t-il être considéré comme un aveu ? Pourquoi Levaillant en a-t-il parlé ?

« Je l'ai refusée, poursuit le directeur. Si vous me permettez d'exprimer une opinion personnelle : la Chartreuse perdrait beaucoup en se séparant de Mme Lespoir.

– Certainement ! » tonitrue une voix.

C'est celle du patron des urgences, Xavier Merlin, soixante-deux ans. Et ses doigts – c'est incroyable – forment discrètement à mon intention le V de la victoire. Arrêtez, monsieur, vous allez me faire faiblir. En me soutenant vous me donnez faim de vérité.

« C'est également mon avis, renchérit Roux. Et l'avis aussi, j'en suis certain, de toutes les personnes présentes. »

Il se lance dans l'éloge de ma seconde intervention, parle à nouveau d'erreur de transmission et demande à ce qu'aucune sanction ne soit prise contre moi. Il tient parole : ma carrière ne souffrira pas de cet incident.

« Un avertissement du comité devrait suffire à calmer les foudres de notre pointilleux notaire... »

Un rire court, auquel ne s'associent ni Rémi ni Levaillant.

« Souhaitez-vous dire quelque chose, madame ? » me demande ce dernier.

Ma gorge est de plomb. Je me tourne vers Roux. « Je vous ai beaucoup admiré, monsieur, me dis-je, vous avez été pour moi comme les bons génies de mes livres. Et ce qui me fait le plus mal, c'est peut-être de vous mépriser. Vous êtes déboulonné et, en gardant le silence, je le suis un peu avec vous. J'étais la petite, au bas de la statue, qui lève un sot regard extasié vers son modèle. »

« Madame ? »

Rémi se tortille sur son siège. Roux ne sourit plus. Levaillant semble inquiet. Je me tourne vers lui.

« Je n'ai rien à ajouter, monsieur. »

« Alors, la petiote ? s'étonne Mlle Jeanne. Te voilà plus tard que d'habitude !

– Je suis juste passée vous embrasser, mademoiselle. Je suis pressée. »

Déçue, ma vieille amie montre la table de nuit : « On ne trinquera donc pas ce soir ?

– Pas ce soir. À vrai dire, j'ai un peu mal au cœur. »

Le regard s'inquiète. La main de parchemin vient prendre la mienne.

« Pas d'ennuis, Margaux ? Tout va bien ?

– Tout va bien, mademoiselle Jeanne. »

Je marche vers la porte.

« Attends ! »

Elle a clos à demi les yeux. Je n'y couperai pas du poème !

« *Elle dit non avec la tête*
mais elle dit oui avec le cœur
Elle dit oui à ce qu'elle aime
Elle dit non au professeur... »

Prévert.

Accommodé pour la petiote.

12.

Jordan a jailli de l'obscurité alors que j'enfourchais ma moto.

« Je t'enlève. La Pagode, ça te va ? Tu ne peux pas refuser, j'ai réservé. »

Son air résolu m'a fait sourire : mon « enlèvement » avait-il été mijoté entre Marie et lui ? Ne pas me laisser seule ce soir... La Pagode était un restaurant chinois aux abords de Chatenay où nous allions parfois dîner en bande. Ambiance et prix doux garantis.

« Ça me va très bien. À une condition : on ne parle pas de moi !

– Ce sera dur, mais c'est promis. »

La double porte vitrée de la Chartreuse s'est ouverte sur une belle brochette de patrons. Le temps que j'aille embrasser Mlle Jeanne, et ils avaient signé au bas de la feuille notifiant le blâme. Ils ont descendu les marches et se sont arrêtés pour discuter. Ni Roux ni Rémi n'étaient parmi eux.

Jordan s'est replié dans l'ombre : « J'ai laissé ma voiture dans l'avenue, veux-tu qu'on se retrouve là-bas ?

– Mais pourquoi te caches-tu ? Et à quoi bon prendre deux véhicules ? Aurais-tu peur d'être vu avec la criminelle ?

– C'est pour toi, Margaux ! m'a-t-il dit avec un regard de reproche. S'ils nous voient partir ensemble, ils sont capables d'imaginer... je ne sais quoi. Tu n'as pas besoin de ça en plus ! »

La colère m'a secouée, l'envie d'être grossière, d'en rajouter. Imaginer quoi ? Qu'en plus de sa faute, la coupable baisait avec le métèque ?

« Monte !

– Et le casque ?

– Tu t'en passeras. »

Il s'est exécuté. J'ai démarré. Ça discutaillait toujours au milieu de la cour : on se demandait de quoi. J'allais leur donner, selon l'expression consacrée, du « grain supplémentaire à moudre ». Je me suis offert le plaisir d'un coup de klaxon en les dépassant : eh oui, messieurs, à mes côtés c'était bien le séduisant Libanais. J'ai été soulagée en constatant que Merlin l'Enchanteur n'était pas parmi eux.

La lumière était tamisée, le personnel souriant et l'habituel fond musical épargné au client. On avait l'impression de devoir, en même temps que les manteaux, laisser la tension au vestiaire, Jordan avait bien choisi.

« Veux-tu un apéritif ?

– Certainement ! »

Et du vin aussi. Ce soir, je pouvais m'étourdir : Roux était de garde, Roux ne chassait pas. Jordan, lui, a pris du thé... au cas où un foie, un estomac, une rate à raccommoder lui échoueraient, week-end oblige. J'ai prié pour que cela n'arrive pas. « Reste avec moi. Parle-moi de toi. »

Le « métèque » avait eu une enfance dorée.

D'une riche famille de banquiers, Jordan avait été élève au lycée français de Beyrouth. « La France, la mère... », lui répétaient ses parents. La marraine aussi, en l'Église. Les Sebbagh étaient chrétiens maronites. Malgré la guerre, il avait pu faire ses études de médecine. Puis il était venu à Lyon où il avait appris la cœliochirurgie. Jordan avait un rêve : promouvoir cette nouvelle technique dans son pays, y former des compatriotes.

« Au Liban, les gens sont très coquets, très raffinés, femmes comme hommes. Une chirurgie sans cicatrice fera un malheur. »

Après dix-sept ans de guerre, le pays se reconstruisait ; tout était à refaire et il n'était pas certain, pour l'instant, d'y trouver sa place de chirurgien. Un jour, un jour sûrement...

– Je ne retournerai là-bas que certain de pouvoir travailler ; je suis comme toi, Margaux, si je n'opère pas, je ne suis rien.

Il s'était engagé à ne pas me parler de moi ; il me faisait savoir qu'il me comprenait d'avoir cédé à Roux. Pour nous deux : être chirurgien, c'était *être*.

Soudain, j'ai su que j'allais faire l'amour avec cet homme. L'envie m'en est venue comme un coup de poing au ventre, plus d'appétit, une gorge desséchée. Je me suis levée : « Emmène-moi chez toi.

– Cela ne vous a pas plu ? Ce n'était pas à votre goût ? se désolait le garçon en désignant nos assiettes encore pleines.

– Au contraire ! »

Jordan louait une chambre en ville. Vaste, avec cabinet de toilette et permission de faire chauffer de l'eau sur un réchaud, pas autre chose. Lorsqu'on entrait, on remarquait tout de suite la grande croix ouvragée suspendue à la tête du lit, comme un signe de paix, ou de défi, je ne sais pas. Certainement comme une fidélité.

Enfant, lorsque les travaux de la ferme le permettaient, j'accompagnais ma mère à la messe le dimanche et j'avais fait ma communion. Aujourd'hui, je n'étais plus sûre d'avoir la foi. Comment avoir foi en quelqu'un que l'on ne fréquente plus ? Mais si j'imaginais le monde sans Église, sans églises ni clochers, ni musique pour célébrer Dieu, ni fidèles pour l'honorer, ce monde me paraissait vide et gris. Je l'ai dit à Jordan et l'ai remercié de croire un peu pour moi.

Voilà combien de temps qu'un homme ne m'avait prise dans ses bras ? Combien de semaines que mon ventre était fermé, inhabité, endormi, sauf à certains moments où il me tourmentait comme samedi matin à la ferme ?

Les bras de Jordan, m'enlaçant, étaient comme les branches du grand cèdre dont l'image ornait son mur. Ils me faisaient abri. Après m'avoir gardée un moment contre lui, il m'a écartée : « Es-tu sûre de vouloir ? » Mon sensible Jordan !

Vouloir être belle dans les yeux d'un homme plutôt que dans la froide glace d'une armoire... Abandonner le bistouri pour devenir la tendre chair que l'on ouvre et explore. Oui, j'étais sûre.

Et c'est ainsi que cette chair m'a trahie.

Nous étions tous deux nus sur le lit, lui beau de son désir et de sa volonté de m'attendre, mon délicat Jordan ! Et moi, soudain, plus rien ! Un ventre indifférent, comme barricadé, la sécheresse, l'aridité. Il se montrait patient, il œuvrait des mains et des lèvres pour me réveiller, en vain. J'ai fini par l'écarter : « Je crois que j'ai trop de choses dans la tête. »

Et, bien qu'il protestât, refusant de faire le voyage sans moi, je l'ai rendu heureux.

Puis c'est l'aube. Je m'éveille mourant de soif. Je n'ai pas l'habitude de l'alcool et hier j'ai abusé. Jordan semble dormir. Je me lève sans bruit, vais me désaltérer dans le cabinet de toilette et reviens, prenant mille précautions pour ne pas l'éveiller. Mais à peine ai-je posé ma tête sur l'oreiller que son bras me fait prisonnière.

« Rendors-toi, petite fille, murmure-t-il. Ne t'occupe de rien. »

Est-ce le « petite fille » ?

Elle obéit, se recroqueville sur elle-même, ferme les yeux, ne bouge plus. Cette main sur sa nuque, dessinant ses épaules, vagabondant le long de ses reins, elle l'ignore puisqu'elle dort. Ces doigts d'abord discrets, qui peu à peu prennent le chemin de son intimité, elle n'a pas à s'en soucier puisqu'il s'occupe de tout. La chaleur qui monte par vagues est celle que la petite fille éprouvait lorsqu'elle faisait de la balançoire – et hop les jambes en avant ! Et hop les jambes en arrière ! – sous le gros tilleul de la ferme, en se demandant ce qui se passait sous sa robe, de bizarre, de délicieux, de mouillé, de défendu, papa et maman ne doivent pas savoir, ni Roland, ni personne. Pourquoi ne pas s'ouvrir davantage à la main ? Elle dort ! Pourquoi résister aux doigts qui font tomber un à un les barreaux, ouvrent la digue, libèrent la rivière, elle dort, elle dort. Et le cri qu'elle s'oblige à retenir, lorsque enfin l'homme vient emplir la petite fille pour la changer en femme, augmente encore le plaisir.

Les grandes décisions de la vie semblent souvent vous tomber du hasard. Par la suite, on se dit avec angoisse : « J'aurais pu passer à côté. » Mais, ces « bienheureux hasards », peut-être les fabrique-t-on soi-même sans le savoir. Mélanie y aurait eu sa part.

Nous prenions le café lorsque je me suis entendue déclarer à Jordan :

« J'ai besoin de toi. »

La seconde d'avant je n'y pensais pas. Y pensais-je depuis toujours ?

« Ce que tu voudras, Margaux.

– Permets-moi de te regarder opérer : je veux progresser en cœlio.

– Progresser ? Tout le monde dit que vous êtes très douée, madame. Non seulement vous me regarderez, mais vous mettrez la main à la pâte. Qu'attendiez-vous pour me le demander ?

– Roux n'est pas chaud pour cette méthode.

– Tu ne dois plus rien à Roux », a-t-il dit avec colère.

Mais justement, parce que je ne lui devais plus rien, Roux serait, comme Mélanie, un élément important de ma décision.

Jordan s'était levé, il arpentait la pièce, il est allé ouvrir la fenêtre : pour donner plus d'espace au bonheur ? Je comprenais ce qu'il éprouvait : une passion vous étouffe toujours un peu, la partager, c'est partager le plus riche de son sang.

« Écoute... Après la cinquantaine, aucun chirurgien " n'est chaud ", comme tu dis, pour pratiquer la cœlio. Quand ils ne sont pas franchement contre. Ce n'est pas une technique facile, ils ont peur d'échouer et pas du tout envie de retourner à l'école. Alors ils freinent ! Mais ils savent bien qu'un jour ceux qui ne la pratiqueront pas pourront aller planter des choux. Dis-moi, qui acceptera les vilaines cicatrices, la douleur postopératoire, le long rétablissement, alors qu'ils seront évitables une fois sur deux ? »

Déjà, on sentait monter la demande : un certain nombre de patients nous arrivaient, réclamant d'emblée à être opérés à ventre fermé, même s'ils ne savaient pas très bien de quoi il s'agissait.

« D'un côté, tu auras les " vieux " qui ne voudront ou ne pourront s'y mettre. De l'autre, de plus en plus, des jeunes qui auront un peu trop tendance à ne faire que ça : d'adroits techniciens, sans plus. »

À nouveau, il s'est emparé de mes mains, Jordan, mon prophète !

« Toi, Margaux, tu sauras aussi bien faire les gestes d'hier que ceux de demain. C'est comme ça que tu gagneras : en devenant la meilleure en toutes circonstances. »

J'ai senti comme autrefois passer sur moi l'aile du destin. J'ai pris ma volée.

Deuxième partie

NICOLAS

1.

Didier Ménard a cinquante ans et il est maçon. Depuis toujours, nous a raconté sa femme en pleurant, c'est son honneur, son bonheur, que de construire des maisons ; d'ailleurs, rien à faire, ses vêtements, même ceux du dimanche, ont tous un petit parfum de plâtre. Il dit que c'est sa signature.

Voilà quelques mois, il a commencé à avoir des douleurs au ventre, à droite, sous les côtes, surtout après les repas. Mal au cœur aussi. Il refusait de voir le docteur et elle savait bien pourquoi, Henriette ! La peur du cancer : le beau-père en était mort. Bref, le travail de son Didier se ressentait de tout ça et son humeur aussi car il aimait faire la fête autour d'une table avec les amis et, pour ça, c'était bien fini.

Et soudain, hier, douleurs plus aiguës que jamais, il vomit, 38,8 au thermomètre ; là, Henriette ne lui demande plus son avis, elle appelle le médecin. Celui-ci appuie à droite, près du foie, Didier hurle. « C'est la vésicule, le signe de Murphy, emmenez-le à l'hôpital. »

Ce matin, Jordan va retirer sa vésicule à Didier. Il lui a expliqué qu'elle était pleine de cailloux dont certains, parfois, bloquaient la sortie, ou qui risquaient de passer là où il ne fallait pas, faisant du dégât dans la boutique, un ouvrier du bâtiment pouvait comprendre ça, n'est-ce pas ? Une opération classique ; après, tout rentrera dans l'ordre.

Ce matin, comme tant d'autres jours, Jordan tiendra promesse : j'assisterai à l'intervention pratiquée sous cœlioscopie.

Il est d'abord venu voir opérer sa future élève... Je l'avais averti : le b.a.-ba, appendices, kystes. Bien que je sois sûre de mes gestes, j'étais émue qu'il me regarde faire. Le verdict s'est résumé à quelques mots, soulignés par un gros soupir : « Décidément, quand les femmes s'y mettent... Tu en sauras très vite autant que moi ; je suis déjà jaloux. »

Sous la lumière du scialytique, Didier dort. Jordan s'installe entre les jambes largement écartées, couvertes de champs stériles bleus. Comme le bloc a changé depuis quelques années ! Téléviseur, magnétoscope, cadrans, écrans, tous ces appareils à la fois rassurent, impressionnent, surprennent. Dans cette usine, où est la main du chirurgien ? Où est son cœur ?

Le cœur de Jordan était dans sa voix, tout à l'heure, lorsqu'il a rassuré Didier avant l'anesthésie : « Si un jour j'ai de quoi construire une maison, c'est à vous que je la confierai, d'accord ? »

Le maçon a dit oui, l'homme a eu moins peur : il faudra bien qu'il s'en sorte, de sa foutue opération, pour la construire, la maison du chirurgien !

La main de Jordan est là aussi, qui palpe avec soin l'abdomen avant d'y enfoncer l'aiguille d'insufflation, aussitôt reliée à un tube par lequel pénètre le gaz carbonique. Le ventre se gonfle peu à peu, les doigts continuent à palper, déterminant les endroits où seront placés les trocarts, tubes rigides dans lesquels Jordan glissera ses instruments.

Je regarde ces doigts qui « voient », cette main grâce à laquelle, je n'en doute pas, Didier retrouvera du bonheur à vivre ; c'est la même main qui sait trouver les endroits sensibles de mon corps pour le rendre heureux. Je réprime un sourire : quand même, Margaux, est-ce le lieu où penser au plaisir ? Mais ne dit-on pas que la recherche du plaisir, sous toutes ses formes, est notre principal moteur à tous ?

À présent, Jordan pratique une minuscule incision au-dessous du nombril. Il y enfonce le premier trocart, celui de l'optique : une caméra grosse comme un pois.

Et c'est la magie !

Qui n'a vu ce film de science-fiction où des médecins miniaturisés voyageaient à travers un corps pour en extirper le mal ? La science-fiction est devenue réalité : sur l'écran vient d'apparaître, émouvant, palpitant, le paysage intérieur d'un être humain. On distingue clairement les organes, la fragile et complexe mécanique : « La preuve que Dieu existe », affirmerait Jordan.

Les deux autres trocarts sont maintenant en place. Lorsqu'on s'initie à la cœlio, leur longueur impressionne : plus de trente centimètres... À la fois on travaille à distance et, grâce à l'écran, au plus près de l'organe malade. Tandis que depuis des siècles, le chirurgien œuvrait les mains dans la chair, mais le regard forcément loin.

Les yeux sur l'image, Jordan a commencé à disséquer. À l'aide de ses instruments miniatures, il décolle peu à peu la vésicule du foie. Soudain, je brûle de prendre sa place, j'ai la certitude que j'en serais capable. Avez-vous jamais vu le spectacle d'un respectable chirurgien, en survêt et baskets, disséquant une cuisse de poulet ou retirant la peau d'un grain de raisin, à l'intérieur d'une boîte en plastique dont le couvercle représente un ventre ? C'est ce que je fais presque chaque jour sous les yeux ébahis de mon fils, depuis que ma décision a été prise d'élargir mon champ d'action. Éric voudrait bien essayer lui aussi. « C'est mieux que le Mikado », remarque-t-il. Oh ! malades, si vous saviez !

Tous les yeux, sauf ceux de l'anesthésiste, séparé du spectacle par un drap, sont fixés sur l'écran. Le silence est total. Jordan l'impose. Ici, l'exilé règne : le bloc est son royaume. Et pas question de se livrer aux habituelles plaisanteries sur la viande ou la tripaille, qui permettent au praticien de combattre l'angoisse en séparant l'homme de sa chair. Respect du patient, même si celui-ci n'entend rien. Jordan-le-croyant n'oublie jamais qu'il soigne un corps habité par une âme.

Comment dire les couleurs du voyage ? Ocre, rose-mauve, traversés de brillances. Jordan a achevé de libérer la vésicule en coupant le dernier pédicule qui la reliait au foie. La pince va maintenant s'en saisir pour la tirer vers le nombril où elle sera vidée – les calculs qu'elle contenait, morcelés – avant d'être extirpée, comme un ballon crevé, par le nombril.

« Et voilà ! »

Jordan dépose dans le haricot tendu par l'infirmière la cause des soucis de Didier. Il m'adresse un regard joyeux. En réponse, je prends la compresse que la panseuse s'apprêtait à passer sur son front où perlent des gouttes de sueur et éponge celui-ci moi-même : acte de respect du disciple envers le maître. Le jet d'eau stérile lave le paysage avant d'être aspiré. Le ventre se dégonfle au fur et à mesure que s'échappe le gaz carbonique. Plus d'image sur l'écran, la séance est terminée, le film a eu une fin heureuse. Il ne reste qu'à retirer les trocarts et placer une agrafe sur chaque minuscule incision.

Dès demain, sauf complication improbable, Didier quittera la Chartreuse. Très vite, il pourra monter les murs de ses maisons et faire la fête avec les copains sans craindre de souffrir.

Déshabillage, rhabillage. Est-il déjà midi ? L'opération a-t-elle vraiment duré presque deux heures ? À la fois, je n'ai pas vu passer le temps et il me semble sortir d'une course de fond : jambes molles, tête vide, je suis crevée.

« La prochaine vésicule sera pour toi ! annonce Jordan.

– Avec bonheur. »

Avec angoisse aussi. Pourquoi ne pas l'avouer ? Avant chaque intervention, elle est là, sous le front, dans la poitrine du chirurgien, face à la singularité de chaque corps. Mais cette peur de n'être pas à la hauteur est salutaire, elle nous oblige à l'exigence et parfois nous hisse aux sommets.

2.

On annonce la neige. Chaque matin, Éric se hâte vers la fenêtre pour voir si elle est enfin tombée. Comme tous les enfants, il l'aime, bien qu'il ne puisse en profiter et qu'avec sa démarche mal assurée, elle lui soit un handicap supplémentaire. Te verrai-je un jour sur des planches, mon cœur ? Au printemps prochain, c'est décidé, je consulte. « Avant la puberté », ont dit les orthopédistes. Il est temps. Mais, pourquoi le cacher, cette opération éventuelle pour redresser son genou me fait peur. Pas plus hésitants et torturés que les médecins devant la maladie des leurs.

Décembre. Les fêtes, jours noirs pour les exclus, approchent. Il va nous en arriver beaucoup à la Chartreuse ; chaque année leur nombre augmente et, parfois, il faudrait pour les accueillir plus de gros bras que d'infirmiers. Nous aurons aussi notre lot de TS. « TS », comme tentative de suicide.

Autour des magasins circulent des Pères Noël. Où avait-il trouvé son attirail, celui qui nous est tombé aux urgences de la Chartreuse ? Sous la barbe blanche et le capuchon, on a découvert un jeune visage marqué par la souffrance et, dans la robe, de deux rouges différents, dont un tachait les mains, un corps dévasté. Qu'avait-il voulu dire en s'affublant ainsi pour mourir : la fête n'est plus ce qu'elle était ?

Marie a décidé d'organiser chez elle un réveillon destiné aux seuls célibataires : personnes accompagnées s'abstenir. À la ferme, les foies gras sont déjà faits. Mon frère et les siens viendront-ils les déguster avec nous ? Personne n'ose poser la question à voix haute : comme chaque année, la femme de Roland l'entraînera sans doute dans sa famille à Montpellier. En remontant, ils feront un détour par Chatenay. Leurs enfants, Robin et Samantha, seront intimidés par les grands-parents et, dûment chapitrés, feront semblant de ne pas remarquer la démarche du cousin : zéro à l'examen !

Ce père a débarqué à la Chartreuse un lundi matin à huit heures trente, portant dans ses bras son fils de sept ans : Nicolas. Au moment de partir pour l'école, celui-ci avait déboulé l'escalier de la maison et atterri sur le marbre du hall d'entrée.

J'étais au bloc lorsque l'interne est venu me présenter les radios par le sas, asepsie oblige. Fracture spiroïde du tibia. Je lui ai demandé de faire des clichés comparatifs et d'immobiliser l'enfant. Les parents pouvaient attendre : j'interviendrais en fin de matinée.

En fait de parents, seul le père était là. Il n'avait, m'a-t-on appris, pas voulu quitter son fils un instant. Quelques beaux hématomes ornaient le visage de celui-ci qui, par chance, avait échappé au trauma crânien. M. Delâtre, la quarantaine, avait la mine défaite. Des deux, c'était certainement le plus nerveux, Nicolas ayant pris sa prémédication. Je leur ai expliqué que je me contenterais de réduire la fracture. « N'opérez pas trop les enfants, nous serinait notre patron, à Dijon. Dame Nature se chargera très bien de remettre les choses en place. »

L'intervention s'est passée sans histoire.

Il est un peu plus de cinq heures de l'après-midi, je viens de terminer mes consultations lorsqu'on frappe à la porte de mon bureau : Cathy, une nouvelle infirmière, fraîche et enthousiaste avec qui j'ai plaisir à travailler. « Je peux vous parler, madame ? »

Elle demeure sur le seuil, intimidée. Je la prie d'entrer et de s'asseoir. Les observations des infirmières ou des aides soignantes, qui vivent au plus près du malade, nous sont toujours précieuses.

« Il s'agit du petit Delâtre : Nicolas. »

Elle n'est sûre de rien mais a préféré me mettre au courant. Alors qu'elle passait à l'enfant sa veste de pyjama, elle a remarqué, sur le dos de celui-ci, d'anciennes traces de griffures. Il a également de nombreux hématomes sur les bras, eux, plus récents. Lorsqu'elle l'a interrogé, il n'a pas répondu ; depuis son arrivée, on n'a guère entendu le son de sa voix.

« Avez-vous prévenu Mlle Martineau ?

– Bien sûr, madame. Elle va en faire part au patron. Mais comme Nicolas est votre malade...

– Merci de m'avoir avertie. »

L'une comme l'autre, nous nous refusons à prononcer le mot : l'un des plus redoutés à l'hôpital. Notre travail n'est-il pas de soulager la souffrance ? Alors, que quelqu'un puisse l'infliger volontairement à un innocent... Elle dit encore, la gentille Cathy, sur un ton d'excuse : « Voyez-vous, madame, j'ai un petit frère de cet âge. »

Et moi, un fils à peine plus âgé. Est-ce pour cela que je galope ?

Nicolas est seul dans sa chambre à deux lits, sa jambe plâtrée en traction.

« Bonjour, mon chéri. »

Je m'approche sans hâte pour ne pas l'effrayer. Ce matin, je n'ai guère eu le temps de le regarder. C'est un enfant ravissant : deux grands yeux dont le bleu étonne sous les cheveux bruns, bouche et nez finement dessinés. Mais la coiffure est tout simplement incroyable. Elle me rappelle ? La chevelure d'une de mes poupées après que j'eus, enfant, procédé à une coupe avec les ciseaux de cuisine : un désastre. Pour Nicolas, on dirait que tout a été fait afin d'exhiber la seule fausse note de ce visage : des oreilles très fortes, décollées : « oreilles d'âne » qui doivent, c'est probable, lui valoir les compliments de ses camarades d'école.

Je pose ma main sur la sienne : « Tu me reconnais, Nicolas ? C'est moi qui me suis occupée de toi ce matin. Je voulais te dire que tout s'est bien passé. Je trouve que tu as été très courageux. »

Il ne répond pas. Je le sens sur ses gardes.

« Mais tu as dû avoir une belle peur quand tu es tombé ! »

Toujours rien ! Je prends mon stéthoscope et le lui montre : « Tu connais ? »

Enfin, le son de sa voix : « C'est pour écouter les poumons.

– Eh bien, si tu permets, nous allons écouter les tiens... »

Il n'a pas tellement envie de permettre, Nicolas ! Il se laisse, de mauvaise grâce, tourner sur le côté et, lorsque je soulève la veste de son pyjama, il se fait tout petit, comme pour offrir le moins de surface possible.

Ce ne sont pas quelques traces : ce dos a été labouré. Comme si Nicolas s'était roulé dans un champ de barbelés. Ou plutôt, comme si des ongles s'étaient divertis à faire de cruels dessins sur la peau tendre. Les hématomes sur les bras sont, en effet, plus récents.

Alors que je le réinstalle sur l'oreiller, Mlle Martineau fait son apparition : « Vous avez besoin de quelque chose, madame ?

– Non merci ! C'est juste une visite amicale. »

L'air de dédain de la surveillante en dit long sur ce qu'elle pense de mes visites amicales, c'est-à-dire sans escorte : seule à seul avec le malade. Pour elle, du temps perdu. Comme ma manie d'expliquer aux parents, chaque fois que c'est possible, l'intervention que je vais pratiquer.

Non que Martineau soit insensible : elle traite bien ses malades et sa solidité, son assurance, son âge aussi les rassurent. Mais elle n'est pas de ceux qui s'assoient près du lit. Pourtant, toute la différence est là : au médecin qui s'assoit, le patient parle plus facilement qu'à celui qui reste debout.

« Le docteur Roux souhaiterait vous voir... dès que vous serez libre. »

Elle referme la porte comme à regret. Je reviens à mon Nicolas. Le ton rude de la surveillante l'a fait se recroqueviller plus encore. J'ai envie de poser mes lèvres sur ces drôles de cheveux, pourquoi pas sur les trop grandes oreilles ? Je me retiens. Contrairement à ce que certains pensent, la plupart des enfants n'aiment pas être embrassés par des inconnus ; les seuls baisers dont ils n'ont jamais assez sont ceux de leurs parents. Qui sont les tiens, petit garçon ?

« Tu te rappelles ce qui s'est passé ce matin ? Tu as glissé sur une marche ? »

Il incline la tête avec force : oui, il a glissé ?

« Tu partais pour l'école, c'est ça ? C'est ta maman qui t'y conduit ? »

Là, c'est un « non » et des yeux qui se détournent.

« Alors ton papa ? »

Le visage aussitôt s'éclaire : « Parfois mon papa, parfois ma grande sœur.

– Elle s'appelle comment, ta grande sœur ? »

Avant qu'il m'ait répondu, la porte s'ouvre sur M. Delâtre. Et soudain, j'ai l'impression de ne plus exister, ni pour l'un ni pour l'autre. Le père s'élance vers le fils. Écharpe, attaché-case, sac à dos, tout ce qu'il tenait tombe au pied du lit afin qu'il puisse prendre entre ses mains le visage du petit, le dévorer du regard, puis l'embrasser, l'embrasser encore. L'amour est là : un amour « douloureux ». Pourquoi ce mot me vient-il à l'esprit ? Je remarque que leurs yeux sont du même bleu. Le fils est ravissant, le père fort bel homme.

Puis M. Delâtre semble me découvrir. Il se reprend.

« Excusez-moi, madame, je ne vous ai même pas saluée : l'émotion... Merci encore d'avoir pris si vite Nicolas ce matin.

– Ce n'était pas un bien gros travail, monsieur.

– On m'a dit qu'il serait sur pied dans huit jours ?

– Sur un seul pied... Jusqu'à ce qu'on lui ait retiré son plâtre. »

Il acquiesce, ramasse le sac, prend place au bord du lit. Je devrais les laisser, Roux m'attend, mais avant de m'en aller, j'ai une question à poser. Sans plus s'occuper de moi, le père de Nicolas sort des objets du sac : livres et jouets.

« Claire a choisi ceux que tu préférais. Elle voulait te les donner elle-même, mais les enfants de son âge ne sont pas admis dans les chambres. Elle attend en bas. J'ai promis de t'embrasser très fort pour elle. »

Ce qui est fait : tous les prétextes sont bons... Du sac, Delâtre sort à présent un dessin, très coloré, portant de nombreuses signatures enfantines.

« Ça, c'est de la part de tes copains. Ta maîtresse a été avertie de l'accident. N'espère pas y avoir gagné des vacances ! Elle remettra à ta sœur du travail pour toi. »

Tous deux rient, complices. Il reste quelque chose dans le sac. On dirait que le père hésite à le sortir ; puis il se décide. C'est un Mickey dont on voit qu'il a beaucoup servi : le compagnon de lit de Nicolas ? Son « doudou » ?

« Ta maman m'a recommandé de ne pas l'oublier. »

Nicolas ne bouge plus. Il regarde le Mickey, posé sur le lit, à portée de sa main. Puis ses yeux remontent sur ceux de son père où je lis comme une prière.

C'est le moment de poser ma question.

« Sa maman n'a pas pu venir ? »

Delâtre se tourne vers moi et il me semble qu'il m'avait à nouveau oubliée.

« Elle est souffrante. »

Cette fois, je les laisse.

3.

Réunion réduite chez le patron : Martineau, Cathy, moi. Lorsque j'entre, Roux m'accueille avec un grand sourire. Depuis l'histoire de Mélanie, il essaie de renouer, de revenir à nos relations précédentes, mi-paternelles, mi-amicales. Je me montre aimable, disponible, mais la confiance n'est plus là, qu'y puis-je ?

« Nous sommes ici pour parler du petit Delâtre ; je crois que vous l'avez vu, Margaux ?

– J'en viens, monsieur.

– Votre avis ?

– Les traces sur le dos sont anciennes ; certainement pas accidentelles. Une partie des hématomes peuvent être dus à la chute, pas tous. Je suis inquiète.

– Nous le sommes tous. Mais comme vous savez, dans ce genre d'histoire, il convient de se montrer prudent.

– Je le sais, monsieur. Je voudrais simplement être sûre que Nicolas est bien tombé... tout seul dans cet escalier.

– Allons, allons, s'exclame Roux. Vous voyez... vous dramatisez tout de suite. S'il vous plaît, ne vous laissez pas influencer par la tendre mère que vous êtes ! »

Martineau approuve. Cathy cherche mon regard : elle, c'est la tendre sœur...

« Il se trouve que je connais les parents du petit, nous apprend Roux. Ce ne sont pas ce qu'on appelle des amis, mais Delâtre est mon banquier. Nous nous rencontrons régulièrement. »

Il se tourne vers moi : « Je puis vous assurer que cet homme est incapable de faire du mal à quiconque.

– J'en suis persuadée, monsieur. Et son amour pour Nicolas ne fait aucun doute ; il m'a même semblé particulièrement ému.

– Quel père ne le serait !

– Mais ne trouvez-vous pas étrange que la mère ne soit pas venue ? Il paraît qu'elle est malade. »

Roux a un sourire : il lit dans mes pensées.

« " Il paraît " ? Auriez-vous des raisons d'en douter ? »

Aucune ! Je parlerais bien des cheveux saccagés, des oreilles de Mickey, je n'ose. À la vérité, j'ai une sale impression, c'est tout. Rien de vraiment sérieux qui m'autorise à accuser une mère que je ne connais pas d'avoir précipité son fils au bas d'un escalier. Les griffures ? Sans doute ont-elles une explication. Et elles ne datent pas d'aujourd'hui.

« Delâtre m'a appelé en fin de matinée pour me confier son fils, reprend Roux. Il s'est d'ailleurs félicité de vous, Margaux. Si vous le voulez bien, je m'occuperai de cette affaire. Je verrai le petit demain et, si besoin est, j'en parlerai... à mon banquier. »

Il a de la chance de pouvoir plaisanter ! À présent, c'est à Cathy qu'il s'adresse.

« Mademoiselle, puis-je vous demander la plus grande discrétion ? Un scandale est vite arrivé : parfois beaucoup de bruit pour rien. Nous en avons eu l'expérience ici. »

Martineau et moi approuvons. Une adolescente qui s'était blessée elle-même et avait accusé son beau-père dont elle ne supportait pas la présence auprès de sa mère. Les journaux s'en étaient emparés. Il avait perdu son travail.

« Faites-moi confiance, conclut Roux. J'apporterai le plus grand soin à éclaircir cette histoire. Et à vous rassurer, j'espère. »

Il me regarde : « Nous sommes d'accord ?

– Nous sommes d'accord, monsieur. »

Et nous pouvons compter sur le patron ! C'est ce que j'affirme à Cathy en sortant du bureau. Il adore les enfants ; il n'est pas rare qu'il leur apporte des cadeaux et, cette année encore, il s'apprête à offrir, sur ses deniers, un sapin de Noël à ceux qui passeront les fêtes ici.

Mais lui-même n'en a pas ; est-ce ce qui fait la différence et que l'angoisse me reste au cœur ?

Dans le hall de la Chartreuse, une fillette attendait sagement, un livre ouvert sur ses genoux. Je suis allée vers elle : « Tu es Claire ? » Elle s'est levée, très bien élevée : « Oui, madame.

– C'est moi qui me suis occupée de ton petit frère. Je voulais te dire que tout allait bien : ton papa est avec lui, il redescendra bientôt. Ce n'est pas trop long ?

– Ça va, madame. »

J'ai regardé le livre, un livre de classe : « Je suppose que tu es à Saint-Charles ? » Elle a acquiescé. C'était le seul collège du coin ; peut-être Éric la connaissait-il ?

Elle était aussi blonde que son frère était brun. Une belle natte, ornée d'un « chouchou », dégageait son joli visage. Je me suis retenue de lui demander de quoi souffrait sa maman ; je n'allais pas recommencer... Roux prenait les choses en main ; sans doute connaissait-il la femme de son banquier.

Et, après tout, j'avais peut-être devant moi l'auteur des griffures. Les ongles... bien une arme de fille ! Je ne me privais pas de les utiliser, et les dents aussi, lorsque mon frère, à la ferme, m'attaquait sous prétexte que je voulais tout le temps « faire mon intéressante ». Et lui pouvait être féroce, Roland ! Ne m'avait-il pas, un jour, jetée au bas du tracteur que je m'étais mis en tête de conduire ?

J'en portais encore les marques.

4.

La question est venue, si l'on peut dire, à mon insu ; je n'y songeais pas la seconde d'avant.

Marie s'était invitée à dîner et je m'affairais à la cuisine en compagnie d'Éric qui avait choisi le menu : un soufflé au fromage, avec engagement de ma part à le laisser gratter le plat. Soudain, je me suis entendue demander :

« Dis donc, à ton école, il y a bien des petits Delâtre ?

– Claire, a répondu Éric sans hésiter ; on en a même parlé aujourd'hui. Son frère s'est cassé la jambe et elle a pleuré. Comment tu le sais, maman ?

– Je sais même que le frère s'appelle Nicolas ! C'est moi qui l'ai soigné. Tu le connais ?

– Il n'est pas dans notre aile, c'est un petit ! » a lâché Éric avec condescendance.

Je n'ai pas insisté et je suis revenue à mon soufflé. Il s'agissait de prouver à Marie que, contrairement a ce qu'elle se plaisait à répandre, non seulement j'étais capable d'apprécier un plat, mais aussi de l'exécuter. Le chef a mêlé soigneusement sa savante préparation à base de beurre, farine, lait, fromage et jaunes d'œufs aux blancs montés en neige, puis il a versé le tout dans le plat préparé par son marmiton qui partageait avec Horace le nettoyage gourmand des casseroles. Notre invitée ne tarderait plus, j'ai enfourné le chef-d'œuvre.

« Tu pourras ouvrir à Marie, s'il te plaît ? J'ai un coup de fil à donner. »

L'idée de ce coup de fil m'était venue, elle aussi, comme

malgré moi. La réflexion d'Éric : « Nicolas n'est pas dans notre aile »... Je le sentais bel et bien sous la mienne. Roux avait raison : je prenais cette histoire trop à cœur. Mais serait-ce contrevenir à ses ordres que de demander l'avis d'une amie ?

Je me suis isolée dans la chambre de mon fils pour téléphoner. Madeleine Cormier, la cinquantaine, était psychologue. La Chartreuse faisait appel à elle pour les tentatives de suicide, parfois pour les femmes battues. Il nous en arrivait régulièrement, surtout en fin de semaine. Madeleine s'occupait également des sidéens, mais la Chartreuse n'étant pas équipée pour les soigner, ils ne restaient jamais longtemps chez nous : ils étaient dirigés vers un service spécialisé du CHU voisin.

J'ai été soulagée de la trouver chez elle ; je lui ai raconté ma petite histoire, ma grande, trop grande angoisse.

« Si tu pouvais passer voir le gamin, je serais plus tranquille.

– Ton patron est d'accord ? »

J'ai menti : « Il n'y verra sûrement aucun inconvénient.

– Que soupçonnes-tu ?

– Je ne sais pas. J'ai une drôle d'impression. Imagine que la chute n'ait pas été accidentelle...

– À qui penses-tu ? »

Le ton était devenu sec, professionnel ; le doute m'a à nouveau saisie. Qu'étais-je en train de faire ? Je trahissais la confiance de Roux, celle aussi d'un pauvre père qui, par son attitude, s'était en quelque sorte livré à moi. Et puis je n'aime pas faire mes coups en douce.

« Je ne veux accuser personne. C'est pour ça que je t'ai appelée.

– Combien de temps le garderez-vous ?

– Huit-dix jours, si tout va normalement.

– Je passerai », a-t-elle promis.

Comme pour me racheter de mes vilains soupçons, j'ai parlé à Madeleine de l'amour débordant de M. Delâtre, de Claire aussi : une petite fille que rien, apparemment, ne distinguait des autres.

« Vois-tu, a-t-elle remarqué, ce genre d'histoire est archidélicate à manier. On a tellement sensibilisé les gens aux problèmes de maltraitance que certains tirent parfois des conclusions hâtives, très dommageables pour la famille, en particulier pour l'enfant. Chacun, finalement, juge en fonction de sa situation. »

Roux n'avait pas dit autre chose : la tendre mère... On a sonné et un petit garçon est allé ouvrir la porte, clopin-clopant, clic-clac sur le plancher.

« Merci, ai-je dit. Sache que je n'ai qu'une envie : me tromper. Je compte sur toi pour m'engueuler. Et le plus tôt sera le mieux ! »

Le soufflé a été apprécié. Marie a bien dû reconnaître que tout n'était pas perdu en ce qui concernait mes papilles gustatives. Je lui ai rappelé qu'en certains domaines ces papilles étaient même particulièrement affûtées. Je suis membre – que personne ne rie – des Routiers du vin, un petit groupe d'apprentis œnologues qui, une fois par mois, apprend à goûter, reconnaître, apprécier, les crus de la région. Notre prochain voyage dans une cave était imminent. Je m'en réjouissais.

Mais Marie n'était pas venue pour discourir gastronomie. Elle voulait me parler de la réunion à laquelle notre directeur avait convié, demain, tous les médecins de la Chartreuse. La nouvelle était officielle : la maternité et les urgences étaient visées par la restructuration. Levaillant nous rendrait compte de sa visite au représentant du gouvernement.

« Vous n'allez pas les laisser faire ? » s'est inquiétée mon amie.

Ma gorge s'est serrée : la maternité fonctionnait au ralenti, nul ne l'ignorait. Cela rendait ce service plus vulnérable.

« Évidemment, on va se défendre ! C'est pour ça qu'on se réunit ! »

Durant le reste du repas, nous n'avons parlé qu'hôpital, et Éric s'est éclipsé dès que la politesse le lui a permis pour faire avancer notre puzzle : tâche bien plus passionnante que d'écouter nos histoires de boutique.

« Et Jordan ? a demandé mon amie, un sourire dans les yeux, alors que je la raccompagnais à la porte.

– Ça va ! Je lui cherche en vain des défauts...

– Plains-toi ! »

Elle a compris que je ne tenais pas à entrer dans les détails. Elle a simplement dit d'un ton sévère : « Ne lui fais pas de mal. »

Je n'ai su que répondre. Déjà, elle descendait l'escalier. Elle s'est retournée, son beau visage obscurci par l'inquiétude.

« Pour demain, tu me raconteras tout, n'est-ce pas ?

– Promis, tout ! »

5.

Il éclate comme une bombe, ce « tout », sur la tête des hommes et des femmes en blanc réunis dans la salle des conférences par notre directeur. Cette salle sert aussi pour les fêtes et des guirlandes de Noël attendent dans un carton d'être suspendues. Joyeux Noël, mesdames et messieurs, et surtout bonne année : le préfet régional a confirmé les vœux du ministre de la Santé.

Suppression des urgences à la Chartreuse. Elles seront prises en charge par le SMUR ou le SAMU qui conduiront directement, dans leurs véhicules spécialisés, les malades ou blessés jusqu'au CHU de la grande ville voisine.

Suppression de la maternité qui deviendra « Centre de consultation avancée », où les parturientes seront reçues avant et après l'accouchement, celui-ci étant pratiqué au très performant service de gynécologie-obstétrique du même CHU voisin.

Les raisons de ce choix n'ont pas à nous être expliquées : les médias s'en chargent depuis des années : faillite de la Sécurité sociale, restrictions budgétaires, dérive financière...

Mais pourquoi nous ?

Ce « pourquoi nous ? », que de fois l'avons-nous entendu dans la bouche de familles éplorées : pourquoi mon enfant plutôt que celui-là ? Pourquoi mon mari, mon père ? Pourquoi moi ?

Après un instant de silence, tout le monde s'est mis à parler en même temps. À mes côtés, Rémi s'agite beaucoup. Comme toujours, Jordan reste réservé. Pense-t-il que son statut d'assistant étranger lui retire le droit à la parole ? Non loin de nous, Roux reste en dehors des conversations. Comme s'il sentait mon regard sur lui, il se retourne et m'adresse un signe amical. J'y réponds. Ne nous voilà-t-il pas embarqués dans une même galère ? Les urgences alimentent notre service.

Levaillant réclame le silence. À nouveau, tous les visages sont tournés vers lui.

« En ce qui concerne la maternité, ne nous voilons pas la face : nous ne pourrons pas faire grand-chose. Les quotas – trois cents accouchements par an – sont loin d'être atteints : M. Legris en convient lui-même. »

Le patron de ladite maternité opine tristement du bonnet. D'après Marie, il s'en fout ; il n'est qu'à mi-temps à la Chartreuse et a une importante clientèle privée.

« Pour les urgences, c'est une autre paire de manches, reprend Levaillant. Le conseil d'administration a déjà introduit un recours pour décision injustifiée. Et, en échange de la suppression des lits de la maternité, nous avons l'intention de demander l'installation d'un scanner à la Chartreuse. »

Les « bravo » fusent : voilà qui est parlé ! Mon cœur se serre : pauvre Marie, c'est la mort de ton service qu'on applaudit !

« Monsieur Merlin. »

Le patron des urgences se lève pour rejoindre Levaillant. Massif, crinière blanche, une force de la nature dont tous saluent l'énergie et le dévouement. La gratitude m'emplit : cet homme a pris ma défense un jour où j'étais injustement accusée. Il m'a manifesté sa confiance. Je ne peux l'oublier. Quelle absurde timidité m'a-t-elle empêchée d'aller le remercier ?

« Qu'est-ce que les urgences ? » attaque-t-il d'une voix de stentor.

Le silence tombe d'un coup. Total. Merlin parcourt la salle du regard, pas mécontent de son petit effet.

« C'est votre voisin qui a dégringolé d'une échelle, le copain pris de subite douleur au cœur, l'enfant ébouillanté, l'accident de voiture... le fil de la vie soudain près de se rompre et, pour nous ici présents, le moment de montrer ce dont nous sommes capables, voire de nous surpasser. Notre raison d'être. »

Il se tait un instant. L'émotion est palpable, chacun retient son souffle.

« Mais l'urgence, aujourd'hui, reprend-il, c'est aussi, ce sera de plus en plus le toxico en manque, le récidiviste en TS, l'alcoolique en crise, le sans-abri, le sans-carte de Sécu, le sans-espoir, le sans-personne. Et ceux-là, croyez-vous qu'ils feront les kilomètres qui les séparent du CHU de la grande ville, au risque de n'y pas trouver de place ? Certainement pas ! Ceux-là, c'est chez nous, à la Chartreuse, qu'ils continueront à venir frapper, que des lits soient supprimés ou non et nous leur ouvrirons la porte parce que notre boulot est de ne pas les laisser crever dans le ruisseau. »

Le silence est ardent, le silence est passionné. « L'hôpital, explique Merlin, redevient de plus en plus, par la force de la misère, ce qu'il était autrefois : “ hôpital de charité ”. On s'y présente autant pour les plaies du corps que pour celles de l'âme, pour la soupe et la chaleur, pour la vermine et le sang qui pisse quand on tousse. Sans parler des vieux dont c'est souvent le dernier toit.

« Si nous perdons notre service d'urgence, prédit Merlin, la Chartreuse deviendra – pardon, mesdames et messieurs les exclus – un établissement de seconde zone, réservé aux seuls miséreux, où les médecins dits “ de qualité ” n'auront plus envie de venir travailler. La suppression des urgences annonce tout simplement la disparition à plus ou moins longue échéance de notre hôpital. »

Des cris fusent, des sifflets. Le regard de Jordan croise le mien : un nouvel exil à l'horizon ?

« C'est pourquoi nous allons nous battre, conclut Merlin. Afin que la charité soit équitablement partagée et que notre établissement reste tel qu'il est : ouvert à tous et performant. »

Sous un tonnerre d'applaudissements, il rend le micro à Levaillant qui dresse un plan d'action. En accord avec la municipalité qui est, bien entendu, de notre côté, emploi oblige, il a rendez-vous avec le président du conseil général. Il verra aussi le préfet, le député...

Je n'écoute plus vraiment. Je suis à la ferme avec mon père.

C'étaient les mêmes personnages qui étaient cités lorsqu'il s'agissait de jachère : préfet, député, présidents, ministres. « De beaux messieurs qui n'ont jamais mis leurs fins souliers dans la terre », ricanait-il. Que connaissent-ils de notre quotidien : le cri, le sang, la souffrance, la peur, ceux qui, de leurs bureaux, entendent décider de la vie ou de la mort de la Chartreuse ?

Mon père avait baissé les bras : trop haut pour lui. Pas pour moi.

La réunion terminée, alors que tout le monde discutait encore, j'ai couru dans le hall rattraper Merlin qui filait vers la sortie. Il était comme ça, le patron des urgences : son boulot fini, il décrochait. Pas le genre à en rajouter en fréquentant les collègues. Le genre à reprendre des forces, « se ressourcer », comme on dit, auprès de sa famille. Merlin l'Enchanteur était grand-père.

« Monsieur, est-ce que je peux vous parler ? »

Il s'est arrêté. Il me regardait avec un sourire malicieux.

« Bien sûr ! Je vous écoute, madame Lespoir.

– Vous avez dit que nous allions nous battre. Comment ? Qu'est-ce que je peux faire ? »

Il s'est emparé de mon bras et m'a entraînée à l'écart. Même à moi, cela faisait du bien d'être touchée, alors, les malades...

« Levaillant nous a indiqué les grandes voies. Nous allons faire connaître notre cause et tous les moyens seront bons puisque la cause est bonne. Nous essayerons d'être les grains de sable qui enrayeront la froide machine administrative. »

Il a ri. J'aurais voulu être comme lui, à la fois grave et désinvolte : savoir prendre de la hauteur, quoi !

« Avons-nous une chance de gagner ?

– Pourquoi pas ? Cela dépendra de chacun de nous. »

Son regard s'est durci : « Mais gardons à l'esprit que certains ne seraient pas mécontents de voir la Chartreuse devenir cet hôpital de seconde zone dont nous parlions tout à l'heure. »

Je n'ai pu réprimer un cri : « Mais qui ? C'est impossible ! »

Son regard a retrouvé sa malice : « C'est dans l'épreuve que l'on reconnaît vrais et faux amis, n'est-ce pas, Margaux ? Nous verrons bien. »

Il m'a semblé qu'il me donnait un avertissement. Lequel ? Il a lâché mon bras et je me suis sentie orpheline. « Je suis à votre disposition, belle dame. »

Déjà, il franchissait la porte. Je suis restée un moment immobile, pétrifiée par une évidence : « Vrais... faux amis... » Moi, j'avais déjà abandonné Marie !

« Elle le sait bien que c'est fichu ! C'est pour ça qu'elle est si inquiète, me console Jordan. Voilà belle lurette que son service est condamné. Les femmes ont elles-mêmes choisi : elles vont à la clinique ou au CHU.

– Mais elle comptait sur moi pour la défendre ! »

Et Marie, lors de l'histoire avec Roux, était prête à prendre mon parti, envers et contre tout. Tous !

« Il va te falloir du courage pour lui parler, reconnaît Jordan. Je t'aiderai. Je crois qu'elle me fait confiance. »

C'est après l'amour. Je repose dans les bras de mon amant sur le lit un peu étroit de la chambre au cèdre, la chambre à la croix. À travers le voilage, on peut voir se balancer dans la rue une étoile argentée de Noël. Chaque semaine, rarement plus d'une fois, nous nous retrouvons ici. Il faut tant de conditions à ces rencontres ! Que ni l'un ni l'autre ne travaille, qu'Éric soit à la ferme.

Jordan a très bien compris que je ne veuille pas l'emmener à la maison. La voisine campe sur le palier, et faire l'amour dans le lieu que je partage avec mon fils m'apparaîtrait comme une trahison.

Sa main parcourt mon corps : « Laisse-moi explorer mon royaume... »

Je ferme les yeux. Il est reconnaissant, ce corps, envers celui qui l'a caressé, empli, brûlé, apaisé. Il s'éveille, ce corps, il existe, il me plaît. Depuis Jordan, ma vie me semble plus harmonieuse. « Il a tout », remarque souvent Marie avec une pointe d'envie. Il sait être léger, tendre, attentif. Je suis la maîtresse respectée. Je suis l'élève qui, sous sa férule, fait des pas de géant dans la « chirurgie à baguettes », comme ricanent certains.

« Attends... J'ai une surprise. »

Il se lève, va chercher une coupe remplie d'amandes à forme bizarre.

« Ma mère me les a envoyées pour toi. On les appelle des “ yeux de gazelle ”, prends... »

Je prends. « Ne lui fais pas de mal », a dit Marie hier. Que craignait-elle ? Soudain, croquant les yeux de gazelle, je me sens avare. Je donne à Jordan si peu de place dans ma vie. Il a parlé de moi à sa mère, je le tais à mes parents. Pas question de l'emmener à la ferme, au risque d'envenimer à nouveau les relations avec mon père qui n'acceptera d'autre homme auprès de sa fille que sous forme de mari.

Et je n'ai pas l'intention de me marier : ni avec Jordan ni avec un autre.

Mon délicat Jordan qui ne m'a jamais dit qu'il m'aimait – alors que ses yeux ne cessent de me l'exprimer – pour ne pas m'obliger à mentir en réponse. Ou s'exposer à mon silence.

6.

Marie n'a rien voulu entendre. Les quotas ? Des mots de comptables, le cul vissé à leur moleskine, qui transformaient tout en chiffres sans rien connaître à l'hôpital. Les raisons de sécurité ? On n'avait qu'à leur donner du personnel en plus et le matériel moderne que le service réclamait depuis des lustres, les futures mamans, alors, reviendraient. Qui ne préfère accoucher tout près de chez soi ? Legris ? Un traître qui laissait ses gardes aux sages-femmes et ne s'intéressait qu'à sa clientèle privée. Quant au « Centre de consultation avancée », cette rigolade, nous pouvions nous le mettre...

En réponse aux diktats des ministères, mon père brandissait des poignées de sa bonne terre, propre à remplir le ventre des affamés. Marie, c'étaient les bébés qu'elle mettait en avant, le sang neuf de la Chartreuse. Pour tous les deux, ce qu'on leur demandait relevait de l'assassinat.

Elle a fini par me tourner le dos.

Moi, j'ai refusé d'entendre Madeleine, mon amie psy. Elle était passée voir Nicolas, il lui avait fait un dessin, ils avaient échangé quelques mots. Mais comment juger d'une situation familiale en une seule séance et ne rencontrant qu'un des protagonistes ? Pour se prononcer, il lui aurait fallu des entretiens réguliers avec l'enfant, des rencontres avec les parents : l'impossible.

« Alors tu laisses tomber ?

– Que veux-tu que je fasse, Margaux ? Que je condamne sans preuves ? Et condamner qui ? D'autre part, es-tu bien sûre que ton patron était d'accord avec ma visite ? J'ai été reçue plus que fraîchement par la surveillante.

– Une peau de vache ! »

Trop heureuse, Martineau, à l'idée de me prendre en faute ! Elle devait avoir déjà averti Roux de mon initiative.

« Rien ne t'empêche de demander une enquête aux services sociaux », a conclu Madeleine.

Et en attendant les résultats de l'enquête, Nicolas serait rentré chez lui avec son plâtre et ses béquilles. Dans quatre jours.

J'ai tourné le dos à Madeleine.

Mais aussi, pourquoi Roux ne me tenait-il pas au courant ? Black-out complet depuis la réunion. Et quelles étaient ses relations exactes avec les Delâtre ? Ne cherchait-il pas à protéger une famille qu'il connaissait ? Il avait promis d'éclaircir cette histoire, de me rassurer, qu'attendait-il ?

« Claire pleure tout le temps, même qu'elle répond plus à la maîtresse, même qu'elle est allée dans le bureau de Madame la directrice », raconte Éric, impressionné.

« Le petit m'a dit qu'il aimerait bien rester ici où tout le monde est gentil », m'a confié Cathy.

C'est Delâtre lui-même qui, sans le vouloir, va répondre à nos questions. En partie.

Depuis hier, Nicolas a une camarade de chambre : Coralie, douze ans, appendicectomie. Je l'ai pratiquée sous cœlio ; la fillette ne restera que deux jours à la Chartreuse, deux jours de fête car elle ne souffre pas et reçoit de nombreux présents.

Sa mère est auprès d'elle lorsque je fais ma visite, accompagnée de l'interne, l'externe, Martineau et Cathy. Sous l'œil dubitatif de la surveillante, j'explique les avantages de l'opération à ventre fermé. Si Roux s'y mettait, Martineau serait tout de suite acquise à cette technique. Roux ne s'y mettra pas, elle l'ignore donc. Coralie montre avec plaisir ses minuscules cicatrices.

Avant de sortir, j'embrasse mon Nicolas. « Ça va, toi ? » Je viens le voir deux fois par jour. Hier, il m'a demandé de signer sur son plâtre. J'ai tracé un cœur et mis une marguerite à l'intérieur. Monsieur a daigné sourire.

« Tu sais, lui ai-je raconté, moi aussi j'ai un petit garçon et, comme toi, il a des ennuis avec sa patte, la même, la droite. »

Je voyais bien qu'il hésitait à me poser une question ; il a fini par s'y décider : « Est-ce que tu l'aimes ? »

Alors que nous quittons la chambre, M. Delâtre me fond dessus.

« J'ai deux mots à vous dire, madame. »

La voix est sèche. Certainement pas deux mots agréables.

« Voulez-vous que nous allions dans mon bureau ?

– C'est inutile. Et je ne serai pas long. Cette femme qui est venue voir mon fils l'autre jour, cette Mme Cormier, il paraît que c'est vous qui la lui avez envoyée ? Depuis quand une fracture du tibia nécessite-t-elle une psychologue ? »

Est-ce Martineau qui m'a trahie ? Je fais signe au petit groupe de s'éloigner. Mon cœur bat plus fort.

« C'est en effet moi qui ai demandé à Mme Cormier de voir votre fils, monsieur. Je me posais des questions.

– Peut-on savoir lesquelles ?

– Nicolas porte de nombreux hématomes sur les bras.

– Et la chute, qu'en faites-vous ?

– Il y a aussi les traces de griffures sur le dos. »

J'ai eu du mal à le dire mais, à présent que c'est fait, le soulagement m'emplit. Je vais enfin avoir l'explication : coup de colère d'un proche, la mère, pourquoi pas ? Une bagarre à l'école, Claire... Comme je la souhaite, cette explication. Comme je suis prête à l'accepter !

Delâtre est écarlate. Un moment, il reste sans voix. J'évite de regarder du côté de Martineau.

« Une vieille histoire, finit-il par répondre. La jeune fille au pair... une Allemande, elle se droguait. Ma femme l'a mise à la porte. »

Y croit-il lui-même ? Je m'entends demander : « Monsieur, pardon de vous poser cette question : étiez-vous présent lorsque le petit est tombé ? »

Delâtre s'est figé. Soudain, il crie :

« Mais bien sûr, j'étais présent ! Puisque je vous l'ai amené. Que sous-entendez-vous, madame ? Qu'est-ce que vous cherchez ? Voulez-vous que j'en réfère à votre patron ? »

Et, sans me laisser le temps de répondre, il me tourne le

dos, il s'enfuit. Nicolas n'aura pas sa visite aujourd'hui. Mon regard rencontre celui de Cathy, bouleversée. L'interne est dépassé par les événements : « Quelles traces de griffures ? interroge-t-il.

– Vous, mêlez-vous de ce qui vous regarde », aboie Martineau avant de s'éloigner à grands pas.

Ces mots m'étaient également destinés.

« Excusez-moi un instant, s'il vous plaît. »

Je reviens seule dans la chambre de Nicolas où règne un silence pesant. L'enfant se barricade derrière ses yeux fermés. La maman de Coralie est venue près de lui, elle lui tient la main. La petite fille me regarde avec reproche. Des larmes coulent sur ses joues. Elle dit : « C'est pas la faute de sa maman. Elle est malade, sa maman et, des fois, elle sait plus ce qu'elle fait. Il faut le dire à personne. »

7.

Le patron m'attendait. Je lui ai dit que je regrettais pour Madeleine Cormier. Je n'aurais jamais pensé que mon initiative provoquerait un tel drame. Je lui ai fait part de la réflexion de Coralie.

« Je vous avait dit que je m'en occupais... »

J'attendais des reproches, une colère, Roux paraissait simplement accablé.

« Monsieur, puis-je savoir ce qu'a la mère de Nicolas ? »

Il a allumé une cigarette ; le cendrier débordait de mégots.

« Mme Delâtre est dépressive. On la traite à Dijon ; elle a fait plusieurs séjours en maison de repos. Peut-être s'y trouve-t-elle actuellement. »

Il parlait nerveusement, sans me regarder, comme s'il était personnellement concerné. Connaissait-il mieux cette femme qu'il ne l'avait prétendu ?

« Puis-je vous poser une autre question ?

– Allez-y, a-t-il dit d'un ton las.

– Mme Delâtre était-elle dans la maison quand son fils est tombé ? »

Il a soupiré : « Elle y était. Mais nul ne peut pour autant affirmer qu'elle l'a poussé ; le père et la petite fille se trouvaient à la cuisine lorsque cela s'est passé.

– Et les griffures ?

– Delâtre s'en est expliqué.

– Vous l'avez cru ?

– Mais que cherchez-vous ? a-t-il demandé avec colère. Cet

homme aime son fils, il est averti ; si besoin est, ce qui n'est nullement prouvé, il fera en sorte de le protéger. »

Il s'est interrompu quelques secondes : « Savez-vous ce qu'est une dépression, Margaux ? Pour ceux qui la vivent comme pour l'entourage ? L'enfer. Allez-vous ajouter un scandale aux difficultés de ces pauvres gens ? Et pour qui me prenez-vous, un tortionnaire ? Croyez-vous que je laisserais maltraiter un gamin ? »

Sous la colère, l'émotion perçait. J'ai regardé la photo sur le bureau : une très belle femme, la sienne. L'idée m'est venue qu'ils devaient souffrir de n'avoir pas d'enfants à eux. Nul n'ignorait à la Chartreuse que Mme Roux avait suivi des traitements.

Je me suis levée : « Je suis désolée.

– Un moment ! »

Il m'a fait signe de me rasseoir. « Il y a autre chose dont je voulais vous parler. Profitons-en. Vos visites se font rares... »

La voix était acide. L'émotion n'était plus de mise.

« On raconte que vous vous êtes prise de passion pour la cœliochirurgie. Un conseil : modérez-vous. Nos bonnes vieilles méthodes ont du bon, croyez-moi.

– J'en suis persuadée, monsieur. Je n'ai nullement l'intention de les abandonner. Voyez-vous un inconvénient à ce que la cœlio m'intéresse ? »

Je m'attendais à cette conversation ; Jordan m'avait avertie. Toutefois, le moment me semblait mal choisi : comme si Roux reportait sa rancœur sur le terrain du travail.

« Aucun. Sinon qu'en certains cas, comme pour la petite Coralie par exemple, je ne vois guère l'utilité de votre choix. On fait maintenant de très petites cicatrices en opérant de façon classique.

– Ce n'était pas mon choix, monsieur. Sa mère me l'avait demandé. Je n'ai pas vu de raison de refuser.

– Si les parents s'y mettent... »

Il avait parlé avec aigreur. « Dans dix ans, ceux qui ne pratiqueront pas la cœlio pourront aller planter des choux », avait prédit Jordan. Je ne le souhaitais pas. Roux était un excellent praticien. Je lui aurais confié ma vie sans hésiter. L'hôpital avait besoin de tous les talents.

« Vous n'ignorez pas que cette nouvelle technique entraîne parfois de lourdes complications, a-t-il remarqué.

– Presque toutes dues au déficit d'expérience de ceux qui la pratiquent. Nous manquons en France de maîtres aptes à y former les jeunes médecins. Il se trouve que nous en avons un ici. Je n'ai pas voulu laisser passer cette chance de me perfectionner. »

Roux s'est détourné. Au mot « maître » ? Jusque-là, à la Chartreuse, il avait été le seul pour moi.

« Une dernière remarque, madame. S'il vous arrivait un pépin, je ne pourrais pas vous couvrir. »

La voix était menaçante, ma réponse a jailli sans que je la contrôle :

« Me couvrir, monsieur ? Comme pour Mélanie ? Et, à ce propos, si Mélanie avait été opérée sous cœlio, l'image aurait permis de détecter... l'erreur. Ce qui nous aurait évité bien des émotions. »

Devant la vérité, il est resté sans voix. Jamais encore je ne lui avais parlé ainsi, comment dire ? De haut. De loin. « C'est comme ça que tu gagneras », avait dit Jordan. Mais avais-je vraiment envie de gagner contre cet homme qui m'avait aidée, soutenue : le patron ? Soudain, je me suis sentie jeune, très jeune et impitoyable.

Je lui ai tourné le dos avant de dire « pardon » : un mot que Mlle Jeanne, malgré tous ses efforts, n'avait jamais réussi à tirer de mon orgueil.

8.

« Dites, mademoiselle Jeanne, est-ce que j'étais une petite fille méchante ?

– Méchante, toi ? Jamais de la vie. Mais quand tu avais une idée dans la tête...

– Et elles n'étaient pas bonnes, ces idées ?

– Pas toujours. »

Petit rire grelot : « Ne regrette pas, c'est sans doute ce qui t'a conduite là où tu es.

– Et là où je suis, c'est bien ?

– Là où tu es, c'est toi. »

Moi ? Marie, Delâtre, Roux, trois blessés sur mon chemin.

« Dites, mademoiselle Jeanne, parmi tous vos enfants, en avez-vous eu de maltraités ?

– Oh ! et combien ! C'était peine de les voir arriver, ceux-là, essayant de cacher la honte. En général, c'était le père qui avait bu un coup de trop. Aujourd'hui, il paraît que les mères s'y mettent...

– Il paraît... Et qu'est-ce que vous faisiez ?

– J'essayais de savoir. J'allais voir les parents pour commencer. Parfois, cela suffisait. Si ça continuait, je sonnais le tocsin. Une fois, j'ai même été chercher les gendarmes, *manu militari* ! Un enfant, ça ne parle pas. Les voisins, ça attend presque toujours qu'il soit trop tard. Seulement vois-tu, la petiote : tu peux arrêter les coups, tu n'arrêtes pas pour autant le sang qui coule en dedans... Il n'y a pas vraiment de bonne solution. Pourquoi me demandes-tu ça ?

« On a un petit Nicolas...

– Suis ton cœur », conseille Mlle Jeanne.

Est-ce de l'avoir trop suivi, trop donné, qui a usé le sien ? En tout cas, ce n'est pas avec elle que je claquerai jamais la porte ! Lorsque j'entre dans cette chambre, je deviens la « patiente ». Ce que j'essaie d'apporter aux malades : la parole, l'écoute, le contact, je le trouve auprès d'elle. Avec son petit falot, depuis l'enfance, mon institutrice m'aura aidée à voir plus clair en moi.

Je me lève. Son regard me parcourt, tente de voir sous le manteau.

« Mais tu es bien chic, ce soir ! Qu'est-ce que tu fais de beau ?

– Vous allez être contente, mademoiselle Jeanne. Ce soir, l'ami Pierrot m'enlève. Nous allons savourer la Côte-d'Or... »

Il parle, il parle, Pierrot, micro en main, dans le minibus qui emmène les célèbres Routiers du vin vers le domaine de Montpensy où nous sommes invités à une dégustation. Pierrot était un gamin brouillon et indiscipliné. Il est devenu gérant prospère d'une agence immobilière et s'occupe également d'organiser des safaris-photos. Dès mon retour à Chatenay, il m'a enrôlée de force dans son club. Ils manquaient de femmes, disait-il. Ils en manquent toujours : sur douze, nous ne sommes que deux à participer aux orgies.

Le domaine de Montpensy, non loin de Chatenay, n'est pas ouvert aux groupes ordinaires, nous explique-t-il tandis que les phares éveillent un paysage de ceps pétrifiés par l'hiver. Il appartient à l'une des plus anciennes familles de la région. Les différents crus, mis en bouteilles à la propriété, sont réservés à une clientèle de connaisseurs. Le propriétaire, le comte Maxime de Montpensy, ex-député, membre du conseil régional, se refuse à accueillir le bon peuple. Mais lui, Pierrot – voyez-le se rengorger –, a partagé avec le fils, Bernard, les bancs de l'école. C'est donc par celui-ci que nous serons reçus et, après la visite des caves, nourris ; car le dénommé Bernard a ouvert, dans une dépendance du château, un restaurant appelé l'Auberge de Sidonie.

Applaudissements, pourléchage de babines : on va lui dire

deux mots, à Sidonie ! Pour être franche, ce n'est pas tant la dégustation qui m'attire que le plaisir d'en connaître davantage sur l'histoire de ma région. Et surtout, surtout, la fête !

Ils sont tous de joyeux vivants, mes compagnons et, lors des équipées où la règle est de ne pas parler travail, je jette aux orties la blouse du chirurgien pour devenir une élève insouciante et chahuteuse. Nicolas, Marie, Roux, et même Éric : au placard ! Je ne suis de garde pour personne.

C'est un château modeste, flanqué de deux tours trapues, rondes comme moines bien nourris. Château de vigneron, pieds calés dans la terre et qui semble issu des vignes qui l'entourent.

Dans la cour, éclairée par des projecteurs, un homme d'une quarantaine d'années nous accueille : Bernard de Montpensy. Avec un grand sourire, il serre la main de chacun.

« Êtes-vous assez couverts ? »

Sinon, il a quelques canadiennes à notre disposition.

« Des Canadiennes, ah, ah ! »... on ne peut dire que les commentaires volent haut. Cependant, en bons apprentis œnologues que nous sommes, nous avons pris nos précautions et nul ne succombera à la traître fraîcheur des caves.

En file indienne, nous descendons les marches de pierre. Nous voici dans la caverne magique où le fruit se transforme en nectar.

Dans un décor de pressoir, cuves de fermentation, fûts en bois de chêne, notre guide nous conte avec chaleur l'histoire du domaine : trois hectares au siècle dernier, huit aujourd'hui, vin blanc et rouge. Il nous met en garde – le fera-t-on jamais assez – contre la croyance erronée que les vins de Bourgogne sont lourds et plantureux. Il en est de légers, pleins de saveur et de finesse ; dans un instant nous en aurons la preuve. Les vins de la région, conclut Bernard de Montpensy, sont comme les plus riches tapisseries : faits de robes, de bouquets, d'arômes différents.

Ce langage me plaît. La voix aussi.

Le moment est venu de tester les diverses cuvées, d'apprécier la différence entre le cru qui sommeille depuis vingt ans et le petit jeune à consommer... au berceau si l'on peut dire.

Les yeux, le nez, la bouche...

Des yeux, nous apprécions la limpidité, la brillance de la robe, cherchons les nuances et, suivant les larmes du vin, jugeons de sa jambe, sa cuisse.

Du nez, nous flairons le breuvage, puis brisons avec un mouvement de côté, aérons, laissons reposer, flairons à nouveau.

Avec « l'attaque », la bouche va enfin prendre contact avec le vin. Les vieux Routiers savent l'envoyer dans la gorge, puis le faire revenir. Je ne m'y risquerai pas ; depuis que je me suis étouffée...

Enfin, c'est « la finale » qui, nous y sommes préparés, peut être décevante. D'un vin « court en bouche », il ne restera rien. D'un vin « long en bouche », on gardera longtemps le parfum.

Pour terminer la visite, selon la tradition, quelques pièges nous sont tendus. « Fermez les yeux : est-ce du blanc ou du rouge ? » À la liesse générale, je me plante superbement.

« Si vous voulez bien, nous marcherons jusqu'à l'auberge. »

Tout au plus deux cents mètres. Tandis que le groupe s'éloigne, je remonte en vitesse dans le car pour troquer baskets contre fins escarpins. Lors de ces sorties, plaisir supplémentaire, chacun se met sur son trente et un. Aurait-on l'idée de déguster un grand cru dans un verre ordinaire ?

Le froid a rendu le chemin malaisé, gelé par endroits et, me hâtant pour rejoindre mes compagnons, je trébuche sur mes hauts talons.

« Puis-je vous offrir mon bras ? »

Bernard de Montpensy s'est arrêté pour m'attendre, il regarde, avec un sourire, mes chaussures si peu adaptées, me prenant en plein délit de coquetterie. S'il me voyait dans mes chaussons d'hôpital !

« Je crois que cela vaudrait mieux, merci ! »

Autant le château fait sérieux, autant les bâtiments de ferme vers lesquels nous nous dirigeons évoquent la fête avec les banderoles de lumière courant à ras de toit et le vieux puits central qui semble sortir d'un conte. Je demande : « Qui était Sidonie ?

– Une bonne fée, répond-il. Mais c'est une longue histoire. »

Trop longue pour qu'il ait le temps de me la raconter, hélas, puisqu'il ne nous reste que quelques pas à faire pour rejoindre le groupe qui nous attend dans la cour. Martin s'en détache : « Alors, on fait bande à part ? »

La salle est vaste, sobrement décorée. Carrelage ancien, murs passés à la chaux, poutres. Les paniers de fruits et de légumes donnent les couleurs. Bernard nous présente à « la patronne », Mme Pisier, une femme d'une cinquantaine d'années qui, nous apprend-il, se charge des finances et mène la brigade à la baguette. Une autre Martineau ?

Un jeune homme prend mon manteau ; je me félicite d'avoir choisi cette robe noire, moulante, agrémentée d'un grand châle bariolé ; d'avoir, pour une fois, libéré mes cheveux. Je me sens belle, désirable. Tant mieux !

La salle principale est pleine. Une table nous a été réservée dans une petite pièce attenante : « J'espère que tu restes avec nous, déclare Pierrot à son ami.

– Je ne vous quitte pas. Et, pour faciliter les choses, c'est soirée plat unique. »

Une *pochouse.* Il s'agit d'une sorte de potée de poisson. Dans les cocottes en fonte que l'on pose sur les réchauds – attention, c'est brûlant –, carpe, brochet, barbeau. Accommodés aux lardons, petits oignons et champignons, mijotés dans ce même vin blanc fruité que nous dégusterons avec, liés à la crème, agrémentés de croûtons frits.

Je suis placée à la gauche de Bernard, l'autre Routière, plus âgée, à sa droite.

Alors que l'on remplit nos assiettes, ce salaud de Pierrot, dénonçant mes « penchants américains », réclame pour moi ketchup et mayonnaise. Je me défends plutôt mal. Il est temps de le dire : je nage en pleine euphorie.

Est-ce le décor, la tension de ces dernières journées brusquement dissipée, la joie que je me suis faite à l'avance de cette « grande récré » ? Comme l'affirment parfois naïvement les enfants : « Jamais je ne me suis sentie aussi bien. » On dirait que ma place a été, de tout temps, réservée chez Sidonie-la-fée, aux côtés du chef cuisinier.

De quoi parlent les autres ? Je l'ignore. Ils semblent s'amuser bien, ils rient un peu trop fort. Moi, j'écoute Bernard de Montpensy me décrire les poissons qui composent son plat et la rivière est là, fraîche et vive, et mes pieds dans l'herbe mouillée. Lorsqu'il évoque les cèpes, têtes de nègre et bolets qu'il ira bientôt chercher dans les sous-bois, je foule les aiguilles de pin, me régale d'odeurs de chasse. Et ce poireau qu'il met dans mon assiette, cette modeste tige hésitant entre blanc et vert tendre, a une histoire elle aussi...

Cet homme dont les cheveux grisonnent aux tempes parle de son métier comme un enfant émerveillé. Il en parle en poète, en artiste. L'écoutant, je sens se détacher de moi les heures difficiles, les luttes stériles, les tensions et redeviens ce que je n'ai jamais cessé d'être malgré la blouse : une fille de la terre comme mon père. Près de Bernard, je l'accepte, je me repose, me recompose.

Rien que ça !

« Et vous, Margaux ? Je peux vous appeler Margaux ? Que faites-vous ? »

Pas question de le lui dire. En tout cas pas maintenant ! Il travaille dans la douceur de vivre, moi dans la douleur. En posant mon bistouri à côté de sa pochouse, il me semble que je romprais le charme. Je récite l'article premier de notre règlement : on ne parle pas travail ; il s'incline. Par bonheur, personne n'a entendu sa question et répondu pour moi.

Déjà les fromages, les desserts. Puisqu'il y tient vraiment, je prendrai un peu d'œufs à la neige avec résille de caramel et sablés croquants. Autour de moi, on commence à bâiller, on regarde sa montre, c'est que demain, nous travaillons. Je ne veux pas y penser. Je voudrais rester là. Mais qu'est-ce qui m'arrive ? Il n'est même pas beau, pas mince, pas grand, pas jeune.

Avant de monter dans le bus, je lui ai demandé.

« Est-ce que vous me raconterez Sidonie ?

– Bien sûr », a-t-il répondu.

Toute la nuit, je n'ai rêvé que poissons, crème et croûtons. Et on dira que je ne m'intéresse pas à la nourriture !

9.

Stupide... Ridicule...

Stupide de « tomber », c'était le terme, sous le charme de quelqu'un que, la veille encore, le croisant dans la rue, je n'aurais même pas remarqué. Tomber sans rien connaître de lui.

Ridicule d'avoir caché qui j'étais, mon bonheur, mon orgueil. De m'être faite bergère alors que j'étais reine.

Et incompréhensible, cette petite musique d'allégresse qui, tel un vent léger, libérait ma poitrine et se résumait à un mot : « Enfin ! »

Enfin quoi ? La grande rencontre ? Le prince charmant ? Comme j'aurais voulu pouvoir en rire avec Marie ! Je l'entendais : « Eh bien bravo, toi, au moins, tu vises haut : il te faut un château maintenant. Et après ? »

À moins qu'elle ne prenne son ton sévère pour répéter : « Ne lui fais pas de mal. »

Du mal à qui ? Pas une seconde je n'avais pensé à Jordan. Je n'éprouvais pas l'ombre d'un remords, le plus petit sentiment de culpabilité. C'était le camarade, le frère, le prof. Et l'amant par surcroît. Cela n'avait rien à voir. Un soir, avec Jordan, une tempête s'était levée dans mon ventre et je lui avais demandé « Emmène-moi ». Hier, avec Bernard de Montpensy, comme un soleil m'avait éclairé le cœur et j'aurais voulu lui dire : « Gardez-moi. »

Je n'en parlerais pas à Marie. Marie me battait froid. Pour elle, en ne défendant pas son service, j'avais trahi l'amitié.

D'ailleurs, avait-elle jamais existé vraiment ? Les chirurgiens ne fraient pas avec les infirmières : on le lui avait bien dit !

Tais-toi, Marie !

En attendant, c'était dimanche, une de ces matinées d'hiver, couleur bleu glacier, piquante, vivifiante, dont on a l'impression qu'elles vous douchent l'âme. On m'attendait à la ferme pour déjeuner. L'héroïne de la comédie musicale intitulée *Stupide... Ridicule...* avait un fils, ne l'oublions pas. Et deux parents paysans dont elle était fière, même si elle n'en avait pas parlé hier, non pour les cacher mais pour ne pas rompre la magie. Cendrillon au bal, Blanche-Neige attendant le réveil, My Fair Lady, c'était moi !

« Finalement, Roland ne viendra pas pour les fêtes : sa femme... »

Un peu triste, maman, en m'annonçant qu'une fois de plus mon frère se défilait. Avait-elle vraiment cru qu'il viendrait ?

« Tu emporteras un foie gras pour Marie. Puisqu'on sera moins nombreux que prévu... »

Mathilde la généreuse, Roland le pauvre type ! Après le repas, j'ai entraîné mon père vers ce qu'on avait toujours appelé « le grand champ » : celui qui donnait le plus, au temps béni des moissons. Comme c'était beau quand le blé levait ! Les bonnes années, on disait : « Ça graine bien. » Cela grainerait-il bien pour moi durant les mois à venir ? Reverrais-je Bernard ? Pastis faisait inlassablement l'aller et retour vers nous ; j'étais comme lui quand on lui lançait sa balle : « Cherche... Cherche... » Un dénommé Cupidon me lançait un prénom et je galopais. Je n'ai pas résisté longtemps à poser ma question.

« Dis donc, papa, le domaine de Montpensy, ça te dit quelque chose ? Hier, nous sommes allés goûter leur vin : fameux. »

Il a réfléchi un instant.

« C'est le vin du comte, a-t-il fini par répondre.

– J'ai rencontré le fils. Il tient une auberge, nous y avons dîné. »

Il m'a fixé d'un œil perplexe : ma voix ?

Il était presque sept heures lorsque je me suis retrouvée chez moi. Ce soir, j'étais de garde et j'avais laissé Éric à la ferme. Le répondeur clignotait, le cœur de l'héroïne s'est décroché : LUI ? Ben voyons... Lui qui ne connaissait que mon prénom, qui ne m'avait pas demandé mon adresse et devait déjà m'avoir oubliée.

Ce n'était que Jordan : un « bon dimanche » en passant. Sa voix tendre, chaleureuse, m'a ramenée sur terre : Jordan la réalité.

Alors je prends les grands moyens, je le rappelle : est-il libre pour dîner ? S'il veut bien, je l'invite à La Pagode.

Et comment, il veut ! N'est-ce pas un anniversaire ? Deux mois que nous avons quitté en catastrophe ce même restaurant pour aller nous aimer chez lui : tête du serveur ! Jordan se souvient de chaque détail ; c'est ainsi que quelqu'un vous manifeste son amour, en devenant le pointilleux comptable de tous les cailloux du chemin qui l'ont mené à vous.

Même table, même serveur. Même mets ? Moi, je ne sais plus bien : je ne collectionne pas. On vient de poser devant nous de croustillants nems, accompagnés de feuilles de menthe, je m'apprête à parler de Nicolas : le petit sort mardi, je m'inquiète, ai-je eu raison de faire confiance à Roux ? lorsque mon bip sonne – un enfant en difficulté respiratoire.

« Avez-vous fait une piqûre de cortisone ?

– Oui, madame, mais venez vite s'il vous plaît. »

La voix de l'interne est anxieuse

Re-tête du serveur !

Des girophares tournent dans la cour de la Chartreuse, des brancardiers courent. Retours du dimanche, brouillard sur les routes : classique ! Au milieu du hall, un type éméché boxe les blouses blanches qui l'entourent. En salle de réa, un petit garçon, en position semi-assise, le visage bleu, respire mal, très mal, entouré de plusieurs personnes, dont Rémi – quelle chance ! On me tend une blouse. Vite !

« La cortisone n'a rien fait, le tube ne passe pas, m'apprend l'interne qui, lui, est blême.

– Le bloc, madame ? » interroge une infirmière tandis que j'enfile mes gants.

Je regarde l'enfant qui se débat faiblement contre l'asphyxie totale.

« Pas le temps. Anesthésie locale, vite. »

Rémi se précipite. Je tends la main.

« Bistouri. »

Le « froid », celui qui n'est pas électrique.

La voix du patron, à Dijon, nous enseignant la trachéotomie bat dans ma mémoire : « Deux doigts au-dessus du sternum. »

Je respire profondément : deux doigts au-dessus du sternum.

« Sentez-vous les anneaux de la trachée ? »

Je les sens.

« Vous incisez. »

J'incise la peau translucide, bleutée par l'asphyxie.

« Ciseaux. »

« Vous ouvrez la trachée entre les deux anneaux. »

J'ouvre. L'air entre aussitôt, la poitrine de l'enfant se soulève, les couleurs reviennent, gigantesque soupir de l'équipe. Je place le tube. Cela ne fait pas trois minutes que je suis entrée dans cette salle.

« Appelez l'ORL. Il y a une grosse infection. »

Ici aussi, l'air est revenu. On parle à présent, bas, comme timidement. La mort est passée tout près, sa sale odeur est encore là. Le petit garçon a ouvert les yeux, je caresse son front. « Le geste qui sauve », disait le patron. Celui qu'on fait sans états d'âme, avec les moyens du bord. Si j'avais été dans ma cuisine, j'aurais choisi le couteau le plus effilé.

Mais si j'avais pris le temps de manger un nem à La Pagode ? Si j'avais accepté que Jordan me conduise en voiture – tu vas avoir froid – plutôt que de prendre ma moto et rouler sur les trottoirs ? Si les urgences avaient été supprimées à la Chartreuse ?

L'interne s'éponge : un tout jeune. « Ah, madame, j'ai bien cru... »

Je lui tape sur l'épaule : « Si je n'étais pas arrivée à temps, vous auriez agi comme moi, n'est-ce pas ? »

S'il ne l'avait pas fait...

Voici l'ORL. « Bonjour la compagnie, quel est le problème ? » Il examine « le problème » auquel on a administré un antalgique, hoche la tête, se tourne vers moi.

« Il semble que nous revenions de loin... »

Ma tâche ici est terminée.

Un couple attendait dans le couloir ; à peine l'avais-je remarqué en arrivant. Dans l'urgence, les parents sont de deux sortes : il y a ceux qui s'accrochent à vous, expliquent, supplient, vous retardent. Et ceux qui retiennent le cri, se font tout petits comme pour laisser le plus d'espace possible à l'action. Ce ne sont pas ceux qui souffrent le moins.

Les parents du petit Marc-Antoine appartenaient à la seconde catégorie. Ils ont attendu que je leur dise : « Tout va bien », pour tomber dans les bras l'un de l'autre et lâcher la bride aux larmes. Lorsqu'ils ont été en état de m'entendre, j'ai expliqué ce que j'avais fait afin qu'ils ne soient pas impressionnés par le tube. Les difficultés de leur fils étaient dues à un abcès logé sur l'épiglotte. L'ORL, qui se trouvait actuellement près de lui, leur expliquerait la suite des opérations. Tout danger était écarté mais il ne fallait pas qu'ils s'attendent à ce que Marc-Antoine leur fasse de grands discours avant un moment.

À présent, ils avaient besoin de parler, d'évacuer l'angoisse qu'ils avaient enfermée en eux. Je les ai écoutés. Appelé cet après-midi, le médecin de famille avait diagnostiqué une laryngite et prescrit des médicaments. Voyant que l'enfant respirait de plus en plus difficilement, ils s'étaient précipités ici.

« Vous avez pris la bonne décision. L'épiglottite est une affection très rare, pas toujours facile à détecter ; elle évolue avec une grande rapidité. »

Sous-entendu, n'en veuillez pas à votre médecin. Je crois qu'ils l'ont compris.

Le visage du père me rappelait quelque chose. Où l'avais-je déjà vu ? Je ne m'y suis pas arrêtée. Je les ai confiés à la surveillante pour les formalités.

J'ai dormi sur place, entre deux interventions, protégée par les infirmières qui, mieux que personne, savent distinguer la vraie de la fausse urgence. Je me souviens surtout de ce clochard, blessé à la jambe, et qui refusait – dignité oblige – qu'on lui retire les trois pantalons qu'il portait, superposés ; d'un immense fou rire. Elle était loin, « My Fair Lady »... Un petit garçon en danger de mort avait réussi l'exploit de me rendre ma tête. Chirurgien heureux, j'étais !

Et le matin, comme je prends un café dans la salle des infirmières, Martineau m'annonce que M. Frédéric Poitevin vient d'arriver. Il m'attend. Elle en parle avec une certaine révérence : qui ne connaît Poitevin ? Un journaliste très apprécié dans la région ; il intervient aussi à la télévision.

« Que me veut-il ?

– Mais madame, vous avez opéré son fils hier soir ! »

Marc-Antoine... Comme si on s'occupait du nom de famille d'un enfant dont on va ouvrir la gorge : « Que fait votre père, mon petit ? »

Pour tout dire, les pères, j'en ai ma claque ! Celui de Mélanie, le notaire. Celui de Nicolas, le banquier. Sans compter un certain Guillaume Lespoir pas facile à manier tous les jours lui non plus. Je ne rêve que de rentrer chez moi pour prendre un bon, un long bain chaud, bien gagné, ma foi ! Alors qu'est-ce qu'il me veut, celui-là ? Qu'ai-je encore fait ?

« Vous avez sauvé mon fils ! »

Hier, il ne s'était pas rendu compte qu'il s'en était fallu de si peu ; on lui a tout raconté.

« Sans vous... »

Et le voilà qui fond en larmes, à grand bruit, comme pleurent les « Un-garçon-ça-ne-pleure-pas-c'est-pour-les-filles ».

« Quand je pense que vous ne nous avez rien dit... »

Il ne trouve plus ses mots, le journaliste, si maître de lui devant le petit écran, le père mal rasé dont les yeux cernés disent la peur rétrospective : encore un qui n'a pas fini de se battre avec les « si » !

« Tout ce que vous voulez, vous pouvez me le demander, madame. »

Je commence par rire. Je l'ai eue, ma récompense. Les couleurs qui revenaient aux joues d'un petit garçon, le soupir immense d'une équipe soudée, un sommeil court mais sans rêves : le bonheur, quoi !

Et soudain, une idée me vient.

« Monsieur, voulez-vous nous aider à faire en sorte que d'autres petits Marc-Antoine soient sauvés ?

– Mais comment cela ?

– Venez avec moi. J'ai une ou deux personnes à vous présenter. »

10.

Le journal est déployé sur la table de la ferme, celle où la petite fille faisait ses devoirs, langue tendue par l'effort, volonté, presque rage au cœur. « Mais n'appuie pas comme ça, tu vas percer le papier », s'amusait maman.

L'article expose les menaces qui pèsent sur l'hôpital. Une photo l'accompagne : la mienne. Légende : « Margaux Lespoir, chirurgien, fille du cru, a décidé de prendre la tête d'une pétition. » Poitevin, tu exagères !

« Ton père n'est pas content, soupire maman. Tu aurais pu l'avertir quand même. En plus, c'est " son " journal. »

Le plus lu dans le coin. Les voisins vont pouvoir s'en donner à cœur joie. Mais la surprise est aussi pour moi. Après l'entrevue avec Levaillant – lequel ne s'était pas opposé à un papier concernant notre problème – le journaliste avait appelé un photographe pour avoir, prétendait-il, quelques clichés de l'hôpital. Hôpital, me voilà ! Poitevin, si c'est ainsi que tu as voulu me remercier, c'est raté.

J'essaie de plaisanter : « J'en connais qui seraient fiers de voir leur fille à la une.

– Il se demande où ça te mènera. »

Et justement, le voici, Guillaume. Précédé par Pastis qui vient frotter son poil humide à mes jambes, flanqué d'un Éric hilare « On t'a vue dans le journal, maman ! » Mon père retire sa casquette, la suspend près de la porte, daigne quand même venir poser ses lèvres sur mon front.

« Alors, il faut encore que tu te fasses remarquer ? Tu n'auras donc jamais fini ?

– Jamais, promis ! »

Mon fils éclate de rire. Roland, lui, disait : « Arrête de faire ton intéressante. » Se faire remarquer... faire son intéressante... mais écoutez, il fallait bien que je la sorte, celle que je sentais au fond de moi, différente, piaffante, tendue vers du plus haut, du plus exaltant.

« On a été se promener très loin, raconte Éric fièrement. Il paraît qu'un jour, tu as conduit la moissonneuse-batteuse.

– Sans permission, bien sûr, maugrée Guillaume. Mais il fallait qu'elle fasse tout comme nous... »

Tout, comme les hommes, eh oui : même chirurgien !

Après être allé prendre un jus de fruits dans le réfrigérateur, Éric s'installe près de moi, hanche bien collée à celle de la vedette du jour. Mon père se sert un verre d'eau. Je me tourne vers lui.

« Papa, écoute-moi pour une fois ! Marie, on va lui supprimer sa maternité, c'est comme si c'était fait. Si nous acceptons qu'en plus on supprime les urgences, autant mettre tout de suite la clé sous la porte. Adieu, la Chartreuse ! Où tu iras, toi, quand ton dos fera des siennes ? Et maman pour ses examens, et le vieux Grégoire pour sa hernie ? Et tous les autres ? À la clinique ? Si encore elle était conventionnée...

Je montre le journal : « C'est pour vous aussi qu'on va se battre. Tu ne voudrais quand même pas qu'on les laisse faire sans bouger ? »

Geste de bonne volonté, mon père s'est assis en face de moi. Maman reste debout. Du temps de ma grand-mère, les femmes ne s'asseyaient jamais avec les hommes, même pour les repas qu'elles prenaient à la cuisine.

« Ça sert à quoi de bouger ? grommelle-t-il. À faire des dégâts ? À goûter de la prison ? Et pour quel résultat ? »

Il y a eu dans le coin des manifestations de paysans, opposés aux décisions de l'Europe. Certaines ont dégénéré. Mon père n'y a jamais participé.

« Ça sert à se faire entendre. »

Comme je voudrais gagner cette bataille qui s'annonce, ne serait-ce que pour prouver à cet homme courbé par le travail et l'humiliation des primes que l'on PEUT. Encore faudrait-il qu'il accepte de les voir, ces preuves ! La blouse du chirurgien ne lui a pas suffi. Et soudain, je lui en veux. Sa devise à lui ? « Se faire petit. » Roland itou, qui rampe devant sa femme. Merde !

« En tout cas, moi, je ne suis pas comme toi. Je serai peut-être mangée, mais au moins j'aurai lutté. »

Il repousse violemment sa chaise, se lève, quitte la salle. Une fois de plus, je l'ai blessé. Soupir de Mathilde, hésitation d'Éric : lequel est le plus à consoler ? Dans quelle main va-t-il glisser la sienne ? Je lui souris : « Va retrouver ton grand-père, je t'expliquerai. » Il file. Je me tourne vers maman ; à elle aussi, j'en veux : Mathilde-le-silence. Mathilde-la-résignation.

« Pourquoi tu ne dis jamais rien ? Toujours de son côté. Et moi ? »

Je suis injuste. Sans elle, comment aurais-je pu faire mes études ? Et comme elle a su tenir tête à son mari le jour où je suis arrivée, un bébé dans les bras !

« Tu sais bien que je suis avec toi, Margaux.

– Alors dis-le de temps en temps. Il te fait si peur que ça, ton mari ? »

Et voici qu'elle a un rire : tendre, léger. Presque un rire de jeune fille, un rire d'amoureuse.

« Peur ? Oh ! non. Mais tu ne voudrais quand même pas qu'il ait tout le monde contre lui, mon Guillaume. Roland qui a choisi la ville, toi qui lui fais peur, ces messieurs de l'Europe ? Et sa femme par-dessus le marché ? C'est fragile, un homme, Margaux. C'est à nous de les rassurer. Et quand tu dis qu'il ne s'est pas battu, ton père, tu oublies qu'il n'a fait que ça toute sa vie : avec la terre, avec le ciel ! »

Mes yeux m'ont brûlé. J'ai ordonné : « Fais-moi un chocolat » et je suis allée sortir de l'armoire le pavé de santé pour l'accompagner. Ce n'était pas du tout l'heure du goûter, il était onze heures du matin et, sur le fourneau, la poule au blanc du déjeuner répandait ses bonnes odeurs d'herbes et de vin blanc. Les femmes aussi peuvent avoir besoin d'être rassurées.

11.

La Grande Boutique est, en quelque sorte, le Printemps de Chatenay. Lors des fêtes, c'est le rendez-vous obligé de toute la ville et des environs. J'y ai emmené Éric, ce dernier mercredi avant Noël ; il y a foule. C'est le rayon jeux vidéo qui l'intéresse.

Mon fils est devenu grand maître des arts martiaux par console interposée. Ce gamin, capable de rester penché une heure sur le coin de ciel bleu d'un puzzle, raffole de monstres hideux et sanguinaires. À bord de vaisseaux spatiaux, il leur livre des combats sans merci entre deux caresses sur le doux poil d'Horace.

Il est en train de m'expliquer la différence entre les gentils Adréothis et les détestables Ka'dra'Sull' lorsque soudain il s'interrompt pour faire de grands moulinets avec les bras : « Claire ! »

À quelques mètres, la sœur de Nicolas s'est arrêtée. Deux élégantes jeunes femmes en manteau de fourrure l'accompagnent. Engagées dans leur conversation, elles semblent n'avoir pas entendu et poursuivent leur chemin. Éric a rejoint son amie, vêtue de rouge comme le Petit Chaperon : manteau, écharpe, bonnet agrémenté d'un long pompon.

Mon cœur bat plus fort : l'une de ces femmes est très probablement Mme Delâtre.

Nicolas a quitté la Chartreuse lundi – un jour plus tôt que prévu – sans que j'ai pu lui dire au revoir : un complot ? C'est son père qui est venu le chercher, m'a appris Cathy. « Personne d'autre avec lui ? – Personne. » Où est-il en ce moment ? De voir ici tous ces enfants joyeux, ces enfants gâtés, m'est soudain insupportable. Et lui ?

« Il ne voulait pas lâcher ma main », a ajouté Cathy comme avec reproche. Pense-t-elle que, moi, j'ai lâché la sienne ?

Là-bas, les femmes viennent de s'arrêter. Elles se retournent, cherchent la fillette des yeux. Sentiment d'urgence dans ma poitrine.

« Ton petit frère va bien, Claire ? »

« Oui » bref de la tête. Je lui trouve petite mine. « Ding Dong ! » chantonne Éric en tirant sur le pompon du bonnet. Celui-ci lui reste dans la main, et cette fois mon cœur s'emballe.

Plus de natte. Cheveux en copeaux. Il ne s'agit pas d'un massacre comme pour Nicolas mais, de toute évidence, l'artiste était le même. Les joues aussi rouges que son bonnet, Claire a déjà remis celui-ci. « Quand cela ne suffisait pas, je sonnais le tocsin », a dit Mlle Jeanne. La voix de Coralie bourdonne à mon oreille : « Elle est malade, c'est pas de sa faute, il faut le dire à personne. »

« Claire, viens donc, Claire ! » crie l'une des femmes.

L'enfant a un mouvement, je l'arrête. « Attends. » Je prends Éric aux épaules et le regarde « fort ». « Restez là tous les deux, je reviens. » Je la lui confie, il le comprend. Claire hésite. « J'ai juste deux mots à dire à ta maman, tu veux bien ? » Je n'attends pas sa réponse.

« Mais qu'est-ce qu'elle fout, cette gosse ! Elle nous emmerde, à la fin », s'exclame l'une des femmes comme j'arrive près d'elles.

La voix est embrumée. J'ai respiré l'haleine. Cette femme n'est pas nette.

Le frère de mon père buvait. Le voyant arriver à la ferme, maman faisait le diagnostic : « Il n'est pas mal. » Ou bien : « Ça peut aller. » Lorsqu'elle disait : « Il n'est pas bien du tout », nous avions ordre de disparaître, Roland et moi, et il arrivait que nous entendions des cris.

Je regarde Mme Delâtre – car c'est elle, cela ne fait aucun doute dans mon esprit – et je décide : « Pas trop mal. Ça peut aller. » Mon erreur de diagnostic est probablement volontaire : les cheveux de Claire, c'est trop ! L'angoisse me submerge, la colère aussi. Qu'a fait Roux ? Où est Nicolas ? Cette fois, nul ne m'empêchera d'aller jusqu'au bout : je veux savoir. Et je sens sur mes lèvres un sourire de Judas lorsque je demande :

« Vous êtes bien la maman du petit Nicolas, n'est-ce pas ? Je suis le docteur Lespoir, c'est moi qui l'ai soigné, comment va-t-il ? »

Le résultat dépasse toutes mes espérances : foudroyant ! Le visage se crispe, Mme Delâtre recule comme si j'allais la frapper. Une panique que je ne comprends pas.

C'est que j'ignore qu'elle me connaît ! Son mari lui a parlé de mes... inquiétudes. Je l'entends encore : « Qu'est-ce que vous cherchez ? » Eh bien, averti par Roux, aiguillonné par moi, il a cherché lui aussi : le pauvre homme qui avait voulu croire à la fable concernant la jeune fille au pair... qui n'avait pas vu la mère jeter le fils dans l'escalier...

Qu'a trouvé le père de Nicolas ? Celui-ci a été mis à l'abri, confié à ses grands-parents.

Le regard de Mme Delâtre exprime la peur, celui de l'amie me supplie de ne pas insister. Plusieurs personnes se sont arrêtées, flairant le drame. « Ajouterez-vous un scandale au malheur de ces pauvres gens ? » a demandé Roux. Pour le scandale, je ne pouvais choisir meilleur endroit. Où sont les enfants ? Je ne les vois plus. Les « spectateurs » forment un écran de protection entre eux et nous.

Je reviens à Mme Delâtre : « J'aimerais parler un moment avec vous. Est-ce possible ?

– Mais laissez-la, madame ! Vous voyez bien qu'elle n'est pas en état ! proteste sa compagne.

– Pas en état ? Qui n'est pas en état ? »

Mme Delâtre a crié, tournée vers celle qui vient de l'humilier en public. Puis elle me fait face, elle chancelle : « Vous voulez me parler ? Eh bien, allez-y, je vous écoute. »

Voix rocailleuse, lourde, désespérée. Regard d'une femme qui a une pierre au cou. Attente de la foule. Sur mes lèvres, le coup de grâce : un prénom de petit garçon. Et soudain, je ne peux le prononcer : cette femme est malade, elle a besoin d'assistance. Le médecin reprend le pas sur la « tendre mère ». Je me tais.

Lorsqu'il n'était « pas bien du tout », le frère de mon père ne supportait pas le silence ; il y lisait un abandon total, comme un arrêt de mort. Mon silence, sans que je le veuille, pousse cette femme au fond de son désespoir. Elle agrippe mon bras.

« Mais qu'est-ce que vous attendez pour le dire ? Allez-y... Parlez... »

Cette fois, elle a hurlé. Un responsable du magasin s'approche. Je me tourne vers l'amie et j'ordonne : « Allez vous occuper des enfants, je me charge d'elle. » Elle hésite, puis m'obéit. Et toi, que savais-tu ? Je pose mes mains sur les épaules de la femme qui coule et la regarde, comme tout à l'heure j'ai regardé Éric : « Au fond », dirait-il.

« Madame, permettez-moi de vous aider. »

Le cri s'est arrêté net, les larmes ont jailli des yeux trop maquillés, le corps s'est relâché, il me semblait la voir se défaire. Dégel ! Tous ceux qui sont revenus des grands froids le savent : le moment de la pire souffrance est lorsque le sang se remet à circuler. Elle s'est effondrée contre moi : « Docteur, oh, docteur... »

Avec l'aide du responsable, je l'ai soutenue jusqu'à un petit local, une sorte de bureau-réserve où s'empilaient, entre autres, les jeux vidéo chers à Éric. Cette attirance pour les monstres, pour Dracula, pour Frankenstein ou autres Mr. Hyde signifie-t-elle qu'en chacun de nous la cruauté sommeille ?

Nous avons installé Mme Delâtre sur un siège, nous lui avons donné un verre d'eau, j'ai demandé que l'on avertisse son mari. La banque n'était pas loin, rien n'est vraiment loin à Chatenay. Lorsqu'il est arrivé, je tenais dans la mienne la main aux ongles longs, peints en rouge, d'une femme qui soulageait son cœur. Il arrive que le médecin devienne confesseur. Les coiffeurs aussi, paraît-il.

Me découvrant avec sa femme, Delâtre a eu une expression d'effroi. Le patron du magasin, qui semblait bien connaître le banquier, lui expliquait gentiment que sa femme avait été victime d'un malaise : la chaleur, la foule... J'ai renchéri : un malaise, c'est tout.

Après ce qu'elle m'avait dit de lui, je craignais qu'elle ne refuse de suivre son mari : ce « salaud qui la trompait au vu et au su de tout le monde avec sa meilleure amie ».

Ce bel homme à qui Nicolas ressemblait tant. Pour son malheur.

Elle a accepté la main qu'il lui tendait. Déjà, elle évitait de regarder de mon côté ; on peut très vite en vouloir à son confesseur. J'ai décidé d'avertir les services sociaux.

« Toi, la petiote, quand tu as une idée dans la tête... »

Il faut savoir qui l'on décide de protéger.

« Qu'est-ce qu'elle avait, la maman de Claire ? demande Éric. Pourquoi vous vous êtes bagarrées ?

– Nous ne nous sommes pas vraiment bagarrées, elle est malade.

– Heureusement, Claire, elle, elle a un papa », remarque mon fils.

Je craignais que la gazette locale ne s'empare de l'affaire et, de toute façon, l'enquête de la DDASS passerait par la Chartreuse, aussi suis-je allée trouver Levaillant et lui ai-je tout raconté. Roux avait fait, et bien fait, ce qu'il devait. Qui aurait pu penser que Claire, jusque-là protégée, adulée par sa mère, se verrait à son tour menacée ? On commence par les cheveux...

L'écho a paru le lendemain : « PANIQUE À LA GRANDE BOUTIQUE ». Facile ! On y racontait que la femme du banquier bien connu avait fait un « break » dans le magasin. Mon nom était cité. Je n'ai pu m'empêcher de sourire. J'en connaissais un qui allait être comblé ! Deux fois en une semaine sa fille dans les journaux, ce n'est pas donné à tout le monde.

Les nouvelles circulent vite à la Chartreuse. Ce matin-là, Cathy avait les yeux rouges. La fureur de Martineau s'était déversée sur elle qui avait osé prendre mon parti. Je suis allée trouver la surveillante.

« Monsieur Roux avait fait le nécessaire, a-t-elle aboyé. Le petit était à l'abri, point n'était besoin de provoquer un esclandre. »

Je l'ai vertement remise à sa place. Ni son ancienneté ni son attachement à Roux ne l'autorisait à se montrer insolente. Je n'avais aucun compte à lui rendre et, si elle s'en prenait de nouveau à Cathy, elle aurait à faire à moi. C'est alors qu'elle a eu ce cri du cœur.

« Vous savez, les breaks, il sait ce que c'est, le patron ! »

Personnellement concerné ?

La grande visite a lieu le vendredi matin. Tout le staff, entourant Roux, va de lit en lit, de patient en patient. Chaque cas est exposé, chacun peut dire son mot. Mais c'est dans les coulisses – le couloir –, loin des oreilles des malades, que certaines discussions ont lieu, certaines décisions difficiles sont prises.

C'est là que, sortant de la chambre vingt-quatre où deux autres enfants avaient pris la place de Nicolas et Coralie, Roux m'a soudain demandé : « Alors, vous êtes contente ? »

Il n'a pas eu d'autre commentaire sur cette histoire triste, hélas banale. Mais, que Martineau le veuille ou non, il m'a semblé qu'il éprouvait un soulagement.

12.

Noël à la Chartreuse. À l'étage des papies et mamies comme beaucoup les appellent ici, la fête se prépare. Une coiffeuse-esthéticienne est passée proposer ses services aux pensionnaires. Nul n'ignore que la perte de la coquetterie, du respect de son propre corps sonne la fin des haricots.

Dans le réfectoire, briqué par les femmes de ménage, infirmières et aides soignantes ont tendu des guirlandes, décoré le sapin. Ce soir, tous ceux qui le pourront assisteront à un souper-spectacle. Les cuisiniers se sont défoncés, il y aura de la dinde aux marrons, une bûche. On attend un magicien, un chanteur.

J'ai remis mon paquet à l'infirmière de veille : un petit poste de radio avec écouteurs, accessoire indispensable lorsqu'on partage sa chambre.

« Vous le mettrez cette nuit dans les souliers de Mlle Jeanne, vous n'oublierez pas ?

– Manquerait plus qu'on oublie ! »

Formidable personnel soignant qui va donner de la joie ici plutôt que de la recevoir à la maison.

Bouclettes, maquillage discret, belle robe, rang de perles, fin prête deux heures avant que résonnent les trois coups, une ancienne institutrice avec laquelle des milliers d'enfants ont préparé en secret des cadeaux pour leurs parents attend bien droite sur son fauteuil que descende pour elle le magicien à robe rouge et barbe blanche.

Joyeux Noël, mademoiselle Jeanne !

Joyeux Noël, Marie ! Il m'a fallu du courage pour aller frapper à la porte de ton loft. Mon prétexte ? Le foie gras offert par maman. Jordan était là, aidant à la préparation du réveillon des esseulés. Pensant à ma famille, je me suis sentie riche. Marie a promené son nez sur le produit de la ferme.

« Embrasse-les de ma part.

– Et moi ? »

Baiser hâtif sur ma joue. Et, dans ma tête, soudain, cette interrogation brûlante : « Seras-tu encore parmi nous à Noël prochain, mon amie ? »

Joyeux Noël, mon fils ! Nous irons, comme tu l'as souhaité, à la messe de minuit, qui a lieu à neuf heures, ce qui nous permettra de réveillonner sans que tu piques du nez sur ton assiette. L'église n'a pas changé depuis le temps où nous nous y rendions, papa, maman, Roland et moi. Il y a toujours la rigolote et émouvante crèche vivante. Je croyais à Jésus, au bien et au mal, à la récompense et à la punition. Forte de la maxime de Mlle Jeanne : « On vit mieux quand on vit bien », j'avais choisi mon camp.

Vite dit ! Pas facile de vivre bien. On cède lâchement aux pressions d'un patron pour conserver son poste. On se résigne vite fait aux limites de l'amitié. On s'offre un amant de « confort » sans y mettre le cœur au risque de briser le sien.

Mais, face à un petit garçon qui s'émerveille devant les lumières d'un sapin de Noël, l'innocence revient : on fera mieux la prochaine fois.

« CECI N'EST PAS DU VIN ROUGE »

C'est ce qui était écrit sur le paquet déposé sur mon paillasson, ce matin de premier janvier. Ce n'était pas du vin rouge, mais du chardonay, le blanc que la mauvaise élève n'avait pas su reconnaître lors de sa dernière tournée sur les routes du vin. Une carte, présentant les vœux du Bernard de Montpensy, l'accompagnait.

Et je restais plantée devant mon cadeau, incrédule, hirsute, vaseuse, après une nuit passée entre le bloc et un réveillon improvisé en salle de garde, entre la souffrance et la fête, les bras de Jordan et la chair à raccommoder, envahie d'un bonheur indéfinissable et qui me faisait mal.

J'ai ouvert une bouteille et levé mon verre à la clarté de cette nouvelle année.

L'œil ? Pétillant, ambré, noble.

Le nez ? Fruité, ample, déjà enivrant.

En bouche ? Vigoureux, ardent.

N'importe quoi...

Mais qu'y puis-je si l'on parle du vin comme on parle d'amour ? L'attaque fut inattendue et bouleversante. Puisse la finale être superbe. Je décroche mon téléphone et forme le numéro inscrit sur la carte. Il me semble que quelque chose commence pour moi, d'aussi mystérieux, magique et improbable que le fruit qui vient à un arbre sec, en terre aride, et chahute somptueusement les corps et les cœurs.

Bonne année, Bernard !

Troisième partie

BERNARD DE MONTPENSY

1.

Il pleut depuis des jours. La France est grosse d'eau et de larmes. Les rivières qui partout débordent emportent le cœur des familles, engloutissent à jamais dans la boue les albums d'un passé pieusement conservé. Dans le train qui me menait à Paris, sur les paysages désolés, le vent portait leur plainte : « On a tout perdu. »

J'ai une bonne demi-heure d'avance, aussi ai-je demandé au chauffeur de taxi de m'arrêter un peu avant mon but. L'avenue est spacieuse, bordée de solennels immeubles en pierre de taille. Les gens y marchent rapidement, sans se regarder. Comme je me sens loin de Chatenay où il y a toujours une connaissance à saluer, un sourire à rendre. Où l'on est quelqu'un. Qui est cette femme élégamment vêtue, venue pour rencontrer – excusez du peu – un conseiller au cabinet du ministre de la Santé ?

C'est un ami de Frédéric Poitevin – toujours lui –, éditorialiste dans un grand journal parisien, qui a pris rendez-vous pour moi avec le dénommé Serge Roseau. « Je ne vois pas très bien où cela vous mènera, s'est exclamé Levaillant, mais si vous y tenez... »

J'y tiens. Et cela me mènera à mettre un visage sur l'adversaire. Jusqu'ici, je n'ai eu à faire qu'à de la paperasse à en-tête : préfet, président, député... J'ai besoin de mettre une tête, justement, sur ces hauts personnages, et des voix sur leurs mots.

« Pour grands que soient les rois, ils sont ce que nous sommes. » Merci, Corneille ! Mon métier me fait découvrir chaque jour la justesse de cette phrase.

Sous la veste au revers décoré, le bleu de travail, le chemisier de soie, la jupe de confection, se cachent de mêmes corps, tout aussi tremblants devant la souffrance et la maladie.

Monsieur mon directeur, je suis venue à Paris pour déshabiller le roi Santé !

Et comme je pénètre dans son palais de béton et de verre, je ne peux réprimer un sourire. Maman, elle, exprimait les choses autrement : lorsqu'un professeur m'intimidait, elle disait : « Pense qu'il va aux toilettes comme tout le monde... »

Le hall est anonyme, transparent. À l'accueil, une hôtesse me soumet à un bref interrogatoire : « Ai-je rendez-vous ? Avec qui ? Peut-on voir ma carte d'identité ? » Un coup de téléphone est donné pour vérifier que l'on m'attend bien.

« On va vous accompagner, madame. »

À la suite de mon guide, je longe des couloirs qui n'en finissent pas, des portes numérotées derrière lesquelles crépitent des machines. Un ministère, je ne voyais pas ça comme ça ; j'imaginais des dorures, de l'apparat : une sorte de palais. Je suis déçue.

Me voici dans un bureau où travaillent deux jeunes et jolies secrétaires.

« M. Roseau va vous recevoir tout de suite. Voulez-vous patienter, madame ? »

C'est bien cela : sur le bord de mon siège, privée de ma blouse de chirurgien, ce matin c'est moi la patiente. J'attends d'être reçue par un homme à qui pouvoir a été donné d'enlever à notre hôpital l'un de ses organes vitaux. Réussirai-je à me faire entendre ?

« Madame Lespoir ? Veuillez entrer s'il vous plaît. »

J'avais cru rencontrer un monsieur d'un certain âge, digne et imposant. Serge Roseau doit avoir la trentaine. Coiffure courte, lunettes, cravate : une trentaine très « grande école ».

« Asseyez-vous, je vous prie. »

Il me désigne un fauteuil, prend place derrière son bureau, croise des mains soignées ; il porte une alliance.

« Que puis-je faire pour vous, madame ?

– Pour moi, rien, monsieur. C'est pour mon hôpital que je suis là. »

Il sourit : « *Votre* hôpital ? »

Je lui apprends d'où je viens et qui je suis.

Au mot « chirurgien », j'ai la réaction habituelle : intéressée, curieuse, un peu émoustillée aussi. Jeune, belle, chirurgien, hé hé ! Est-ce par crainte de voir cette expression sur le visage de Bernard de Montpensy que je ne lui ai pas dit quel métier j'exerçais ?

À peine me suis-je présentée que l'un des deux téléphones, sur le bureau, se manifeste.

« Excusez-moi... »

Durant la petite demi-heure que m'accordera Serge Roseau, combien de fois serons-nous ainsi interrompus, me retrouverai-je humiliée, les mots en panne sur mes lèvres ? Lors de mes consultations, je bloque les communications. Je ne me permettrais jamais de manifester envers mes patients semblable manque de respect.

Mon interlocuteur – si l'on peut dire – a fait venir le dossier de la Chartreuse. Entre deux appels, il m'inflige un cours magistral sur le coût de fonctionnement des hôpitaux, la crise financière, les regroupements nécessaires, les lits à supprimer. Ce n'est pas pour entendre cet air connu que je suis venue de Chatenay, mais pour rappeler à ce monsieur, apparemment en excellente santé, que dans ces lits qu'il raye, permute ou transfère, il y a des malades pas forcément « délocalisables », des êtres humains avec des racines qui s'appellent « maison », « famille », « entourage », et que les en couper, pour les expédier dans l'inconnu, quand ce n'est pas dans l'inhumain, risque de nuire à cette Santé même qu'il est censé défendre.

« Monsieur, avez-vous des enfants ? »

Ma question, posée en traître alors qu'il venait de raccrocher après un énième coup de téléphone, le sort de ses rails. J'ai pris soin de n'y mettre aucune agressivité, de l'accompagner d'un sourire afin que la courtoisie l'oblige à y répondre.

« Mais... oui, madame. Trois.

– Pardonnez-moi cette question : l'un d'eux a-t-il déjà dû être soigné en urgence ? »

Le technocrate laisse la place au père ; un sourire adoucit les traits sévères.

« Si l'on peut appeler " urgence " un bras salement amoché sur un terrain de foot, hélas oui !

– Et il a été bien soigné, j'espère. Pas de séquelles ?

– Nous avons un ami qui l'a opéré ; dans sa clinique conventionnée. Mais quelle belle peur !

– Il n'y a pas de belle peur, monsieur ! »

Le sourire disparaît. Roseau me regarde avec reproche : je l'ai attiré dans le redoutable piège des sentiments. Je profite de son trouble pour prendre la parole. « À Chatenay, monsieur, rares sont ceux qui ont un ami chirurgien et la clinique de la ville n'est pas conventionnée. Nous n'avons qu'un petit hôpital qui fait partie de l'histoire de tout le monde. Tout le monde ou presque y est passé, si ce n'était pour lui-même, c'était en visite à un parent, un ami. Sans compter ceux qui, comme moi, y sont nés. On ne se perd pas dans les couloirs. Bien souvent, on connaît le personnel soignant, recruté dans la région. Les cuisines se fournissent sur nos marchés. Il m'est arrivé d'en entendre dire : " Je vais à la Chartreuse ", comme on dit " Je vais à la maison ".

« Et lorsqu'on y court, une sale peur au ventre, avec dans ses bras un petit garçon qui s'est amoché sur un terrain de sport, rien qu'en poussant la porte, déjà on se sent soulagé. On n'y sera pas reçu comme un numéro, considéré ainsi que cela arrive dans certaines usines à soins, comme un tibia, un fémur ou un péroné et non comme, c'est bête à dire, une personne. »

Il s'ennuie, Serge Roseau. De sa planète de financier, il n'entend pas la voix de la chair et du sang. En attendant que j'aie terminé, il feuillette nerveusement le dossier : emmerdants, ces petits commerces qui refusent de s'incliner devant les hypermarchés, tellement plus économiques ! Sous l'habit du roi Santé bat le cœur d'une caisse enregistreuse.

« Un exemple, m'interrompt-il. Je vois ici que votre hôpital a fait la demande d'un scanner. Or, la clinique du Parc, à Chatenay, en possède déjà un. Deux, pour une si petite agglomération, cela vous paraît-il raisonnable ?

– La clinique du Parc est privée, monsieur. Un exemple,

également ! Trois journées passées dans ses murs engloutiraient la retraite mensuelle de mon père. »

Regard de reproche, soupir : cela ne se fait pas de mêler sa vie personnelle au travail. Je me lève. Nous nous sommes tout dit. Nous ne nous sommes rien dit. Roseau referme le dossier et se lève à son tour. Son soulagement est perceptible, sa voix, aussitôt plus avenante.

« Travailler aux urgences, ce doit être bien éprouvant !

– Je n'exerce pas aux urgences mais dans le service de chirurgie générale.

– Le service du docteur Roux ? »

Il semble surpris. Je le suis tout autant : connaîtrait-il le patron ?

« Nous avons eu sa visite récemment ; j'ignorais que vous travailliez avec lui.

– Roux est venu ? »

Je n'ai pu retenir mon exclamation.

« Je pensais que vous le saviez... »

Il tapote le dossier : « Son passage est noté ici. Ce n'est pas moi qui l'ai reçu. »

À la porte, il m'a dit qu'il restait à ma disposition. Je ne sais plus ce que j'ai répondu. J'étais KO. Roux m'avait donc précédée ici... Comment se faisait-il qu'il ne nous en ait pas parlé ?

2.

Éric passe le porche de son collège, me découvre, s'arrête net : « Maman, ouais ! » Rien ne peut lui faire plus plaisir que lorsque je viens le chercher et si, pour la démarche, ce n'est pas ça, il sait fort bien compenser avec la voix.

À son cri, une dizaine de visages se sont tournés vers moi. Quelques camarades l'escortent jusqu'à ma moto. Je lui tends son casque. Combien d'heures d'exercice lui aura-t-il fallu pour monter sans aide sur le siège passager ? Un : la mauvaise patte sur le marche-pied. Deux : on prend son élan. Trois : le voilà perché. Ouf !

Deux jeunes femmes à collier de perles dépassant du foulard de soie – signature de la bonne bourgeoisie de Chatenay – s'approchent, me sourient : « Bravo, docteur. Nous sommes avec vous !

– Merci. »

Ma poitrine se dilate. Sans foulard ni collier de perles, il m'a longtemps semblé être mise à l'écart – rejetée serait trop dire –, plutôt considérée comme venant d'un monde différent. Depuis quelque temps, les choses bougent : l'article de Poitevin, le bouche à oreille concernant mes interventions sous cœlio... On me regarde autrement. Et si c'était mon propre regard qui changeait ? « Tu es bien la seule à ne pas te reconnaître », m'a dit Jordan un jour.

Je me tourne vers mon cavalier : « Prêt ? » Il entoure ma taille de ses bras : « *Go !* » Je démarre comme il aime : Tiens moi fort, Batman !

Autour du puzzle en voie d'achèvement : jus d'orange, Coca, tartines. Éric sent-il que j'ai à lui parler ? Il me tend la perche.

« Tu restes là, ce soir ?

– Pour te faire dîner. Après, je sors : un ami viendra me chercher.

– Je le connais ?

– Non. Et tu ne devineras jamais ce qu'il fait...

– Chirurgien, soupire Éric, résigné. Et, pour m'éblouir : Dans le mou. »

J'éclate de rire : « Dans le mou si tu veux mais pas comme tu l'entends. Il est cuisinier, avec une toque haute comme ça et trois étoiles dessus : un ennemi farouche du ketchup-mayonnaise. »

Comment puis-je parler de cette voix décontractée alors que je me sens telle une barque prise dans des courants contraires ? Ce soir, enfin, enfin, je LE revois ! Trois semaines ont passé depuis la visite des Routiers du vin au domaine de Montpensy, et voilà déjà dix jours que j'ai trouvé les bouteilles sur mon paillasson. « Ceci n'est pas du vin rouge. » Cela est-il de l'amour ? Je n'en suis plus du tout certaine. Et si j'étais déçue ?

« Eh bien, on verra comment il passera l'examen », déclare Éric en ajoutant un volet orné d'un cœur au chalet de bois du puzzle.

Découvrant l'infirmité de mon fils – bien capable de l'accentuer en son honneur – Bernard de Montpensy prendra-t-il cet air consterné qu'Éric déteste par-dessus tout, ou fera-t-il semblant de ne rien remarquer, ce que, moi, je ne supporte pas ? Pourquoi Grand Dieu, pourquoi ai-je accepté qu'il vienne me chercher à la maison ? Cela n'aurait pas été difficile de le rejoindre quelque part, ou de confier Éric, une fois de plus, à mes parents ! Orgueil ? Rien à cacher, monsieur : mon métier, mon gamin, ma vie, j'assume !

Mais, revêtant mon élégante robe noire, me maquillant avec soin sous l'œil intrigué de mon fils, c'est bel et bien moi qui ai l'impression, ce soir, d'avoir à passer l'examen. Et peur d'être recalée.

Il a sonné à huit heures précises. Comme convenu entre nous, Éric est allé ouvrir. Cette voix bien timbrée, rieuse, je l'aurais reconnue entre toutes « Salut, bonhomme. Tu t'appelles Éric, n'est-ce pas ? »

Mon cœur a bondi. Avant que l'esprit ne me revienne : nos deux noms étaient inscrits à côté de la porte d'entrée...

« Bonsoir, Margaux. »

Il a pris ma main et l'a effleurée de ses lèvres. Éric nous précédait direction canapé où j'avais préparé un plateau d'apéritifs. Bernard l'a suivi des yeux avant de venir s'asseoir près de lui.

« Il faudra que tu me racontes ce qui t'est arrivé. Si cela ne t'ennuie pas, bien sûr ! »

Vingt sur vingt à l'examen.

Et zéro à la question subsidiaire, posée par mon fils à la toque trois étoiles, tout en se bourrant de gâteaux salés : « Est-ce qu'il y a des frites dans ton restaurant ?

– Les frites, je les laisse à M. McDonald. »

Il avait promis à un jeune chef, débutant dans la région, de lui rendre visite. Il m'y a emmenée dans la Land-Rover qu'il utilisait pour faire son marché. Impossible de la débarrasser de son odeur de potager, il s'en est excusé. Je lui ai appris que j'avais grandi dans une ferme où les odeurs étaient autrement épicées. Il m'a interrogée sur mes parents : lorsque j'étais enfant, vis-à-vis de certaines filles, cela me gênait d'être de famille paysanne. J'en étais fière aujourd'hui : servir la terre me paraissait le plus beau métier qui soit.

« C'est aussi le métier de mon père, a-t-il remarqué. Et moi, j'en vis. »

Notre hôte, trente ans à peine, est venu nous accueillir avec sa femme. Ils étaient dans tous leurs états car ce soir ils n'avaient eu aucune réservation. Bernard les a mis à l'aise : à ses débuts, lui remplissait les lieux avec famille et amis. Qu'ils se rassurent : bientôt ils refuseraient du monde. Quant au menu, son repos consistait à ne pas choisir : ce serait au bon plaisir de l'artiste.

On nous a installés près de la cheminée avec une coupe de champagne.

« Je vous avais promis de vous parler de Sidonie », a dit Bernard.

J'ai compris que, durant cette absence, lui aussi avait pensé à ce moment et qu'il s'apprêtait à me faire une sorte de cadeau, peut-être celui de la confiance.

Sidonie était cuisinière au château lorsqu'il était enfant. Elle lui semblait très vieille alors qu'elle ne devait guère avoir passé quarante ans. C'était auprès d'elle, à la cuisine, là où il faisait toujours chaud, où on l'écoutait, qu'il trouvait refuge.

« Refuge ? »

Il a eu un rire ; le son m'en était familier.

« Charles, mon frère aîné, était sérieux et travailleur. Il donnait... toute satisfaction à mon père. Ce n'était pas mon cas. »

Maxime de Montpensy avait toujours vécu au domaine où il s'occupait de la vigne. Il était de ces hommes tournés vers le passé, qui ne parviennent pas à accepter leur époque. Le petit garçon rêveur et fantaisiste qu'était Bernard le déroutait. Ils ne se comprenaient pas. Cela créait quelques difficultés.

Je n'ai pas osé demander : « Et maintenant ? »

L'enfant passait des heures dans les arômes et les couleurs, à regarder œuvrer Sidonie-la-magicienne. Parfois, ô bonheur, il était autorisé à tourner une sauce, casser des œufs, verser l'huile fine dans le puits de farine. Un cuisinier, c'est d'abord quelqu'un qui sait sentir, pas seulement par les narines mais avec le corps tout entier. Il avait développé des papilles partout et, parce que les odeurs de cuisine étaient celles de la paix et du bonheur, il avait décidé d'en faire sa vie.

Pour l'initier, il n'avait pas eu à se chercher de grand chef : il l'avait à la maison. En s'en allant, Sidonie lui avait laissé son livre de recettes et ses secrets qui, finalement, se résumaient à un seul : l'amour. C'est bête à dire, mais l'amour est le principal ingrédient d'un plat. Dans une école d'hôtellerie, il avait appris à manier le couteau, vider, brider, larder, lisser. Un œnologue réputé lui avait enseigné la science du vin, ce qui lui évitait la dépense d'un sommelier.

« J'en remontre à Charles... »

Charles le préféré, Maxime le lointain. Bernard ne cherchait pas à cacher la blessure : un homme simple, sans détours, le contraire de moi. Sans doute était-ce pour cela que je me sentais si bien avec lui.

« Et qu'a dit votre père en apprenant que vous vouliez être cuisinier ?

– " C'est un métier de femme. " »

Il était temps de cesser mes cachotteries, lui rendre sa confiance.

« En apprenant le métier que j'avais choisi, mon père a dit : " C'est un métier d'homme. "

– Madame LE chirurgien..., a-t-il plaisanté.

– Alors... vous saviez ? »

Mon étonnement l'a fait rire.

« Je l'ai su dès le lendemain de notre rencontre, en ouvrant le journal. J'ai d'ailleurs appelé Pierrot illico pour être sûr que je ne rêvais pas. »

Il m'a regardée avec reproche : « Sachez que vous m'avez posé un sacré problème ! Le chef cuisinier pouvait-il se permettre d'inviter le chef de clinique ? »

Dire que j'avais craint une déception ! C'était comme si nous ne nous étions pas quittés depuis cette première table où nous avions fait connaissance. Et, comme ce soir-là, j'aurais voulu retenir le temps.

À peine savouré le champagne, le patron a déposé devant nous un buisson d'écrevisses poêlées aux herbes. Les couleurs en étaient aussi raffinées que le goût. Tel était donc l'univers de l'homme que j'aimais : celui du plaisir. Il l'avait choisi enfant, comme j'avais choisi, moi, celui de la souffrance. Mais, à notre façon, n'accomplissions-nous pas une même tâche ? Aider notre prochain à vivre mieux.

Un meursault accompagnait les écrevisses, un nuits-saint-georges les filets mignons de sanglier qui ont suivi. Bernard buvait peu ; il tenait à me ramener à bon port. Je n'avais pas envie de rentrer au port. Le port, pour moi, c'était là où il se trouvait. Je lui ai raconté que je circulais en moto pour le plus grand plaisir d'Éric.

« N'y a-t-il rien à faire pour sa jambe ? » a-t-il demandé.

Je redoutais cette question. J'en voulais à ceux qui me la posaient. Lorsque Jordan s'y était risqué, je m'étais défilée. Et voici que je m'entendais dire cette « vérité vraie » que réclamait toujours Éric et qui, sur le sujet, avait tant de mal à passer mes lèvres.

Oui, il y avait bien quelque chose à faire ! On pouvait réopérer, mettre droite cette jambe qui avait poussé en équerre, utiliser un greffon... Mais l'opération n'était pas sans risque : risque d'une nouvelle infection, risque de non-consolidation, retour à la case départ.

« Avez-vous mis votre fils au courant de cette possibilité ?

– Pas encore.

– Il m'a eu l'air d'un garçon responsable », a remarqué simplement Bernard.

Il appuyait sur la plaie. Je le savais bien qu'il me faudrait proposer l'intervention à Éric. Il arrivait à l'âge où elle était envisageable. Mais la « vérité vraie » était que j'avais peur, une peur irraisonnée. De mère.

J'ai entendu ma voix, épaisse, enrouée. Le meilleur des nuits-saint-georges n'aurait pu empêcher qu'elle me trahisse.

« Imaginez que cela rate ! »

Il a posé la main sur mon bras : « Imaginez que cela réussisse ! »

Puis il a désigné mon assiette : « En attendant, si vous ne goûtez pas à ce sanglier, vous allez désespérer un chef. »

Je lui ai été reconnaissante de changer de sujet et j'ai essayé de lui obéir. Il me regardait picorer en souriant. Il a remarqué : « Cet appétit d'oiseau ne viendrait-il pas de ce que les enfants dont vous vous occupez ont du mal à s'alimenter ? »

Oiseaux, oisillons... Parfois, lisant une phrase d'un livre, un bien-être vous emplit : « C'est ça, c'est moi. » C'était ça, c'était moi ! Bernard avait su lire ce que, jusque-là, je ne m'étais jamais exprimé : Mme ketchup-mayonnaise se nourrissait comme ses jeunes patients.

« Je ferai un effort pour le dessert, ai-je promis. Ils adorent tous le sucré. »

Mais, devant le gratin de fruits rouges, cette fois pour une autre raison, j'ai calé à nouveau. Une raison délicieuse et violente : la femme en moi avait pris le pas sur l'enfant. Je regardais ces lèvres qui avaient si bien su me parler et les voulais sur les miennes. Je regardais ces mains larges, fortes, et les imaginais douces, pertinentes et impertinentes au plus intime de moi-même. J'ai vu cet homme comme la tempête. Je l'ai vu comme la maison. De celles que dessinent les petits dès qu'ils ont la force de tenir un crayon. Avec une cheminée à fumée sur le toit, des fenêtres qui mangent les murs, une porte au bouton rond ; sans compter l'arbre dans le jardin, sans compter l'oiseau dans l'arbre et le soleil avec tous ses rayons. Mon corps brûlait de la tempête proche, il s'abandonnait au soleil.

Quant à mon devin, cette fois, il ne voyait rien...

Arrivé à la porte de mon immeuble moderne au toit planté d'antennes de télévision, il s'est contenté de porter mes mains à ses lèvres et de demander :

« Accepterez-vous de me revoir ? »

En un humour désespéré, j'ai répondu : « Accepterez-vous de me libérer de l'emprise de M. McDonald ? » Et c'est sur un rire que nous nous sommes quittés.

3.

« Roux au ministère ? Vous en êtes sûre, Margaux ?

– J'en ai été aussi surprise que vous, monsieur, mais c'est bien son nom que Roseau a prononcé.

– Et qui est-il allé voir ?

– Ça, je l'ignore ; on ne me l'a pas dit. »

Nous sommes dans le bureau de notre directeur : Xavier Merlin, Rémi et moi. J'avais l'intention d'interroger directement le patron sur son passage « clandestin » à Paris, Rémi m'en a dissuadée : une affaire trop grave, selon lui, pour ne pas en parler d'abord avec Merlin et Levaillant.

« Le père de Mme Roux a été secrétaire d'État, nous rappelle Merlin. Ils connaissent du beau monde. Il peut aussi bien avoir vu le ministre en personne.

– Le seul problème est qu'il ne nous ait pas mis au courant de sa démarche... »

Il y en a un autre ; nous l'avons tous à l'esprit. Roux a refusé de faire partie de notre Comité de soutien à la Chartreuse. Dès le début, il nous a avertis qu'il ne signerait aucune pétition, ne défilerait sous aucune pancarte : un principe chez lui. Il a ajouté qu'il n'avait pas signé non plus, malgré les « affectueuses pressions de ses amis », pour une demande de décoration.

« Suis-je autorisé à mettre les pieds dans le plat ? » interroge Merlin.

Levaillant et Rémi acquiescent.

« Le docteur Roux ne fait qu'un mi-temps chez nous. Son

activité principale est à la clinique du Parc dont il est actionnaire et membre du conseil d'administration. Ladite clinique n'est pas, dit-on, au mieux de sa forme. La suppression de nos urgences ne causerait pas une peine immense à ceux qui y travaillent.

– De là à conclure qu'il agit contre nous... »

Pourquoi ai-je aboyé comme ça ? Bon chien de garde du patron, de l'honneur du patron ? Ai-je oublié le sale coup qu'il m'a infligé en me faisant porter le poids de sa négligence ? Mais je me refuse à l'imaginer nous tirant dans le dos pour une question de gros sous. Pas lui.

« Mme Roux est, paraît-il, très exigeante, intervient Rémi. Il y a aussi cette belle maison qu'ils viennent de se faire construire près de Chatenay.

– Et alors, ils n'ont pas le droit ?

– Je voulais seulement dire, comme Xavier, que la survie de la clinique est importante pour Roux.

– Et pour toi ? Tu y travailles aussi, que je sache !

– Entre le Parc et la Chartreuse, mon choix est fait », répond sobrement Rémi.

Il a un rire : « Et si cela vous intéresse, contre le gré de mon épouse. »

Merlin se tourne vers moi.

« Margaux, public ou privé, chacun a le droit de choisir son côté. Tout simplement, si nous voulons avoir une chance de gagner, nous devons savoir qui est avec nous et... qui ne l'est pas, c'est tout !

– Je demanderai une explication au docteur Roux, décide notre médiateur. Je suis certain qu'il nous la donnera. »

On frappe et l'assistante de Levaillant apparaît : « Monsieur, pouvez-vous prendre une communication, c'est urgent. »

À l'autre bout du fil, on perçoit une voix féminine, pressée. Angoissée ? « Envoyez-les-moi, je les reçois tout de suite », annonce le directeur avant de raccrocher. Il se lève.

« Le centre d'orthogénie me signale qu'une jeune fille que l'on s'apprêtait à... opérer s'est volatilisée. Les parents souhaitent me voir. Je vous prie de m'excuser. »

Le centre d'orthogénie... Où pratique celle que les méchantes langues ont baptisée « l'avorteuse ».

Mme Leblanc, gynécologue, cinquante ans, a été de tous les combats pour la légalisation de l'IVG. Elle avait vingt ans lorsque sa sœur aînée était morte des suites d'un avortement clandestin. Point ! Deux fois par semaine, elle vient ici « aider », c'est son terme, les jeunes femmes qui ont décidé d'interrompre leur grossesse. Le service fonctionne à l'économie et à la discrétion. Nul ne tient à voir débarquer dans nos murs les bruyants militants « *pro life* ».

Et, justement, ces militants, certains les évoquent dans les couloirs de la Chartreuse où la disparition de Sandra, dix-sept ans, venue pour interrompre sa grossesse, s'est répandue comme une traînée de poudre. Et si un commando l'avait enlevée ?

Ainsi que nous l'explique Josiane, la secrétaire du docteur Leblanc, dont les yeux sont rouges, nul ne s'explique cette disparition. Mère institutrice, père dentiste, Sandra était affectueusement soutenue dans sa démarche. Elle avait eu plusieurs entretiens seule à seule avec la conseillère du Planning familial. Le docteur Leblanc s'était également assuré de la fermeté de sa décision. Sandra n'avait-elle pas raconté à Josiane que, plus tard, elle voulait être grand reporter ? Alors, un enfant...

Et voilà que ce matin, prête pour l'intervention, attendant dans sa chambre que l'on vienne la chercher, le temps que sa mère passe un coup de fil, elle se volatilise. Il n'y a pas d'autre mot que celui employé par Levaillant : ses vêtements sont toujours là, ses bottes, sa peluche sur l'oreiller, mais plus de Sandra ! Tous les services ont été fouillés, quelqu'un, dans le hall, surveille les sorties. On en est là.

« Pour la discrétion, en tout cas, c'est raté », ricane Marie.

Dure, Marie ! Mais elle a toujours été contre l'avortement et la fermeture prochaine de son service n'a pas arrangé les choses. Comment pourrait-elle accepter que l'on pratique plus d'IVG que d'accouchements à la Chartreuse ?

Nous sommes à la cafétéria où il n'est question que de « l'affaire ». À chaque fois que les battants de la porte s'ouvrent, les regards y volent comme si on s'attendait à voir apparaître une jeune fille en chemise.

« Quand on pense à tous ces pauvres gens qui attendent... Vous n'avez pas vu l'émission hier ? » demande Marie.

« La marche du siècle ». Sur l'adoption. Bouleversante à certains moments.

« Qu'elles les fassent, leurs bébés, on s'en chargera après. Cela évitera d'aller acheter au rabais des petits Roumains qu'on jette après déception...

– Marie... ce n'est pas si simple que ça. »

Et c'est rarement de gaieté de cœur que l'on se présente au centre d'IVG, nous explique la secrétaire du docteur Leblanc. Ces appels téléphoniques subitement interrompus par des sanglots... ces femmes qui rasent les murs, et ces situations impossibles comme cette Maghrébine affirmant que son père la tuerait s'il la savait enceinte.

« Bien sûr, toi tu es pour ! m'attaque Marie.

– Pour la petite Maghrébine, pas pour les récidivistes. »

Jordan nous a rejoints. Les urgences ont été fouillées, comme les autres services. Tout le monde pense qu'elle a filé, paraît-il.

« Dans la tenue où elle était, à gla-gla », rigole quelqu'un.

La discussion reprend de plus belle. Jordan se tourne vers moi.

« On se voit toujours ce soir ? » murmure-t-il.

Son regard est inquiet. Il est trop sensible pour n'avoir pas senti que je n'étais plus la même dans ses bras. C'est tout de suite que j'aurais dû rompre, dès le lendemain du dîner chez Bernard. Pas beau, Margaux, de garder son amant au cas où...

« Huit heures à l'Étoile, ça te va ?

– Ça me va. Je te commande un bloody-mary ? »

Les habitudes se prennent vite : nous buvons un verre et bavardons avant de monter chez lui.

Je ne monterai pas chez toi ce soir, Jordan. Je ne verrai plus la chambre au cèdre, la chambre à la croix. Il y a quelques jours, nous avons, sans le savoir, fait l'amour pour la dernière fois. Et devant ce visage qui s'est éclairé, je me détourne, le cœur gros. Comment, lorsqu'on a possédé le corps d'une femme, pris encore et encore ses lèvres dans les siennes, n'y lit-on pas le « C'est fini » qu'elle s'apprête à vous dire ?

Afin d'être libre pour un autre qui, peut-être, ne la voudra pas.

4.

La sonnerie du téléphone me réveille. Je tâtonne à la recherche de la minuterie : six heures du matin, nuit noire. Mon cœur bat. Pourtant, je devrais être habituée : cet instrument de malheur fait partie de mon travail. Était-ce mieux lorsqu'il n'existait pas ? Les coups frappés à la porte, les cris sous les fenêtres : « Docteur... Docteur... » Une même angoisse : qui ? Pourquoi ?

Chuchotement de Marie : « Tu peux venir ? » On dirait qu'elle craint d'être entendue. « Venir où ça ?

– À la Chartreuse, voyons ! Dépêche-toi, c'est important. »

Un nom m'échappe : « Jordan ?

– Mais non ! Pourquoi, Jordan ? s'exclame-t-elle. Je t'attends. À la maternité. »

Vite, pull et pantalon, je me doucherai là-bas. Pas de problème côté Éric : nous sommes mercredi, il est à la ferme. Quelle idée d'avoir tout de suite pensé à Jordan ! Certes, hier, il était abattu après mon classique et insupportable : « Si nous restions bons amis ? » Mais de là à... À quoi ? Tu délires, Margaux : il ne t'aime pas à ce point-là !

Girophare dans la cour. Calme dans le hall. J'échange un sourire avec la fille de l'accueil. Une odeur de café flotte, qui me fait saliver. Patience. Au troisième, Marie m'attend à la sortie de l'ascenseur.

« Tu n'as croisé personne ?

– Personne. Pourquoi ? Qu'est-ce qui se passe ?

– Tu vas comprendre tout de suite. »

Elle m'entraîne le long d'un couloir, s'arrête quelques secondes devant une vitre pour regarder, dans sa couveuse, un minuscule bébé à lunettes noires, nu, muni d'une couche plus grosse que lui, placé sous la lumière bleue qui soigne les jaunisses.

« Thomas ! Cinq semaines d'avance ; il a failli venir dans le taxi. On peut dire qu'elle a choisi son jour, celle-là ! Et il a fallu que ce soit sur moi qu'elle tombe. »

Qui, celle-là ? Tu ménages le suspense, Marie ! Nous arrivons à la porte d'une salle de soins ; après avoir regardé devant, derrière, elle m'y pousse.

« Je te présente Sandra ! »

Recroquevillée dans un coin de la pièce, noyée dans une blouse blanche trop large pour elle, une sauvageonne à l'épaisse tignasse brune fixe sur moi un regard terrifié.

« Tu situes ? » murmure Marie.

L'évaporée d'hier, l'IVG.

« Il faut que tu prennes le relais, moi, j'ai encore une heure à tirer. »

La fermeté de la voix est démentie par un regard suppliant : « Je lui ai dit que tu étais une amie, j'ai promis que tu ne trahirais pas. »

Je suis Marie dans le couloir : « Trahir ? Mais qu'est-ce que ça veut dire, tu es folle ! On ne peut pas la garder ici. Il faut appeler ses parents tout de suite. Tu imagines dans quel état ils doivent être ?

– Demande-lui leur numéro, tu verras. Mais avant, assure-toi que la fenêtre est bien fermée.

– Elle en est à ce point-là ?

– À toi de juger.

– Où l'as-tu trouvée, Marie ? »

Marie mettait ses lunettes à son prématuré – ce qui n'est pas une mince affaire – lorsqu'elle avait failli mourir de peur : là, derrière la vitre, une échappée d'asile les dévorait des yeux ; une chance qu'elle ait tout de suite compris de qui il s'agissait. Une autre que, après avoir passé vingt-quatre heures dans les toilettes, l'évadée n'ait plus eu assez de force pour lui échapper.

« Tu n'as pas pensé à avertir Levaillant ?

– En pleine nuit ? Et qu'est-ce que j'aurais fait de la gosse ? Attachée au radiateur ? »

Là-bas, une porte claque, des pas viennent dans notre direction.

« Je te la confie, dit Marie précipitamment. Si je peux, je vous apporte du café. Ferme la porte à clé surtout. Je frapperai trois coups. »

Où se croit-elle ? Dans un polar ? La gosse – pardon, la « jeune femme » : elle est enceinte – a resserré les bras autour de son ventre comme pour protéger son embryon. Où a-t-elle trouvé cette blouse, ces socques ? Je l'imagine hier, affolée, suivant les flèches jusqu'à la maternité. Pensait-elle que là elle serait en sécurité ? Comme je m'approche d'elle, elle se recroqueville plus encore.

« Mais qu'est-ce que tu crois, Sandra ? Qu'on va te l'enlever de force, ton bébé ? Je vais te dire une chose : même si tu décidais à nouveau de ne pas le garder, tu ne trouverais plus personne ici pour se charger de l'opération. »

Les larmes jaillissent de ses yeux. Je lui tends un mouchoir.

« Et puis, ça arrive à tout le monde de changer d'avis au dernier moment ! Écoute ça : c'était une jeune femme qui allait se marier, en grande pompe, plein d'invités, robe blanche, tout. Et le jour de la noce, qu'est-ce qu'elle dit ? " Non ! " On a cru que sa langue avait fourché : " Répétez, mademoiselle. " Elle n'en avait pas démordu. Toi, au moins, tu n'avais invité personne. »

Si j'espérais la faire rire, c'est raté. Une voix rauque sort de sous la broussaille : « Et qu'est-ce qu'ils ont dit, ses parents ? »

Les malheureux parents, des cousins de ma mère, s'étaient retrouvés seuls face à deux cents bouteilles de champagne et une colonie de saumons mayonnaise. Ils avaient dû retourner tous les cadeaux aux invités, ils s'étaient payé une grosse déprime.

« Ils ont dit qu'elle avait rudement bien fait et l'ont félicitée pour son courage. »

Il faut savoir mentir quand c'est pour la bonne cause. J'en suis récompensée par un mince sourire. Que saisit Marie, qui nous revient avec deux gobelets de café et un paquet de gâteaux secs.

« Pour les croissants chauds, il faudra patienter. Je vois que tout va bien, je vous laisse, j'ai à faire. »

Sandra se jette sur les gâteaux. Arrivée à jeun hier matin, s'est-elle seulement alimentée depuis ? Tout en savourant la chaleur de ma boisson – est-ce vraiment du café ? – je la regarde dévorer. Elle a repoussé ses cheveux et on y voit un peu plus clair : pas trop belle, pas trop propre non plus mais, ça, c'est excusable. Celui qu'on appelle le « géniteur » est-il lui aussi un gamin ?

Soudain, elle lève les yeux, me regarde d'un air de défi.

« Je le donnerai à la femme qui pleurait », déclare-t-elle.

Et la lumière se fait ! Avant-hier, l'émission sur l'adoption... Cette femme en larmes qui avait ému toute la France avec son désir d'enfant. Et une gamine à la veille de faire passer le sien qui pense au beau cadeau à faire. On dira que les jeunes ne sont pas généreux !

« C'est pour ça que tu as changé d'avis ? »

Elle fait : « oui : on n'a qu'à appeler un numéro à Paris et ils s'occupent de tout. Je l'ai noté sur un papier.

– Voilà une bonne idée. Mais, pour commencer, tu ne crois pas que c'est ta maman qu'on devrait appeler ? Elle doit rudement s'inquiéter, la pauvre ! »

Marie m'avait pourtant prévenue... En voulant aller trop vite, j'ai tout gâché. La sauvageonne renverse son gobelet et se précipite vers la porte, heureusement fermée à clé. Elle crie : « Vous aviez promis... vous aviez promis... »

Moi ? Rien du tout ! Marie l'a fait à ma place : « Je lui ai dit que tu étais une amie »... Le mot me reste au cœur. Vais-je laisser échapper ma chance de le redevenir ?

« Continue à crier comme ça et c'est tout l'hôpital qui rapplique. »

Je parviens à la ramener à son siège et à ses gâteaux. Pourquoi cet affolement lorsque j'ai parlé de sa mère ? Nul ne peut lui avoir forcé la main : Josiane nous l'a clairement expliqué hier : on s'assure plutôt dix fois qu'une que la décision est ferme, et prise en toute liberté. Mais, à dix-sept ans, quel maquis, la liberté !

Marie à nouveau : « Ça y est, j'ai terminé. Avec un petit oubli sur le cahier de transmission... Qu'est-ce qu'on fait maintenant ? Le monde commence à arriver. »

Avec le monde, avec le jour, elle se demande si elle a eu raison de n'avertir personne et s'en remet à moi. J'ordonne : « Tu vas l'emmener à la ferme. Je vous y rejoindrai en fin de matinée. »

Tout cela n'est pas très catholique mais je ne vois pas que faire d'autre pour l'instant. Et, à la ferme, il y a maman : une femme qui, elle, a la tête sur les épaules.

Je tends mon anorak à Sandra : « Mets la capuche, ça vaudra mieux.

– Je le savais bien que tu nous aiderais », dit Marie avec feu.

Ô amitié, que de bêtises ne commet-on pas en ton nom ?

5.

Le staff. Dans la salle qui jouxte le bureau du patron, tout le service est réuni face à l'écran lumineux où sont présentés radios et scanners – ces derniers faits au CHU voisin. Lors de cette réunion, le cas de chaque patient est évoqué, les interventions décidées, la thérapie choisie. Tout le monde peut intervenir, du stagiaire à l'anesthésiste. Le surveillant de bloc note le planning. Roux parle peu.

« Il terrorise », disent les internes.

Ce sont eux qui présentent les dossiers. Je regarde les jeans effrangés et les baskets qui dépassent de la blouse blanche et pense au long trajet qui a conduit ici ces deux jeunes hommes, à l'effort qui les attend encore, leur espoir d'être un jour à ma place ou à celle du patron. Qu'est-ce qui les a amenés à choisir ce sacré métier ? La vocation ? Certains prétendent qu'elle n'existe plus : une vieille lune. Il suffit de regarder Cathy pour s'assurer que le besoin d'aider, de soigner son prochain, brille encore au cœur de certains.

« L'exploration de Mme Vincenot indique un foie tumoral », est en train de nous expliquer Hervé, vingt-six ans, que la timidité fait bredouiller un peu, à l'amusement des infirmières.

« Est-il nécessaire de continuer à explorer M. Joachim » ? s'interroge plus tard Damien, lui, plus assuré.

Explorateurs... Les jeunes médecins se baptisent volontiers ainsi : attention, danger ! Ce matin – est-ce à cause de Sandra ? – j'ai envie de leur dire que ces fabuleux appareils modernes qui permettent de lire clairement à l'intérieur d'un corps ne doivent pas les dispenser, nous dispenser, d'aller voir aussi du côté de l'âme et chercher ce que ne montreront jamais les images les plus sophistiquées : la source de certains maux. Elles ne diront pas la vie difficile, le chômage, la solitude, le chagrin d'amour qui ont aidé au développement de la maladie et mené ce monsieur ou cette dame jusque entre nos mains.

Un petit groupe s'est avancé pour regarder de plus près les clichés de l'œsophage atteint de M. Joachim. Il serait si simple, si rassurant, de s'en tenir là, loin de la peur de M. Joachim : un œsophage ne pleure pas. Une rate ne fait pas de sentiment...

Ce matin, que nous le voulions ou non, les sentiments vont nous sauter à la gorge.

Les dossiers ont été refermés, l'écran lumineux éteint, certains s'apprêtent déjà à sortir. Roux se lève et nous fait face.

« Attendez ! Avant de nous séparer, je voudrais vous parler de M. Fabrice Lacarrière. »

Fabrice, dix-sept ans, nous est tombé tout bronzé des sports d'hiver, avec une très vilaine fracture du pied. Depuis son arrivée, une bande de collégiens défilent dans sa chambre pour soutenir le moral du copain, parfois un peu trop bruyamment. Martineau y met bon ordre. Roux doit intervenir demain.

« Le test HIV subi par le jeune homme indique qu'il est séropositif. »

Le silence s'abat. Cathy a appuyé ses deux mains sur sa bouche. « Quelle merde ! » râle quelqu'un. Nous aurions pu l'ignorer. Remplissant le questionnaire concernant leur fils mineur, les parents n'ont pas dû remarquer qu'on y proposait le test, facultatif, de dépistage du sida.

« Nous supposons, reprend Roux, ou plutôt nous sommes convaincus, que ni l'intéressé ni la famille ne sont au courant.

– Est-il homosexuel ? demande l'un des internes.

– Si vous alliez le lui demander ? » aboie Roux.

Il se tourne vers le surveillant de bloc. « Je pratiquerai l'intervention comme prévu : toutes les précautions nécessaires devront être prises. »

Puis c'est à notre surveillante qu'il s'adresse : « Et après ? On fait comment, Martineau ? À qui annonce-t-on la bonne nouvelle ? »

Il y a des rires qui n'en sont pas. Sous la brutalité du langage, perce l'émotion ; mais aussi l'incertitude. Martineau s'est levée. Elle s'approche du patron, bloc et crayon en main. Et soudain, près de cette forte femme au chignon gris, à l'expression décidée, Roux m'apparaît comme un petit garçon : « Qu'est-ce qu'on va faire, maman ? » C'est l'infirmière, celle qui vit au plus près du malade, le touche, l'assiste dans les gestes quotidiens, qui SAIT. Derrière le « Vous pouvez tout me dire, madame », de certains patients, elle perçoit le « Je ne veux pas savoir ». Et, sous le courageux : « Je suis prêt à mourir », la faible voix qui implore : « Mais demain... »

« Je pense, monsieur, qu'il faudra d'abord en parler aux parents.

– Et ils sont comment, les parents ? »

Toujours la même voix brusque.

« Des parents... »

Ni plus ni moins forts que les autres devant la bombe qui va exploser dans leur vie, le tremblement de terre qui va ouvrir une fracture entre hier et aujourd'hui et fera qu'il y aura désormais dans cette vie un « avant » et un « après ».

« Et vous, mademoiselle, vous êtes d'accord ? Les parents d'abord ? »

Cette fois, c'est à Cathy que Roux s'est adressé : notre « petite nouvelle » qui depuis deux jours est en charge du beau garçon bronzé et insouciant. Écarlate, au bord des larmes, elle murmure : « Je ne sais pas, monsieur. Monsieur c'est trop horrible !

– Vous en verrez d'autres... Et n'oubliez pas que les malades ont besoin de votre force, pas de vos larmes. »

Cette fois, il a tempéré la rudesse de sa voix et Cathy acquiesce. Il se tourne à nouveau vers Martineau.

« Vous appellerez M. et Mme Lacarrière. Je veux les voir tous les deux ensemble. Débrouillez-vous pour prendre rendez-vous dans la semaine. »

Puis, à nous : « Vous êtes libres. »

La salle s'est vidée. J'ai regardé ma montre : presque une

heure de l'après-midi. Ma consultation était à deux heures trente. Un instant, j'avais oublié Sandra, dix-sept ans elle aussi, mais Sandra-la-vie.

« Voulez-vous venir un instant, Lespoir ? »

J'ai suivi Roux dans son bureau. La fenêtre était grande ouverte sur un ciel bleu glacier qui donnait faim de montagne, de pureté. Après l'avoir refermée, il a allumé une cigarette, en a tiré une longue bouffée puis il est tombé dans un fauteuil. Il avait l'air fatigué.

« Voyez-vous, Margaux, il m'arrive de me réjouir de n'avoir pas d'enfant !

– Nous tremblons tous pour nos enfants, monsieur.

– Et, avec cette dégueulasserie, on ne peut même pas tricher : condamnés à la vérité ! »

Dans le cas de Fabrice : la mort. Un jeune homme de dix-sept ans, à quelques pas d'ici, ignorait qu'il vivait ses derniers moments d'insouciance, sans doute ses dernières heures de jeunesse.

« Vous ne vous asseyez pas ?

– Je n'ai pas beaucoup de temps, monsieur, j'ai rendez-vous.

– Au ministère de la Santé ? »

L'attaque m'a coupé le souffle. Roux avait l'air mauvais. On se venge comme on peut de l'angoisse.

« En avez-vous tiré profit, au moins ?

– J'ai compris que la lutte, ce serait ici qu'il nous faudrait la mener. Que discuter avec... ces technocrates ne servirait à rien.

– Tout de suite les grands mots... »

Son sourire était ironique. Je n'ai pu m'empêcher d'ajouter : « N'est-ce pas ce qu'il vous a semblé puisque vous-même êtes allé là-bas ? »

Le sourire s'est effacé : « Si vous permettez, je ne serai pas aussi rapide que vous dans mes conclusions.

– Rapide ? C'est que nous n'avons pas beaucoup de temps. Et je tiens à mon hôpital, moi. »

Le « moi » était-il de trop ? Un éclair est passé dans les yeux de Roux. Il ne m'a pas répondu. On assure que c'est par le regard et par les gestes que l'on exprime le plus clairement ce que l'on ressent. Mieux que par la parole, souvent mensongère. Dans le regard de Roux, quelque chose avait changé. J'y avais lu autrefois l'image de l'élève soumise et respectueuse, puis celle du chef de clinique reconnaissant et apprécié. J'y lisais aujourd'hui un défi : « À nous deux » ? Ce regard me hissait à sa hauteur.

Et soudain le désir de revenir en arrière m'a poigné le cœur. Au temps où le mot sida n'existait pas, où devenir chirurgien m'apparaissait comme un rêve éclatant et le mot patron, indiscutable.

Ne grandit-on qu'en prenant la mesure de ses rêves ? Pourquoi pas sur leurs ruines.

6.

« Elle ne sait plus où elle en est ta Sandra, ce n'est qu'une gosse ! »

Mattie guettait mon arrivée ; à peine suis-je entrée dans la cour – où était garée la voiture de Marie – qu'elle m'a entraînée dans sa chambre, en évitant de passer par la salle.

« Elle a mangé comme quatre ! Maintenant, elles en sont au café. Ton père est parti en ville avec Éric : des courses à faire. »

La bonne excuse ! Je souris : ce qui se passe dans le ventre des femmes et qu'il appelle pudiquement leur « cinéma », très peu pour Guillaume.

« C'est cette émission qui a tout déclenché, poursuit maman. Elle n'arrête pas d'en parler ; elle prétend que son petit a bougé quand la femme s'est mise à pleurer. Jusque-là, elle n'avait jamais encore pensé à lui que comme à un œuf. Un “ œuf ”... c'est ce qu'on lui avait dit.

– Tu crois que ses parents lui ont forcé la main ?

– À force de lui répéter que le bébé serait un fardeau pour elle... Il y a la honte aussi : elle ne connaît que le prénom du père, Franz. C'est arrivé en Autriche durant les dernières vacances : un passant. »

Maman regarde les photos sur la commode : mariage des grands-parents, mariage des parents, celui de Roland. « C'était plus simple avant », soupire-t-elle.

On ne passait pas, on s'installait. Pour le meilleur et pour le pire. Aujourd'hui, on est libre ; pas forcément pour le meilleur.

« Il paraît que ses parents ne savent pas où elle est. On ne peut pas la garder comme ça, Margaux. Il faut les avertir.

– Je ne demande pas mieux ! Mais, jusque-là, elle ne voulait pas en entendre parler.

– De ce côté, il y a du progrès, m'apprend maman. Mais tu ne l'ignores pas : revenir, c'est toujours plus difficile que partir. »

Je ris : « C'est bien pour ça que je m'incruste... Allez, on va essayer de l'aider, la Sandra ! »

Je me dirige vers la porte.

« Tu as déjeuné, au moins ? » s'inquiète la mère nourricière.

Tiens non ! Pas le temps. « Mattie, tu me fais un sandwich-mayo ? »

Mayo, mayonnaise, mayonnaison... Et soudain, balayant cette rude matinée, un grand remous de vie dans ma poitrine : Bernard ! Si ce n'est pas de l'amour, je me pends. À nous deux, Sandra, qui a fait l'amour en passant, à un passant, sans te noyer délicieusement d'attendre.

Elle n'était pas si sotte que ça, Sandra ! Elle avait bien remarqué que ses parents, hostiles à son idée d'être un jour grand reporter – « Passe ton bac, on verra après » – s'étaient soudain intéressés à sa « vocation ». « Quand tu seras au bout du monde, qui s'occupera de ton enfant ? » C'était de cela qu'elle leur en voulait : s'être servis de son rêve pour la convaincre d'avorter. Avoir fait semblant d'y croire.

Ils dînaient chez des amis le soir de l'émission. Lorsqu'ils étaient rentrés et qu'elle leur avait annoncé son intention de garder l'enfant pour le donner à adopter, elle avait cru que son père allait casser le téléviseur. Pourquoi faire ce bébé si c'était pour l'abandonner ? Et quand tout le monde loucherait sur son ventre, elle serait contente ? Une gamine qui ne savait pas ce qu'elle voulait, qui passait d'une chimère à une autre, voilà ce qu'elle était !

Elle avait pleuré toute la nuit. La suite, nous connaissions : au dernier moment, la panique.

Maman lui a dégoté pull et pantalon, ses cheveux, encore

humides de la douche, sont tirés en arrière, révélant le visage d'une pauvre petite fille prise au piège de la vie. En me racontant son histoire, elle serre Horace contre sa poitrine. Dire qu'elle porte un enfant !

« L'association s'appelle Les Oisillons, dit-elle. C'est joli comme nom, vous ne trouvez pas ? C'est à Paris. On pourrait les appeler maintenant... »

Marie m'adresse un regard fatigué. Sandra a dû les bassiner avec ça toute la matinée : appeler Paris. D'un refuge à l'autre. Aurait-elle peur de se laisser à nouveau influencer par papa-maman ? Je me souviens de la femme qui parlait des Oisillons : le choix final de donner ou non l'enfant à adopter ne se faisait que trois mois après la naissance — du sérieux.

J'ai terminé mon sandwich, maman pose un café devant moi, presque deux heures. Des patients doivent déjà m'attendre.

« OK, on les appelle. Et même, si tu veux, je t'y emmènerai. Mais pas avant que tu aies parlé à tes parents. De toute façon, il faudra bien passer par là. »

Elle ne crie pas. Elle ne se sauve pas. Oui, elles ont fait du bon travail les femmes ! Poussons nos pions.

« Je peux même m'en charger si tu veux. Tu n'as qu'à me donner le numéro.

– Mais qu'est-ce qu'ils vont dire ? murmure Sandra.

– Rien ! se précipite Marie. Ils seront tellement heureux de t'avoir retrouvée que ça va leur couper le sifflet. »

Le nez dans la fourrure d'Horace, Sandra hésite encore. Maman échange un regard avec moi : pourvu... Notre grande petite fille sent-elle le soleil qui chamboule tout dans la salle et dans nos cœurs lorsqu'elle aligne les huit chiffres magiques de la « maison » ?

Quand pour une fois le bonheur est au bout du fil, ne nous privons pas d'en avoir mal à la poitrine en décrochant.

« Gauthier à l'appareil. »

J'attendais une voix féminine éplorée, c'est celle du monsieur qui a failli casser le téléviseur... Tant pis, allons-y de notre couplet : « Je travaille à la Chartreuse, Sandra est chez moi, elle va bien, je voudrais... »

Il ne me laisse pas continuer : il hurle. De bonheur.

« Huguette, Huguette, viens vite, on l'a retrouvée » ; c'est Huguette que j'ai maintenant. L'instit dispute l'appareil au dentiste. Quelle intuition sublime a eue Marie en prédisant qu'ils auraient le sifflet coupé ! On ne s'entend plus, ils parlent tous les deux à la fois : « Dites-lui qu'on fera tout ce qu'elle voudra, dites-lui qu'on est des cons, dites-lui... »

On peut crever de s'entendre dire trop tard.

Une petite main m'arrache l'appareil : aux doigts couverts de bagues comme on en porte lorsqu'on veut briller sans savoir encore par quel bout. D'une voix trop forte, comme on parle quand on craint de n'être pas écouté parce qu'on ne s'entend pas encore clairement soi-même, Sandra jette : « Je le garderai, c'est décidé. » Avant de fondre en larmes. D'ailleurs, ici et là-bas, tout le monde en est au même point : les grandes eaux. Pratique pour s'expliquer ! En attendant, moi, j'ai à faire, qu'ils se débrouillent, je me casse avant de casser.

Marie m'a raconté qu'ils étaient arrivés comme des fous : une petite dame et un petit monsieur terriblement comme il faut. La gamine, dans un langage pas du tout comme il faut, leur avait passé un savon : elle ferait son bébé, elle le donnerait à la « femme qui pleurait » et elle serait grand reporter, na !

« D'ici qu'elle change d'avis... Si tu veux savoir, il n'est pas sorti de l'auberge, l'oisillon », a remarqué Marie et, malgré son rire, j'ai senti qu'elle aussi était inquiète pour lui.

J'étais sur mon lit avec le téléphone, et nous parlions comme avant, comme des concierges, des gamines, comme des amies.

« À propos, a-t-elle demandé. Quand je t'ai appelée ce matin, pourquoi as-tu parlé de Jordan ? Je n'ai toujours pas compris. »

Pendant que j'y étais, je lui ai appris que j'avais laissé tomber notre séduisant Libanais. Je le lui avais annoncé hier et ce qui m'avait inquiétée, c'est qu'il n'avait rien dit pour se défendre, comme s'il s'était toujours douté que ce lien, cette racine, que je lui avais offert dans sa vie ne pourrait durer, trop beau pour lui ! Plutôt que ce regard d'exilé, ce cèdre mort dans ses yeux, j'aurais préféré qu'il m'engueule. Alors, ce matin, j'avais eu peur de je ne sais quoi... de je sais quoi. Ce serait bien si elle s'en occupait un peu.

« Même un peu beaucoup, a-t-elle promis. Tu peux compter sur moi. L'étranger, ça m'a toujours attirée, question de nature. »

Pendant que j'y étais, je lui ai raconté que j'avais rencontré un Français pure souche. Il n'était pas spécialement beau, il travaillait dans la grande bouffe, il ne lui serait pas venu à l'idée de m'embrasser, bref, rien pour me plaire.

Mais c'était LUI.

« Monsieur de Montpensy », a-t-elle claironné.

C'était vraiment la journée des surprises.

« Éric nous a raconté. Il paraît qu'il est nul pour les frites, ton fils de comte. »

Pour le « comte », ça ne pouvait être que papa qui m'avait donnée. Devant mon silence gêné, Marie a éclaté de rire : « Je l'ai toujours su que tu n'étais qu'une sale arriviste. N'est-ce pas pour ça que tu me fréquentes ? »

7.

Il était environ cinq heures de l'après-midi, je passais quelques coups de téléphone avant ma contre-visite, lorsque j'ai entendu, dans le couloir, la voix indignée de Martineau : « Mais qu'est-ce que vous faites là, monsieur ? C'est réservé au service ! Qui voulez-vous voir ? »

Lorsque le « monsieur » a répondu – il s'excusait, il s'était égaré – je n'ai d'abord pas voulu en croire mes oreilles : pourtant, c'était bien lui ! Me voyant apparaître, il m'a jeté un regard si hypocritement éploré que j'ai failli éclater de rire. J'ai joué le jeu : « Bernard ! Pourquoi ne pas m'avoir appelée du hall ? On serait venu vous chercher... » Puis j'ai adressé mon sourire le plus faux à Martineau : « M. de Montpensy est un ami, je vais le recevoir. »

Refermant sur nous la porte de mon bureau, je me demandais si je ne rêvais pas : débarquer ainsi, à l'improviste, pour un homme si réservé, cela ne valait-il pas une déclaration d'amour ?

Tranquillement, Bernard a désigné ma blouse : « Finalement, a-t-il constaté, nous portons le même uniforme.

– Pas pour opérer.

– Mais, pour " opérer ", comme vous, je couvre mes cheveux... »

Nous étions debout l'un en face de l'autre, un peu bêtes. Je lui ai proposé de s'asseoir et je suis venue à côté de lui, sur le siège réservé au parent ou à l'ami qui accompagne souvent le patient. Je n'allais quand même pas m'installer à mon bureau, demander : « Qu'est-ce qui vous amène, monsieur : l'amour ? »

Il m'a adressé un grand sourire : « Figurez-vous que j'avais à faire en ville. Et voilà que je me retrouve devant votre Chartreuse ! Je n'ai pas pu m'empêcher d'entrer... »

C'était alors que sur les murs, partout, il avait lu mon nom, souligné de flèches qui, de couloir en couloir, l'avaient conduit jusqu'à mon service ; il ne me savait pas si célèbre ! À sa stupéfaction, nul ne lui avait rien demandé avant le cerbère qui l'avait arrêté, pratiquement devant ma porte : ce ne serait pas aussi aisément que je parviendrais jusqu'à ses cuisines !

« Il faudra que je tente l'expérience... Un jour où je passerai par là, ai-je plaisanté.

– Vous avez raison de vous moquer, a-t-il repris du même ton faussement contrit. Si je “ passais par là ”, ce n'était pas tout à fait par hasard. En fait, j'avais quelque chose à vous dire : au cas où nous nous serions croisés... »

Je n'ai pu m'empêcher de rire : à quel jeu jouait-il ? On ne riait pas souvent dans ce bureau et tout m'en a paru éclairé.

« À la vérité, c'est même pour vous dire cette chose que je suis venu à Chatenay », a-t-il avoué.

Le souffle m'a soudain manqué : allais-je enfin l'avoir, ma déclaration ?

« Voulez-vous rencontrer mon père ? a-t-il demandé d'un ton solennel.

– Votre père ?

– Il est vice-président du conseil régional. J'ai pensé qu'il pourrait vous aider pour votre Chartreuse. »

Il m'a enveloppée d'un regard chaleureux : « Je suis sûr que vous n'aurez aucun mal à le rallier à votre cause. »

Je me suis efforcée de cacher ma déception : ainsi, il n'était venu que pour me proposer du piston ! Et je m'en fichais bien, de son piston. J'ai dit sèchement : « Il me faudra d'abord en parler à mon comité.

– J'attendrai donc votre feu vert. »

Il s'est levé. Se préparait-il déjà à me quitter ? Il a regardé autour de lui.

« Est-ce ici que vous recevez vos malades ?

– Seulement ceux que je connais personnellement. Les autres viennent en salle de consultation.

– Je peux ? »

Il désignait la bibliothèque. J'y avais mis quelques livres auxquels je tenais. Il s'en est approché. Il portait un pantalon de velours, un blouson, une chemisette de sport. Son corps était solide, harmonieux. À combien d'hommes, ici, avais-je dit, en désignant la porte du petit cabinet de toilette : « Si vous voulez bien vous déshabiller ? » Quelques-uns s'en acquittaient naturellement, la plupart étaient gênés. Quoi que l'on prétende, la pudeur est en chacun de nous, et la nudité pose un problème, tant au malade qu'au médecin.

Et soudain, tandis que Bernard se penche sur mes lectures, un souvenir me revient, pénible. Je suis jeune interne à Dijon, entourée de camarades pratiquement tous masculins. Un homme se présente à la consultation, qui se plaint d'une « grosseur mal placée ». Comme par hasard, c'est vers moi qu'on le pousse : « Votre avis, mademoiselle Lespoir ? » L'homme est jeune, vigoureux, et tandis que je palpe ses organes génitaux, le résultat ne se fait pas attendre. Il y a des petits rires, une trouble lumière dans les yeux. Un instant, j'hésite. J'ai envie de crier : « Vous êtes tous des salauds », et m'enfuir. Ce serait me rendre aux salauds ; d'avance, je les entends : « Et " ça " veut être chirurgien... »

J'avais levé les yeux et rencontré le regard du jeune homme, humilié lui aussi. Nous nous étions adressé un sourire complice, j'avais poursuivi l'examen et posé le diagnostic.

Aujourd'hui, tandis que Bernard lit à voix haute quelques titres, s'amusant à découvrir, parmi de plus sérieux, les livres-guides du « garçon manqué » : les Paul d'Ivoi, les Fenimore Cooper, c'est la femme et non le médecin qui regarde son corps et celui-ci est, si l'on peut dire, « transfiguré » par l'attirance que j'éprouve pour l'être qui l'habite. Ces bras, où courent veines, muscles et tendons, représentent aussi l'abri, la tendresse. Dans cette poitrine, un cœur bat, je l'espère, à l'unisson du mien ; et si ma tête tourne un peu, c'est du désir de l'homme tout entier.

« À présent, je pourrai imaginer le cadre où vous travaillez, dit-il en revenant vers moi.

– Le cadre... ce n'est rien, Bernard. »

Je me lève : « Vous voulez bien venir avec moi ? J'ai quelqu'un à vous présenter. »

Nous longeons les couloirs qui mènent aux chambres des malades. Que m'arrive-t-il ? Moi qui, hier encore, hésitais à lui dire mon métier, j'éprouve le besoin de le mener au pied d'un lit. Il me paraît important pour nous deux qu'il comprenne ce qui fait la chair de mes journées : l'émotion, la compassion, la rage de vaincre, mais aussi la lassitude et la peur parfois devant ces corps à nous livrés.

Nous passons sans nous arrêter devant la chambre de Fabrice. Notre jeune skieur n'a connu qu'une seule fille et c'était la mauvaise. Il refuse de croire en sa séropositivité. On laisse sa porte ouverte au cas où. Fabrice nous quittera demain pour le service spécial sida du CHU voisin.

C'est devant la porte d'Olivier que je m'arrête : celle de l'espoir.

Olivier, Olive, a cinq ans. Comme je l'explique à Bernard avant d'entrer, il est tombé du second étage de sa maison : rate éclatée. Je n'ai pu la lui conserver. Il se rétablit très bien. C'est un petit garçon exquis, qui ne pense qu'à jouer et dont tout le service est tombé amoureux. Sa mère ne le quitte pas ; elle dort près de lui sur un lit de camp en attendant l'hôtel pour les parents dont je rêve.

« Pan pan pan pan pan... » Un Indien à la belle parure de plumes nous accueille, nous vise, nous tue. « Excusez-le, dit la mère, confuse. C'est un cadeau qu'on lui a fait. Il en est fou. » Après tout, si c'est sa façon de tenir en échec cette mort qui est passée si près de lui... Les fins cheveux blonds moussent sous les plumes éclatantes. Cette coiffure guerrière lui donne un aspect plus vulnérable encore.

« Salut, Œil de Faucon », dit Bernard.

Tandis que je parle avec la mère, il raconte à Olive la lutte du grand chasseur contre le rusé Renard Subtil dans *Le Dernier des Mohicans.* J'ai envie de m'asseoir et écouter moi aussi. D'où lui vient ce talent : être tout de suite de plain-pied avec les petits ? Y en a-t-il au château de Montpensy ?

« Il m'arrive de me réjouir de n'avoir pas d'enfant », a remarqué Roux l'autre matin. Pour la première fois depuis

Éric, je m'imagine mère à nouveau. Par Bernard. C'est bête mais c'est comme ça.

En quittant la chambre, nous nous sommes retrouvés nez à nez avec Martineau. Son regard exprimait une joie mauvaise : emmener un étranger dans la chambre d'un malade n'était pas à proprement parler une faute professionnelle mais cela ne se faisait pas ; Roux en serait probablement averti. Et après ?

Elle a regardé ostensiblement sa montre : « Pensez-vous faire bientôt votre contre-visite, madame ? »

J'ai eu envie d'imiter Olivier : « Pan pan pan pan pan »...

« Le temps de reconduire ce monsieur. »

Le monsieur n'est pas repassé par mon bureau. À l'auberge, on devait se faire un sang d'encre, il était parti comme un fou sans avertir personne. Pour être tout à fait sincère, le vice-président du conseil régional, son père, n'avait rien à voir avec sa présence ici. Il était venu parce que soudain l'avait saisi l'envie irrésistible de s'assurer que j'existais bien, que je n'étais pas un mirage...

Mais l'idée de me prendre dans ses bras pour s'en convaincre tout à fait ne lui serait pas venue, pensez ! Moi, naïvement, je m'y voyais déjà.

Il s'est contenté de cette drôle de phrase : « Je voudrais tant que vous soyez heureuse, Margaux. » Et je me demande encore à qui il l'adressait : à la femme, à la mère ou au chirurgien.

8.

« Célèbre », a dit Bernard. Et j'ai souri. Je vais commencer à le croire ! Envoyé par le fidèle Poitevin, un journaliste nommé Romain Soubise me demande de venir parler à son micro de la « chirurgie à ventre fermé ». Son émission, « Pas de quartier », est, affirme-t-il, très écoutée dans la région.

Pourquoi pas ? D'autant qu'une sale histoire, la mort d'un homme opéré sous cœlio, est actuellement exploitée par la presse. On accuse la technique alors que seule la maladresse du chirurgien semble être en causc. Cc que certains professeurs, volontiers hostiles à toute nouveauté, omettent de dire, c'est que des accidents arrivent aussi avec nos « chères bonnes vieilles méthodes ». Seulement, on en parle moins.

L'émission ne passera pas en direct et Soubise souhaiterait que je vienne enregistrer samedi matin. Samedi matin, cher monsieur, je suis prise ! Je rencontre M. le préfet avec mon comité. Il a donc été décidé que je viendrai au studio tout de suite après. C'est sur mon chemin, non loin de Dijon. Avouons-le, je ne peux me défendre d'une certaine griserie : je plane.

Je tombe.

Nous sommes dans le bureau du préfet : Levaillant, Merlin, Rémi, et moi. Cette fois, je les ai, mes dorures, mes boiseries, ma cheminée d'époque, mon haut plafond ! Et je l'ai aussi, mon « monsieur très sérieux » : cheveux blancs, costume trois-pièces, légion d'honneur.

Il vient de nous annoncer, ni plus ni moins, l'enterrement programmé de la Chartreuse.

En concertation avec la DDASS, il a été décidé que notre service des urgences serait transformé en « Antenne d'Accueil et d'Orientation », ce qui signifie, malgré les majuscules : en gare de triage. Très exactement ce qu'avait prédit Merlin : les « vraies » urgences au CHU, la misère pour nous.

« Une question de sécurité, déclare doctement le représentant de l'État.

– Parlons-en, de la sécurité », répond Merlin.

Il a perdu son sourire : c'est son travail de dix ans que l'on met en cause, son œuvre, son honneur.

« Je suis certain que vous avez lu le rapport, monsieur le préfet... »

Quatre médecins hautement qualifiés, un personnel suffisant, un accueil reconnu dans la région.

« Attendez, attendez..., l'interrompt notre interlocuteur. Parmi ces médecins, n'y a-t-il pas un étranger faisant fonction d'interne ? Un certain M... Sabbagh ?

– Jordan ? Mais il est fabuleux ! »

Je n'ai pu retenir mon cri. Levaillant m'adresse des signes apaisants. Merlin reprend la parole.

– M. Sabbagh est l'un de nos meilleurs éléments. Je n'hésiterais pas à lui confier ma mère. En dépit de son patronyme... »

Contrarié à l'idée de passer pour un vilain raciste, M. le préfet replonge le nez dans le dossier. « La sécurité d'un service des urgences repose aussi sur son plateau technique...

– Voici trois ans que nous réclamons un scanner », fait remarquer Levaillant d'un ton sec.

Va-t-on nous reprocher de n'avoir pas ce que l'on nous refuse ? Le préfet soupire. J'ai devant les yeux Serge Roseau avec trente ans de plus et du ruban à la boutonnière. Lui, on ne le piégerait pas en évoquant ses enfants, ou ses petits-enfants, soignés sans aucun doute dans les meilleurs établissements.

« Que voulez-vous y faire, mes amis ? Le budget de la Sécurité Sociale...

– Justement... », l'interrompt Levaillant.

Il parle avec feu : sur ce plan, contrairement à d'autres établissements, nous sommes irréprochables. À la Chartreuse, on ne garde pas les malades au-delà du temps nécessaire, on n'abuse pas des examens, tout gaspillage est banni.

Merlin vient à la rescousse : « Si vous voulez bien comparer le coût d'un monsieur entré chez nous pour une vésicule, ou celui d'une dame admise pour l'ablation de l'utérus, avec celui du CHU voisin, vous verrez lequel pèse le plus lourd sur les finances de notre très chère Sécurité sociale. Du simple au double. Le simple, c'est nous ! »

Gêné, M. le préfet ! Et même légèrement dégoûté. Vésicule et utérus n'ont rien à faire dans ce bureau doré. Je soupçonne Merlin de les y avoir introduits avec un malin plaisir. Notre interlocuteur passe le doigt dans son col, comme pour s'aérer, libérant un cou tout blanc.

LE COU ! Brusquement, tandis que Levaillant aborde avec vigueur le sujet de l'emploi, c'est le cou de mon père que je vois. Un cou de paysan, comme un cou de marin, c'est de l'écorce d'acajou, une peau mangée par les intempéries, boucannée par les heures de peine. Et, pour moi, tout est clair soudain. Même si je suis passée dans le camp des cous protégés, c'est pour ceux-là que je vais me battre, ceux autour desquels la cravate jure, qui n'ont pas de relations haut placées, personne pour les défendre. Le cou de cet homme modeste qui, voyant penché autour de son cas plusieurs respectables blouses blanches, m'avait soufflé un jour : « Ah, madame, c'est comme si l'on me décorait ! »

En attendant, l'audience est terminée. Tandis qu'il nous raccompagne à la porte après avoir promis d'étudier à nouveau notre dossier, le préfet s'adresse à Merlin.

« Si ce n'est pas indiscret, monsieur le professeur... Comment passe-t-on d'un service... très performant de stomatologie à Paris, à celui des urgences à Chatenay ? N'est-ce pas un parcours plutôt inhabituel ? »

Merlin a un large sourire.

« Mes racines sont bourguignonnes, ne l'oubliez pas ! Et, outre que je m'ennuyais fort à Paris, c'est aux urgences de la Chartreuse que je me sens le plus utile à notre société. »

Et pan, monsieur le préfet !

Plus tard, dans une brasserie voisine, Levaillant nous a donné l'explication du voyage de Roux à Paris. Ce n'était pas de son propre chef mais à la demande d'un ami, proche du ministre, qu'il s'y était rendu. On souhaitait en haut lieu en savoir davantage sur la plainte émise par le comité pour « décision injustifiée ».

« Si l'on en juge par ce que nous venons d'entendre, l'appui de votre cher patron n'a pas dû être déterminant, a persiflé Merlin en me regardant.

– De toute façon, notre sort était décidé d'avance. Nous avons perdu notre temps, ai-je protesté.

– Pas de défaitisme, Margaux, m'a grondé Levaillant. Grâce à notre passage, le dossier de la Chartreuse sera peut-être enfin regardé sérieusement. »

Est-ce cette réflexion qui laissait entendre que notre dossier avait été négligé ? Mon soudain découragement, le cou trop blanc de M. le préfet ? Dans un instant, répondant aux questions de Romain Soubise, je vais tomber dans le piège.

« Pas de quartier »... Comment ne me suis-je pas méfiée ?

9.

Et puis c'est mardi. Je viens de quitter le bloc et j'achève de me changer après une matinée chargée : rien que des adultes, certains très âgés, une difficile occlusion, une prostate suspecte. Plutôt que de déjeuner, j'ai l'intention d'aller faire quelques courses. J'enfile mon blouson lorsque le téléphone sonne : Jordan. « Ouf, tu es encore là ! Accepterais-tu de rempiler ? »

Une fillette vient de lui arriver, en proie à de violents maux de ventre. Ils sont surchargés. À première vue, c'est pressé.

« Péritonite ?

– Je ne sais pas, j'ai une sale impression. Et mieux vaut que tu le saches : la mère n'est pas un cadeau. »

Je m'en doute : on l'entend crier d'ici.

Adieu, lèche-vitrines ! Je remets mon pyjama. Combien de fois, dans une journée, le chirurgien change-t-il de vêtements ? Nous sommes de vrais mannequins, sans cesse en représentation devant des clients endormis.

Rémi est en salle de réveil auprès du vieux monsieur à la prostate dont il caresse la main semée de ces fleurs brunes que je trouvais jolies, enfant.

« J'ai besoin de toi, l'anesthésiste.

– À vos ordre, le chirurgien. »

Ses paroles, dans le bureau de Levaillant, me reviennent : « Mon choix ? l'hôpital. » C'est-à-dire pas d'heure et une femme qui va encore râler. Merci, l'ami !

Dans le couloir, près de la salle de radiologie, une femme

se jette sur moi : « Docteur, sauvez-la, je vous en supplie ! Empêchez-la de mourir. » Je l'écarte fermement : « Cessez de crier comme ça, madame, votre fille peut vous entendre, vous voulez l'affoler ? » Dans l'état où elle est, la raisonner ne servirait à rien : je la confie à une aide soignante.

Sur le brancard, une petite fille aux longs cheveux blonds se tord de douleur entre deux vaines tentatives pour vomir. « Une sale impression... », a dit Jordan. Devant une urgence, la première intuition est souvent la bonne. Attention ! Le ventre est gonflé, radio de l'abdomen et échographie laissent présager un kyste, plutôt en bas.

Je me penche sur le visage en sueur : « Comment t'appelles-tu, ma chérie ? » La réponse : « Alexandra », je la devine plutôt que je ne l'entends. Le regard crie à l'aide : « Eh bien, Alexandra, je m'occupe de toi tout de suite. Bientôt tu n'auras plus mal. »

Elle n'a plus mal : elle dort. « Tu vois, dit Rémi sous son masque, j'aurais bien invité M. le préfet. Où en serait la gosse dans leur usine ? À hurler avec sa mère au fond du tunnel ? »... Le long couloir où attendent les urgences. Parfois trop longtemps.

« On y va. »

Aiguille d'insufflation, trocart de l'optique, image sur l'écran. J'explore le petit bassin.

« Mon Dieu ! »

Le cri a échappé à la panseuse. Une masse énorme vient d'apparaître, véritable monstre accroché à la surface de l'ovaire gauche, tordant celui-ci, le dévorant comme une plante vénéneuse. Bien sûr que tu souffrais, pauvrette !

« Pince. »

Il s'agit de détacher le kyste de l'ovaire sans percer celui-ci. Et, tandis que je dissèque, moi, c'est le journaliste de « Pas de quartier » que j'inviterais bien à regarder. Toutes les explications que j'ai pu lui donner sur la cœliochirurgie ne sauraient remplacer ces quelques minutes « en direct » où je veux, où je dois préserver à cette petite bonne femme toutes ses chances d'être mère un jour.

« Chute tensionnelle, annonce la voix calme de Rémi. Pouvez-vous attendre un peu ? »

Toute l'équipe interrompt les gestes ; les respirations elles aussi sont suspendues, les regards tournés vers le moniteur qui affiche l'électrocardiogramme. Alexandra est arrivée épuisée. Depuis combien de temps souffrait-elle ? Je regarde mon anesthésiste, occupé à faire passer les substances qui devraient rétablir une tension normale et ses grosses lunettes, ses rondeurs me rassurent. « Tiens bon, petite, tu as le meilleur... »

Soudain, derrière moi, je sens une présence de plus. Je me retourne, Roux est là.

« Vous pouvez y aller », dit Rémi.

Le soupir de l'équipe est perceptible. J'ai repris mon travail. Sans que j'aie à les réclamer, les outils me viennent dans la main, mains sûres, instruments bien rodés qui agissent comme indépendamment de ma volonté, doigts du pianiste connaissant par cœur son morceau et qui courent tout seuls sur le clavier.

Tandis que je travaille, je sens sur moi le regard du patron. Ces gestes-là, il serait incapable de les faire : c'est moi le maître, c'est vous l'élève. Dernier coup de pince pour détacher tout à fait le kyste de l'ovaire, détorsion de celui-ci qui déjà reprend vie. Merci, Dame Nature !

« Ça va, monsieur Chauvet ?

– Ça va, madame Lespoir. »

Flot, flux d'amitié au cœur.

Reste à pêcher le monstre à l'aide d'un sac parachute, puis le vider, en aspirer le contenu, sortir l'enveloppe par le nombril, toilette péritonale. Terminé.

« On a failli revenir de loin..., remarque Rémi sobrement en retirant son masque et nous livrant un visage en sueur. Ah ! la belle blonde que je vais me payer ! »

Je souris à notre amateur de bière.

« La blonde patientera jusqu'à ce que ta patiente t'ait chanté " Compagnons de la table ronde " sans omettre une parole ! »

Tout le monde rit. Roux, non. Il me suit tandis que je passe dans le sas, retire la casaque. « Vous n'avez pas invité votre cuisinier à assister à l'opération ? Nul doute qu'il aurait apprécié. »

J'en reste sans voix. Nous avons frôlé le drame, peut-être

sauvé une vie et c'est tout ce qu'il trouve à me dire ? Je ne m'attendais pas à des félicitations, mais ça...

« Voilà longtemps que vous fréquentez M. de Montpensy ? »

Cette salope de Martineau a retenu le nom ! Pas difficile. Famille connue comme le loup blanc dans la région, je ne cesse de le constater... Depuis que je ne peux m'empêcher de mettre ce nom à toutes les sauces : Montpensy par-ci, Montpensy par-là.

Montpensy et moi. Si seulement...

« Ai-je le droit d'avoir une vie privée, monsieur ?

– À condition qu'elle n'interfère pas avec votre vie professionnelle, madame. »

C'est tout. Il est parti ! Ne serait-il venu au bloc que pour me réprimander ? Jaloux, le patron ?

En tout cas, moi, j'ai faim.

J'ai retrouvé Jordan à la cafétéria. Tout en dévorant un sandwich, je lui ai appris que sa « sale impression » était justifiée. Quelques heures de plus et le kyste aurait eu la peau de l'ovaire, peut-être celle d'Alexandra.

Je lui ai également raconté comment j'avais défendu, à la radio, notre chère cœlio et, à ma déception, il ne m'a pas paru particulièrement emballé : « Méfie-toi des journalistes, ce sont des chacals ! » J'ai ri : jaloux aussi, Jordan ? Je me sentais inatteignable, comme le coureur qui a fait un bon temps ; cela m'arrive souvent après une intervention délicate, cette impression d'avoir gagné la course.

Il y avait aussi la joie de constater que l'ancienne complicité passait à nouveau entre nous. Jordan était-il prêt à me rendre son amitié ? Mais comme le corps est ingrat ! Si près du sien pourtant, le mien ne ressentait plus rien. Les moments passés dans ses bras avaient-ils existé ?

Et puis Marie est entrée.

Souriante, légère et fière comme une goélette, elle est venue vers nous, ou plutôt vers Jordan. Elle s'est assise à ses côtés et son regard m'a dit : « Tu me l'avais confié, je m'en suis occupée, ça y est ! » Une rapide, Marie. Le regard de Jordan ne cherchait pas à démentir : c'était donc cela, l'amitié retrouvée ? Une vilaine pensée m'est venue : il n'aura pas mis longtemps à se consoler ! Aurais-je voulu qu'il garde toute sa vie un cœur brisé ?

Et il fallait bien reconnaître que le Liban et la Martinique, ça collait à merveille ensemble : une même chaleur ensoleillée leur sortait de la peau.

Déployé sur la table au puzzle, le carnet scolaire d'Éric m'attend. Comme toujours, les commentaires sont élogieux : élève sérieux, appliqué, volontaire.

Sport : dispensé.

J'évite de le regarder tandis qu'il déambule maladroitement dans le salon. Quand me déciderai-je à lui parler de la possible intervention ? Je sais bien pourquoi je remets sans cesse à demain : l'élève sérieux et volontaire voudra sûrement tenter sa chance.

Soudain, le poids de cette journée m'accable. La marathonienne est à terre, elle a présumé de ses forces. Si au moins, rentrée à la maison, je ne trouvais pas d'autres soucis. Si un homme m'y attendait avec qui je pourrais partager ?

« Je voudrais tant que vous soyez heureuse », a dit Bernard. Je croyais l'être avant de te rencontrer. Combien de temps vas-tu encore me faire attendre ? Si tu veux savoir, j'en bave, moi. J'en bave vraiment.

« Ça ne va pas, maman ?

– Mais bien sûr que si ! Pourquoi ça n'irait pas ? »

Le regard d'Éric me jauge. Il devine toujours quand je triche.

« Parce que zéro à l'examen. »

10.

L'une des plus sombres journées de ma vie... le plus beau jour de ma vie, comme si le bonheur pouvait prendre source dans la peine, a commencé par un appel de Levaillant chez moi.

« Pouvez-vous venir immédiatement ? »

La voix était glacée. Il ne s'agissait pas d'une invitation mais d'un ordre. Qui avais-je tué ?

Il pleuvait. Le printemps, comme l'hiver, serait-il noyé ? Plus de dix heures du matin et j'étais encore en peignoir, ma façon de me détendre. J'avais l'intention d'accomplir les gestes simples des femmes, faire du propre, du net. Ne pouvait-on me laisser en paix lorsque je n'étais pas de garde ?

Le visage de Levaillant était sévère. Il m'a semblé y lire de la colère, chose rarissime chez notre « médiateur ». Il a brandi une petite cassette noire.

« On m'a porté ça hier soir : les services de la préfecture. Souhaitez-vous l'écouter ? »

Pourquoi pas ? Je ne comprenais pas de quoi il m'accusait. Il a engagé la cassette, j'ai reconnu ma voix.

Elle n'était pas belle du tout, cette voix ! Trop forte, entrecoupée de rires agressifs. Elle disait : « Le préfet ? Mais il s'en fout de la Chartreuse, le préfet ! Il n'a même pas lu notre dossier, il a mis son cœur dans sa poche, il ne s'intéresse qu'aux gros sous. » Cela continuait un moment sur ce ton, je n'osais plus regarder Levaillant, c'était en moi à présent que la colère grondait, dirigée tout autant contre ma naïveté que contre celui qui m'avait possédée, pauvre c... que j'étais.

Levaillant a arrêté l'enregistrement.

« Cela vous suffit-il ? Vous êtes contente de vous, Margaux ? Vous pensez avoir fait avancer notre cause ?

– Ce Soubise est un salaud ! Lorsqu'il m'a interrogée sur le préfet, il ne m'a pas dit que cela passerait. »

Je revoyais son sourire aimable tandis qu'il m'accueillait : « Cette visite au préfet a-t-elle été fructueuse, au moins ? » Et, avant de parler de la cœlio, j'avais, sans méfiance, vidé mon sac.

« Ces charmants propos ont été diffusés deux fois dans la journée d'hier, à heure de grande écoute. Je ne vous étonnerai pas en vous disant que l'intéressé est furieux.

– J'ai été piégée, monsieur.

– Allons, Margaux ! Vous n'êtes tout de même pas naïve à ce point ? Vous connaissez les journalistes. »

« Des chacals... » Jordan m'avait mise en garde. Trop tard ! Et l'eût-il fait avant l'interview, je n'aurais sans doute pas renoncé à celle-ci, d'ailleurs, je ne l'avais pas cru.

« Je vais vous dire ce que je pense, Margaux. Et je ne prendrai pas de gants. Vous êtes en train de vous laisser griser. Depuis l'article de Poitevin et votre passage au ministère, vous ne vous sentez plus. Je vous préférais modeste. Et vous venez de porter un mauvais coup à notre hôpital. »

La houle a envahi ma poitrine : grisée ? Alors que j'avais tant de mal à me convaincre moi-même de ma réussite ? Que la gamine entêtée qui écrivait « à en percer le papier » continuait à me tourmenter : « Ce n'est pas assez, pas assez... »

Mais si je me sentais ainsi humiliée, n'était-ce pas que Levaillant avait en partie raison ?

« Viendriez-vous parler à notre micro ? » La proposition de Soubise m'avait bel et bien fait planer. Lorsqu'on a du mal à croire en soi, le succès vous monte vite à la tête : on se retrouve devant lui, à jeun, en quelque sorte, proie rêvée pour l'ivresse. Mais, monsieur le directeur, une ivresse passagère, qui le plus souvent vous laisse la gueule de bois...

« Et pourquoi ne pas nous avoir parlé de cette émission ?

s'est étonné Levaillant. Le titre, " Pas de quartier ", ne vous avait-il pas mis la puce à l'oreille ? »

Pas un instant ! C'était « pas de quartier » pour les partisans de la langue de bois, les hypocrites, pas pour sa majesté Margaux. Et si je n'avais parlé à personne de cette invitation, n'était-ce pas de crainte que l'on me vole la vedette ?

« C'est tout, a soupiré Levaillant. Je pense que le préfet sera sensible à vos excuses.

– M'excuser ? Jamais.

– Vous voyez, votre orgueil...

– Pas de l'orgueil, monsieur. À vous, je les présente volontiers, mes excuses. Et vous pouvez les transmettre à ceux qui nous accompagnaient. Mais comment demander pardon d'avoir dit la vérité ? Le préfet n'avait pas lu sérieusement le dossier, vous-même l'avez pensé. La seule chose que je regrette est que cette vérité ait été portée sur la place publique.

– Au moins un point sur lequel nous sommes d'accord ! »

Près des urgences, deux agents de police sortaient sans ménagement d'un fourgon un homme menotté portant un pansement rougi au front. Il pleuvait toujours. J'avais déçu Levaillant, cet homme que j'estimais, mon allié. M'accorderait-il à nouveau sa confiance ? Moi, sans confiance, je n'avance plus. Un moment, j'ai tourné en rond. Rentrer à la maison avec cette tempête en moi ? Impossible. Aller trouver Jordan ? Mais Jordan avait d'autres urgences, il avait Marie. Et je n'étais plus une gamine. Pour apaiser la tempête, une seule solution. J'ai enfourché ma moto.

Il était deux heures lorsque je suis arrivée à la station de radio, une maisonnette au toit hérissé d'antennes dans la banlieue de Dijon. Oui, j'étais fière, samedi dernier, en poussant cette porte ! J'allais, au micro, défendre mon métier. Fière, mais aussi exaspérée par l'attitude du préfet, pleine des paroles que j'avais retenues.

Au rez-de-chaussée, l'hôtesse a voulu m'arrêter : « Madame, où allez-vous ? » Quand nous étions petits, papa disait parfois : « On n'arrête pas une juste colère » et Roland et moi étions pliés de rire. J'ai monté comme une flèche l'escalier qui menait au studio, j'ai poussé la porte capitonnée.

On enregistrait. Écouteurs sur les oreilles, Soubise interrogeait un monsieur d'un certain âge assis en face de lui. De leur cabine vitrée, les techniciens m'ont adressé des signes affolés ; peut-être l'émission passait-elle en direct, cette fois. Tant pis. Tant mieux. J'ai pris place sur un siège entre les deux hommes. Le journaliste – méritait-il ce nom ? – me fixait d'un air incrédule. Je me suis emparée du micro : « J'ai quelque chose à dire. »

Soubise a levé la main vers les techniciens et la lumière rouge, au centre de la table, est passée au vert. « Musique », a-t-il ordonné. Il a retiré ses écouteurs.

« Qu'est-ce qui vous prend ? »

J'ai montré la lumière : « Je vois que lorsqu'il s'agit de parler du préfet, vous enregistrez, mais lorsque vous risquez d'être mis en cause, vous préférez couper, ça, c'est du courage ! »

« Écoutez-la, elle a sa grosse voix », se moquait Roland lorsque, moins forte physiquement que lui, j'essayais par les mots, au moins par les mots, de me défendre de ses attaques, de me faire entendre.

J'entendais ma voix, lourde des cailloux de la rage et de l'impuissance, exprimer mon mépris à Soubise. Il m'avait invitée soi-disant pour parler de mon métier, mais l'hôpital, les malades, il n'avait rien à en faire. La seule chose qui l'intéressait, c'était dresser les gens les uns contre les autres, salir, détruire. En m'interrogeant sur le préfet et en diffusant des propos tenus sous la colère, il avait trahi ma confiance. Il n'était qu'un minable fouilleur de poubelles.

De l'autre côté de la vitre, la bouche ouverte comme des poissons, les techniciens me regardaient, m'entendaient-ils ? Si j'avais été assez forte, j'aurais exigé qu'ils allument à nouveau la lumière rouge pour que la vérité soit entendue de tous. Mais ne parvenait à l'oreille des auditeurs que cette musique douce dont on assure qu'ils la préfèrent à toute autre, sans doute parce qu'il n'y a plus que la musique pour s'adresser au cœur.

« Nous ne sommes pas là pour censurer, a répliqué sèchement Soubise. Vous n'aviez qu'à surveiller vos propos.

– C'est que, bêtement, je vous croyais là pour informer, éclairer les gens. J'ignorais que vous trahissiez votre métier... »

Il a eu un petit sourire : « Vous vous répétez, madame. »

Trahir... Évidemment, ce mot ne devait pas lui dire grand-chose : mot ringard, comme « respect », « confiance », « honnêteté », que sais-je ? Soudain, j'ai eu envie de le voir dans un lit d'hôpital, lorsque certains mots dédaignés reprennent miraculeusement du poids parce qu'on craint pour sa petite peau. Là, ça compte, la « confiance » et le « travail bien fait ». Il y en a même qui redécouvrent Dieu.

J'ai regardé ce tout petit bonhomme qui s'était fixé un si petit but : l'écoute à n'importe quel prix. L'écoute, c'était le fric ; aujourd'hui la dérision se vendait bien, les entreprises de démolition prospéraient. Et c'est ainsi qu'atterrissent dans nos lits des enfants qui adressent à cette société nulle qu'on leur propose un ultime pied de nez en se tailladant les veines.

L'invité – je l'avais complètement oublié – s'est levé. Je ne saurais jamais qui il était ni de quoi il était venu parler. Il rejoindrait dans ma mémoire le petit groupe de ceux qui m'auraient tendu la main à un moment difficile. Il s'est brièvement incliné devant moi.

« Merci, madame ! J'avais hésité à répondre à l'invitation de ce monsieur, vous m'avez convaincu que j'aurais mieux fait de m'abstenir. »

Et il est sorti sans un regard pour le triste sire.

Dans la sacoche de ma moto, mon bip sonnait. Aucune cabine à l'horizon. Je n'allais tout de même pas revenir au studio de « Pas de quartier » pour demander humblement la permission d'appeler mon cher hôpital ? Que me voulait-on encore ? Quand se mettraient-ils dans la tête que je n'étais pas de garde aujourd'hui ? Et puis, de toute façon, si on avait besoin de moi à Chatenay, autant partir tout de suite.

Et puis... « Encore un peu de temps, monsieur le bourreau »...

11.

Cathy pleure. Elle bredouille – je l'entends mal – : « C'est Olivier, j'ai pensé qu'il fallait que vous sachiez... » Je crie dans l'appareil : « Mais qu'est-ce qu'il a, Olivier ? Parle ?

– Il est mort. »

Éric me regarde. Je n'ai pas pris le temps de retirer mon blouson. Dès qu'il m'a appris que Cathy cherchait à me joindre, j'ai tout de suite appelé. Je crois que je savais déjà. Mon fils demande d'une voix furieuse : « Tu vas encore t'en aller ? » Nous avions prévu un dîner-télévision : une cassette qu'il avait enregistrée exprès pour cette soirée. Je me dirige vers la porte.

« MAMAN ! »

Jour de cris. Il clopine jusqu'au palier où je suis déjà : « Pourquoi tu me réponds même pas ? J'en ai marre, moi. »

Je m'arrête : il a sa grosse voix. Je prends son visage dans mes mains : « Moi aussi, tu sais, j'en ai marre. » Je l'embrasse pour n'avoir pas à en dire davantage. La porte claque, tandis que je descends l'escalier.

Olive est mort.

Serrée contre moi sur le petit canapé de mon bureau, Cathy raconte. La fièvre s'est déclarée la nuit dernière. Les antibiotiques n'agissant pas, à midi, Roux a décidé d'envoyer le petit au service de réanimation pédiatrique du CHU. La bonne décision ; j'aurais fait de même. Là-bas, l'état de celui-ci empirant encore, on l'a réopéré, craignant un abcès, une hémorragie, un pépin consécutif à mon intervention.

« Il a fait un collapsus en salle de réveil », murmure Cathy.

Un sale, dégueulasse germe pathogène s'est attaqué à cet enfant. Venu d'où ? On ne le saura probablement jamais. Le tueur a libéré ses toxines, elles se sont répandues dans le sang, elles ont envahi l'organisme : infection généralisée, Olive est mort empoisonné.

« Le patron a appelé de là-bas ; il voulait vous avoir mais on ne vous trouvait pas », bégaye Cathy.

Mon bip sonnait dans la sacoche de ma moto. « Encore un moment, monsieur le bourreau ! » J'avais bel et bien pensé cela !

« Les parents ?

– Ils sont avec lui.

– J'y vais.

– Si je pouvais venir avec vous...

– On a besoin de toi ici. »

Si je pouvais être à sa place : capable de pleurer.

La route à nouveau, la même : kilomètres de la colère, de la douleur. Que m'importe à présent le minuscule Soubise, le soi-disant « grand » M. le préfet ? Je serais prête à présenter mes excuses au dernier des salauds, à la terre entière s'il le fallait pour effacer cette journée. Dans les couloirs du CHU, privée de sa blouse blanche, la fameuse « vedette » de Levaillant n'est plus qu'une anonyme, comme ces murs en ont vu tant, cherchant une voix pour lui raconter comment l'inacceptable s'est produit : l'enfant était là hier, l'enfant n'est plus là aujourd'hui...

« Êtes-vous madame Lespoir ? »

Celle qui se tient devant moi – service de chirurgie pédiatrique – pourrait être la grande sœur de Marie. Il y a des Marie à la voix chantante, à la peau ensoleillée dans tous les hôpitaux.

« Je suis la surveillante. Le docteur Roux nous a avertis que vous passeriez probablement. Il n'a pas pu vous attendre. »

J'entends ma voix, bizarrement agressive – qui m'a accusée ?

« C'était mon malade, c'est moi qui l'avais opéré.

– Justement ! M. Roux m'a chargée de vous dire que votre intervention n'était pas en cause. On n'a rien trouvé. »

Il a donc un cœur, Roux ?

« Où est-il ? »

Mon interlocutrice me regarde : que voit-elle que je croyais contrôler ?

« Vous devriez prendre un café avant d'aller le voir. Ses parents sont avec lui. »

Le liquide brûlant coule dans ma gorge, il me semble qu'il me traverse. Depuis ce matin, je n'ai ni bu ni mangé. Rien. Est-ce ce qui me donne l'impression de flotter au-dessus de la souffrance ?

« Quelle chambre ? »

La grande sœur de Marie me guide dans le couloir, s'arrête devant une porte.

« Il paraît qu'il ne s'est pas rendu compte. Il n'a pas eu peur. »

De quoi « Le Chasseur » aurait-il pu avoir peur ?

Lorsque je suis entrée dans la chambre, les parents, assis de chaque côté du lit, se sont levés. Tous deux pleuraient, la mère un peu plus fort : des parents comme les autres, comme ceux de Fabrice qui n'en avaient pas fini de voir exploser leur avenir. Ils m'ont serré la main puis se sont éloignés pour me laisser rencontrer seule la mort.

On aurait dit qu'il allait se réveiller : « Pan pan pan pan pan »... La bonne blague qu'il nous aurait faite ! Lors de l'enterrement du dernier des Mohicans, le vieux chef de tribu prononce ces paroles que je n'ai jamais oubliées : « Le jeune guerrier nous a quittés pour aller chasser dans les bois du bonheur. »

Les pavés de la cour reflétaient les lumières des ambulances, les sirènes retentissaient jusque dans mon cœur. Où se trouve le bois du bonheur ?

J'ai vu un visage, j'ai entendu une voix. Lorsque, une fin d'après-midi, à la Chartreuse, l'instinct m'avait poussée à conduire mon visiteur dans la chambre d'Olivier, ne préparais-je pas ce moment où Bernard serait l'ultime recours ?

Il arrive que la douleur sécrète de bien curieuses idées.

Mon nom, sur les murs, avait guidé jusqu'à moi l'homme

que j'aimais. Sur la route glissante et encombrée, dans ma nuit, je ne voyais que le sien et peut-être m'a-t-il préservée de basculer dans le fossé.

12.

C'était hier que j'étais venue ici avec ma bande de joyeux compagnons ; ou plutôt, il me semblait n'en être jamais vraiment repartie.

Pour nous accueillir, la cour avait été largement éclairée et, dans le car, les plaisanteries fusaient. Nous nous réjouissions d'être parmi les *happy few* autorisés à visiter les caves du domaine de Montpensy.

Ce soir, cette cour était sombre : point d'autre lumière que celle d'une lampe, au haut des marches du perron. Le château se dressait dans l'ombre, solide, massif, comme une preuve, un gage. Que la vie continuait par-delà la disparition de ceux qui l'avaient édifié ?

Qu'aurait édifié Olivier, sinon quelques châteaux de sable que le temps déjà défaisait ?

« Il va vous falloir marcher un peu », nous avait expliqué Bernard après la dégustation, en désignant, plus loin, l'ancienne ferme, transformée en restaurant. Au long du chemin, qui alors était gelé, je trébuchais sur mes trop hauts talons : « Voulez-vous prendre mon bras ? » avait-il proposé. C'était ainsi que tout avait commencé.

Les roues de ma moto, que je conduis au ralenti, dérapent dans les ornières boueuses. Aurai-je assez de force pour arriver jusqu'aux lumières ? Ensuite, au ciel de décider. Le nom qui me guidait s'y est effacé. La peur ! Et s'il me repoussait ?

« Ce ne serait pas aussi facilement que vous parviendriez jusqu'à mes cuisines », avait remarqué Bernard en débarquant dans mon service. C'était compter sans l'urgence... Je suis passée sans m'arrêter dans la cour pleine de voitures, devant l'entrée principale, j'ai fait le tour du bâtiment, je n'ai eu aucun mal à trouver la bonne porte ; on l'avait même laissée entrouverte pour moi.

Dans ces cuisines, une douzaine de personnes s'affairaient, dont plusieurs portaient la toque. Un tourbillon de chaleur et d'odeurs m'a enveloppée. Je me suis appuyée au mur, étourdie : toujours cette impression de vide, de trop grande légèreté. La faim ?

Ce devait être le coup de feu : serveurs et maîtres d'hôtel ne cessaient d'entrer et sortir en annonçant des plats. On remarquait surtout les cuivres : une batterie flamboyante alignée sur les fourneaux, et aussi les cloches argentées sur les tables qui semblaient leur répondre. J'ai tout de suite reconnu le chef d'orchestre. Avant que l'on ne me mette dehors, je l'ai appelé du regard. Il s'est retourné.

Plus tard, Bernard me décrirait le spectacle que j'offrais : trempée, boueuse et l'air farouche : la rescapée d'un naufrage. « J'ai hésité à te reconnaître... »

Il m'a reconnue et, en trois enjambées, il a été près de moi. J'ai crâné : « Vous voyez, pas si difficile que ça de vous approcher ! » Il a posé la main sur mon épaule : « Que vous arrive-t-il, ma chérie ? »

J'ai répondu : « Œil de Faucon est mort », et je me suis retournée vers le mur pour cacher ma défaite.

Il a pris mon bras et m'a entraînée dans ce qui devait être une réserve : encore des victuailles, des odeurs.

« Que voulez-vous faire ? »

J'ai murmuré : « Je crois que je voudrais rester.

– Alors attendez-moi. »

Il a disparu. M'avait-il vraiment appelée « ma chérie » ? Ma poitrine était labourée par l'angoisse. Lorsqu'il se présente enfin, on peut avoir peur du bonheur.

Le chef est revenu sans sa toque : « Je vais vous emmener chez moi ; je vous y rejoindrai dès que j'aurai terminé. En semaine, les gens ne restent jamais bien tard. »

Nous avons repris le chemin. Il tenait mon bras comme ce premier soir. Il ne disait rien, ne posait aucune question, il savait que je n'aurais pu y répondre, pas encore. Cela permettait à un petit garçon à la belle parure de plumes, gonflée par le vent, de trottiner légèrement devant nous, comme s'il allait s'envoler, comme s'il s'était déjà envolé.

Deux fenêtres étaient allumées au premier étage du château : « L'appartement de mes parents », m'a appris Bernard. « Moi, j'occupe le second : vous y serez chez vous. »

En haut du large escalier à la rampe ouvragée, il a poussé une porte.

C'était un bureau dont tout un mur était occupé par des livres. Sur un autre mur, il y avait une grande tapisserie représentant une scène de chasse. Toutes sortes d'objets anciens peuplaient la pièce. Elle sentait bon le refuge.

« Si vous voulez vous rafraîchir, la salle de bains fait suite à ma chambre, a-t-il dit en montrant une autre porte. N'hésitez pas. »

J'ai bredouillé : « Merci. » Je me méfiais des larmes. Il a pris mes poignets :

« Je voudrais tellement pouvoir rester, le comprenez-vous ? »

Je me suis entendue répondre : « Croyez-vous que je planterais là mes malades en cours d'opération ? »

Il m'a laissée.

Je me dirigeais vers la fenêtre pour le regarder encore un peu, lorsque la porte s'est ouverte à nouveau et j'ai cru qu'il revenait ; il avait oublié de me dire quelque chose, pourquoi pas qu'il m'aimait ? Mais ce n'était pas lui.

L'homme qui se tenait sur le seuil avait un beau visage sévère encadré de cheveux très blancs. Il portait une veste d'intérieur grenat, ornée d'un chiffre doré où se mêlaient deux « M », Maxime de Montpensy.

Ce qui m'a frappée, c'est qu'il se tenait très droit, trop droit, comme se tiennent ceux qui s'interdisent toute faiblesse. Je connais ça. Il a demandé : « Qui êtes-vous ? » J'ai bredouillé : « C'est Bernard, votre fils, qui... » Il ne m'a pas laissée continuer : « Veuillez m'excuser, madame, nous avions entendu du bruit, je suis monté voir ce qui se passait. Aujourd'hui, les gens se permettent d'entrer n'importe où. »

Il est sorti.

Était-ce moi, « les gens » ?

« Vous n'aurez pas de mal à le rallier à votre cause », avait dit Bernard en parlant de son père, vice-président du conseil régional. Un rire nerveux m'a secouée en me découvrant dans la glace. Plus clocharde que naufragée dans la tenue de motard que je n'avais pas quittée de la journée. Mais qu'importait ? À cette clocharde, Bernard avait dit : « Vous êtes chez vous. »

Sa chambre était vaste, avec un lit à baldaquin recouvert d'un satin épais, pareil à celui des rideaux. Je les ai écartés, j'ai ouvert la fenêtre, j'étouffais. Derrière un halo de brume, la lune avait fait son apparition, ronde, bosselée, balancier immobilisé indiquant la fin de ma course ? On entendait au loin passer des voitures sur la route. Non, ma course n'était pas finie, j'y roulais encore moi aussi, je ne parvenais pas à m'arrêter vraiment.

J'ai empli mes poumons d'odeurs de vigne, de terre, de feuillages à venir, essayant de me libérer de celle que la mort met à l'âme, odeur que connaissent bien tous ceux qui ont perdu quelqu'un qu'ils aimaient.

« Si vous avez besoin de vous rafraîchir... » L'eau de la douche ruisselait sur mes épaules, j'aurais voulu qu'elle emporte cette journée où il me semblait avoir démérité sur toute la ligne, qu'elle emporte la colère de Levaillant, la trahison de Soubise, le cri de révolte d'Éric, jusqu'à l'apothéose : mon poste déserté auprès d'un petit garçon à moi confié, au moment du grand départ. Les larmes ont enfin pu couler et, avec elles, mes dernières forces m'ont abandonnée.

Enveloppée dans un peignoir trois fois trop grand pour moi, je me suis traînée jusqu'au lit ; j'aurais bien le temps de me rhabiller avant le retour du chef. Je suis tombée.

Vous sentez une caresse sur votre visage et, un instant, vous ne savez plus où vous êtes. Une voix murmure : « N'aie pas peur, c'est moi. » Ce premier tutoiement vous paralyse, vous n'osez plus bouger, pas même ouvrir les yeux, à peine respirer, de crainte qu'il ne vous soit repris comme il en est pour tant de fragiles bonheurs. Mèche après mèche, des doigts légers écartent vos cheveux de votre front ainsi que vous le faites pour un enfant malade, et c'est seulement lorsque deux lèvres viennent s'y poser que vous acceptez qu'il n'y a plus rien à redouter : il est là, il restera. Le plus beau jour.

C'est alors que vous tombez dans les pommes.

« Aujourd'hui, les gens se permettent d'entrer n'importe où »...

Même, cher monsieur, dans un lit à baldaquin, un plateau sur les genoux, avec une assiette anglaise faite de délicieux produits bourguignons, concoctés par l'un des plus brillants chefs de la région !

Le vin, Bernard le partageait avec moi, le rire aussi.

« Tomber d'inanition quasiment dans mon restaurant... Vous vous rendez compte, si cela se savait ? Ma réputation ?

– Je le fais claironner dans la presse si tu recommences à me vouvoyer...

– Et moi je claironne partout que j'ai retrouvé un chef de clinique dans mon peignoir et dans mon lit. »

Il pouvait bien plaisanter, cette fois, il ne m'échapperait pas ! Le nectar Montpensy aidant, sitôt débarrassée de mon plateau, je lui ai ouvert les bras.

Il savait. Il savait que les femmes veulent à la fois la patience et la fougue, la tendresse et l'ouragan. Elles veulent le guerrier afin qu'il dépose ses armes au pied de leur fragile beauté. Il savait que les plus fortes devant la vie, les plus acharnées à vaincre peuvent trouver de la volupté à céder, s'ouvrir, se soumettre, s'en remettre à celui qu'elles ont choisi.

J'avais voulu Jordan pour l'oubli, afin que le plaisir, en quelque sorte, me libère de moi-même et ce plaisir s'était d'abord refusé. Il m'avait fallu, pour l'éprouver, revenir à l'enfance, faire semblant de n'avoir pas grandi.

C'était la femme tout entière qui se donnait à Bernard : avec ses victoires et ses défaites, la douleur de ce jour, l'éblouissement de ce soir. Et elle ne se lassait pas de le regarder, lui avec elle, elle avec lui, eux, partageant une même houle, de mêmes soupirs, et le plaisir est venu en son temps comme un suprême accomplissement.

Plus tard, j'ignore à quel moment de la nuit car je ne me souviens pas avoir dormi, je lui ai demandé pourquoi il m'avait fait attendre si longtemps ; n'avait-il pas senti mon impatience ?

Il a pris son temps pour répondre. Au moins, sur ce point-là, pas de crainte à avoir, il s'entendrait avec Guillaume : deux ennemis des paroles en l'air.

« Un château-Margaux, cela se mérite ! L'attaque fut parfaite, pour rien au monde, en me pressant trop, je n'aurais voulu rater la finale. »

Très tôt le matin, il m'a emmenée au marché : une ferme avoisinante qui lui fournissait ses légumes et certains fruits rouges pour ses coulis. C'est dans les couleurs et les parfums de la vie, tandis qu'il m'expliquait l'importance de l'harmonie entre les divers ingrédients d'un plat afin de garder à chacun sa puissance, que j'ai pu enfin lui parler d'Olivier et lui raconter comment, lorsque, dans un corps, cette harmonie se trouve rompue, il court tous les dangers. En enlevant, pour le sauver, sa rate à ce petit garçon, j'avais rompu cette harmonie et l'avais rendu plus fragile. Le traître renard qui nous guette tous s'était précipité. Dans mon métier, la bataille n'était jamais gagnée, et il m'arrivait d'avoir envie de tout lâcher.

Mais plus tard, franchissant la porte de la Chartreuse, je me suis sentie prête à reprendre le combat.

« Mlle Jeanne, ça y est ! J'ai rencontré quelqu'un. »

Les yeux de mon institutrice brillent ; c'était un pacte entre nous : lorsque ce serait le « bon », je lui en parlerais. Je ne lui avais pas parlé de Jordan.

« Raconte... »

Je ne m'en prive pas ! Évidemment, le nom ne lui était pas étranger, et que le fils de cette grande famille règne sur des casseroles lui plaît infiniment.

« À quand la noce ? »

À mon tour de rire. Si elle croit que cela se passe comme ça aujourd'hui ! Aujourd'hui, Mlle Jeanne, on met la charrue avant les bœufs, on partage son lit avant de partager sa vie et partager sa vie ne veut pas dire forcément le mariage.

Je vois bien que quelque chose tourmente ma vieille amie. Elle plisse sa bouche comme on ferme une bourse pour que le contenu ne s'en éparpille pas. Quelle question retient-elle, qui pourrait altérer mon bonheur ? Je crois deviner.

« Pour Éric, ne vous en faites pas : ça collera très bien entre eux. D'ailleurs, ça colle déjà. »

Ce n'était pas ça : la bouche reste pincée. Enfin, alors que je m'apprête à la quitter, elle se résout à chuchoter sa question.

« Avec ce sida, j'espère que vous vous êtes protégés, au moins !

Oh ! mademoiselle Jeanne !

13.

Sandra est venue comme une grande, sans papa et maman et le ventre en avant, annoncer à ceux de la ferme que son bébé était une fille ; déjà cinq semaines que nous l'avions hébergée !

C'était ma mère à moi qui l'avait invitée à passer ce dimanche avec nous. Mathilde a toujours eu de la suite dans les idées ; elle voulait s'assurer que le service après naissance était toujours branché.

Il l'était ! Lisse comme un sou neuf, cheveux coupés, l'ex-sauvageonne avait déjà fait deux fois le voyage à Paris où la présidente des Oisillons l'avait reçue à bras ouverts, prête à la prendre en charge matériellement et moralement. Pour le matériel, Sandra avait ce qu'il fallait chez elle, quant au moral, ainsi que nous avons pu le constater, elle assurait. Et même très bien : pas question de cacher son état à l'école ou ailleurs, plutôt question de l'afficher.

Que cette petite fille se sente « regardée » pour la première fois de son existence et en profite, cela ne me gênait pas ; à condition que ce ne soit pas au détriment de la vie qu'elle portait...

Elle semblait toujours décidée à accoucher « sous X », ainsi que l'on dit pour celles qui souhaitent confier leur enfant à l'adoption, mais avait été fort déçue de ne pouvoir choisir la bénéficiaire de son cadeau : la « femme qui pleurait ».

« L'important, c'est qu'il ait de l'amour et il paraît qu'il en aura à revendre », a-t-elle dit avec un soupir en caressant son ventre.

Ce ventre, Éric le regardait depuis un moment avec une question dans les yeux.

« Le vrai papa, qui c'est ? » a-t-il demandé.

Guillaume s'est figé : il vivait dans la hantise que le « vrai papa » d'Éric ne vienne un jour lui enlever son petit-fils. Ou que celui-ci, à qui je n'avais jamais caché ses origines, ne manifeste le désir de rencontrer l'ex-étudiant en médecine, le charmant Benoît Duriez, qui, quelque temps, avait séduit sa mère. Il paraît que cela nous pendait au nez.

« Le papa, c'est celui qui aime et élève l'enfant, a répondu farouchement Guillaume.

– Alors, pour Horace, c'est moi. Et pour moi, c'est toi ! » a résumé paisiblement Éric, et le grand-père a eu sa quinte de toux, signe de cœur en surcharge, qui l'a obligé à aller prendre le frais dans la cour.

Plus tard – nous étions restées entre femmes – Sandra nous a parlé de Franz, le garçon qui l'avait « mise enceinte » après l'avoir poussée à boire, et avait disparu le lendemain sans laisser ni nom ni adresse. Il est vrai qu'il ne se doutait pas du souvenir inoubliable dont il l'avait gratifiée. Sa petite fille serait à moitié autrichienne sans le savoir, ça lui faisait bizarre de penser ça.

On percevait dans la voix de Sandra comme une baisse de tension. L'inquiétude m'a saisie, j'ai vu que maman la partageait.

À juste titre.

« Vous savez que c'est seulement trois mois après la naissance qu'on décide si on donne ou non le bébé ? » a-t-elle déclaré soudain.

Puis elle s'est tournée vers moi : « Si j'hésite, vous me conseillerez ?

– Alors là, n'y compte pas ! C'est une décision que nul ne pourra prendre pour toi. Et combien de fois comptes-tu encore changer d'avis ? »

Je devinais ce qu'elle craignait : une fois son ventre vide, ne plus intéresser personne. Maman m'adressait des signes apaisants.

« Le seul conseil que nous puissions te donner, a-t-elle dit fermement, c'est de penser d'abord au bonheur de l'enfant. »

La girouette a pris cet air buté que je ne connaissais que trop bien : « Mais Éric, même sans papa, il a l'air heureux... »

La porte s'est ouverte juste à temps pour m'empêcher de l'étrangler. C'était Marie ; Jordan l'accompagnait.

« On est venus pour les jonquilles ! »

Drôle de façon de dire qu'elle brûlait de présenter son Libanais à la famille ! Son regard a volé vers moi. Il disait : « Tu ne m'en veux pas ? » De quoi lui en aurais-je voulu ? D'aimer assez Jordan pour vouloir partager avec lui le peu de racines qu'elle s'était faites ici ? Marie-la-générosité.

Mes parents ont été conquis.

Nous sommes partis en expédition, direction petit bois. Les ambassadrices du printemps poussent plus volontiers dans les combes, à l'abri du vent et, cette année, l'eau ne leur aurait pas manqué. Toute la magie est de les cueillir en tige : le lendemain, la fleur est là, petit coq jaune et arrogant : cocorico, c'est moi !

Marie traînassait à l'arrière, elle m'a fait signe de l'attendre. Elle avait l'air gourmand.

« Ça va toujours avec ton cuisinier ?

– Un vrai festin !

– Pourquoi ne dis-tu rien à ta mère ?

– Mon père serait mis au courant dans l'instant et tu le connais ! Pour lui, s'aimer, c'est vivre ensemble, de préférence la bague au doigt.

– Qui sait ? » a chantonné Marie, l'air malicieux.

Vivre avec Bernard ? Mais sous quel toit ? Nous exercions tous les deux l'un de ces métiers impossibles que l'on appelle un « sacerdoce ».

Nous avons marché un moment en silence. Je pensais au « bois du bonheur », j'y pense souvent.

« Tu ne devineras jamais ce qui m'arrive, a chuchoté Marie, une lumière dans les yeux. Figure-toi que je n'ai rien vu venir ce mois-ci. Il se pourrait bien que Jordan ait une surprise...

– Tu ne veux pas dire...

– Eh si !

– Exprès ?

– Moitié-moitié. »

J'ai éclaté de rire : « Il faudra que tu me donnes la recette. Tu es heureuse ?

– Deux cents pour cent. »

Elle a posé un doigt sur ses lèvres : « Mais chut ! Personne ne sait. J'attends confirmation. Et, la petite Sandra, ça lui gâcherait son plaisir de savoir qu'elle n'est pas la première femme au monde à attendre un bébé.

– Justement, Sandra, il faudra qu'on en parle... »

Je me sentais presque aussi émue que mon amie. Un enfant, Marie était bâtie pour. Elle avait simplement attendu de rencontrer le « bon ». Et si, moi, je l'avais gardé, le Libanais ? Par moments, ce qu'on appelle « le destin » me donne la chair de poule.

Elle s'est emparée de mon bras : « S'il s'accroche, devine qui sera la marraine ? Tu es d'accord ? »

Quatrième partie

MARIE

1.

Cours de gymnastique pour les classes de cinquième. Les élèves sont réunis autour du portique. C'est au tour de Violaine, douze ans, de monter à la corde lisse. La bonne humeur règne : « Vas-y Vilaine, vas-y Vilaine... » Même le professeur d'éducation physique s'y met. Ce n'est pas méchant : l'adolescente est ravissante. Il paraît qu'elle le sait.

Violaine-Vilaine grimpe avec agilité, se glisse sur le trapèze, s'y met debout. Et plonge dans le vide. Une cinquantaine de témoins affirmeront que ce saut était volontaire.

On nous l'a amenée vers midi. Fracture ouverte de la jambe, bras démis, nombreuses côtes brisées, rien d'irrémédiable par bonheur. Toute l'équipe soupirait devant ce gracieux corps désarticulé d'une jeune fille en bourgeon. Nous ignorions alors les circonstances de la chute.

Des enfants à raccommoder, il nous en arrive tous les jours. En ce qui concerne les petits, il s'agit le plus souvent d'accidents domestiques, en général peu sévères. Ils le deviennent avec l'âge et le dangereux deux-roues. Depuis quelque temps, les blessures par arme blanche, et même par balle, ont fait leur apparition. L'école n'est plus un lieu protégé. Pour moi, tout enfant endormi sur la table d'opération porte deux prénoms : le sien et celui d'Éric. À la fois je souhaite que mon fils se défende s'il est attaqué et redoute de le retrouver un jour sur un brancard.

C'est après l'opération, alors que Violaine se trouvait en

salle de réveil, que j'ai appris par sa mère l'histoire du vol plané.

Pourquoi ?

Ce mot que nous entendons si souvent, Mme Legendre, une très jolie femme, propriétaire d'un magasin de prêt-à-porter de la ville, ne cessait de le répéter. Ce n'était pas le « pourquoi » lancé à la fatalité : « Pourquoi est-ce arrivé à elle ? À moi ? », mais l'interrogation plus douloureuse encore que l'on s'adresse à soi-même : pourquoi mon enfant que j'aime plus que tout, pour lequel j'ai tant fait, auquel j'ai tout donné, a-t-il pris le risque de mourir ?

Car le geste de Violaine ressemblait bel et bien à une tentative de suicide.

J'ai emmené pour la réconforter la pauvre mère dans mon bureau : sa fille s'en tirerait sans séquelles et, durant son séjour chez nous, tout serait mis en œuvre pour comprendre son geste et l'aider. Douze ans : âge fragile, charnière ! Tandis que je parlais, Mme Legendre fixait une photo d'Éric et de moi dans la bibliothèque. Soudain, elle a demandé avec agressivité : « Et lui, il a quel âge ? » Je n'ai pas aimé ce « lui ». J'ai répondu : « Onze ans. » Elle a hoché la tête.

« Vous qui travaillez à l'extérieur, vous pouvez comprendre : avec le magasin, je ne suis pas beaucoup là. Pourtant, je vous promets, on parlait avec la petite... Mais peut-être pas vraiment. »

Et elle a ajouté comme un aveu : « C'est sans doute aussi qu'il n'y a pas d'homme à la maison. »

En rentrant chez moi, je remâchais ces paroles. Éric allait avoir douze ans, avec l'hôpital, j'étais souvent absente, il n'y avait pas d'homme à la maison. Ce soir-là, j'ai embrassé mon fils plus fort.

« Arrête de me manger », a-t-il râlé.

C'est peut-être à cause d'une petite fille se lançant du haut d'un trapèze, que j'ai cédé à la demande de Marie : lui faire rencontrer Bernard. Et pris la décision héroïque d'inviter mon « chef » à dîner avec elle : histoire de faire la fête, sortir de mon tête à tête avec Éric. Exigente, Marie ! Elle aurait voulu que j'invite également Jordan. Mais mettre en face l'amant d'hier et celui d'aujourd'hui, sous les yeux de mon fils qui plus est : pas question ! Et si elle tenait à le savoir, je n'avais pas offert à l'homme que j'aimais la liste de mes aventures passées. « Ce que tu peux être démodée », s'est exclamée Marie qui a préféré en rire.

De toute façon, depuis qu'elle portait l'enfant de Jordan, Marie riait tout le temps. Et cela devait être contagieux parce que, de plus en plus, notre sérieux Libanais l'accompagnait.

Qu'offrir à un maître ès cuisines ? Responsable de l'invitation, mon amie à insisté pour s'occuper du plat principal : un poisson à la mode de son pays. L'entrée ? Mon célèbre soufflé au fromage. Le dessert ? Le fameux gâteau au chocolat d'Éric.

Il est huit heures ! Bernard est arrivé le premier. En lui ouvrant la porte, j'ai eu grand mal à ne pas me jeter dans ses bras : la présence de mon fils ! Que sait Éric de nous ? Bernard lui plaît, c'est évident, mais de là à accepter qu'il partage le lit de sa mère... Quelles questions se pose-t-il, auxquelles je n'ai pas répondu ? Je revois Mme Legendre, incrédule devant le geste de sa fille : « Nous parlions, mais pas vraiment... » Demain, c'est décidé, je parle « vraiment » à Éric de Bernard et de moi. Quitte à me faire engueuler.

En attendant, Marie tarde. Voilà longtemps qu'elle devrait être là. Aurait-elle décidé de cuisiner le poisson chez elle et nous l'apporter chaud ? Nous patientons en prenant l'apéritif ; je mettrai mon soufflé au four à la minute où elle sonnera. Elle ne sonne pas.

« Tu veux que je l'appelle, maman ? propose gentiment Éric.

– Bonne idée. Et dis-lui de se dépêcher ! »

Il forme le numéro : sans résultat.

« Cela veut dire qu'elle est en route », prédit Bernard.

L'inquiétude, c'est cette poussière dans la poitrine qui gêne la respiration. Pourquoi Marie ne m'a-t-elle pas appelée pour me signaler son retard ? J'enfourne le soufflé, histoire de la « faire arriver » comme on dit. Elle n'arrive pas. Cette fois, je me résouds à appeler Jordan.

M'en veut-il de ne pas l'avoir invité à ce dîner ? Trouve-t-il lui aussi que je suis démodée ? Il est chez lui, quel soulagement ! Marie ? Il ignore où elle se trouve. En tout cas, elle ne peut avoir oublié : elle a acheté le poisson ce matin. Il propose de faire un saut au loft, à tout hasard. J'accepte avec reconnaissance. Il promet de rappeler tout de suite. Je l'aime vraiment, Jordan. D'amitié.

Sur la table basse du salon, Éric initie non sans mal Bernard à l'un de ses nombreux jeux électroniques. Je viens m'asseoir près d'eux et les rassure : nous serons fixés dans un instant. Le soufflé embaume, Marie va arriver, il y a un homme à la maison... C'est bon de l'entendre rire avec mon petit garçon. Dites, cela existe-t-il vraiment des femmes et des hommes qui se retrouvent tous les soirs à heure fixe, qui prennent leurs repas ensemble, s'endorment côte à côte ? Mais qu'est-ce qui m'a pris de tomber amoureuse d'un sans-horaire-fixe comme moi, d'un travailleur de nuit ?

Soudain, j'ai envie de calme, de routine, de train-train, de me mettre la tête sous l'aile, de ne pas répondre au téléphone, de ne pas entendre la voix sombre de Jordan : « Viens vite, Margaux. Marie a besoin de toi. »

2.

J'ai d'abord vu le poisson sur le carrelage de la cuisine. Et pas seulement le poisson : les petits pots de piment, les grands de tomates et poivrons, les herbes mystérieuses, le bouquet de fleurs séchées, et des débris de plats : un vrai massacre.

« Elle a été cambriolée », c'est la première idée qui m'est venue et cela ne m'a pas tellement étonnée : Marie vivait portes ouvertes, assurant que, chez elle, il n'y avait rien de précieux à voler.

Si cambrioleur il y avait eu, il n'avait pas touché à la grande pièce qui faisait suite à la cuisine : intacte, rangée comme à l'accoutumée. La chambre se trouvait tout au bout, derrière le rideau tendu. Celui-ci s'est écarté et Jordan est apparu. Son visage était gris : « Elle est là », a-t-il chuchoté. J'avais toujours mon idée de cambriolage dans la tête, j'ai demandé : « Est-ce qu'elle est blessée ? » Il a répondu : « Non. Je ne comprends pas ce qui s'est passé. Je l'ai trouvée sur son lit, elle ne veut rien dire, seulement ton nom. »

Il a préféré me laisser y aller seule. Et, comme à mon tour j'écartais le rideau, j'ai soudain pensé que j'avais oublié mon soufflé au four.

Marie était enfouie sous la couette, le visage tourné contre le mur. Je me suis assise au bord du lit et j'ai dit : « Me voilà. » Elle m'a fait face. Comme celui de Jordan, son visage avait une couleur terreuse : la peur, je crois. Ses yeux étaient pleins d'un désespoir sans fond, je sais : un beau cliché ! Mais aucun mot ne pouvait mieux illustrer ce regard : un puits de douleur et d'incompréhension. On s'y noyait. D'ailleurs, je me suis détournée.

Elle a sorti une main de sous la couette et m'a tendu un papier froissé, comme si elle avait voulu le jeter puis s'était ravisée : « Tiens, a-t-elle dit. Lis. » Il s'agissait du résultat des examens prénataux de Mlle Marie des Ilets, j'oubliais souvent qu'elle portait ce joli nom. Ces examens indiquaient qu'elle était séropositive.

Je me suis agenouillée près du lit et j'ai appuyé mon visage contre celui de mon amie. Il n'y avait rien à dire, aucun message d'espoir à délivrer. Il n'y avait que des interrogations, comme autant d'épées tendues : Quand ? Qui ? Comment ?

« T'en fais pas, a-t-elle soufflé. Ça ne peut pas être Jordan. »

Jordan ? Les épées se sont retournées contre ma poitrine : si c'était Jordan qui avait contaminé Marie, j'étais prise moi aussi dans la ronde. J'ai vu disparaître Bernard de ma vie, j'ai vu Éric sans mère. Non, cela ne se pouvait : nous nous étions toujours protégés. Une pensée désespérée m'est venue : demain, faire le test pour être rassurée. Si cela avait été possible, j'aurais couru tout de suite au labo.

« Va le lui dire, a supplié Marie. Moi, je n'ai pas la force. »

Je me suis relevée. Mon corps était lourd, il était une menace, un étranger. Jordan nettoyait dans la cuisine, cherchant comme tout le monde du secours dans les gestes. Combien de fois, depuis que j'étais médecin, avais-je dû annoncer la mort ? Ou plutôt l'avouer, celle du mari à sa femme, de l'enfant à sa mère : aveu d'échec, d'impuissance. Et, toujours, je sentais se former en moi comme un bouclier. Ceux que j'allais frapper auraient besoin de ma compassion, mais surtout de ma force. Je devrais être le mur contre lequel ils se cogneraient la tête, se libéreraient de leur révolte. L'autre soir, après avoir regardé sur son lit le petit Olivier, je m'étais tournée vers ses parents et j'avais, tout le temps nécessaire, écouté leur désespoir et répondu encore et encore à des questions dont ils connaissaient la réponse mais qu'ils ne pouvaient accepter. « Savez-vous comment il vous appelait ? avait soudain lancé la mère avec violence pour traverser mon bouclier, il vous appelait “ la jolie madame ”. »

Le bouclier refusait de se former tandis que j'allais vers la cuisine où Jordan se dépensait pour tromper son attente ; Marie et lui m'étaient trop proches et je faisais partie de l'histoire.

Il s'est redressé, des débris de plat dans la main : « Elle t'a dit quelque chose ? » J'ai vu qu'il avait peur, je suis venue contre lui, je l'ai entouré de mes bras et je lui ai répété les paroles de Marie. Son cœur battait très fort et de façon désordonnée comme il bat parfois après l'amour. Il m'a écartée.

« C'est sûr ? »

Je lui ai donné le papier.

Il arrive que le compagnon, ou la compagne, apprenant la nouvelle, disparaisse dans l'instant. Il arrive aussi que, dans sa peur, il, ou elle, traite son partenaire de salaud ou de criminel. Si Marie avait refusé d'avertir elle-même Jordan, était-ce qu'elle craignait de lire sa condamnation sur le visage de celui qu'elle aimait ?

Le beau visage de Jordan était comme détruit : « Mon pauvre, pauvre amour », a-t-il dit en roulant les « r » comme jamais. Je retenais mes larmes : « Elle t'attend. » Il a pris ma main : « Viens avec moi. »

Nous sommes retournés ensemble dans ce coin de garage humide qu'on appelait la chambre de Marie, où elle avait tenté de mettre un peu de soleil avec les tissus de son pays. Jordan s'est assis au bord du lit et il l'a obligée à se redresser afin de pouvoir la prendre contre lui et il a dit : « N'aie pas peur, je suis là. »

Le bouclier de Marie a lâché d'un coup et je vous prie de croire que cela fait du bruit lorsque la Martinique se laisse aller au désespoir. À présent qu'ils étaient réunis, j'ai voulu les laisser mais elle a agrippé mon bras.

« Attends. Il faut que tu saches toi aussi. »

Entre deux sanglots, avec fureur, elle a crié sa certitude de n'avoir pas été contaminée par voie sexuelle. Elle avait toujours été intransigeante sur le chapitre de la protection, sauf cette fois, l'unique, où l'amour brûlait si fort en elle qu'elle avait souhaité un enfant de Jordan. Et l'enfant était venu.

Elle ne pouvait avoir attrapé cette saloperie que d'une malade. Les parturientes porteuses du virus, elle en soignait chaque année. Et, il y a un an, il y avait eu cette furie qui avait mis son service à feu et à sang lorsqu'on avait découvert la seringue cachée sous son matelas. À feu et à sang... le cas de le dire. Elle n'avait pas fait le test pour autant : on finit par se croire invulnérable.

« Toi, je veux que tu le fasses demain, a-t-elle ordonné à Jordan. Tu me promets ? Imagine que... »

Imaginer, c'était ce que nous ne cessions de faire. Elle a pris la main de Jordan, l'a jointe à la sienne, l'a posée sur son ventre.

« Pour moi, après tout tant pis ! Mais vraiment, ça m'emmerderait pour lui. »

La voiture de Bernard était toujours dans ma rue : il m'avait attendue. Sur le seuil de la porte, pour gagner du temps, j'ai lancé : « Et Éric ? Avez-vous dîné au moins ?

– Il s'est régalé avec ton soufflé. Il tombait de sommeil ; il dort maintenant. »

Je l'ai regardé droit dans les yeux.

« Marie est séropositive... »

Il m'a entraînée sur le canapé, devant l'exposition de jeux électroniques : les monstres, les tyrans, la guerre pour rire, et je lui ai raconté la guerre pour de vrai.

« Est-ce que son Jordan va rester ? » a-t-il interrogé.

Je me suis entendue demander avec un drôle de rire : « À sa place, tu resterais ?

– C'est une question d'amour.

– Alors c'est bon ! »

Nous sommes restés un moment sans rien dire, l'un appuyé à l'autre. Il était bien, Bernard : il savait toujours quand il fallait se taire. L'angoisse me brûlait le cœur : et si je le perdais ? J'ai pensé à lui dire pour Jordan et pour moi. Il ne pourrait m'en vouloir, c'était avant de le connaître, et lui aussi avait eu des aventures. Par bonheur, j'ai résisté.

Il m'a menée de force à la cuisine : l'avais-je ou non invité à dîner ? Nous avons balancé à la poubelle le reste de soufflé : c'était celui de Marie et mon chef a fait des pâtes. Comme première invitation, c'était réussi !

Ensuite, nous sommes allés dans ma chambre et nous nous sommes étendus sur le lit, sans nous déshabiller, avec seulement le fanal d'une lampe de chevet. En l'absence d'Éric, nous avions déjà fait l'amour ici, ce que j'avais toujours refusé avec d'autres : lieu sacré. Désormais, le lieu sacré était pour moi celui où se trouvait Bernard. Mais ce soir, bien que sentant son désir, je n'aurais pas pu et il l'a compris.

J'ai dit avec un rire : « Voilà que j'ai peur d'avoir attrapé le sida moi aussi !

– C'est normal avec ton métier, a-t-il répondu. Et nous avons tous cette peur en nous, même si elle est absurde. C'est comme pour la peste autrefois : des gens se suicidaient par épouvante de l'avoir. Sans l'avoir. »

Il m'a serrée plus fort contre lui : « Il y a longtemps que je voulais te demander une faveur, figure-toi que je n'osais pas. Le moment est peut-être venu, tu me diras. »

La tête dans son épaule, je l'entendais me proposer avec cette souriante légèreté qu'il mettait souvent, par pudeur, dans les moments graves, ce qu'il appelait une « faveur » : pour moi, le salut. Puisque apparemment nous songions à rester ensemble, que penserais-je de nous passer des instruments de Mlle Jeanne ? C'était ainsi que nous appelions les préservatifs depuis que je lui avais raconté la réflexion de mon institutrice : « les instruments de Mlle Jeanne » ; le fou rire assuré ! Si elle savait ! Pour être tout à fait tranquilles, nous ferions les tests et adieu la protection contre l'amour : une sorte de pied de nez au sida.

Oui, le moment était venu, j'en aurais pleuré de soulagement et lorsque j'ai dit, avec ma « grosse voix » : « Demain ! Je veux qu'on les fasse demain, ces foutus tests », il a ri de mon enthousiasme.

J'ai su que jamais je ne lui parlerais de Jordan.

3.

« Qu'est-ce qu'elle avait, Marie ? Pourquoi elle est pas venue ? »

Par-dessus l'assiette de céréales, le regard d'Éric m'interroge : Marie, ses amours ! On aurait pu craindre une crise de jalousie lorsqu'elle lui a présenté Jordan, il n'en a rien été. Jordan a tout de suite plu à Éric ; j'ai de la chance avec mes hommes...

« Elle est séropositive.

– C'est le sida, ça ?

– C'est le sida. »

Si la télévision ne l'avait fait, l'installation d'un distributeur de préservatifs au collège Saint-Charles a affranchi tous les enfants sur le sujet.

« Comment elle l'a attrapé ?

– D'un malade, enfin, c'est ce que l'on croit.

– Tu vas pas l'attraper, toi ? »

La voix est anxieuse.

« Rassure-toi, je prends toutes les précautions. Et, si tu veux bien, tu n'en parles à personne. »

Éric a toujours su garder les secrets. Est-ce le moment de lui parler de Bernard ? Certainement pas. Je veux que ce soit un moment joyeux, une bonne nouvelle. Rassuré sur mon sort – pauvre Marie – il se presse avec ardeur un jus d'orange. Rien n'est trop bon, trop frais, pour ce moment privilégié qu'est notre petit déjeuner en commun. Cela convient au chirurgien à qui il est déconseillé d'opérer le ventre vide. Je regarde la tignasse dorée de mon petit prince et chasse les images empoisonnées : Marie et lui luttant sur la pelouse... Marie l'embrassant comme du bon pain... Depuis quand le sida s'attrape-t-il dans les gestes quotidiens ? Allons, Margaux, reprends-toi !

« C'est l'heure, m'man. On y va ?

– À vos ordres, mon fils. »

Le temps a été savamment calculé pour que je le dépose – de préférence plein gaz – devant son collège, au moment où le public sera le plus nombreux. Et, alors que nous descendons l'escalier, ce mot qui me fait voler : « Il est super, Bernard. Il m'a laissé mettre du ketchup sur mon soufflé, lui ! Pourquoi on l'inviterait pas pour mon anniversaire puisque, hier, c'était raté ? »

Dimanche en huit, nous fêterons à la ferme les douze ans d'Éric.

« Tu n'oublies qu'une chose : le dimanche, c'est jour de travail pour un chef ! »

À cet anniversaire, Marie et Jordan ont été les premiers invités. Viendront-ils ?

« En selle, cavalier ! »

Et soudain, devant Violaine, la petite au trapèze, la colère ! L'envie de gueuler, l'engueuler, car, me voyant entrer dans sa chambre, que m'a-t-elle lancé ? Ni bonjour ni merci.

« Fallait me laisser mourir.

– Et pourquoi pas te donner le coup de grâce ? C'est fait pour ça, les médecins, tu ne le savais pas ? Pour expédier les malades dans l'autre monde. »

Cathy me fixe, interloquée : elle n'est pas habituée à me voir en colère. Les larmes sont montées aux yeux de la petite. Je tire une chaise près de son lit.

« Pardonne-moi, Violaine, mais j'ai passé une sale nuit : plein de soucis. »

Le regard s'intéresse. Surtout, ne parlez jamais de bonheur à ceux qui sont mal dans leur peau : vous les enfoncez. Mais vos misères, votre difficulté à vivre, ça, ça les concerne ; ils ne sont donc pas les seuls ? En évoquant mes soucis, un instant j'ai rejoint Violaine sur son trapèze. Le tout sera de lui faire comprendre qu'aussi sale ait été la nuit, ce n'est pas une raison pour sauter.

« J'ai mal », se plaint-elle.

Et elle n'a pas fini, avec son chapelet de côtes brisées ! Pauvre jolie Vilaine à qui, selon sa mère, on avait toujours tout donné. Moins l'essentiel : un père à la maison. Je revois Éric et Bernard hier, riant devant leurs jeux de massacre. « Il est super, Bernard. » Aimerait-il qu'il soit là tous les soirs ?

« Veille à ce qu'on lui donne de quoi la soulager. »

Cathy prend note. Interdit de laisser souffrir lorsqu'on peut l'éviter. Bizarrement, tous les médecins ne se sont pas encore mis ça dans la tête. Manque d'imagination ? Parfois, je voudrais les y voir.

J'effleure la joue tendre de la petite grande fille : « Ne t'imagine pas en avoir terminé avec moi, je reviendrai ! Et si tu veux qu'on parle, ça me ferait rudement plaisir. »

Tout juste si je ne galope pas vers le bloc. Vite, en salle d'op ! Là, au moins, on sait qui est l'ennemi, je suis armée pour le combattre et, la plupart du temps, qui gagne ? Moi.

Anniversaire oblige, j'ai retrouvé maman à midi à la Grande Boutique. Comme cadeau, Éric souhaitait le dernier blouson à la mode. Nous nous mettions à deux pour le lui offrir.

« C'est fou ce qu'ils sont exigeants, a remarqué Mattile. Avec le prix de ce blouson, je t'habillais pour l'année. »

Aurais-je dû le lui refuser ? Il le désirait tellement, ce blouson. Comme ces baskets dernier cri, pour Noël, ou cette onéreuse machine à calculer... Étais-je une mère faible ?

Sans aucun doute ! Mais comment dire non à cet enfant pas comme les autres, qui ramait de toutes ses forces pour leur ressembler quand même, au moins par le vêtement. Un père aurait-il su résister ? Décidément, Violaine me poursuivait !

Notre achat fait, nous sommes allées déguster un croque-monsieur au bistrot et, là, tout de suite, sans laisser à maman le temps de souffler, je lui ai parlé de Bernard. « Qu'est-ce que tu attends ? » s'était étonnée Marie un jour. J'attendais d'apprendre qu'elle était séropositive et que me vienne la peur absurde d'être moi aussi contaminée, de ne jamais pouvoir annoncer à ma mère : « J'aime un homme, j'ignore où nous allons mais, cette fois, c'est le bon. Je l'espérais depuis toujours. »

Bref, le couplet classique.

« C'est Bernard de Montpensy. »

Maman a souri : « Si tu crois que je ne m'en doutais pas. Ton père aussi d'ailleurs : ta façon d'en parler...

– J'en parle, moi ?

– Tout le temps. Tu ne te rends même pas compte. Et voilà que tu deviendrais presque gourmande. »

Elle a posé une seconde sa main sur la mienne : « Je suis heureuse pour toi. » Dans sa voix, la tendresse, la joie, mais aussi une réticence, je la connaissais, ma mère, elle n'allait pas tarder à dire...

« Sa famille, tu l'as rencontrée ?

– Pas encore. »

Pouvait-on appeler « rencontre » la brève apparition de Maxime dans les appartements de Bernard, ce soir de détresse où j'y avais échoué ? Il ne connaissait même pas mon nom.

« J'espère qu'ils t'accepteront », a dit maman.

Une ancienne révolte est montée : cela durerait donc toute la vie ? À l'école déjà, il y avait les petites amies chez qui j'étais « acceptée » et les autres...

« Mais maman, on est grands ! Bernard n'a pas besoin de l'approbation de ses parents pour voir qui il veut. Et aurais-tu honte de moi ? Ne suis-je pas digne du fils d'un négociant en vins ?

– Pas n'importe quel négociant, tu le sais, ma chérie : une grande famille...

– Ça ne veut plus rien dire : c'est fini, les rois et les reines. »

Maman a ri, elle a pris ma main : « Tu sais bien que je ne veux que ton bonheur. »

Cela se terminait toujours comme ça : mon bonheur ! L'ennui était que je ne le voyais pas comme le sien. Celui de mon père, n'en parlons pas.

Nous avons attaqué nos croque-monsieur. Mathilde avait une bonne nouvelle à m'annoncer : pour l'anniversaire d'Éric, toute la famille serait réunie. Roland venait avec femme et enfants. On mangerait du foie gras maison et une poularde à l'estragon ; la gastronome s'en suffirait-elle ?

J'ai apprécié le clin d'œil. Elle s'en suffirait. Et quand maman s'en donnait la peine, la ferme aussi valait son trois étoiles.

Un peu plus tard, il faisait étouffant et j'avais retiré ma veste, elle a désigné le pansement à la saignée de mon bras.

« On t'a fait une prise du sang ? Tout va bien au moins ! »

J'ai ri : « La gastronome doit surveiller de près son cholestérol. Avoue que tu n'avais pas pensé à ça... »

Si vite inquiètes, les mères !

4.

C'était à la main, afin de ne pas blesser le cep, que sitôt la menace des gelées écartée, on avait déchaussé la vigne, dénudé le bois aussi bas que possible afin qu'il puisse prendre l'air, profiter du soleil. Ensuite, on avait procédé à la taille, éliminé les sarments inutiles, ne gardant que les quelques tronçons destinés à porter la future récolte.

Chaque pied avait été traité sur mesure, chacun était connu personnellement de son propriétaire qui veillerait jour après jour à son bon développement. Tout vin a son enfance, son adolescence, sa maturité : le père est le négociant-éleveur, la mère, le propriétaire-vigneron. Sur une même terre, la qualité varie : certains vins ne tiennent pas leurs promesses, d'autres deviennent des seigneurs sans que, le plus souvent, l'on puisse expliquer pourquoi.

« Si mon père le pouvait, il donnerait un nom à chaque pied, de préférence celui d'un saint », plaisante Bernard.

Il est cinq heures, une lumière de fruit mûr, plus belle de porter le crépuscule en elle. Nous marchons le long des fils de fer où seront fixés les pampres. Bernard s'arrête, enveloppe d'un geste ample la vigne et son gardien, le château.

« Je te présente mon premier paysage. Je grimpais sur un tabouret pour l'admirer de ma fenêtre. J'imaginais une armée, mon père en était le général. »

Son regard porte le passé : ici sont ses racines. Où est-il en ce moment, le général Maxime ? Nous voit-il, l'un contre l'autre, nous promenant dans les rangs de son armée ?

Quelques hommes sont au travail ; ils nous saluent quand nous passons puis leur regard nous suit, intrigué. Apparemment, peu importe à Bernard que l'on jase. C'est qu'il est libre. Et qu'il m'aime.

« N'as-tu jamais pensé prendre la suite de ton père ?

– Bien sûr que si ! Mais Charles, mon frère aîné, le souhaitait lui aussi et nous ne pouvions être deux.

– Pourquoi cela ? »

Mon air surpris le fait sourire.

« Le domaine n'est pas assez riche pour faire vivre toute la famille. »

Ils ont ici, m'explique-t-il, le même problème que nous à la Chartreuse : le vignoble familial, peu étendu, est menacé par les grandes surfaces, la production en série. Charles s'escrime à trouver de nouveaux débouchés, mais, pour s'en tirer vraiment, il faudrait s'entendre avec d'autres petits exploitants, investir dans du matériel coûteux, accepter de diversifier le produit, quitte à faire du « moins bon ». Et, à cela, Maxime ne se résignera jamais.

« Des Japonais se sont récemment portés acquéreurs du domaine, m'apprend Bernard. Mon père leur a fait dire qu'il préférerait arracher sa vigne plutôt que de la leur vendre. C'est un pur. »

Dans sa voix, de l'admiration. Peut-on dire de la « vénération » ? Moi qui imaginais les Montpensy riches et sans soucis ! Ici, comme à la Chartreuse en effet, un art de vivre est en péril. Ne sont pas prioritaires l'efficacité à tout prix, le fric, la mécanisation mais ce qui touche au bien-être : le vrai, l'humain, la permission de prendre son temps. Un jour viendra-t-il où n'existeront plus que les anonymes supermarchés de la bouffe et du soin ?

Nous revenons vers le château dont le soleil enflamme les fenêtres.

« Pour mon père, reprend Bernard, bien qu'il n'ait jamais été question que je lui succède, travailler dans les casseroles, c'était déchoir. Si ma mère n'avait été là... »

Je ris : « Moi, j'ai dû affronter le contraire : pour mon père, vouloir être chirurgien, c'était viser trop haut.

– Et c'est ainsi que nous nous sommes rencontrés, conclut

joyeusement Bernard en me pressant contre sa hanche : moi trop bas, toi trop haut... à la bonne distance finalement. »

Le bonheur, c'est cette terre à mes souliers, ce bras autour de ma taille, le désir dans les yeux de Bernard lorsqu'il chuchote : « Mon chef de clinique me fera-t-il l'honneur de venir à mes appartements ? »

En montant le grand escalier de marbre, sous le regard des ancêtres, dans leurs cadres dorés, Bernard m'a annoncé : « Pour le test, moi, c'est bon ! » J'ai répondu : « Pour le mien aussi. » J'avais eu les résultats hier et ma peur avait disparu aussi vite qu'elle était venue ; c'est comme ça que les gens promettent, à Lourdes ou ailleurs, des voyages qu'ils ne feront jamais.

Depuis Benoît Duriez, le jeune étudiant père d'Éric, je n'avais jamais fait l'amour sans protection : douze ans. L'idée du danger avait toujours été pour moi associée au désir. Et voici qu'en cette fin d'après-midi, fenêtre ouverte sur la vigne, « l'arbre de vie », comme il est dit dans la Bible, nous allions, Bernard et moi, nous aimer sans entrave. Tandis que nous nous caressions, il me semblait retrouver une sorte de lointaine innocence. Nous avons retenu aussi longtemps que possible l'instant où, nu, il est entré en moi, où se sont mêlés librement dans mon ventre les sucs de la vie. Il me semblait signer comme une sorte de pacte : le sang qu'échangent deux enfants en se promettant : « à la vie, à la mort », et après, nous sommes restés longtemps unis, savourant la confiance, et je n'ai pu m'empêcher de penser que ce moment, c'était Marie qui nous l'offrait.

Puis nous dégustons au bar de l'auberge un petit verre d'un nouveau cru dont Bernard tient à ce que j'aie la primeur. Je commence à être connue ici. On nous apporte, pour accompagner l'apéritif, de délicats et savoureux plats de poupée : un doigt de soupe au potiron, une brandade miniature à peine plus importante que l'olive qui l'orne. Dans la salle, c'est déjà l'effervescence : toutes les tables sont réservées pour le dîner.

« Sais-tu qui nous recevons ce soir ? Mon père ! m'apprend Bernard d'un air heureux. Il s'invite de plus en plus souvent, avec ou sans compagnie. Aurait-il fini par reconnaître son cadet ? »

Petite faille dans sa voix : l'aîné a bien été préféré.

« Être reconnu par son père, quel bonheur !

– Le tien n'ose pas te le dire, mais je mets ma main au feu qu'il est plein d'admiration pour sa fille », rétorque Bernard.

Je ris : « Hélas, on parle peu dans nos campagnes ; j'ai bien peur de ne le savoir jamais. »

En me raccompagnant à ma moto – qu'il assurait détester, seul point de friction avec Éric – il m'a déclaré qu'un jour prochain il ouvrirait l'auberge rien que pour moi, pour nous. Il voulait me présenter à sa famille.

« Est-ce vraiment indispensable ?

– Mais je suis si fier de toi, Margaux ! »

Une seconde, il avait eu un regard d'enfant. Il a ajouté : « Et je ne veux plus te voir trembler en montant l'escalier à l'idée de croiser quelqu'un. Quand comprendrez-vous, madame, qu'ici vous êtes chez vous ? »

« Aujourd'hui, les gens se permettent d'entrer n'importe où », avait remarqué Maxime.

Jusque dans leur « grande famille » ?

5.

Nous sommes arrivées, Marie et moi, au centre spécialisé dans les maladies immunodéficitaires vers trois heures de l'après-midi. Un accident sur l'autoroute nous avait ralenties et Marie s'inquiétait : l'heure du rendez-vous ne risquait-elle pas d'être dépassée, nous recevrait-on ? Je l'ai rassurée : nous étions « de la boutique », il ferait beau voir qu'on nous laisse à la porte !

Je ne tenais pas à assister à la consultation mais elle ne m'a pas laissé le choix : « Tu viens ou je repars », et nous sommes entrées toutes les deux dans le cabinet de Mme Hébrard, gynécologue.

C'était une petite femme blonde, très jeune, au regard lumineux. Marie est allée droit à elle et, d'un geste brusque, sans un mot, elle a posé sur le bureau l'enveloppe contenant le résultat de ses analyses ainsi qu'une lettre de son chef de service. Marie si douce, aux gestes harmonieux, ne faisait plus rien que brutalement, comme si elle avait déraillé. Même sa voix avait changé.

Le médecin a pris son temps pour regarder les papiers, puis elle a relevé la tête et a souri à mon amie.

« Depuis combien de temps êtes-vous enceinte ?

– Huit semaines.

– Pardonnez-moi cette question : votre partenaire est-il, lui aussi, séropositif ? »

Marie a eu un rire : « Négatif ! Et lui, il fait le test régulièrement : il est chirurgien aux urgences. »

Elle avait lancé cette phrase avec un mélange de fierté et de désespoir, comme si c'était une chose magnifique dont elle ne pouvait plus profiter, un bonheur perdu.

« Venez, je vais vous examiner. »

Elles sont passées dans la salle voisine et, cette fois, Marie n'a pas exigé que je l'accompagne. Par la porte restée ouverte, j'entendais des bruits métalliques, quelques mots prononcés à mi-voix. Je ne pouvais m'empêcher de tendre l'oreille : était-ce maintenant que la gynécologue poserait la question qui me brûlait les lèvres depuis le jour où j'avais appris la maladie de Marie : qu'avait-elle décidé pour l'enfant, elle si farouchement opposée à l'avortement ? Nous n'en avions jamais parlé ; elle évitait le sujet.

J'ai regardé autour de moi, essayant de me détendre. Tout avait été fait pour égayer la pièce : tableaux champêtres aux murs, bibelots sur les étagères, un bouquet de fleurs fraîches aussi, mais c'était comme parler du bonheur à Violaine : peine perdue. La souffrance de ceux qui jour après jour venaient s'asseoir ici pour dire leur mal et leur peur imprégnait l'atmosphère : on l'y sentait comme une odeur.

« La grossesse de votre amie se déroule normalement », a dit le docteur Hébrard en réapparaissant dans le bureau.

Elle me souriait ; en prenant rendez-vous, j'avais dit qui j'étais et il m'a semblé qu'elle cherchait à me transmettre de sa force. Marie a surgi, son corsage à la main, comme si elle craignait que nous ne complotions dans son dos. Elle avait des seins superbes, un corps harmonieux, mais cette beauté-là aussi était assombrie par la menace.

« Êtes-vous décidée à poursuivre votre grossesse ? » a interrogé le médecin, et mon cœur a battu.

Marie s'est tournée vers moi. J'ai compris pourquoi elle avait tenu à ce que je l'accompagne ici : elle voulait me donner sa réponse, en quelque sorte devant témoin. Un témoin qui respecterait sa liberté. Je me suis souvenue de sa réflexion lors de l'affaire de Sandra : « L'IVG, bien sûr, toi tu es pour ! » et j'ai connu cette réponse. Mais pour qui me prenait-elle, Marie ? Jamais je ne me permettrais de la juger et quelle que soit sa décision, elle serait forcément héroïque.

« J'ai décidé de le garder ; le père est d'accord. »

Le visage de Mme Hébrard n'a rien reflété.

« Vous connaissez, je pense, le risque de transmission ?

– Vingt-cinq pour cent, trois chances sur quatre qu'il naisse sans rien, a lancé Marie. Ça vaut le coup de tenter, non ?

– Avec un traitement approprié, le risque diminue encore : à peine dix pour cent, a complété le médecin avec un sourire. Mais il faudra attendre trois mois après la naissance pour être tout à fait rassurée. »

À présent, elles parlaient de la marche à suivre, des examens à pratiquer, précautions à prendre et du traitement que suivrait Marie. Un jour, comme il me paraissait loin, nous étions allées aux jonquilles et elle m'avait demandé d'être la marraine de son petit. Aux prochaines jonquilles, le sort en serait jeté : elle serait ou non... rassurée. Je l'ai imaginée, préparant le berceau, la layette, avec en tête ce maudit risque. Je ne crois pas que j'aurais pu.

Au retour, dans la voiture qu'elle conduisait trop vite, elle s'est soudain tournée vers moi.

« Tu ne sais pas la meilleure ? Jordan m'a demandée en mariage... »

Et nous avons ri comme des folles. Comme des paumées.

Coupe de champagne et petits fours en l'honneur du docteur Blondel, notre gastro-entérologue dont a sonné l'heure de la retraite. À la demande de cet homme discret, peu mondain, la fête se passe en comité restreint. Nous lui avons offert un caméscope pour filmer sa nombreuse descendance. Levaillant a prononcé quelques mots, Merlin trois phrases humoristiques. En fait de discours, Blondel a solennellement retiré sa blouse, il nous l'a tendue en déclarant d'une voix enrouée : « Riez si vous voulez, mais cela aura été pour moi le plus beau des uniformes... »

Personne n'a ri. C'était la première fois que je le voyais en civil et il m'a semblé, comment dire ? défroqué.

Rémi me fait signe de le rejoindre près du buffet ; il a des airs de comploteurs.

« Il faut que tu saches : pour Marie, tout le monde est au courant. »

Mon cœur bondit : « Mais ce n'est pas possible ! Quel est le salaud ?
– Une fuite côté labo, sans doute la secrétaire...
– Et le secret professionnel ! Elle n'avait pas le droit. »
Rémi hausse les épaules : pas toujours respecté à l'intérieur de l'hôpital, le secret professionnel. Et, bien entendu, les mauvaises nouvelles sont celles qui circulent le plus vite.
« Par qui l'as-tu appris, toi ?
– Martineau, évidemment.
– Elle triomphe ?
– N'exagère pas. Ce n'est pas un monstre. Mais il est vrai qu'elle fait partie de ceux qui réprouvent ton amitié avec Marie. En la recevant chez toi, en la tutoyant, tu transgresses la règle. Il y a sûrement de la jalousie là-dessous : elle, tu ne l'as jamais invitée.
– Et je ne suis pas près de le faire !
– Ce qui me déplaît vraiment... », reprend Rémi.
Il s'interrompt, comme s'il regrettait d'en avoir trop dit. Je saisis son bras : il ne s'en tirera pas comme ça. « Ce qui te déplaît vraiment ?
– C'est d'entendre les gens juger sans savoir : accuser la... liberté de Marie.
– Marie-couche-toi-là, c'est ça ? »
Il soupire. La fureur m'emplit. Je désigne Roux, plus loin, pérorant au centre d'un petit groupe.
« Et qu'est-ce qu'il en dit, le patron ?
– Ça ne lui a pas tellement plu que tu te sois fait remplacer au dernier moment pour accompagner Marie à Dijon ; il semble que des malades se soient plaints. Il a dit... que c'était encore une erreur de ta part. »
Je plante ma coupe dans la main de Rémi. « Mais où vas-tu ? » s'inquiète-t-il. Je vais vers l'injustice, la médisance. Marie, c'est moi ! Je m'arrête devant Roux.
« L'amitié serait-elle une erreur pour vous ? »
Il comprend tout de suite de qui il s'agit ; son visage se ferme.
« L'erreur est de couvrir quelqu'un au nom de l'amitié.
– " Couvrir " ? Serait-ce donc un crime que d'être séropositive ?

– Je n'ai pas dit cela, Margaux. Je vous en prie, calmez-vous. »

Le silence est tombé dans la petite salle. Les visages se tournent vers nous. Quelle importance puisque « tout le monde » est au courant. Là-bas, mon anesthésiste se fait tout petit.

« C'est en travaillant ici que Marie a été contaminée. Évidemment, on ne pourra jamais en établir la preuve, mais l'amitié est de croire sur parole et...

– Si vous me laissiez parler au lieu de faire les demandes et les réponses ? m'interrompt Roux. La façon dont votre amie a contracté cette maladie ne me regarde pas, je déplore seulement que nous en ayons eu connaissance... par hasard. Il me semble qu'étant donné ses responsabilités à la Chartreuse, elle aurait pu avertir de son état.

– Elle l'a fait », dit la voix ferme de Levaillant.

Lui et Merlin se sont approchés, ils m'entourent, mes amis...

« Mme des Ilets est venue me trouver dès qu'elle a eu connaissance de sa séropositivité. Non dans le but de demander des indemnisations mais pour me proposer sa démission. Que j'ai, bien entendu, refusée. »

Il se tourne vers Roux : « Si je n'ai pas jugé nécessaire d'ébruiter cette triste affaire, c'est que celle qui en est victime m'a paru être une femme hautement responsable et que notre maternité, comme vous le savez, est condamnée à disparaître.

– En tant que président du comité d'établissement, j'aurais souhaité être personnellement averti, remarque sèchement Roux.

– Vous l'auriez été. Je regrette qu'une fois de plus les méchantes langues ne l'aient emporté sur le cœur. »

Roux s'éloigne. Les conversations reprennent laborieusement. Rémi nous a rejoints. Décidément, il ne sera jamais un courageux. Dommage ! Merlin me met une coupe de champagne dans la main.

« " Le malheur n'a pas d'amis "... Vous venez de faire mentir le proverbe.

– J'en préfère un autre : " Qui cesse d'être un ami ne l'a jamais été. " »

Lorsque je suis rentrée chez moi, il y avait un message de Bernard sur mon répondeur : pouvais-je noter la date du dîner avec ses parents ? Un lundi, ainsi aurions-nous l'auberge pour nous tout seuls, comme promis. Son frère et la femme de celui-ci viendraient eux aussi. « Ce n'est pas une vie, la vie sans toi, disait-il pour conclure. Il faudra bien trouver une solution. »

J'ai sorti la cassette et l'ai remplacée par une neuve. Comment effacer un tel message ? Avec le champagne, ma tête tournait un peu. Je me suis étendue sur mon lit. J'étais d'accord : ce n'était pas une vie, la vie sans lui. Mais quelle solution trouver ? Je ne pouvais pas plus m'installer au château avec Éric que lui ici !

« C'est qu'il serait capable de te proposer le mariage », me suis-je dit. J'avais envie de rire. C'était sans doute ce qui se faisait dans les « grandes familles »... Je me suis souvenue de la phrase de Rémi tout à l'heure : « En invitant Marie chez toi, tu transgresses la règle. »

En m'invitant à entrer dans sa vie, Bernard transgresserait-il celle des Montpensy ?

6.

« Madame, est-ce que je peux vous dire deux mots ? »

Le regard inquiet de Cathy surveille la porte de Martineau : visiblement, ces « deux mots », elle ne tient pas à ce que la surveillante les entende. Cathy a très vite compris l'hostilité de cette dernière à mon égard et, bien que ne me l'ayant jamais exprimé, s'est résolument rangée de mon côté ; ce n'est pas le cas de toutes les infirmières.

« Viens ! »

Sitôt dans mon bureau, elle sort une enveloppe de sa poche : « C'est la petite Legendre qui me l'a donnée. Elle m'a demandé d'acheter un timbre et de la poster sans rien dire à personne. »

Sur l'enveloppe, un nom masculin : Philippe Portelli. Une adresse à Chatenay.

« J'ai préféré vous en parler...

– Tu as bien fait. »

Nous n'avançons pas avec Violaine. Mon amie Madeleine, qui l'a vue à plusieurs reprises, n'a rien pu en tirer. Les seules paroles qu'elle prononce sont : « J'ai mal. » Faut-il entendre : « À mon cœur ? » Une discrète enquête a permis de savoir qu'elle était bonne élève, peut-être un peu solitaire cependant, et qu'avec sa mère, les choses se passaient plutôt bien. Apparemment, pas de problème majeur.

Sinon que Violaine s'est jetée du trapèze...

L'enveloppe me brûle les doigts : et si la clé du problème s'y trouvait ? Le regard de Cathy me pousse à l'ouvrir. Sans doute l'aurais-je déjà fait si c'était Éric qui avait sauté. Foin de discrétion, de secret violé : un enfant, ça se sauve malgré lui.

« À quelle heure Mme Legendre vient-elle voir sa fille ?

– Entre une et trois ; et elle revient aussi le soir.

– Tu me l'envoies dès qu'elle arrive. Ce n'est pas à moi de lire cette lettre. En tout cas, tu as eu une riche idée de ne pas la poster. »

Cathy rosit de plaisir. Elle est la sœur que j'aurais aimé avoir. Si j'ai bien compris, sa mère est au chômage et boit un peu trop. « Pour l'ambiance, ce n'est pas toujours ça », m'a-t-elle avoué avec pudeur. Elle rêve d'une chambre à elle, si je pouvais l'aider ! Je ne peux m'empêcher de sourire : prête à transgresser une nouvelle fois la règle ? Mais Cathy est celle que j'aurais pu être si j'avais écouté mon père.

Il est un peu plus de treize heures lorsqu'elle introduit Mme Legendre dans mon bureau, avant de s'éclipser discrètement. La mère de Violaine semble inquiète : toute mère dont l'enfant ne veut pas vivre se sent forcément coupable. Je lui remets l'enveloppe.

« Philippe Portelli... Philippe Portelli..., répète-t-elle. Ça me dit quelque chose. »

Elle la tourne dans sa main et je vois bien qu'elle a peur de l'ouvrir : comme on peut avoir peur d'ouvrir le journal intime de son enfant et y découvrir une image de soi qu'on ne soupçonnait pas.

« Vous croyez que je dois ?

– Le contenu vous éclairera peut-être. À vous de juger. »

Elle sort ses lunettes de son sac. Je demande : « Préférez-vous être seule pour la lire ? » Elle crie presque : « Oh ! non, je vous en prie, restez ! » Et, comme lors de notre première rencontre, son regard vole vers le portrait d'Éric, Éric enlacé par moi : « Vous, vous pouvez comprendre. »

Tandis qu'elle prend connaissance de la lettre, je me plonge dans mon propre courrier, non par discrétion, lâchement, au cas où le malheur s'inscrirait sur le visage de cette mère.

« Madame... »

C'est l'incrédulité, une sorte de peur que j'y lis.

« S'il vous plaît... », murmure-t-elle en me tendant le papier.

L'écriture enfantine remplit la page recto verso. C'est une lettre d'amour, violente, une lettre de chantage où se mêlent naïveté et certains mots très crus qui ne laissent aucun doute sur ce que propose Violaine au dénommé Portelli : quand comprendra-t-il qu'elle est autre chose qu'une gamine, qu'elle l'aime, qu'elle est prête à tout pour lui ?

« M. Portelli est son professeur d'éducation physique, m'apprend la mère d'une voix enrouée. Et elle ajoute : Vous vous rendez compte... la petite n'a même pas encore eu ses règles. »

« Vas-y Vilaine, vas-y Vilaine »... et la « petite » dont on dédaigne l'amour saute pour montrer qu'elle est grande ?

« Qu'est-ce qu'on va faire ? »

Je refuse ce « on ». Je ne suis pas vous, madame Legendre, Éric n'est pas Violaine et tous les enfants sans père ne se précipitent pas d'un trapèze.

« Le mieux est de remettre cette lettre à Mme Cormier. Elle saura vous conseiller.

– Et Violaine, je lui en parle ?

– À votre place, j'attendrais.

– Ma pauvre petite fille », gémit Mme Legendre et, dans sa voix, j'entends : « Pauvre de moi ».

« Violaine ne veut plus être considérée comme une petite fille. C'est écrit là. »

Je me lève. J'ai à faire. Et j'ai assez donné, comme on dit.

« Je crois que vous devriez aller la voir sinon elle va s'étonner.

– Mais qu'est-ce que je vais lui dire ? Et comment je vais faire, maintenant que je sais ? »

Une mère a peur de son enfant, elle ne la reconnaît plus, celle-ci a changé sans qu'elle s'en aperçoive, peut-être l'a-t-elle perdue ? J'accompagne Mme Legendre jusque dans le couloir, j'ai hâte d'être seule, d'en être débarrassée, reconnaissons-le.

« Essayez d'être naturelle. Au moins, les choses sont claires à présent. Vous allez voir, tout s'arrangera. »

En suis-je si certaine ? Elle se tourne vers moi, suppliante : « N'accepteriez-vous pas... ? » De lui tenir la main auprès du lit de sa fille ? Il n'en est pas question, ce n'est pas mon affaire. Il faut savoir garder la bonne distance avec la famille des malades, ne pas s'impliquer personnellement. Je referme la porte sur mon remords.

Elle a laissé la lettre sur le bureau : acte manqué ? Ce soir, je la déposerai chez Madeleine. D'où vient ce malaise ? Je prends la photo dans la bibliothèque, j'y pénètre. C'était l'été dernier, je tenais Éric par la taille, il levait sur moi un regard confiant de petit garçon : onze ans. Il en aura douze dimanche prochain. Pas de problème. Même s'il vit plus à la ferme qu'à la maison, nos rapports sont excellents. Nous faisons des puzzles ensemble ce qui nous permet, mine de rien, de discuter d'un tas de choses.

Mais pourquoi ne lui ai-je toujours pas parlé de cette foutue opération pour sa jambe ? Et pourquoi est-ce que je retarde sans cesse le moment de lui dire que Bernard et moi, c'est sérieux ?

De quoi ai-je peur ?

7.

Je venais de me lever, ce dimanche d'anniversaire, lorsque Jordan m'a appelée : avais-je vu le déluge qui tombait ? Aller à la ferme en moto serait de la folie, il s'offrait comme chauffeur, mon heure serait la sienne. J'ai senti qu'il souhaitait me parler et je l'ai invité à venir partager mon café ; il a tout de suite été à la maison.

Finalement, Marie avait décidé de ne pas participer à la fête ; par crainte de la gâcher. Elle se sentait incapable de jouer la comédie et ne tenait pas à avertir mes parents de son état, craignant leur réaction.

« Mais elle les connaît pourtant ! ai-je protesté. Jamais ils ne la mettront en quarantaine, ils ne l'en aimeront que davantage... »

Jordan a approuvé : il n'en doutait pas. Mais Marie était écorchée vive et il s'efforçait de ne pas la contrarier.

« Comme pour l'enfant ? n'ai-je pu m'empêcher de demander. Tu es d'accord pour qu'elle le garde ? »

Il n'a pas répondu tout de suite. Je n'aurais pas dû parler d'« enfant », soudain il existait, il faisait ses premiers pas, il riait à la vie.

« Je ne peux que l'accompagner », a-t-il répondu.

Un beau mot ! Mais on disait aussi « accompagner la mort » depuis que l'on empêchait les gens de souffrir ; l'a-t-il lu dans mon silence ?

« Je lui ai proposé de l'épouser. Elle refuse. Elle croit que ce serait par pitié. Si tu pouvais lui parler... »

Épouser Marie ! Le mieux qu'il pouvait lui offrir : un grand projet. Je regardais celui qui avait été mon amant, tandis qu'il buvait son café et la tendresse m'envahissait ; j'avais envie de le nourrir. Il me semblait qu'il tenait à présent sa vraie place dans ma vie : un compagnon, celui dont on partage le pain et la tâche. D'ailleurs, entre les caresses, parlions-nous d'autre chose que de travail lorsque nous étions « ensemble » ? Avec Marie, l'entente devait être plus profonde : entre déracinés...

Je lui ai beurré une tartine, j'ai rajouté une bonne couche de confiture à la fraise, sa préférée, une chose que j'avais retenue.

« On fera une fête magnifique », ai-je promis.

En attendant, le roi de la fête, c'est Éric ! Aujourd'hui, il a autour de lui une vraie famille, presque « grande » par le nombre. Même s'il connaît peu ses cousins et que ceux-ci le regardent de côté, sinon de travers, il est heureux qu'ils soient venus en son honneur, le voir souffler ses douze bougies. Et, heureuse, sa mère l'est tout autant. Oubliée, la dérangeante Mme Legendre. Mon petit garçon à moi est transparent.

Roland est le seul à porter la cravate. Est-ce pour nous montrer qu'il n'est plus d'ici mais de la ville ? Cadre et non paysan ? Et même cadre « supérieur », d'après ce qu'on nous a annoncé fièrement. Comme moi, mon frère a toujours voulu échapper à la ferme, mais, lui, il l'a rejetée alors que je continue à me sentir de ces murs, ce coin de terre, ces odeurs ; et même, il me semble les apprécier mieux depuis que j'ai réalisé mon rêve.

Cindy, ma belle-sœur, porte bien son nom de film américain et joue à la perfection son rôle... d'épouse de cadre supérieur. Tout est apprêté en elle : vêtements, coiffure, attitude. Suis-je trop sévère ? C'est que je ne lui pardonne pas d'avoir honte de mes parents et d'en avoir éloigné Roland. Mais pensez... avec un père sous-directeur de banque et une mère assistante dans une auto-école...

Tout cela n'a pas empêché les rats des villes d'apprécier le foie gras et la poularde des rats des champs. Quant au gâteau, fait maison, tous en ont repris, même Horace et Pastis.

Nous en sommes au café et le héros de la fête a emmené

ses cousins Robin et Samantha dans sa chambre pour profiter des jeux qui lui ont été offerts, dont un, par Bernard, dans un paquet mal ficelé : son train électrique de petit garçon. J'en ai été tout bonnement chavirée : si ce n'est pas un engagement ! Mais est-ce bien moi, la libre Margaux, qui rêve d'engagements ?

Nous discutons télévision. Cindy nous apprend que ses enfants n'ont pas le droit de la regarder en semaine : critique à peine voilée à mon égard. Lorsque je n'y suis pas, Éric fait ce qu'il veut à la maison et, à la ferme, Guillaume a tendance à allumer le poste comme on allume la suspension.

Guillaume... « Je le trouve fatigué, ces temps-ci, m'a confié maman tandis que nous disposions sur la table les assiettes de fête. Il marche bizarrement aussi, tu verras. Ne pourrais-tu essayer de lui parler ? »

Parler à mon père de sa santé, une gageure ! Pour lui, la douleur se surmonte, un point c'est tout. Impossible de lui faire admettre que c'est une sonnette d'alarme et qu'il n'est pas toujours interdit de « s'écouter ». Il n'accepte de se faire soigner que lorsque la fièvre le cloue au lit et qu'il craint pour son potager. J'ai promis d'essayer.

« Viens voir un peu par là, Margaux ! »

Roland me fait signe de le suivre au jardin. Autrefois, cette simple phrase suffisait à me dresser sur mes ergots. Je demandais : « Qu'est-ce que j'ai encore fait ? » Cindy le sait-elle, qui nous suit d'un regard entendu tandis que nous quittons la salle et, contrairement à son habitude, ne propose pas de nous accompagner ?

La pluie a cessé, les arbres s'égouttent, la terre sourit de toutes ses odeurs. Nous marchons le long du chemin qui paraissait le bout du monde aux enfants que nous étions et me semble si court aujourd'hui. Nous nous arrêtons au « petit bois », un bouquet de noisetiers... Les belles chaussures cirées de Roland en ont pris un coup ; on n'a pas idée aussi...

« Tu as remarqué, papa ? se décide-t-il. Il a l'air crevé.

– Justement, maman m'en parlait tout à l'heure ; je me demande s'il ne couve pas une hernie. »

Roland a un rire désagréable : « Elle a bon dos, ta hernie ! Quand te rendras-tu compte, Margaux, que tu lui en demandes trop ? À maman aussi d'ailleurs ! Ton gamin est tout le temps fourré à la ferme ; ce n'est pas de leur âge de l'élever. Ne pourrais-tu t'organiser autrement ? »

Je reste saisie : jaloux, Roland ? Lui qui ne vient jamais, jaloux de la place qu'Éric occupe à la ferme et dans le cœur de nos parents ? Je revois le regard de Cindy tout à l'heure : oui, l'attaque était bien prévue ! La fatigue de Guillaume en a donné un excellent prétexte. Jalouse aussi, ma belle-sœur ? Il est vrai que son Robin, sa Samantha ne bénéficient pas des mêmes attentions qu'Éric. À qui la faute ?

« Je ne crois pas du tout qu'Éric fatigue papa, au contraire : il l'aide à vivre. Cela n'a pas été facile, tu sais, la retraite forcée. Quant à maman, elle est en pleine forme. »

Le front de Roland ne se déride pas, je connais cet air buté : le sac n'est pas encore vidé.

« C'est comme ce blouson pour son anniversaire, reprend-il. Je suppose que c'est eux qui l'ont payé ! »

Fulgurante, l'indignation, la colère : « Pas du tout ! Nous avons partagé : moitié-moitié, si tu veux tout savoir. » Et je ne peux m'empêcher d'ajouter : « Ne t'en fais pas, vous ne serez pas déshérités... au profit de l'enfant naturel. »

Roland a rougi jusqu'à son cou blanc et tendre de citadin. Autrefois, j'aurais été au sol pour ma punition. Nul doute, je l'ai touché au point sensible : ils *comptent,* quelle horreur ! Non seulement l'affection, les caresses, mais aussi les sous dépensés pour Éric. Ceux aussi, pourquoi pas, dépensés pour moi ? Au moins deux fois par semaine, je viens piocher dans la soupière.

Du calme... Si j'en rajoute, mon frère est capable d'embarquer tout le monde sans explication et qui en souffrira ?

« Tu sais, si vous veniez plus souvent, les parents seraient fous de joie. Tu pourrais aussi leur confier parfois les enfants : ils ne demandent que ça.

– Et où les mettrait-on, tu peux me le dire ? Vous occupez toute la place, Éric et toi, même ma chambre. »

Ma colère tombe tout à fait : cette voix enrouée qu'il a eue ! On habite toute sa vie un coin de sa chambre d'enfant. Et lorsqu'on se met à tout compter comme ça, n'est-ce pas par peur de ne plus compter autant pour les siens ?

« On te la libère le jour où tu voudras, ta chambre chérie ! Papa parle souvent d'aménager le grenier, tu nous aideras ? »

Roland ne répond pas, sans doute honteux d'avoir réclamé ce dont il ne veut pas vraiment. Quelle part a prise Cindy dans ses reproches ? Les femmes sont fortes à ce jeu-là : griffure après griffure, enflammer les plaies qui sommeillent.

Nous revenons vers la maison. Guillaume est sur le seuil avec Jordan, Pastis à leurs pieds. Guillaume a le nez en l'air, en bon paysan qu'il est, tenant le ciel à l'œil pour être averti le premier de ce qu'il nous mijote encore. Des deux, c'est Jordan qui semble le plus fatigué. Reviens-nous, Marie, reviens-nous vite ! Roland s'arrête près d'un rosier en boutons serrés. Les fleurs seront tardives cette année, trop d'eau.

« Mais aussi, madame le chirurgien, si tu te décidais à vivre normalement ! »

... Avec un homme à la maison, un petit garçon qui y rentrerait tous les jours, des horaires réguliers. Décidément, tout le monde s'y met. Et voici qu'une bouffée de joie me brûle la poitrine : « Ce n'est pas une vie, la vie sans toi. Il faudra bien trouver une solution. » Chaque soir, avant de m'endormir, comme une gamine, j'écoute cette promesse. Ils en feront une tête, mon calculateur de frère, ma jalouse de belle-sœur, s'ils apprennent un jour que j'ai décidé de « vivre normalement » avec M. Bernard de Montpensy !

Et je m'entends répondre, à ma propre stupéfaction :

« Eh bien, j'y songe, figure-toi. »

8.

Cela s'est passé à la sortie d'un atelier de menuiserie où des jeunes en apprentissage venaient s'initier au travail du bois.

Le froid était revenu et, avec lui, les chaussées glissantes. À la radio, ce matin, on avait recommandé la prudence aux automobilistes. Il était environ seize heures trente lorsque le petit groupe d'élèves a quitté l'atelier, juste au moment où se déclenchait une offensive du grésil. La nuée de grêlons a brisé le pare-brise d'une voiture qui après un long dérapage est montée sur le trottoir où cheminaient les garçons, riant de la blanche avalanche. Elle les a fauchés comme du blé. Tous se sont relevés plus ou moins péniblement, sauf Karim, dix-neuf ans.

L'atelier de menuiserie se trouve à cinq cents mètres de la Chartreuse et les pompiers nous l'ont amené quelques minutes après l'accident. Lorsque je suis arrivée en salle de réanimation, accompagnée par Rémi que j'avais pris au passage, une dizaine de blouses blanches s'affairaient autour du blessé que l'on avait commencé à transfuser. Il était dans le coma. On s'est écarté pour nous laisser passer : un silence de mauvais augure régnait.

« Madame, l'état se dégrade très rapidement, a bégayé l'interne. Qu'est-ce qu'on fait ? »

Karim était livide, les yeux fermés, les lèvres pincées, le souffle court.

« Voulez-vous qu'on appelle l'hélico pour l'emmener à Dijon ? a proposé la panseuse-chef.

– Il n'arrivera jamais jusque là-bas, l'a coupée Rémi qui prenait le pouls du blessé. Je parie pour une foutue hémorragie interne.

– Je l'opère dès que possible, ai-je décidé. Allons-y. »

Rémi m'a suivie devant les lavabos : « Si tu veux mon avis, c'est mal parti. Pour ne pas dire autre chose...

– Ne le dis pas. Tais-toi. »

Ne jamais s'avouer vaincu ! Le savon moussait sur nos bras. Nous avons entendu le chariot, poussé vers la salle d'opération. Rémi a disparu. L'infirmière m'a présenté la casaque. La surveillante du bloc est apparue : « On vous attend, madame. » Sur son visage à elle aussi j'ai lu une défaite prévue.

« Essayez de me trouver le docteur Roux, s'il vous plaît. Dites-lui que j'ai besoin de lui. »

Le corps très mince gît sur la table d'opération. Derrière le drap bleu, Rémi est au travail : transfusion massive sur les deux bras. J'ouvre largement au niveau de l'abdomen, le sang jaillit : petits champs, aspiration. Il faut voir d'où vient l'hémorragie pour l'arrêter. « Madame, on ne trouve pas le docteur Roux, me glisse une infirmière.

– Alors, appelez Merlin, vite. »

Silence de l'équipe tandis que j'explore. Combien sommes-nous ici, penchés sur cette vie prête à basculer ? Un cri muet court, lorsque le foie apparaît, pratiquement coupé en deux. L'interne a eu un recul épouvanté. Mon regard croise le sien : « Allez ! » Je prends l'aiguille, lui, les clips. Le foie, ce sont des milliers de vaisseaux. Obturer, arrêter le flot. Une image me vient : Roland et moi, enfants, nous amusant à interrompre le cours d'un ruisseau : « Vite, une pierre là, une branche ici, aide-moi, vite... »

« La tension flanche, râle Rémi. Je n'y arrive pas. »

Il a beau pomper des deux mains sur les sacs pour activer la transfusion, le sang s'échappe au fur et à mesure de celle-ci. Rien ne pouvait interrompre le cours du ruisseau : à peine une brèche était-elle colmatée qu'une autre s'ouvrait, c'était cela, le jeu : retarder le plus possible le déluge inévitable.

Près de mon visage, soudain, celui de Merlin : « Alors, madame, nous avons des ennuis ? » Jordan est là, lui aussi. Chaleur au cœur. C'est chouette, les amis : vous les sonnez, ils accourent ! Tous deux regardent le désastre, se consultent à mi-voix. « La veine cave est arrachée, constate Merlin. Inutile de continuer, Margaux, tu n'y arriveras pas. »

Jamais encore il ne m'avait tutoyée ; cela me tue.

« L'hélicoptère... »

Quel masque a proposé cela ? C'est pour ne pas se rendre encore, pour faire comme si. Nous lâchons les instruments et commençons à bourrer la plaie de champs alors que nous savons tous que le voyage n'aura pas lieu. L'autre est commencé.

« C'est fini, annonce Rémi. Merde et merde ! »

Une dizaine d'uniformes blancs rendent les armes.

Ils attendaient à la porte du bloc : un petit groupe sombre composé de trois hommes et d'une femme portant le foulard. Une infirmière était venue m'avertir : « La famille s'impatiente. »

Jordan et Merlin étaient repartis très vite. J'avais pris le temps d'aller boire un verre d'eau dans la salle de repos, parler. Il faut parler après une bataille perdue. Rémi avait été demandé en salle de réveil. Je suis sortie seule.

Effondrée sur un siège, la mère gémissait : « Mon fils, mon fils. » Elle s'est levée en me voyant. Le plus âgé des hommes, la soixantaine, cheveux et moustaches très blancs dans son visage basané – le grand-père sans doute – a parlé le premier. Il a demandé : « C'est toi, madame Lespoir ? C'est toi qui l'as opéré ? »

J'ai acquiescé. D'un regard incrédule, il a regardé mon pyjama taché de sang ; il en avait tant coulé ! J'avais prévu de me changer au calme dans mon bureau.

« Où il est maintenant, Karim ? » a-t-il demandé.

J'ai respiré profondément et j'ai dit : « Il est mort. On n'a rien pu faire. »

Il y a eu quelques secondes de silence total, le temps que le ruisseau, la rivière, la mer détruisent le barrage, emportent tout, et la femme s'est mise à hurler. Les hommes se sont rapprochés, ils ont formé un tribunal : dans leur regard, la haine avait remplacé l'incrédulité.

« Écoutez-moi, ai-je essayé d'expliquer. Lorsque Karim est arrivé, c'était déjà... pratiquement perdu... On a tout essayé. »

Pourquoi éprouvais-je le besoin de me défendre ? Nul n'aurait fait davantage.

« C'est vous qui l'avez tué, a accusé le plus jeune. C'est vous. »

Les cris de la mère ont redoublé. Une infirmière est sortie du bloc, nos regards se sont croisés et elle y est rentrée précipitamment. Il n'est pas inhabituel que des familles se déchaînent après le décès d'un des leurs. Les derniers en date, des gitans, avaient tout démoli dans le service où avait été soigné en vain leur chef, grièvement blessé lors d'un règlement de comptes. On avait été obligé d'appeler la police.

Dans le regard des trois hommes qui me faisaient face, je lisais un désir de vengeance. Contre la femme que j'étais : la femme chirurgien. Ils me niaient, m'anéantissaient. Et j'éprouvais le même sentiment que devant Karim tout à l'heure : l'impuissance face au déferlement aveugle du sang, de la violence.

Soudain, la mère s'est jetée sur moi, griffes en avant. Les hommes ne l'ont pas retenue. Elle visait mon visage, mes yeux, comme si mon regard l'offensait. Elle hurlait des mots que je ne comprenais pas. J'ai saisi ses poignets. La douleur décuplait ses forces, si les autres s'en mêlaient, tout pouvait arriver. Rémi est sorti du bloc avec l'infirmière et plusieurs aides soignants. Il était temps.

Alors qu'on les emmenait, celui qui devait être le père s'est tourné vers moi : « On le dira à la télé, a-t-il crié. Vous verrez, on le dira. »

Rémi m'a raccompagnée jusqu'à mon bureau.

« C'est qu'ils en sont capables, a-t-il gémi. Et tu connais les journalistes, ils vont se précipiter.

– Et après ? Aucune erreur n'a été commise. On ne peut rien nous reprocher : que d'avoir tenté l'impossible. »

Il m'a regardée d'un air surpris : « L'impossible... Tu le

reconnais donc ? Mais alors pourquoi n'as-tu pas laissé tomber ?

– S'il n'y avait qu'une chance sur cent... »

Le jour où nous ne croirions plus au miracle, nous ne serions plus que des techniciens.

Et allions-nous, comme cela se faisait ailleurs, renoncer à opérer pour échapper à un procès ?

9.

Lorsque je suis arrivée devant la maison de Roux, il n'était pas loin de neuf heures du soir. J'avais tenté de l'appeler, à plusieurs reprises, mais la ligne sonnait toujours occupée.

Pourquoi était-ce à lui que je voulais parler, demander aide, après le décourageant Rémi ? Levaillant ou Merlin auraient aussi bien fait l'affaire et, eux, avaient été témoins de l'état délabré de Karim. Mais ils n'étaient pas « le patron », celui qui m'avait offert ce poste et sa confiance. Malgré mes « erreurs » !

Rémi avait dit vrai : c'était une belle demeure qui avait dû « coûter chaud ». À quelques kilomètres de Chatenay, en pleine campagne, elle se dressait sur une petite butte entourée d'un jardin peuplé d'arbres dont certains étaient déjà en fleurs. Je ne l'avais jamais vue que de loin ; Roux ne recevait pas chez lui. S'il voulait inviter, il le faisait au restaurant. Les mauvaises langues prétendaient qu'il cachait sa femme et sa fortune.

J'ai laissé ma moto derrière la barrière blanche et suivi l'allée bordée de massifs qui menait à la maison ; il y avait de la lumière au rez-de-chaussée et à l'étage. Débarquer ainsi chez le patron, cela ne se faisait certainement pas : me recevrait-il ? Mon élan faiblissait, j'ai vite sonné.

« C'est pour quoi, madame ? »

La jeune femme avait l'accent espagnol et portait un tablier. Des odeurs de cuisine flottaient dans l'air : l'heure du dîner, en plus ! J'ai donné mon nom : « Pourrais-je voir le docteur

Roux ? » Avant qu'elle ne me réponde, une porte s'est ouverte et il est apparu.

Son pull de sport, la chemisette au col largement ouverte le rajeunissaient. Me voyant, il s'est immobilisé : « Excusez-moi de vous déranger, ai-je bredouillé, je n'en aurai pas pour longtemps. » Il s'est approché. Il ne semblait pas m'en vouloir d'être là.

« Que vous est-il arrivé ? Vous vous êtes battue ? »

J'avais quelques écorchures au visage que Rémi avait tenu à badigeonner de rouge : « Une vraie squaw », avait-il plaisanté, son travail terminé.

Roux s'est tourné vers la soubrette : « Dites à Madame que je reviens, qu'elle continue sans moi », et il m'a fait signe de le suivre.

Nous étions dans une grande pièce qui ouvrait sur le jardin par deux portes-fenêtres. Un piano à queue en occupait une partie. Autrefois, dans la maison d'une de mes amies, il y avait également un piano et, je ne sais pourquoi, c'était pour moi le fin du fin. Je rêvais de m'asseoir sur ce tabouret recouvert de velours, dans ma tête, des applaudissements crépitaient.

« J'ai essayé de vous appeler, mais cela sonnait toujours occupé », ai-je protesté.

Roux est allé vers l'appareil et l'a remis sur son socle : « Ma femme n'aime pas trop le téléphone. Il lui arrive... d'oublier de raccrocher, a-t-il avoué d'une voix faussement légère. À présent, si vous vous décidiez à me raconter ce qui s'est passé ? »

Il m'a écoutée sans m'interrompre. C'était maintenant que la rivière débordait : à quoi bon ? « Si c'est pour se faire traiter d'assassin... », ai-je râlé. Roux est allé vers un petit bar, il a rempli à demi un verre.

« Buvez ! Et ne restez pas plantée comme ça, venez vous asseoir. »

J'ai obéi ; cela me faisait du bien même si ce qu'il m'avait versé était du whisky, une boisson que je n'apprécie pas. Il s'est assis à mes côtés.

« Croyez-vous qu'il ne m'est jamais arrivé, à moi aussi, d'avoir envie de tout plaquer ? a-t-il demandé avec un rire. Mais rappelez-vous ce que ce salaud de Blondel nous a dit l'autre soir : " Le plus beau des uniformes "... Alors, on finit toujours par le remettre. »

J'ai revu, autour de Karim, notre bataillon vaincu et silencieux. J'ai compris pourquoi j'étais venue en trouver le capitaine : pour qu'il m'ordonne de continuer malgré tout. Aussi fort que soit mon amour pour Bernard, il ne remplacerait jamais cette aventure-là.

Dans la pièce voisine, il y a eu un bruit de vaisselle heurtée. Une voix de femme en colère nous est parvenue, la voix espagnole y a répondu. Roux les a ignorées.

« Qu'attendez-vous de moi ? a-t-il demandé. De quoi avez-vous peur, Margaux ?

– J'ai peur que la famille ne porte plainte. Si vous les aviez vus... La Chartreuse n'a pas besoin d'un scandale en ce moment. »

Il a posé sa main sur la mienne et c'est à cet instant que sa femme est apparue.

Elle était effroyablement maigre dans son caleçon fleuri. Derrière elle, l'employée faisait des gestes d'impuissance, comme s'excusant de n'avoir pu l'empêcher de nous rejoindre. Nous nous sommes levés. Pourquoi me sentais-je coupable ? Pour Éric, pour Karim, pour Roux, jamais complètement satisfaite de moi, comme s'il me fallait apporter deux fois plus de preuves qu'une autre...

« Que t'arrive-t-il, Hélène ? » a demandé Roux et sa voix, pleine d'une patience exaspérée m'a serré le cœur. Ne venait-il pas de me dire : « Croyez-vous qu'il ne me soit jamais arrivé d'avoir envie de tout plaquer ? »

Mme Roux est venue vers nous ; sa démarche manquait d'équilibre, son sourire était une grimace dans un visage maquillé à l'excès.

« Tu ne nous présentes pas ?

– Voici le docteur Lespoir, Margaux Lespoir, a-t-il dit. Je t'ai souvent parlé d'elle. »

Elle m'a tendu la main, comme on dégaine une arme. Je l'ai serrée. Ce regard perdu en soi-même, noyé dans son propre puits, je le reconnaissais. C'était celui de Mme Delâtre, la mère du petit Nicolas ; et je me souvenais des paroles de Roux : « Savez-vous ce qu'est une dépression ? L'enfer. » J'ai compris pourquoi il avait pris sa défense, pourquoi aussi il ne recevait personne ici : il avait l'enfer chez lui. J'ai posé mon verre.

« Excusez-moi d'avoir interrompu votre repas, madame, mais j'ai eu un pépin à l'hôpital et il fallait que j'en parle à votre mari, je me sauve. »

C'était bien le terme. J'ai souri à Roux et me suis dirigée vers la porte.

« C'est curieux, quand même ! Elles ont toutes besoin de mon mari, sauf moi apparemment », a lancé dans mon dos la voix aiguë de Mme Roux.

J'avais eu mon content de violence pour la journée, je ne me suis pas retournée.

Alors que j'allais sortir, l'Espagnole m'a rejointe : « Elle est malade, ce n'est pas sa faute, a-t-elle dit.

– Je sais. »

Et ce n'était pas de la faute de Roux non plus si sa belle maison était celle du malheur. Ni de la mienne si je m'étais complètement trompée sur le compte du patron.

Il m'a rejointe comme j'arrivais à ma moto. Je lui ai demandé : « Est-ce que cela fait longtemps ? » Je ne pouvais le laisser dans cette solitude. Il a incliné la tête.

« Depuis qu'elle a cessé de jouer du piano pour se punir de ne pouvoir être mère. Le piano, c'était sa vie. »

Je m'apprêtais à coiffer mon casque lorsqu'il me l'a pris des mains. J'ai cru qu'il voulait me retenir un moment mais c'était pour me le mettre lui-même, comme pour me protéger bien.

« Il n'y aura pas de scandale », a-t-il promis.

Son regard me disait : « Notre vie à nous, c'est ce foutu métier. » J'ai murmuré : « Pardonnez-moi d'être venue comme ça.

– Depuis le temps que je vous attendais », a-t-il répondu.

10.

J'avais d'abord refusé le rendez-vous que Mme Legendre tenait à me donner dans un salon de thé près de sa boutique de prêt-à-porter : qu'elle vienne me voir à la Chartreuse si elle voulait, je ne me déplacerais pas.

« Mais c'est très important pour Violaine et il vaut mieux que personne ne sache », avait-elle protesté d'un ton sibyllin. J'avais cédé. Je cède parfois trop facilement et ensuite je regrette ; c'est l'enfance, le désir impossible de plaire à tous et, en agissant ainsi, finalement c'est à moi-même que je déplais.

L'endroit ressemblait à une bonbonnière : boiseries roses et blanches, petite lampe sur chaque table et une odeur sucrée qui m'a d'emblée écœurée. Un homme se tenait aux côtés de Mme Legendre dont j'ai tout de suite deviné le nom. Comment avait-elle pu l'inviter dans un tel cadre ? Avec son survêtement, ses baskets, il détonnait complètement. Décidément, la pauvre femme faisait tout à l'envers !

Dès qu'elle m'a vue entrer, elle s'est levée et m'a adressé de grands signes.

« Je vous présente Philippe Portelli, a-t-elle dit à mi-voix. Il sait tout ce que vous avez fait pour la petite. »

Le professeur d'éducation physique m'a serré vigoureusement la main. Très brun, sans doute d'origine italienne, il avait un visage avenant mais quelconque, pas celui d'un homme pour lequel on se jette d'un trapèze ! J'ai commandé du thé.

« Figurez-vous que Violaine n'en était pas à sa première lettre, m'a appris Mme Legendre. Deux ! Elle lui en avait déjà envoyé deux.

– Si vous laissiez M. Portelli m'expliquer cela lui-même ? » ai-je dit sèchement.

Il l'a fait avec simplicité. Les filles amoureuses de lui, c'était quasiment inhérent au métier, parfois même les garçons, il n'y pouvait rien : à cet âge, on a de la sève à revendre. Son attitude était de rigoler : la douche glacée sur les ardeurs.

Violaine lui avait en effet envoyé deux lettres torrides qu'il s'était empressé de détruire. Depuis qu'elle s'était jetée du trapèze après lui avoir lancé un regard de défi, il n'en dormait plus. Le directeur du collège, à qui il avait tout raconté, lui avait conseillé de joindre Mme Legendre : personne ne voulait d'un scandale.

« Je ne sais pas quoi faire, a-t-il avoué. Et quand elle va revenir... J'en ai des sueurs froides. J'ai même pensé à demander une autre affectation mais ma femme ne veut pas en entendre parler : nous nous plaisons beaucoup à Chatenay. »

Il me regardait comme si je détenais la clé de son problème. « Il sait tout ce que vous avez fait pour la petite », avait dit Mme Legendre. Qu'est-ce qu'elle avait bien pu lui raconter...

« Je regrette, mais je suis incapable de vous conseiller, ai-je déclaré. La psychologue qui s'occupe de Violaine le fera beaucoup mieux que moi. »

Mme Legendre a réprimé une grimace ; j'avais appris par Madeleine Cormier qu'elle se faisait tirer l'oreille pour la rencontrer. Craignait-elle d'entendre des vérités peu agréables sur ses méthodes d'éducation ? Soudain, j'en ai eu assez, l'impression d'avoir été attirée dans un piège. Je me suis levée : « Désolée, je ne puis rien vous dire de plus. Je dois y aller. J'ai à faire.

– Mais votre thé ? » s'est exclamée Mme Legendre.

Comment lui expliquer que la complicité qu'elle cherchait depuis le début de l'histoire à établir entre nous m'était insupportable ?

« C'est normal, dit Madeleine avec qui je partage, avec joie cette fois, une tasse de café. Toute mère, devant un enfant en danger, pense à son propre enfant et se remet en question. »

J'entends mon rire, crispé à souhait.

« Surtout que le mien n'a pas de père non plus et que je suis une mère faible.

– Tu n'oublies qu'une chose : le tien a été élevé par tes parents dans l'application stricte des règles qui sont les leurs. Par ailleurs, contrairement à Violaine, ton Éric a su très tôt qu'on ne pouvait tout avoir dans la vie.

– À cause de sa jambe ?

– Exactement. Quant à Violaine... »

Madeleine me sourit : « N'as-tu jamais été amoureuse d'un de tes professeurs ?

– Bien sûr que si ! »

C'était à la fois délicieux et douloureux car nous savions que cela ne nous mènerait nulle part : un rêve impossible. D'autant plus que les profs vers qui allait notre flamme étaient en général mariés, donc intouchables.

« Intouchables... Voilà un mot qui n'a plus guère de sens pour beaucoup de jeunes aujourd'hui, remarque Madeleine. Que Portelli soit marié et père de famille, c'était le moindre souci de Violaine : elle était amoureuse, elle voulait cet homme, rien d'autre ne comptait. Elle n'a pas supporté son refus. »

Elle m'explique, la psy, que si l'on ne répète pas à un enfant, dès la petite enfance, avant même qu'il ne parle : « Ça, tu as droit de le faire ; ça, c'est interdit », et encore : « Ceci, tu peux l'avoir ; cela, il n'en est pas question », il va pousser sans structures ni freins, guidé par ses seules émotions et, le jour où il rencontrera un obstacle, il sera incapable de les contrôler.

C'est ainsi qu'à l'école, on voit des gamins sortir des revolvers pour ne pouvoir exprimer leurs frustrations que par la violence, télévision aidant bien entendu. C'était ainsi que Violaine-Vilaine, dédaignée par son professeur, raillée par lui, s'était jetée du trapèze.

« Appelerais-tu ça un suicide ? »

Madeleine réfléchit : « Ce serait plutôt : ça passe ou ça casse ! Elle se trouvait en pleine confusion de sentiments, en plein vertige, si tu préfères. A-t-elle vraiment souhaité mourir, je ne le pense pas.

– Mais c'est une excellente nouvelle ! »

Mon amie rit de mon enthousiasme : « On peut voir les choses comme ça. Mais le problème n'en est pas réglé pour autant : elle peut recommencer, cette fois de façon plus efficace, qui sait ? Il va falloir aider la pauvrette à s'y retrouver... à se trouver. Et la mère ne semble guère disposée à collaborer. »

La pauvrette ! Le remords se glisse en moi : finalement, j'ai prêté plus attention à la mère qu'à la fille, et à ma petite personne qu'à Mme Legendre.

« Est-ce que je peux faire quelque chose ?

– Reste toi-même », a conseillé Madeleine.

C'est alors que l'idée m'est venue.

Je suis allée trouver Mlle Jeanne et je lui ai raconté comment une sale gamine s'était jetée d'un trapèze parce que son prof de gym résistait à ses avances. On l'avait tirée d'affaire mais l'ennui était qu'elle refusait de parler, alors on ne savait pas comment l'aider. Mlle Jeanne accepterait-elle de lui rendre visite ? À elle, toute vieille et cassée, Violaine n'oserait peut-être pas résister.

« Toute vieille et cassée, merci ! a répondu mon institutrice en réprimant un sourire.

– Je ne l'ai pas inventé. »

C'était elle qui ne cessait de le répéter depuis quelque temps, ce qui ne laissait pas de m'inquiéter. Elle disait aussi qu'elle ne servait plus à personne, qu'elle était comme un crayon dont la mine serait cassée... En lui demandant d'aider Violaine, je savais ce que je faisais.

« Vous trouverez sûrement un truc !

– *Où est-il, mon Cœur, le chemin de ton cœur...* », a-t-elle déclamé de sa petite voix rouillée.

J'ai été heureuse de constater que le moral allait déjà mieux.

« C'est de qui ? »

Elle a levé les yeux vers le plafond et, au-delà, le ciel, que les poètes, comme les paysans, ne perdent jamais de l'œil.

« De moi ! Figure-toi que ça vient de me tomber. »

À Violaine, qui n'ouvrait la bouche que pour gémir . « J'ai mal », et parfois – ce qui était un progrès – « Ils sont même pas fichus d'avoir du ketchup dans cette baraque », j'ai demandé, sans espérer de réponse, si elle pouvait me rendre un grand service. J'avais ici une vieille amie qui n'avait personne à qui parler, qui adorait les jeunes et connaissait tout sur les préservatifs. Si, par le plus grand des hasards, cette amie, appelée Mlle Jeanne, passait par sa chambre, ce serait chouette qu'elle ne la jette pas.

Il ne m'a pas échappé qu'au mot « préservatif » son œil s'était éclairé.

Je me suis bien gardée de faire part à Madeleine de mon initiative : mettre en face deux faiblesses, une à la sortie de sa vie, l'autre à l'entrée, en espérant en faire une force, c'était assurément de la psycho de bazar.

Mais au grand bazar des sentiments, parmi la fleur bleue et l'eau de rose, le coucher de soleil et la chanson douce, ce sont parfois les idées simples, faites pour aller droit au cœur, qui aident le mieux les jeunes filles à vivre.

Pourquoi pas à revivre ?

11.

Maxime ! On ne peut que le citer en premier, lui, le patriarche. Je trône à sa droite, moi, l'invitée d'honneur pour qui l'auberge de Sidonie a été ouverte exceptionnellement ce lundi soir. Maxime solide, imposant dans sa veste de gros velours, chemise aussi blanche que sa tignasse, nœud papillon qui semble souligner un visage... altier.

Lorsque Bernard m'a présentée, j'ai bien vu qu'il reconnaissait la « naufragée », entrevue une nuit d'orage dans la chambre de son fils. Il n'en a rien montré, il a levé ma main jusqu'à ses lèvres : « Madame »...

En face de moi, Bérangère, sa femme, longue, fine dans sa robe noire agrémentée d'un rang de perles. Elle m'a plu tout de suite, Bérangère, avec son sourire qui semblait me dire : « Je sais, il n'est pas facile de débarquer comme ça dans la famille. » Nous avons échangé un simple : « Bonsoir madame. »

Charles, le frère aîné, ressemble à mon Bernard, en moins grand, en plus râblé. Cou hâlé de vigneron sur lequel la cravate ne jure pas ; c'est qu'il est né avec. Son « Bonjour Margaux », assorti d'un clin d'œil complice, m'a agréablement surprise.

Et enfin Annie, femme de Charles : menton hautain, « bonsoir » pointu.

Leurs enfants adoptifs – vietnamiens – ont été autorisés à partager notre apéritif. Stanislas doit avoir une dizaine d'années, Camille, huit. Ils se régalent d'amandes et de gâteaux salés et lorsque Olga, la Polonaise « au pair », vient les chercher pour les ramener à la maison – c'est l'heure, demain il y a école – ils protestent.

« Nous avons fait construire une maison à deux kilomètres du château, m'explique Charles. Olga assure tous les trajets, c'est une conductrice... hors pair. »

Il rit, ravi de son jeu de mots : « Au pair », « hors pair »... Un homme pas compliqué. Les enfants font le tour de la table pour dire bonsoir à chacun. Le regard de Maxime s'éclaire comme il presse Camille contre sa poitrine ; il faut reconnaître qu'avec ses longs cheveux bruns, son délicat visage, ses yeux en amande, elle est irrésistible. Et le « Bonsoir grand-père » de la petite Asiatique à ce Français pur souche a quelque chose d'émouvant : adoption mutuelle ? Le jeune Stanislas, lui, s'accroche à sa mère. Olga doit l'emmener de force.

« C'est toujours une comédie pour le coucher, remarque Charles. Il lui faut encore une veilleuse dans sa chambre, sans compter son ours. À dix ans...

– Mon fils en a douze, et lui aussi dort encore avec son ours ! »

Un silence tombe. Mon fils ? Apparemment, nul n'était au courant. Bernard me regarde, l'air surpris : rien ne m'obligeait à en parler si vite.

« Un adorable petit Éric, intervient-il. Le roi des jeux électroniques. »

Dans nos assiettes, la « salade de l'auberge » : haricots verts, fonds d'artichauts, pointes d'asperges, foie gras et truffes, le tout parfumé aux herbes et à l'huile d'olive. Un plat est une harmonie de goûts et de couleurs, m'a expliqué un jour Bernard : aucun des éléments qui le composent ne doit nuire à l'autre. À cette table ronde, ronde comme une assiette, il me semble que je trouble une harmonie : un corps étranger. Est-ce pour cela que j'ai fait de la provocation avec Éric : ça passe ou ça casse ?

Charles a mis le sujet sur mon métier : questions classiques auxquelles j'ai l'habitude de répondre. Non, il n'est pas plus difficile pour une femme que pour un homme de manier le bistouri et affronter le spectacle du sang. Oui, je suis favorable à la cœliochirurgie à condition qu'elle soit pratiquée par des médecins expérimentés. Le regard de Bernard, fier, heureux, m'encourage à parler ; pour lui, pas de problème : il m'aime, on ne peut que m'aimer, je vais tous les mettre dans la poche de ma blouse de chirurgien.

« J'ai lu quelque part que votre Chartreuse était plus ou moins menacée. Où en êtes-vous ? m'interroge la maîtresse de maison.

– Gare à ce que tu vas répondre, plaisante Bernard. N'oublie pas que papa siège au conseil régional. »

Je l'avais oublié. C'est vers lui que je me tourne.

« Vous devez donc être au courant de notre dossier ? »

Depuis le départ de ses petits-enfants, il n'a pas ouvert la bouche, mais son regard impénétrable ne m'a pratiquement pas quittée tandis que je parlais.

« Ce dossier est actuellement sur le bureau du préfet de région, m'apprend-il. Nous le défendons mais ce n'est pas là chose facile. À Paris, ils n'ont que le mot " économies " à la bouche.

– À juste titre ! »

C'est Annie, la femme de Charles, qui vient de donner son avis d'un ton péremptoire. Elle tourne vers moi son visage froid.

« Mon père est chirurgien en cardio à Broussais. Le professeur de Môle, peut-être en avez-vous entendu parler ? L'un des derniers grands patrons dignes de ce nom. Il a écrit un livre sur la réforme hospitalière ; il y assure que si les petits hôpitaux continuent à s'accrocher à leurs lits, la fameuse protection sociale sur laquelle personne ne veut rien lâcher... nous lâchera d'elle-même. Mais les gens ne veulent rien entendre, ils se fichent bien des déficits, l'État n'a qu'à payer !

– Les gens ? Quels gens ? »

Ma voix a claqué. Les gens, le peuple, la masse... ceux dont s'exclut l'ex-Mlle de Môle. Ceux dont je suis.

« Vous savez bien ce que je veux dire..., proteste Annie.

– Margaux lutte de toutes ses forces pour sauver les urgences de son hôpital, explique Bernard. Nous sommes tous concernés puisque nous vivons à côté, on ne sait jamais.

– Et, comparé à d'autres, ce service serait plutôt source

d'économie pour l'État, dis-je d'une voix sèche. Vous devriez lire notre dossier.

– Cependant, l'étude de mon père..., commence Annie.

– Allez, allez, l'interrompt son mari, on change de sujet. Margaux n'est pas venue ici pour qu'on l'ennuie avec le boulot. »

Nous avons parlé d'une exposition à Paris où Mme de Montpensy se rendait une fois par semaine afin de « rester dans le coup », de projets de vacances, de sport et je ne sais quoi d'autre encore. Un sandre à l'échalote et au vin rouge, accompagné de pommes soufflées qui auraient fait les délices d'Éric, avait suivi la salade de l'auberge. Je n'avais plus faim, je m'obligeais à manger pour ne pas décevoir Bernard : n'avions-nous pas choisi le menu ensemble ?

« Crois-tu que la famille t'acceptera ? » avait demandé maman. Vous riez, vous claironnez que ces choses-là sont terminées : finis rois et reines, nobles et manants. Et sans doute, en effet, la couronne est-elle aujourd'hui dans les musées, le manant se chausse comme le roi et parfois occupe son château. Mais les ancêtres, dans les cadres, n'en sont pas pour autant devenus les siens, la distance demeure. On la sent dans les silences, une façon de s'exprimer, de sourire, de regarder, de tenir sa fourchette ou de retenir ses sentiments.

Quoi qu'en pense Bernard, je ne serais jamais vraiment du cercle. Et si l'on devait m'y faire une petite place, je voulais que ce soit telle que j'étais, pas en jouant la comédie. Moi, Margaux, chirurgien, mère célibataire, fille de paysan.

Ce dernier aspect de ma personnalité, l'occasion m'a été donnée de le dévoiler au dessert : une crème brûlée.

« Êtes-vous de la région ? venait de m'interroger aimablement Bérangère de Montpensy.

– Je suis née à Chatenay.

– Vos parents y habitent-ils toujours ? »

Il aurait été facile de répondre « oui » et m'en tenir là. Mais j'ai vu devant sa maison, l'œil sur ses terres perdues, un homme brave, qui n'avait pas compté sa peine et méritait le plus grand respect, même s'il n'avait jamais su se battre.

« Mon père a une ferme près de la ville, il est cultivateur.

En un sens, lui aussi a été viré, pour des questions de restructuration : à l'échelle européenne. »

Ai-je inventé la lueur narquoise dans le regard d'Annie ? C'est fort possible. Peut-être était-ce seulement de l'étonnement car j'avais mis beaucoup de passion dans ma voix ; mais j'étais partie et rien n'aurait pu m'arrêter.

« Voyez-vous, madame, pour des gens comme mes parents, des gens simples, à qui l'État n'a guère donné, l'existence de la Chartreuse est primordiale car ils y sont accueillis tout simplement comme des " personnes ", quand bien même ils n'ont pas dans leur famille un grand patron à Paris.

– Alors là, Margaux, rien ne dit que cela ne viendra pas ! » s'est exclamé le gentil Charles.

Il faudra que je demande à Madeleine pourquoi, ce soir-là, à deux reprises, je me suis en quelque sorte jetée du trapèze.

Nous longeons sans hâte, Bernard et moi, le chemin qui va de l'auberge au château. Bien qu'il soit plus de minuit, une lumière brille derrière les rideaux du premier étage – l'appartement de ses parents. De quoi parlent-ils, de qui ?

Bernard, lui, se tait. M'en veut-il ? J'appuie ma tête à son épaule.

« Pardonne-moi, mon amour. Je crains bien d'avoir gâché ta soirée : le réflexe de la petite poule noire dans le poulailler blanc. »

Il resserre son étreinte autour de ma taille.

« Le canard boiteux aime la petite poule noire. À moi aussi, tu sais, il arrivait d'en rajouter ; lorsque Charles-le-bien-aimé me portait sur les nerfs.

– Il m'a bien plu, Charles. Ta mère aussi. C'est du côté de ton père que ça coince. Durant ce dîner, je le sentais à des lieues. Quant à Annie...

– Mon père est ainsi, dit-il. Il n'accepte pas que le monde ait changé, alors il s'en " absente ". Mais crois-moi, il n'a rien contre toi. Je suppose que tu le désarçonnes un peu, c'est tout. Quand tu l'auras apprivoisé, tu découvriras le plus généreux des hommes.

– Et la fille du " patron digne de ce nom " ?

– Elle regrette sa vie à Paris. Charles s'est fourvoyé en l'épousant ; elle n'était pas faite pour vivre ici. Mais divorcet-on lorsqu'on a adopté deux enfants ? Rendons-lui cette justice : elle les adore et les élève très bien. »

C'est au petit matin qu'il m'a fait sa proposition, et j'ai pensé que lui non plus n'avait pas dû dormir beaucoup et que ce qui s'était passé hier n'y était pas étranger. Nous avions ouvert la fenêtre pour entendre les oiseaux. Le froid piquait, la chaleur du lit n'en était que meilleure.

« Que dirais-tu de chercher une maison entre l'auberge et la Chartreuse : une maison pour nous ? »

La joie, la surprise aussi m'ont un peu étourdie : jusqu'où cet homme m'emmènerait-il ?

« Une maison... avec Éric ?

– Je prends le lot, a-t-il plaisanté. Si Éric est d'accord. »

Le serait-il ? Je n'en avais aucune idée. Il devait bien se douter que Bernard et moi... Il semblait l'accepter. De toute façon, mon fils vivait plus à la ferme qu'à la maison. Cela ne devrait pas poser trop de problèmes.

« Si nous quittons Chatenay, il y aura une question de trajets pour l'école.

– Les questions matérielles se règlent toujours.

– Et tes parents ? ai-je demandé. Eux, que penseront-ils de perdre leur fils ? »

Pourquoi fallait-il que je tergiverse au lieu de me jeter dans ses bras, dire mon bonheur à l'idée de vivre avec lui. Comme si je ne pouvais pas y croire.

« Ils penseront qu'il était temps que leur fils s'envole. Avant de devenir un vieux garçon confit dans ses habitudes. »

Il parcourt mon visage de ses lèvres, mon cou, mes seins : « Le vieux garçon est en train de prendre de délicieuses et redoutables habitudes ; il faudra bien que le monde s'en accommode... »

Il rit. Le monde s'en accommodera. L'une des choses qui m'ont tout de suite plu en lui est cette foi qu'il met en tout ce qu'il entreprend, cette confiance en la bienveillance d'autrui ; il aurait dû s'appeler Lespoir.

Je lui ai ouvert les bras : « Trouve-la-nous vite, cette maison ! »

Nous avons fait l'amour, accompagnés par les ordres brefs

de ceux qui, déjà, travaillaient dans les vignes. J'ai toujours eu beaucoup de plaisir le matin, à laisser un homme sortir, par ses caresses, mon corps de sa chrysalide nocturne ; à le sentir peu à peu s'animer sous ses doigts, à m'ouvrir à l'amour en même temps qu'à un nouveau jour.

Et après, quelle faim, ma douée !

Tandis que le chef faisait chauffer café et griller tartines, je la dessinais cette maison qui serait la nôtre : plus ferme que château avec ses murs en bonne pierre du pays et son toit bigarré ainsi que l'on aime à les faire par ici ; finalement, un peu château quand même.

Mais, comme en bonne fille de paysan je levais les yeux pour voir la couleur du ciel, j'y ai senti venir l'orage.

12.

Un ordre au téléphone : « Viens. » Le même que Marie m'avait déjà donné quelques semaines auparavant pour Sandra, la petite qui refusait l'IVG. Et, comme ce matin-là, elle m'entraîne dans les couloirs de sa maternité, courant vers quoi cette fois, vers qui ?

Depuis notre visite à la gynécologue, au CHU de Dijon, il m'a semblé qu'elle m'évitait ; je n'ai même pas réussi à plaider la cause de Jordan. Et tandis que je la suis, docile, silencieuse, une joie confuse m'emplit : le lien se renouerait-il ?

Elle s'arrête devant la salle des couveuses où nous pénétrons après avoir mis nos masques ; sur les trois incubateurs, un seul est occupé.

« C'est Fabien, m'apprend-elle en désignant le minuscule bébé, nu, relié à la sonde par laquelle on l'alimente. Un bébé triste. »

Mon cœur se serre : un « bébé triste » est un bébé qui ne lutte pas pour vivre. Il réagit à peine aux stimulations, ne pleure pratiquement pas ; on dirait qu'il s'en fout.

« Et voilà que depuis hier, il nous fait de la détresse respiratoire ! On l'envoie à Dijon cet après-midi. Si tu veux savoir, il est mal parti. »

Marie passe sa main gantée par l'un des hublots ouverts dans la couveuse et caresse la joue fripée. Comme une onde parcourt le petit corps, puis elle s'éteint.

« La mère ?

– Une belle salope. Elle l'appelle " l'accident ". Celle-là, crois-moi, elle ne pleurera pas s'il reste sur le carreau. »

Je regarde le petit corps couvert de poils sombres, comme souvent les prématurés. Chaton à noyer. Les yeux sont clos. On dirait qu'il met toute sa force à refuser de voir le monde. S'il vit, si on l'y condamne, comment se développera-t-il ? Nous sommes armés pour nous battre contre les carences en vitamines, en calcium, en oxygène, nous ne pouvons rien contre l'absence d'amour maternel, la privation de caresses, le regard de rejet, le silence.

« En voilà une qui aurait mieux fait de rendre visite à Mme Blanc ! » râle Marie.

« L'avorteuse »... Jusqu'ici, c'était ainsi qu'elle l'appelait. Je pense à Sandra : « Et l'adoption, ça ne lui est pas venu à l'idée ?

– Ça, c'est le plus comique : la famille s'y oppose. Ça ne se fait pas d'abandonner son enfant, ça la ficherait mal dans l'entourage. Il paraît que c'est la grand-mère qui va l'élever ; si elle est du même calibre que la fille, ça promet. »

Un instant, elle pose le front sur le Plexiglas de l'incubateur ; on n'entend plus que le bruit du moteur qui l'alimente en chaleur. « Mon pauvre vieux Fabien, dit-elle, nous voilà dans de beaux draps. »

Lorsqu'elle se relève, elle a les larmes aux yeux : « Il m'a dit quelque chose, tu sais quoi ? Il m'a dit : " T'as raison de laisser tomber. " »

Ai-je bien compris ?

Dans la salle des infirmières où elle m'a entraînée, elle le confirme. Marie a pris rendez-vous pour une IVG thérapeutique, la semaine prochaine. Sa voix roule des cailloux qu'elle semble aller chercher au fond de ses tripes : « C'est même pas à cause du risque de contamination que j'ai changé d'avis, avec le traitement, il serait minime, mais quand il aura l'âge de ton Éric, mon Fabien ou ma Fabienne – surtout je veux pas le savoir – sa maman se sera barrée ! Et il n'ignorera pas ce qui l'a emportée. Orphelin du sida, étranger, merci pour le paquet cadeau ! »

Les larmes coulent librement à présent. Dans le couloir, des femmes rient ; la maternité, c'est l'étage de l'espoir, de l'avenir. Combien de fois l'avons-nous répété lorsqu'il s'est agi de nous la supprimer ! Soudain, Marie saisit ma main et l'appuie sur son ventre.

« Bientôt trois mois ! On prétend que, là-dedans, ils sentent déjà tout : alors bonjour l'ambiance ! »

Je lui ai dit que si elle le souhaitait je serais présente pendant l'intervention. Elle a répondu que Jordan aussi le lui avait proposé et qu'elle avait refusé : pas question qu'il voit son petit passer à l'as, pourquoi ne pas lui demander de l'aspirer lui-même pendant qu'on y était ? Elle pleurait et riait en même temps : « Figure-toi que cet imbécile veut toujours m'épouser, avec ou sans : la vraie idée fixe !

– C'est qu'il t'aime, Marie !

– Ça fera un beau veuf, a-t-elle répondu. Il n'aura pas trop de mal à se recaser. »

Est-ce ce qu'on appelle une « coïncidence » ? Ou, ainsi que j'aurais tendance à le croire, un clin d'œil du destin, comme cette rengaine qui tourne dans votre tête et que vous retrouvez, à quelques kilomètres de là, moulinée par un mendiant ? Ou comme cette rue où vous n'avez jamais mis les pieds et le hasard vous y mène deux fois dans la même journée ? Ou encore, c'est le plus fréquent, une personne à qui vous pensez – vous ne l'avez pas vue depuis des lustres – le téléphone sonne : c'est elle !

Une coïncidence toutefois prévisible, car le commando anti-IVG qui a débarqué à la Chartreuse la veille de l'interruption de grossesse de Marie, sévissait depuis plusieurs mois dans la région.

Ils sont tombés chez nous à l'heure du déjeuner : une douzaine de militants brandissant des pancartes illustrées d'horribles photos de fœtus. Ne parvenant pas à forcer la porte du service d'orthogénie – où ils n'auraient trouvé personne, Mme Leblanc n'opérant que deux fois par semaine – ils se sont enchaînés aux grilles de l'hôpital et ont commencé à allumer des cierges et crier leurs slogans.

Aussitôt averti, Levaillant avait appelé la police car nul n'ignorait que ces manifestants ne partaient jamais que délogés par la force, leur but étant de faire le plus de bruit possible afin que l'on parlât d'eux. Ils avaient d'ailleurs pris soin d'emmener avec eux la presse locale parmi laquelle j'ai reconnu Soubise, le salaud de « Pas de quartier », et également le petit barbu à lunettes qui s'était présenté à la Chartreuse au lendemain de la mort de Karim et avait eu affaire, lui aussi, à un commando : Levaillant, Merlin, Roux, Jordan, auxquels s'était adjoint Frédéric Poitevin, mon ami journaliste. Il n'y avait pas eu de scandale.

C'était donc l'heure de la pose, il faisait un temps magnifique, une fois n'est pas coutume, et, très vite, les malades valides ainsi qu'une partie du personnel se sont pressés aux fenêtres, lorsqu'ils ne sont pas descendus, qui en robe de chambre, qui en tenue de travail, pour regarder les enchaînés de plus près.

Parmi ceux-ci, il y avait un prêtre portant la soutane, un ancien combattant bardé de décorations, quelques femmes, des jeunes aussi. Sans grande conviction, Levaillant essayait de les convaincre de plier bagage ; ils répondaient par des slogans, des prières ou des invectives. Côté rue, les passants commençaient à s'attrouper, la police se faisait désirer.

Marie est apparue.

Elle devait avoir fini son service car elle ne portait pas la blouse ; à moins qu'elle ne l'ait quittée exprès pour, en ces circonstances, redevenir Mme Tout-le-Monde. Elle s'est plantée devant eux, leur a ordonné de se taire et leur a annoncé que, pas plus tard que demain, elle pratiquerait une interruption de grossesse.

Devant cette provocation, le silence s'est fait. Alors Marie, qui jusque-là avait gardé son état le plus secret possible, leur a déclaré qu'elle était séropositive et que si elle les écoutait et gardait l'enfant, elle ne lui donnerait pas le jour mais la nuit, et que la criminelle, ce serait elle.

Ils se sont mis à prier bruyamment. La prière est belle lorsqu'elle est demande d'amour et d'espoir ; la leur était un cri de guerre, un appel à la haine. On sentait que certains auraient volontiers tordu le cou à la « coupable ». C'est lorsqu'un des jeunes militants, ignorant à qui il s'adressait, a lancé imprudemment que ceux qui avaient le sida ne pouvaient s'en prendre qu'à eux-même que les choses ont dégénéré. Marie lui a arraché sa pancarte et la lui a brisée sur la tête.

Les chaînes n'étaient pas fixées si solidement aux grilles car elles se sont déroulées comme par enchantement et le commando s'est jeté sur mon amie.

Dès son apparition, j'avais envoyé quelqu'un chercher Jordan. Je me souviens de son arrivée, au pas de charge avec Merlin, tous deux en pyjama, leur charlotte sur la tête. C'est alors que le fou rire m'a prise.

Marie défendant l'IVG, le pacifique Jordan prenant un manifestant à la gorge, Merlin jouant du poing avec un bonheur évident, c'était vraiment le monde renversé. Sans compter les applaudissements des malades aux fenêtres et, dans la rue, la bonne population qui comptait les coups.

Quand la police s'est décidée à intervenir, elle a eu quelque mal à distinguer le bon grain de l'ivraie. Durant toute l'aventure, les photographes ne s'étaient pas privés de travailler, ne manquait que la télévision ; le scandale, cette fois, nous l'aurions et tant mieux !

Sur l'une des photos parues dans la presse, on voit Marie en gros plan. Échevelée, dépoitraillée, elle sort de la mêlée. Je ne sais à qui elle fait le V de la victoire, à Jordan probablement, mais ce sourire, sur son visage, je ne l'invente pas. Et c'est à partir de ce jour, où elle a revendiqué son état et sa décision, qu'elle a commencé à remonter la pente.

13.

C'est évidemment Mlle Jeanne qui a eu l'idée : nulle autre n'aurait osé. Et après tout, cela n'avait rien d'étonnant ; déjà, à l'école, elle faisait souvent le contraire de ce que nous attendions d'elle : comme récompenser la fille qui s'était livrée à du chambard, parce que, derrière le chambard, notre institutrice avait entendu l'appel à l'aide, le SOS, et savait que la fauteuse de trouble, désarmée par son geste de clémence, lui tomberait tôt ou tard dans les bras.

La poésie dont elle se nourrissait lui avait appris – et n'est-ce pas là son rôle ? – à lire derrière l'apparence. Et ce devait être le provocant Prévert, son préféré, qui lui avait soufflé l'idée de mettre face à face le professeur et sa victime.

Car Violaine, loin de chasser la vieille dame lorsque celle-ci avait établi son campement dans sa chambre, l'avait bel et bien adoptée ; d'autant que bille en tête, Mlle Jeanne avait attaqué par le sujet le plus intéressant du monde : l'amour. Très vite, la petite avait retrouvé sa langue et, de crainte que par orgueil elle ne l'avale à nouveau, tout le monde avait fait comme si elle ne l'avait jamais perdue.

Portelli avait donc été convoqué par la tremblante entremise de Mme Legendre, mais – là était l'idée de génie – pas tout seul ; avec femme et moutards et interdiction de porter son beau survêtement afin que l'amoureuse voit sous son vrai jour l'objet de ses désirs et qu'un électrochoc salutaire se produise.

Il s'était produit : après le départ de la banale petite famille,

Violaine s'était contentée de ce simple commentaire : « Elle est vraiment vieille et moche, sa femme : la vraie guenon. »

Que Portelli ait pu la repousser pour l'amour d'une guenon lui avait ouvert les yeux. En lui demandant de signer sur son plâtre, elle avait clos l'aventure.

« À présent, il va falloir l'aider à grandir », avait déclaré Mlle Jeanne, ravie de son succès. Et, là, un phénomène s'était produit dont il faudrait que je demande à Madeleine si la nature seule pouvait l'expliquer : Violaine avait eu ses règles au lendemain de la visite de son professeur d'éducation physique.

Mais nul n'est infaillible et, en ce qui me concernait, la fille spirituelle de Prévert s'était complètement plantée. Si elle avait su lire en moi le secret désir de rencontrer quelqu'un, lorsque, au début de l'hiver, elle m'avait demandé : « Quand te décideras-tu à donner un père à Éric ? », ce qu'elle n'avait, hélas, ni vu ni senti, c'est qu'Éric, lui, n'était pas prêt.

J'ai choisi pour parler à mon fils l'une de ces soirées en tête à tête où nous pique-niquons devant la télévision. Le petit écran ne nous a jamais privés de converser, au contraire. C'est généralement à l'abri des images qu'Éric me fait part de ses rares mauvaises notes ou des misères que lui font certains camarades.

Depuis son anniversaire, on avait un certain mal à déambuler dans l'appartement où il avait installé le somptueux cadeau de Bernard. La gare principale et les commandes étaient dans sa chambre, les rails couraient dans toutes les pièces, entre du champêtre d'époque. Le matin il m'arrivait d'être réveillée par l'Orient-Express passant près de mon lit.

J'étais plus intimidée qu'angoissée à l'idée de lui apprendre que je souhaitais faire entrer l'ex-ministre des Transports et généreux donateur dans notre vie. Je m'y suis prise avec précaution, on ne sait jamais ! Nous regardions un médiocre film policier.

« Je pense que tu as compris que Bernard et moi, nous nous aimions beaucoup, ai-je commencé. En fait, nous nous aimons tout court. »

Il a brièvement acquiescé du menton : bien sûr qu'il l'avait compris ! Et il a continué à piocher dans le paquet de chips.

« Qu'est-ce que tu dirais si nous habitions tous les trois ensemble ? ai-je poursuivi. Avec ma Chartreuse et Bernard son auberge, c'est plutôt la galère pour nous voir. »

Il n'a pas répondu tout de suite : « Est-ce qu'il viendra ici ? a-t-il enfin demandé d'un ton retenu.

– Ici, c'est trop petit. Et trop loin de son restaurant. Nous pensons plutôt à un endroit à mi-chemin de nos boulots.

– Et mon boulot à moi, j'irai comment ? »

Je me suis efforcée de rire : quelque chose n'allait pas, me faisait peur. Quelque chose que je n'avais pas prévu.

« Tu iras en moto avec moi, ou en voiture avec Bernard. Idem pour les retours. On se débrouillera.

– Et le soir ? »

Il luttait pied à pied. Il avait sa « grosse voix », celle de l'angoisse. Le soir, c'était Mme Mazeran, la voisine, qui veillait sur lui jusqu'à mon retour et, si nécessaire, le faisait dîner. Ils s'entendaient bien.

« Ce ne sera pas non plus un problème : juste une affaire d'organisation. »

Il a relevé le menton et m'a regardée avec défi : pensait-il cette fois tenir le bon argument ?

« Si on n'habite plus à Chatenay, je pourrai plus ramener de copains.

– Mais au contraire ! Et nous les garderons à coucher. Et tu sais à quoi j'ai pensé ? On pourrait avoir un jardin.

– Pour jouer au foot ? » a crié mon bancroche.

Il s'est levé : les chips se sont répandues sur le sol.

« Je veux pas changer de maison. Je veux rester ici. Et d'abord, Bernard, c'est pas mon père ! »

Il a claudiqué jusqu'aux rails et il a tout foutu en l'air à coups de pied : les gares, les bouquets d'arbres, le bétail, les passages à niveau, les wagons de marchandises, ceux de voyageurs. Le train de l'espoir.

14.

Je croyais connaître Éric, il m'arrivait même – l'inconsciente – de claironner : « J'ai un petit garçon transparent », un compliment à mon égard finalement : « Admirez la mère idéale qui peut tout comprendre, à qui son fils ne cache rien. »

Chacun cache au fond de son cœur des peines, des peurs, des désirs irréalisables ; comme Violaine. Tout l'amour du monde n'y peut rien changer.

Qu'Éric n'ait pas envie de déménager, je pouvais le comprendre : un enfant renâcle à abandonner les repères, les habitudes qui le rassurent, surtout lui avec sa patte ! Il avait apprivoisé notre appartement, il en connaissait chaque obstacle, chaque traîtrise possible ; le quitter pouvait lui apparaître comme un danger, oui, cela je l'acceptais.

Ce qui me bouleversait c'était son : « Et puis d'abord Bernard, c'est pas mon père ! » Ainsi, il pensait à son père, il regrettait peut-être de ne pas l'avoir connu : Benoît Duriez, le bon argument.

Nous n'en parlions presque jamais. Dès qu'il avait été en âge de comprendre, je lui avais dit la vérité sur le séduisant étudiant en médecine qui se sentait trop jeune pour faire un bon papa, alors que moi, vois-tu, mon amour, j'étais folle de bonheur à l'idée d'être ta maman et, dès le début, je t'ai aimé pour deux.

Aimer pour deux, c'est un de trop. Une mère ne peut donner le même amour qu'un père, j'avais voulu l'oublier. Éric m'y aidait par son silence que je prenais pour une acceptation, et n'avait-il pas trouvé en Guillaume le modèle masculin qui lui manquait ?

D'un seul coup, mon fils me devenait étranger, je l'avais, sans m'en rendre compte, perdu de vue : rien à envier à Mme Legendre ! Un éclair a déchiré le ciel au-dessus de la maison que je voulais construire avec Bernard.

Avant que la foudre n'y tombe.

C'est jour crucial pour la Chartreuse. Notre comité de défense a rendez-vous avec le président du conseil régional qui nous rendra compte de la décision prise à notre égard par le représentant du ministre de la Santé. Le maire de Chatenay a tenu à nous accompagner : l'heure de vérité a sonné.

Le trajet vers Dijon s'est effectué dans un silence tendu : Merlin lui-même n'arrivait pas à plaisanter. Jordan était le plus crispé : allait-il perdre ses urgences comme Marie sa maternité ? Rémi nous a fait faux bond.

On nous a invités à patienter dans un petit salon à boiseries dorées. Plafond peint, tapis épais, sièges tendus de tissu rouge. Si ce décor théâtral a été conçu pour impressionner le visiteur, c'est réussi : les voix se tempèrent d'elles-mêmes.

Une femme vient nous chercher, la cinquantaine, hauts talons, tailleur élégant : « M. le président vous demande de bien vouloir l'excuser, il a eu un empêchement de dernière minute. M. le vice-président va vous recevoir à sa place. » Nous suivons notre guide jusqu'à une pièce tout aussi belle que la précédente, où les bibliothèques vitrées, chargées de livres à reliure, remplacent les dorures. Un homme se lève pour nous accueillir : Maxime de Montpensy.

Je reste saisie : M. le vice-président... Comment n'ai-je pas fait le lien ? Et tandis qu'il vient vers nous, lui aussi très élégant dans sa veste marine, nœud papillon grenat, je me demande quelle attitude adopter. Il va me la dicter.

Il s'arrête devant moi, le visage impassible : « Madame ! » Il me serre la main, sans la porter à ses lèvres cette fois, puis passe aux autres. Nul ne pourrait se douter qu'il y a quelques jours nous dînions côte à côte à une tablée familiale. C'est mieux ainsi ! Une trop longue histoire à raconter. Il a déjà repris place derrière son bureau face auquel nous sommes assis en arc de cercle. Il croise les mains devant lui ; son visage est sombre.

« Je n'ai pas de bonnes nouvelles à vous annoncer. Votre requête a été rejetée, la décision de fermer les lits de votre service des urgences est maintenue. »

Silence. L'image de Madeleine me traverse, ses paroles sur la maîtrise des émotions. On vient de nous signifier le probable arrêt de mort de notre hôpital et aucun de nous n'a bronché, et nous restons assis bien sagement sur nos sièges tandis que M. le vice-président nous explique ce que nous savons tous par cœur : le point faible de la Chartreuse est d'être proche de plusieurs grands établissements hospitaliers et, dans les nouveaux véhicules mobiles, les soins les plus performants peuvent être donnés aux malades ou blessés durant leur transport vers lesdits établissements à scanner, IRM et personnel hautement qualifié. Bref, nous sommes... de trop.

« Il est prévu que vos urgences se transformeront en centre d'accueil et d'orientation.

– En gare de triage, quoi ! » lance Merlin.

Il l'a dit d'un ton calme, ironique : mieux vaut en rire ? M. de Montpensy se tourne vers lui.

« Vous n'ignorez pas que le président et moi-même avons fait tout ce qui était en notre pouvoir. »

Nous le savons en effet. Mais quel pouvoir ont-ils réellement ? C'est là-haut, dans la forteresse des ministères, que les choses se décident. Je regarde Jordan. Il est blême.

« Eh bien, puisqu'ils veulent la bagarre, ils auront la bagarre ! »

J'ai parlé fort et dans un langage peu châtié, exprès. Pour casser ce décor qui nous ligote. Et aussi parce que, contrairement à Merlin, l'humour, le recul, la distance, moi je n'ai jamais su ; j'ai toujours tout pris trop à cœur. Et quelque chose me dit que si tel n'avait été le cas, je ne serais pas là.

Montpensy s'est tourné vers moi, très raide. Aussi raide, lointain, impénétrable que durant un certain dîner à l'auberge.

« Pensez-vous vraiment, madame, que la " bagarre " soit la solution à votre problème ?

– Quel autre choix nous laisse-t-on ?

– Attendez de connaître leurs propositions.

– Elles ne changeront rien à l'affaire : sans ses urgences, la Chartreuse crèvera, c'est tout.

– Peut-être pourriez-vous, au moins, essayer de comprendre leurs raisons ?

– Je les connais : ils choisissent le fric, nous choisissons... les gens. »

Je m'en suis tenue là. Les autres ont pris le relais, je leur avais ouvert la voie. Levaillant a commencé, puis Merlin, même Jordan pour une fois. Ils ont parlé qualité de travail, le maire a évoqué l'emploi. Tous, en termes plus choisis, plus calmement, ont exprimé la même chose que moi : nous ne baisserions pas les bras. L'éventualité d'un refus avait été plus d'une fois envisagée : nous étions prêts à mobiliser.

Mon malaise grandissait !

Durant la brève passe d'armes que j'avais eue avec Maxime de Montpensy, il s'était passé quelque chose. De grave. Si l'un comme l'autre nous nous étions montrés si catégoriques, n'était-ce pas que, sous le problème de la Chartreuse, s'en cachait un autre : Bernard ? Est-ce que je me trompais ?

Je ne me trompais pas.

Alors que nous quittions le bureau, Montpensy m'a arrêtée : « Puis-je vous dire deux mots en particulier, madame ? » Étonnés, les autres ont continué, je suis revenue sur mes pas, il a refermé la porte sur nous.

Lorsque vous entrez dans le hall du château des Montpensy, vous êtes accueillis par le portrait de l'ancêtre qui l'a construit. Debout sur le perron, un lévrier à ses pieds, il regarde au loin, le menton haut, fier. C'est tout, cela suffit : le seigneur des lieux. Je n'avais jamais encore remarqué à quel point le père de Bernard lui ressemblait : on ne porte pas pour rien le même prénom.

Maxime de Montpensy a laissé tomber son regard sur moi.

« Croyez que je respecte ce que vous êtes, madame. Et également ce que vous faites. Mais vous devez savoir une chose : mon fils n'est pas pour vous. »

Marie a épousé Jordan le premier samedi de mai. Pour l'un comme pour l'autre, n'existait de vrai mariage que devant Dieu, aussi, après la mairie, nous sommes-nous rendus à l'église. J'étais le témoin de mon amie, Merlin celui de Jordan. Garçon d'honneur, Éric tenait la main d'une ravissante Martiniquaise de son âge. Pour raisons diverses, les parents des mariés n'avaient pu venir, et c'est mon père qui a conduit Marie à l'autel. Ce qu'on appelle le « petit personnel » d'un hôpital était abondamment représenté. Levaillant était venu, ce qui m'a fait plaisir.

Mes parents avaient tenu à recevoir la fête chez eux, chez nous, leur réponse au malheur de Marie : lui offrir la maison. Le temps était superbe et le buffet avait pu être dressé sur la pelouse, entre les pommiers en fleur. Le gâteau de la mariée, une pyramide de meringue et de fruits exotiques, avait été livré le matin même par l'auberge.

Bernard est passé en coup de vent, j'en ai profité pour le présenter à mes parents, et maman a fait une drôle de tête lorsqu'il lui a baisé la main. Il a trouvé notre ferme très belle ; c'était ainsi qu'il l'imaginait.

Je ne lui avais encore rien dit de la réflexion de son père : il me fallait réfléchir. L'importance des pères, je connais. Il ne tenait qu'à moi de le brouiller avec le sien et j'ai plus appris à raccommoder qu'à détruire.

Le bonheur était de voir Marie ! Elle avait retrouvé une partie de sa gaieté, on l'avait même entendue chanter. Sa décision de ne pas garder le bébé semblait l'avoir libérée : désormais, elle n'aurait plus peur que pour elle.

À un moment, elle s'est emparée de mon bras et m'a entraînée à l'écart. Il est vrai que, même en m'appliquant, je n'arrivais pas très bien à donner le change, me faire un visage souriant. Lorsque j'ai des soucis, je suis plutôt du genre à m'isoler, chercher le calme. Aujourd'hui, j'étais servie !

« Toi, il y a quelque chose qui ne va pas ! a-t-elle constaté. C'est la Chartreuse ? Jordan m'a raconté. »

J'ai saisi la perche qu'elle me tendait : « Nous allons nous battre !

– Et tu gagneras ! T'est-il jamais arrivé de perdre, Margaux ? »

Je craignais de perdre Bernard.

Peut-être a-t-elle lu dans mes pensées ; elle avait retrouvé la faculté de regarder les autres. Elle a tourné dans sa robe de mariée ; des fleurs de pommier ont volé.

« À quand ton tour ? »

Je me suis efforcée de rire : « Hé là, pas si vite, il n'y a pas le feu ! »

... avant de me mordre les lèvres : pour elle, en un sens, il y avait eu le feu.

Mais elle n'a même pas remarqué : « Regarde-moi bien, s'il te plaît. »

Je l'ai regardée bien : Marie-le-courage.

« Franchement, est-ce que tu trouves que j'ai une tête de survivante ? » a-t-elle demandé.

Cinquième partie

GUILLAUME

1.

Lorsque la belle voiture de sport, rouge griotte, capote baissée, sièges de cuir fauve, est entrée dans la cour de la ferme, mon père lisait son journal au soleil : la pause avant le déjeuner, qu'il prend à midi sonnant, étant sur pied, retraite ou non, au premier chant des oiseaux.

Un homme jeune, plus près de trente que de quarante ans, portant une élégante tenue de sport, est sorti de la voiture. Tout en caressant le flanc soyeux de Pastis, chien hospitalier comme ses maîtres, il est venu vers Guillaume, levé pour l'accueillir.

« Monsieur Lespoir ?

– C'est moi », a répondu l'intéressé.

Ce grand trouble, presque ce malaise qu'il éprouvait soudain, il n'aurait pu l'expliquer : c'était comme un danger qui flottait. Pourtant, l'inconnu n'avait rien de menaçant, son sourire semblait sincère, mais ce visage... ces yeux...

Ayant entendu la voiture, maman est venue aux nouvelles. Plus cela va, plus elle veille sur son mari ; mais c'est avec légèreté, non comme certaines qui, leur compagnon devenu plus fragile, semblent vouloir prendre une revanche sur une époque où elles n'avaient pas le commandement.

C'était jour de classe, une chance : Éric n'était pas là. Par la suite, nous nous sommes souvent demandé comment les choses se seraient passées s'il avait été présent.

« Je suis Mme Lespoir, a dit maman à l'inconnu. Vous désirez, monsieur ?

– Êtes-vous bien les parents de Margaux ? » a interrogé l'homme.

Maman a acquiescé ; voici que le trouble la prenait elle aussi.

« À vrai dire, c'est votre fille que je cherche, a poursuivi l'inconnu, toujours souriant. Je suis allé à l'hôpital mais elle n'y travaillait pas aujourd'hui et ils n'ont pas voulu me donner son adresse à Chatenay : liste rouge. Savez-vous où je puis la trouver ? Je suis venu exprès de Paris pour la voir. »

Tournant les yeux vers la voiture, maman a remarqué le caducée de médecin et cela l'a rassurée.

« Sans doute êtes-vous l'un de ses amis ?

– C'est cela, a répondu l'homme. Mais nous ne nous sommes pas vus depuis bien longtemps. »

Il a hésité, il semblait gêné : « Je ne sais si mon nom vous dira quelque chose : je m'appelle Benoît Duriez. »

La foudre tombant dans la cour n'aurait pu faire plus d'effet à mes parents ; et encore, pour la foudre, il y a les paratonnerres. Si ce nom leur disait quelque chose ? Il était inscrit pour toujours en noir dans leur mémoire : le nom de l'étudiant qui avait séduit leur fille, lui avait fait un enfant puis s'était lâchement dérobé à son devoir : le père d'Éric.

Que les choses n'aient pas été aussi simples, que ce soit moi qui, devant l'irresponsabilité dudit étudiant, aie décidé d'assumer seul l'enfant, cela ils n'avaient jamais voulu y croire.

Benoît a dit son nom et, du même coup, ils ont eu la raison de leur malaise : le regard bleu foncé de l'homme qui se trouvait en face d'eux était très exactement celui de leur petit-fils, et Guillaume, qui prétendait avoir eu ces yeux-là quand il était jeune et que le soleil lui en avait fait passer la couleur, pourrait désormais aller se rhabiller.

Maman a repris ses esprits la première.

« Voulez-vous entrer un moment, monsieur ? »

Ils se sont assis tous les trois à la table, là où se passait tout l'important de la vie : les repas, le travail, les comptes, la veillée. Le couvert était mis pour le déjeuner, le plat de charcuterie, le pain, le vin et, sur les assiettes, les serviettes dans les ronds de bois marqués à leur nom. Il paraît que papa était blême : c'est qu'il voyait tout de suite le pire. On était venu lui enlever son petit.

« Et qu'est-ce que vous voulez ? » a-t-il demandé brusquement.

Benoît a très bien compris cette agressivité. D'ailleurs, il avait hésité à dire son nom. Était-il obligatoire que mes parents le connaissent ? Ayant décidé de le rayer de ma vie, j'aurais pu le leur cacher. Et tant d'années avaient passé...

« J'exerce à Neuilly, près de Paris, a-t-il expliqué. J'ai eu récemment des nouvelles de Margaux par un ami qui avait travaillé à la Chartreuse. Il m'a appris qu'elle avait des soucis avec son fils.

– Et après ? Ça vous intéresse ? » a aboyé Guillaume tandis que Pastis, craignant pour son maître, grondait à l'unisson.

C'est alors que Benoît a posé cette question stupéfiante : « Pourriez-vous me dire son prénom : mon ami ne l'avait pas retenu. »

Le prénom de son fils : un fils de douze ans ! Les certitudes vacillaient autour de la table. Que de telles choses puissent arriver ! Guillaume a hésité, puis il a ouvert l'un des tiroirs de cette table à tout faire, il en a sorti le rond de serviette d'Éric et l'a brandi sous le nez du père indigne, lui signifiant dans un même geste comment s'appelait l'enfant et qu'il appartenait à la ferme.

« Je me doute bien de ce que vous devez éprouver : je m'y prends bien tard, a soupiré Benoît. Mais lorsque mon ami m'a appris que Margaux était seule avec un petit garçon... handicapé, j'ai eu envie de voir si je pouvais faire quelque chose.

– Notre fille n'est pas seule, a répondu dignement Guillaume. On est là, nous. »

Maman a proposé à boire. Elle m'a avoué plus tard que Benoît l'avait impressionnée : bel homme, bien élevé et ces yeux, ces yeux qui lui disaient qu'il ne pouvait leur vouloir du mal. Benoît a demandé juste un verre d'eau ; il était venu directement de Paris jusqu'à la Chartreuse, puis à la ferme et il était assoiffé. Il comptait repartir dès ce soir ; il était marié et avait deux enfants.

À partir de cette excellente nouvelle, mon père a respiré.

Le lundi – jour de repos pour Bernard – est devenu sacré pour moi. Sacré et chargé car je le partage entre mes deux hommes. L'Auberge de Sidonie n'étant pas ouverte le dimanche soir, je passe la nuit avec mon chef. La matinée nous est douce. Nous déjeunons quelque part ou pique-niquons chez moi. Puis, à seize heures trente, c'est au tour d'Éric que je vais prendre à son collège. Le reste de ma journée lui est consacré.

Nous venions de rentrer à la maison et je préparais du thé lorsque Mattie m'a appelée. Elle m'a recommandé de fermer la porte pour qu'Éric n'entende pas puis m'a tout raconté. Ma première réaction a été la stupeur et, comme mon père, le refus, la colère. Je n'en avais rien à faire de ce Duriez ! De quoi se mêlait-il ? Nous nous étions passés de lui pendant douze ans, nous n'en mourrions pas de continuer.

« On ne lui a pas donné ton adresse, a dit maman. Mais tu peux l'appeler au Corona. Il y restera jusqu'à six heures. Il a donné aussi son numéro à Paris. Si tu ne l'appelles pas, il a dit qu'il comprendrait. »

Papa est venu à son tour à l'appareil, surexcité : « Je ne sais pas ce qu'il veut, mais ne te laisse pas faire : et puis si tu as besoin, on est là, n'oublie pas. » J'avais toujours su que cet homme, si frileux devant la vie et qui ne s'était jamais battu pour lui, n'hésiterait pas à prendre les armes pour son petit-fils. J'ai noté le numéro du Corona, l'une des brasseries de la ville.

« Que vas-tu faire ? a demandé Guillaume, angoissé

– Je ne sais pas encore, je dois réfléchir.

– Tiens-nous au courant. » J'entendais son souffle pressé. « Bien sûr, papa. » J'ai raccroché.

Je pouvais me taire.

Il était cinq heures dix. Benoît Duriez attendrait jusqu'à six. Il ne m'en voudrait pas de ne pas appeler, maman me l'avait affirmé. J'ai pris mon thé. Mes mains tremblaient et je me suis brûlée. À côté, Éric avait mis de la musique. Jamais il ne parlait de son père, il semblait l'avoir oublié, sauf l'autre soir : « Et puis Bernard, c'est pas mon père. » J'avais raconté cette réflexion à Madeleine. « Un jour ou l'autre, il voudra le connaître, c'est inévitable », m'avait-elle avertie.

Je pouvais repousser ce jour.

Comme je repoussais l'opération, inévitable elle aussi, de son genou ?

Il était cinq heures trente. Il restait une demi-heure avant que les dés soient jetés. Éric avait l'âge de Violaine qui reprochait à sa mère de ne pas lui parler « vraiment ».

Étalé sur le canapé, il dégustait son pain au chocolat en lisant une bande dessinée. Je me souviendrai toujours du moment où je suis allée vers lui, les jambes en coton, une pierre dans la poitrine. Mon silence l'a étonné, mon visage aussi sans doute car il a arrêté sa musique et il a demandé : « C'était qui, qui t'appelait, maman ? » J'ai retenu encore un peu le nom qui pouvait faire basculer nos vies. Je lui ai souri.

« Que dirais-tu de rencontrer ton père ? Figure-toi qu'il est venu à Chatenay pour te voir. »

2.

Il crâne, joue les indifférents, mais il a couru mettre sa belle chemisette de cow-boy, un jean propre, ses baskets neuves, et ses cheveux blonds sont en ordre.

Que se passe-t-il dans sa tête de préadolescent, d'apprenti papillon ? Une tempête forcément ! « Est-ce qu'il sait pour ma jambe ? » La première question qu'il m'a posée. J'ai répondu : « Oui. » Je n'ai pas répété ce que maman m'avait appris : c'est pour ça qu'il est venu, pour voir s'il pouvait faire quelque chose. La seconde question, à voix lourde d'appréhension : « Est-ce qu'il a le droit de m'emmener ? » Mon rire l'a rassuré : aucun droit, Duriez ! Quel nom porte mon fils ? Celui du chef de famille : le mien. J'en ai profité pour lui apprendre que Benoît était marié et avait des enfants. Je l'appelle Benoît, lui dit « il ». Le « ton père » ne veut plus passer mes lèvres. « Papa », un mot qu'Éric a toujours évité de prononcer.

J'ai tout de suite reconnu la voix au téléphone : bien timbrée, comme on dit, juste, comme reflétant celui qui parle. Elle soulève des vagues de souvenirs auxquels j'essaie en vain de fermer la porte. Au secours, Bernard ! Si je l'appelais ?

Trop tard : on sonne. Il sonne.

Éric se lève : « Eh bien, on va voir comment il passera l'examen ! » Le cœur battant, je laisse aller seul, comme il me l'a demandé, mon courageux petit garçon. Le temps est en suspens.

« Le jour où j'ai ouvert la porte à mon père... » Cette pensée lui viendra-t-elle souvent ? Sera-t-elle pour lui lumière ou déception ?

À cette porte, un homme et un enfant se regardent en silence. Comme Benoît est grand, comme Éric me semble petit ! Autour d'eux, de nous, tout tremble d'une explosion souterraine qui n'en finit pas de faire valser les certitudes, réduire en poudre les phrases toutes faites, les images figées.

Un père ploie lentement les genoux pour se mettre à la hauteur du fils.

« Alors comme ça, tu m'as volé mes yeux ? »

Il ouvre les bras, le fils s'y abat.

Le jour où j'ai revu mon premier amour... À quoi servirait-il de le nier ? L'homme qui se trouve là, je l'ai aimé comme je ne saurai plus aimer, d'un élan spontané, irrésistible, avec enthousiasme et confiance. Et son insupportable « Qu'est-ce que vont dire mes parents ? » en apprenant que j'étais enceinte, sa panique ont brisé à jamais l'innocence. Bon Dieu, que tu m'as fait souffrir, Duriez ! J'ignorais que la plaie suppurait encore.

Par-dessus l'épaule d'Éric, son regard me cherche. Il se redresse, vient vers moi, transformée en statue de sel pour m'être retournée sur le passé.

« Margaux !

– En voilà des façons de venir chambouler la vie des gens, dis-je. Tu ne pouvais pas rester où tu étais ?

– Maman..., proteste Éric.

– Eh bien non, je ne pouvais pas ! répond Benoît avec le rire qu'il faut. On avait trop de choses à se dire tous les trois. »

Nous avons commencé en prenant l'apéritif. Par le plus facile : comment il se trouvait là. Est-ce que je me souvenais de Bellac ? André Bellac ? Bien sûr : un médecin généraliste qui avait quitté la Chartreuse pour aller travailler à Paris. Et voilà qu'à l'automne dernier, lors d'un congrès, Benoît l'entend prononcer mon nom, chanter mes louanges. Mine de rien, il l'interroge.

« Il m'apprend que tu as eu un pépin avec ta patte », dit-il à son fils.

Le fils rit, mais oui ! Vous lui parlez de sa patte de travers et il rit ! Puisque c'est grâce à elle que cet homme chaleureux, élégant et qui parle si bien est ici ce soir. Ça, il a toujours été beau parleur, Benoît. Et beau, tout simplement. Davantage encore aujourd'hui avec ses quelques rides, ses tempes qui blanchissent déjà, plus beau d'être moins parfait.

« Alors, tu te réveilles et tu viens ! »

Il ignore mon ton agressif.

« Je viens tenter ma chance...

– Il faudra que je te montre mon train électrique », annonce Éric.

Un comble !

Le revenant a tenu à nous emmener dîner au restaurant : le meilleur de la ville. Il ne semblait pas avoir de soucis d'argent, Duriez ! En avait-il jamais eu ? C'était déjà lui qui payait le cinéma et parfois le bistrot à l'étudiante fauchée. La voiture de sport a achevé de conquérir Éric. Pauvre Bernard ! Avec sa Land-Rover-potager, il ne faisait vraiment pas le poids ! Le dîner a passé comme un rêve. Éric racontait sa vie. Cette facilité à s'exprimer, cette absence de timidité, finalement, c'était de son père qu'il les tenait ; je m'en avisais seulement. Et j'avais une curieuse impression : la pièce manquante du puzzle, perdue, cachée plutôt, par les soins de qui vous savez, était retrouvée. Elle complétait l'image. J'avais presque envie d'appeler mes parents pour leur faire part du conte de fées. Mais c'était peut-être le vin. Vous pouvez tomber amoureuse d'un spécialiste sans pour autant tenir mieux l'alcool : j'y ai toujours vu plus clair au Coca-Cola.

« Tes enfants à toi, ils ont quel âge ? a demandé Éric après avoir choisi une collection de desserts sur le chariot.

– Neuf et sept ans, deux petites filles », a répondu Benoît.

Il a hésité une seconde : « Tu vois, c'est toi l'aîné ! » Éric en est resté la cuiller en l'air, moi, le souffle coupé.

Puis l'enfant dort. Il est onze heures. Benoît a appelé sa femme à Neuilly pour lui annoncer qu'il rentrerait tard, inutile qu'elle l'attende.

« Sait-elle où tu es ?

– Rien du tout. Avant de la mettre au courant, je voulais être sûr que tu ne me jetterais pas une fois de plus.

– Te jeter... tu as de ces expressions. Avoue que tu ne t'es pas beaucoup accroché !

– À quoi me serais-je accroché ? Tu avais disparu. »

Cette fois, il a bien fallu repartir en arrière, à la rupture, la phrase assassine ! Et, en effet, j'avais disparu. Pas si loin : à la ferme. Ni téléphone ni courrier, s'il vous plaît. Mais avait-il protesté lorsque j'avais hurlé du fond de mon désespoir que je préférais élever mon enfant toute seule plutôt qu'avec un fils à papa ? Ce papa à qui il avait tout raconté avant de partir pour les États-Unis, un voyage projeté depuis longtemps et qui, il faut le reconnaître, tombait rudement bien. À son retour, le papa s'était arrangé pour l'inscrire à la faculté de médecine de Paris : un tour de force, mais quand il s'agit de sauver son fils ! Benoît s'était marié avant la fin de ses études, il avait repris la clientèle huppée de son beau-père à Neuilly, il avait rencontré André Bellac en octobre.

Il était venu.

« Maintenant, si tu veux bien, parle-moi d'Éric, a-t-il demandé. Quand cela lui est-il arrivé ?

– Il avait cinq ans. »

Un petit garçon qui n'aimait que courir et shooter. Pourrais-je un jour en parler sans avoir la poitrine qui se désagrège ? Je raconte l'ostéomyélite. Il regarde attentivement les radios de la jambe en équerre. Qu'attend-il pour poser la question ?

« As-tu envisagé une opération ?

– On a encore le temps. Éric vient seulement d'avoir douze ans. Le meilleur moment est juste avant la puberté.

– Accepterais-tu de me confier ces radios ? insiste-t-il. Je connais quelqu'un à Cochin : Couderc, ça te dit quelque chose ? »

Un grand professeur d'orthopédie. Je me lève. Impossible de rester immobile avec cette menace qui plane.

« C'est trop tôt.

– En es-tu certaine ? »

Je me retourne vers lui : « Non ! Mais si tu veux savoir, je crève de trouille. Pas envie de lui donner de l'espoir pour rien.

– Ce ne sera pas pour rien. Et maintenant, nous sommes deux, Margaux ! »

Voilà le genre de phrase qui vous sabote des années de murailles patiemment élevées contre la souffrance de n'être qu'un ! Vous vous y êtes fait, fallait bien, vous n'aviez pas le choix et après tout tant mieux, bon débarras ; de toute façon avec un irresponsable comme ça, cela n'aurait jamais marché. Et puis le « deux » rapplique, la bouche en cœur : « Coucou, je suis là, Margaux », et toutes les douleurs passées, enfouies, niées, vous sautent à la gorge comme des chats sauvages ; mais bon Dieu, bien sûr que j'avais été seule face à cette saloperie ! J'en avais encore mal à la mâchoire d'avoir serré les dents. Annoncer à un gamin que pour la course et le ballon, c'est terminé. Remonter le moral de grands-parents effondrés, tout prendre sur ses épaules. Une chose sûre et certaine, je n'aurais plus la force de repasser par là. Pas question.

Mon poltron, mon indéfendable amour de jeunesse m'a tendu la main. Je l'ai prise tout en le foudroyant du regard : « En tout cas, maintenant que tu es venu semer la pagaille ici, tu n'as plus le droit de lâcher Éric. Ce serait encore pire que sa jambe. Et un cœur en équerre, ça ne s'opère pas. »

Il a eu un rire.

« Vous deux, n'espérez pas vous débarrasser de moi comme ça ! »

Cela suffisait pour le mélo. Minuit avait sonné, il était temps qu'il reprenne la route pour Paris dans sa voiture griotte et moi, demain, j'opérais. Je l'ai raccompagné à la porte. Il a regardé la carte de visite au-dessus de la sonnerie : « Margaux et Éric ».

« Comment se fait-il que tu vives seule ? Belle comme tu es, les prétendants ne doivent pas manquer.

– D'abord, comme tu vois, je ne vis pas seule. Ensuite, il y a quelqu'un dans ma vie. »

Ai-je inventé le très léger soupir ? Aurait-il voulu que je l'attende ? Il a porté ma main à ses lèvres, puis il m'a regardée longuement, comme cherchant dans mes yeux d'anciens moments heureux.

« Si tu veux savoir, je suis complètement paumé, a-t-il dit.

– Si ça peut te consoler, moi aussi. »

3.

« Promets-moi de ne pas te moquer, ordonne Bernard. Sinon, tu ne sauras rien.

– Promets-moi de ne pas râler, dis-je. Sinon motus et bouche cousue. »

Résultat, nous éclatons tous deux de rire : mon Dieu comme je suis bien avec cet homme !

J'ai volé une heure à la Chartreuse pour courir à l'auberge où, désormais, nous nous retrouvons. Lorsque j'ai avoué à Bernard que cela me gênait de faire l'amour au-dessus de la tête de ses parents, il a semblé comprendre. On a vidé pour nous une ancienne pièce à sécher le linge, sous les toits de son restaurant. Aux murs, on trouve encore les clous qui servaient à tendre les fils quand les machines n'existaient pas. Je ne pourrais pas me passer de machines ; tout rouillés qu'ils soient, ces reliquats du passé me font chaud au cœur.

Mon merveilleux Bernard ne s'est pas offusqué non plus du refus de déménager d'Éric. Cela ne l'empêche pas de chercher la maison dont il rêve pour nous ; dont je n'ose plus rêver.

Quatre heures : l'heure de la sieste pour le personnel de l'auberge. Les fenêtres larges ouvertes partout n'empêchent pas les odeurs de circuler, mais l'hôpital ne garde-t-il pas, lui aussi, les siennes contre vents et marées ? À tout prendre je préfère celles-ci : ce sont celles du bien-vivre.

Assis sur le lit qui proteste de tous ses ressorts d'avoir été sorti de sa retraite, nous profitons de cet instant avant l'amour où nous avons tant à nous raconter. Aujourd'hui surtout.

« Alors, qui commence ?

– Honneur au chef !

– Honneur ? Tu ne crois pas si bien dire... »

Le chef élargit ses épaules, prend des airs conquérants qui lui vont aussi mal que possible : « Le Concours du brochet d'argent, cela t'évoque-t-il quelque chose ? »

Bien sûr ! La dernière trouvaille du maire de Chatenay qui ne néglige aucune occasion de faire connaître notre ville. Chaque printemps, fêtes et compétitions diverses s'y déroulent. La prochaine ? Une joute entre les toques de la région autour d'un plat imposé : le brochet.

« Je croyais que tu ne participais jamais à des concours ?

– Il paraît que celui-là est incontournable, m'apprend Bernard. Sais-tu qui présidera le jury ? Gaston Mouillot, le fameux critique gastronomique... On me pousse de tous côtés ; mes clients ne me pardonneraient pas de me dérober.

– Moi non plus ! Tu dois y aller. »

Il sourit. Pas si mécontent, au fond, qu'on lui force la main ?

« Ce que personne ne veut comprendre, c'est que je n'ai aucun grand chef derrière moi ; j'ai quasiment tout appris seul. Et avec Sidonie...

– Ce n'en sera que plus excitant pour le jury ; ils vont enfin avoir du neuf dans leur assiette.

– Si j'ai accepté, c'est que chacun aura le droit de faire son marché, se défend encore Bernard. Seule figure imposée : le requin d'eau douce.

– Le requin ?

– C'est le second nom du brochet. Il n'y a pas plus vorace. »

Et c'est au marché, immergé dans les couleurs, formes et odeurs des étals, que Bernard puise son inspiration, là qu'il fomente les mariages qui se feront dans ses casseroles.

« Tu vas gagner !

– C'est ce qu'affirme ma mère, je ne l'ai jamais vue si excitée ! Même papa se prend au jeu. Je me demande s'il n'est pas en train... de me " reconnaître " comme tu dis tout le temps.

– Moi, je dis ça tout le temps ?

– Et quand tu ne le dis pas, ça chauffe dans ta tête... »

Hélas, ce qui chauffe depuis quelque temps dans ma tête, c'est le « Mon fils n'est pas pour vous », de Maxime. Je ne me suis toujours pas décidée à le répéter à Bernard. Marie m'engueule ! Elle voudrait que je mette les pieds dans le plat : on se brouille, on se réconcilie, c'est la vie. Elle prétend que je me tais par orgueil : je n'entrerai pas au château par la porte de derrière. La grande ou rien !

« À ton tour, ordonne Bernard. Cette nouvelle qui doit me faire râler... »

Je viens plus près de lui : « Figure-toi que le père d'Éric a débarqué hier à Chatenay. Il est venu à la maison. »

Contre le mien, son corps s'est raidi.

« Qu'est-ce qu'il voulait ?

– Voir s'il pouvait faire quelque chose pour son fils. Il est médecin, il a appris pour sa jambe.

– Comment Éric l'a-t-il reçu ? »

La vérité serait de répondre : « Avec enthousiasme », je tempère.

« Très bien. Benoît a su y faire. Finalement, c'est peut-être mieux comme ça. Madeleine affirme que tôt ou tard, Éric aurait voulu connaître son père.

– Et la mère, ça lui a fait quoi ? »

La voix a frémi. Je ne veux pas mentir.

« Une drôle d'impression. Une sorte de tremblement de terre. Tout le passé qui rapplique...

– Vous allez vous revoir ?

– Il a emporté les radios d'Éric pour les montrer à un ami orthopédiste à Paris. Si on décide d'opérer, il le faudra bien.

– Est-il marié ? demande Bernard.

– Et père de famille : deux enfants. Je lui ai dit que j'avais quelqu'un dans ma vie. »

Mon homme simple, mon homme habituellement si joyeux, si confiant, a perdu son sourire, et mon cœur s'obscurcit.

« Est-on vraiment “ dans la vie ” de quelqu'un lorsqu'on ne le voit que deux fois par semaine ? À tout casser ?

– Tu es dans ma vie parce que je ne l'envisage plus sans toi. »

Il se laisse retomber en arrière, les bras noués derrière la tête, le regard au plafond. Il souffre. Je suis celle qui a causé sa souffrance.

« Je suis jaloux, avoue-t-il. Je reconnais ce truc entre la poitrine et la gorge, comme une plaque de béton qui vous empêche de respirer. J'ai fait mes classes avec Charles, mais ça ne m'a rien appris. On ne peut pas lutter contre la jalousie. Ta Madeleine t'expliquerait que c'est la peur de perdre, et elle aurait raison. Depuis que je t'ai rencontrée, Margaux, je crève de peur de te perdre. Parce que tu es chirurgien et que je suis cuisinier et qu'on n'a jamais vu un chirurgien vivre avec un cuisinier. Tu peux chercher partout, dans toute la France, et même plus loin, cela n'existe pas. »

Là, j'éclate de rire. Et a-t-on jamais vu la fille d'un paysan vivre avec le fils du châtelain ? Tous les contes, toutes les chansons ruissellent des larmes de petites paysannes délaissées. Il arrive même qu'elles s'appellent Margot.

« Je ne suis pas un châtelain.

– Ton père l'est. Et il y tient sacrément. »

J'ai été sur le point de tout lui dire : du haut comique finalement. Maxime ne me jugeait pas digne de Bernard, Bernard se jugeait indigne de moi. Si je me suis tue, c'est à cause du brochet. Allais-je brouiller le comte et son cuisinier à la veille d'un concours qui les réconcilierait peut-être tout à fait ?

« Benoît, c'est le passé. C'est vous que j'aime, monsieur. »

Comme il semblait en douter encore, je me suis étendue sur lui, j'en ai fait mon prisonnier, lié avec mes bras, bâillonné encore et encore avec ma bouche. Eh bien si ! Qu'il se le dise : il était pour moi un seigneur ! Pas à cause de son château mais comme le sont les poètes, ceux qui de l'air du temps, du quotidien, d'on ne sait où, vous tirent de la vie et en font du beau, du bon, de la joie.

Il me disait souvent que mes mains de chirurgien l'impressionnaient. C'était pourquoi il aimait à les regarder lorsqu'elles lui donnaient du plaisir. Pourtant, elles n'étaient que des mains de tâcheronne, de bonne ouvrière qui faisait de son mieux pour mettre un peu d'ordre dans la machinerie compliquée des corps, les aider à exister le mieux possible, le plus longtemps possible. Mais c'était de l'« appris », dans les livres et sur le terrain ; elles n'avaient jamais rien inventé.

J'ai pris ses mains à lui, de créateur, et je les lui ai demandées. Je les voulais pour moi toujours. À commencer par maintenant.

Il n'avait pas son mot à dire, c'était un ordre.

4.

Ah ! les pères... Maxime le figé, Benoît le revenant, Guillaume...

Quand je l'ai vu dans la salle d'attente, rasé de frais, les traces de peigne visibles dans le cheveu encore humide ; comme déguisé dans son costume de fête et ses souliers de cuir, je n'en suis d'abord pas revenue : que venait-il faire à ma consultation ?

« Monsieur votre père a demandé si vous pouviez le recevoir, a chuchoté la secrétaire. Je me suis permis de le faire entrer. »

Ma première idée ? Il était là pour me parler d'Éric. Pour Guillaume, une chose importante ne peut se dire que les yeux dans les yeux, en aucun cas par téléphone. Et depuis la visite de Benoît, il n'était plus question que du petit ; il avait constamment besoin d'être rassuré : ce « beau monsieur » n'allait-il pas nous l'enlever ? Le pire : avec le consentement de l'intéressé ?

Me voyant apparaître, il s'est levé, s'éclaircissant longuement la gorge comme il fait lorsqu'il est intimidé, pour se donner du temps et de l'attitude. Je l'ai embrassé : « Tu as à me parler, papa ? C'est urgent ? » Plusieurs autres personnes attendaient ; il a désigné une femme : « Madame était là avant moi, je suis le second » et, avec détermination, il est retombé sur sa chaise.

Jamais encore « Monsieur mon père » n'était venu dans

mon bureau de chef de clinique. Il en a fait le tour de l'œil, s'arrêtant à la bibliothèque.

« Déjà, quand tu étais petite, tu ne pouvais pas t'en passer, de tes bouquins, a-t-il affirmé avec un rire, comme pour rattraper la femme par la jupe de la gamine.

– Grande, c'est encore pire, ai-je répondu. Mais à présent le temps me manque. »

Je me suis assise près de lui : « Alors, papa, qu'est-ce qui t'amène ? » Il a ouvert son portefeuille et en a tiré une enveloppe. C'était une lettre du docteur Richard, le médecin généraliste de la famille, celui qui, petite, me disait : « Tousse ! Tousse encore, encore... », en me faisant froid dans le dos avec son stéthoscope que je respectais comme un sceptre.

Il avait diagnostiqué chez mon père une hernie inguinale côté droit et préconisait une opération rapide.

« Il paraît qu'il faut que j'y passe, que je n'ai pas le choix..., a soupiré Guillaume. Mais ça tombe mal avec le petit.

– C'est une intervention classique, papa. Quelques jours ici, une trêve pour le potager et tu n'y penseras plus. Je vais te confier au patron. »

Il a pris cet air têtu, qui me faisait peur autrefois, qui me faisait rire aujourd'hui.

« Je veux que ce soit toi qui m'opères. »

Le rire n'est pas venu, mais l'émotion.

« Moi ? Mais...

– Tu es chirurgienne ou tu ne l'es pas ? » m'a-t-il coupée.

Il ne s'était jamais habitué à dire « chirurgien ». Je crois qu'il le faisait exprès pour me rappeler que, bistouri ou non, je restais une femme. Cette fois, je ne l'ai pas repris.

« Et qu'en pense maman ?

– Ce n'est pas à elle de décider. Et faudra le faire avec ta cœlio. Tu nous en rebats assez les oreilles dans les journaux et partout... »

Là, je suis parvenue à rire : « Si je comprends bien, monsieur ne veut pas de cicatrice ! » Je me suis levée. Sonnée, Margaux ! Prise à son propre piège. Ah, j'avais voulu monter tout là-haut ? Eh bien, le moment était venu de prouver que je savais voler. Mais le ton brusque de mon père me disait aussi qu'il me donnait enfin sa confiance. Aujourd'hui, en quelque sorte, il rendait les armes.

« Eh bien, nous allons regarder ça ! »

Un détail auquel il avait dû éviter de penser, le pudique Guillaume qui répugnait à se montrer à ses enfants en pyjama. Espérait-il que ce ne serait qu'endormi qu'il se livrerait à moi ? En tout cas, il n'en menait pas large en me suivant dans la salle d'examen et il était rouge comme une tomate tandis que, son pantalon baissé, je palpais au-dessus de l'aine et ordonnais, comme le docteur Richard autrefois : « Tousse, tousse encore, encore... »

La hernie était importante. Si l'on voulait éviter le risque d'étranglement il était temps d'intervenir. Je lui ai expliqué ce que j'allais faire. Pour bien tout comprendre, il fronçait les sourcils : moi, la maîtresse, lui l'élève. Puis j'ai pris place derrière mon bureau et ouvert le livre de rendez-vous.

« Alors, on fait ça quand ? »

Penché en avant, il regardait, impressionné, les pages remplies. Son agenda à lui, c'était le ciel et quand par hasard il lui fallait aller en ville pour une raison ou pour une autre, c'était son assistante qui le lui rappelait : maman.

« Que penserais-tu de mardi prochain ? Il est inutile d'attendre. Si tout va bien, tu seras de retour à la ferme dès vendredi. Je vais te confier à Cathy, elle te guidera pour les examens préopératoires : tu les feras tous ici.

– Et pour l'anesthésie ? a-t-il demandé avec appréhension.

– Rémi s'en chargera : un ami. Tu as dû le voir au mariage de Marie. Avec lui, tu n'auras rien à craindre.

– Et il m'endormira comment, ton Rémi ? Complètement ?

– Complètement. »

... Il en sera même tout retourné, mon Rémi, de te voir, toi mon père, entre mes mains. Car il se doutera bien du drôle de cadeau que tu me faisais en me choisissant, moi qui ai toujours eu pour règle, lorsque j'opère, de voir plus loin que la chair : la personne, le bonhomme.

Alors ce ventre-là, avec ses organes génitaux au repos, son paysage palpitant en gros plan sur l'écran, comment aurais-je pu oublier qu'il appartenait à celui qui m'avait faite, grâce à qui j'étais là ? Et l'interne, la panseuse, l'infirmière se le disaient eux aussi ; pas question de plaisanter, parler pluie ou beau temps. La salle d'op, ce matin-là, était pleine de pères aux ventres percés et d'enfants dont la gorge se serrait à la pensée qu'un jour ils pourraient, sur la table, trouver le leur.

Comme je te l'avais annoncé, cela a été une opération simple. Par l'un des trocards, j'ai glissé une feuille de gaze, je l'ai fixée à la paroi abdominale à l'aide d'agrafes ; elle ferait désormais barrage à la sortie de la hernie. Puis la routine, en y regardant plutôt trois fois qu'une pour tout bien nettoyer, que tu ne t'avises pas de me faire des suites. « Applique-toi bien, la petite »... C'était ce que tu n'arrêtais pas de me répéter à la table de la ferme, tandis que tu faisais tes comptes, moi mon calcul et mon français, sans savoir qu'un jour, à une autre table, je « m'appliquerais bien » pour toi.

Une intervention simple, si l'on peut dire « enfantine », avec suites opératoires importantes pour le cœur de la chirurgienne.

5.

Je venais de rentrer chez moi ce soir-là lorsque le docteur Vincourt a appelé. Vincourt... Vincourt... je ne connaissais que ce nom, pourtant il m'a fallu quelques secondes pour réaliser de qui il s'agissait, le temps qu'il précise : « Vincourt... du Parc, vous voyez ?

– Bien sûr ! Excusez-moi.

– Je souhaite vous rencontrer, a-t-il repris. Cela vous paraît-il possible ? »

Un malaise m'a saisie : que pouvait bien me vouloir le propriétaire et principal actionnaire de la belle clinique privée qui, si nous perdions la bataille des urgences, crierait victoire ? Une vieille timidité m'a retenue de refuser. Et puis, le patron et Rémi ne travaillaient-ils pas au Parc ?

« Mercredi, en début d'après-midi, ai-je proposé.

– Voulez-vous que nous déjeunions ? »

C'était trop me demander. J'ai prétendu n'être pas libre et nous avons convenu d'un rendez-vous au bar d'un grand hôtel, à l'entrée de la ville. Vincourt ne tenait donc pas à ce que nous soyons vus ensemble ! Cela me convenait. Je n'en ai parlé à personne.

J'ai soigné ma tenue, comme si je voulais rappeler à mon interlocuteur que j'étais femme. Finalement, mon père n'avait pas tort. Femme et belle. La beauté peut être une arme. En me maquillant, je me suis rendu compte que j'allais à ce rendez-vous comme à un combat.

Je ne me trompais pas.

Une musique douce, apaisante, semblait sortir des murs tapissés de velours châtaigne. La fidélité des touristes à certaines chaînes d'hôtels vient, dit-on, de ce que dans les pays les plus lointains ils retrouvent même ambiance, même cadre, même cuisine, ce qui les rassure. Moi, je chercherais plutôt l'aventure. Soudain, l'envie farouche m'a prise de partir, c'était presque une souffrance. Me délier de la Chartreuse, d'Éric, Benoît, Maxime... respirer librement, légèrement. « Un jour ! » me suis-je promis. Marie n'affirmait-elle pas que rien ne résistait à ma volonté ? Oui : un jour avec Bernard.

On y voyait à peine dans le bar tant l'éclairage était tamisé. Comme j'hésitais sur le seuil, un homme est venu à ma rencontre : la cinquantaine, cheveux poivre et sel, légion d'honneur, aussi impressionnant que dans les journaux où il apparaissait souvent.

« On m'avait averti que vous étiez très belle ! On n'avait pas menti. »

Je me suis revue devant la glace, tout à l'heure et j'ai souri intérieurement. « Merci. »

Nous nous sommes assis dans de profonds fauteuils de cuir, devant une petite table ronde et il a fait signe au garçon. J'ai commandé un café, lui, un cognac. Il me regardait avec curiosité.

« Ainsi, on ne parle que de vous ! On ne jure que par vous ! a-t-il constaté.

– C'est beaucoup dire.

– Ne faites pas la modeste : vous êtes un chirurgien remarquable, cela se sait, voilà tout. »

Il était vrai que mon cahier de rendez-vous ne désemplissait pas. Quelques interventions réussies sous cœlio, la publicité que me faisait Frédéric Poitevin depuis que j'avais tiré son fils d'affaire m'amenaient une clientèle de plus en plus importante. Dernièrement, j'avais opéré une femme venue me voir de Dijon. Rémi et moi avions pavoisé : quel pied de nez au CHU !

Le café était accompagné d'une assiettée de petits fours. Vincourt – avec mon autorisation – a demandé un cigare. Un bien-être m'emplissait, comme l'autre soir dans l'excellent restaurant où m'avait emmenée Benoît. Le luxe, finalement, on s'y faisait !

« Je ne tournerai pas autour du pot, a attaqué Vincourt. Je suis venu vous proposer de travailler avec nous. Aujourd'hui, tout le monde réclame d'être opéré sous cœlio et nous manquons de praticiens expérimentés ; vous feriez un malheur au Parc. »

Je l'avais toujours su ! Dès qu'il s'était nommé au téléphone : il voulait me voir pour me débaucher.

« Vous oubliez que tout mon temps est pris par la Chartreuse, monsieur.

– Jusqu'à quand ? a-t-il demandé, l'air faussement peiné. Vous le savez comme moi ; à plus ou moins longue échéance votre hôpital est condamné. Peut-être ne disparaîtra-t-il pas tout à fait mais un chirurgien tel que vous n'y aura plus sa place. »

J'ai retenu mon indignation : me prenait-il pour ceux qui quittent le navire lorsque la mer est forte ?

« Si vous pensez à la suppression de nos urgences, je ne suis pas aussi certaine que vous que la bataille soit perdue, ai-je remarqué. Nous n'avons pas dit notre dernier mot.

– La presse locale ne nous le laisse pas ignorer, a-t-il répondu avec un rire agacé. Vous semblez y avoir de nombreux partisans. Mais votre manifestation, votre Journée ville morte ne serviront, au mieux, qu'à retarder une issue inévitable, sachez-le ! »

Que connaissait-il que nous ignorions ? Quels étaient ses liens avec le préfet de région dont Maxime de Montpensy nous avait transmis le verdict ? Son sourire assuré m'a soudain été insupportable, comme son cigare, sa légion d'honneur, ce cadre. En m'invitant ici, il savait ce qu'il faisait. Un instant, je m'y étais laissé prendre.

« Le docteur Roux est-il au courant de la proposition que vous me faites ? » ai-je demandé.

Il a pianoté sur la table ; pour la première fois, je le voyais gêné.

« Vous connaissez les liens d'amitié qui existent entre Roux et moi... Malheureusement, il a refusé de se mettre à la cœlio et sa clientèle s'en ressent.

– Si je venais chez vous, cela ne risquerait pas d'améliorer les choses pour lui !

– À la Chartreuse, n'est-ce pas déjà vous que les gens réclament plutôt que votre patron ? » a-t-il raillé.

C'était exact. Mais cela me paraissait peu important puisque Roux consacrait plus de temps au Parc qu'à l'hôpital. Un vertige m'a saisie : comme les choses avaient changé en quelques mois ! « C'est comme ça que tu gagneras, en alliant méthodes anciennes et nouvelles, avait prédit Jordan. Les vieux pourront aller planter des choux. »

Je ne voulais pas que Roux aille planter des choux.

« Alors ? » a demandé Vincourt avec impatience.

J'ai vu, dans mon bureau, ce paysan qui s'était fait beau pour venir se confier à moi. J'ai vu cette femme malmenée par la vie, avec sa vésicule pleine des cailloux de l'angoisse et de la misère : « Vous allez me tirer de là, docteur ? Avec vous, j'ai confiance. » Et tous les autres. Ces regards humbles, ces pauvres corps, ce métier de chien.

« Je ne vous étonnerai pas, monsieur, en vous disant que je suis très attachée au service public.

– Où vous gagnez trois sous ! »

La voix s'était durcie ; cela me convenait.

« Les sous ne sont pas l'aspect de mon métier qui m'intéresse le plus.

– Mais quand on a un petit garçon qui, après une opération délicate, se trouvera mieux d'aller faire certaines cures coûteuses, si possible en compagnie de sa maman, ne pourrait-on pas être tentée d'y réfléchir plus avant ? » a-t-il demandé.

Mon cœur s'est comme glacé. Qui ? Quel salaud, ou inconscient, quel bavard avait mis Vincourt au courant ? Benoît ? C'était impossible. Roux, alors ? J'en avais parlé au patron qui connaissait aussi bien que moi les problèmes d'Éric. Il m'avait proposé de me recommander auprès de Couderc.

Je me suis levée.

« Mon fils n'a rien à voir à l'affaire, ai-je dit. Ou plutôt si ! Il serait infiniment triste si sa maman ne s'occupait plus que des privilégiés. Ne comptez pas sur moi, monsieur. Et n'enterrez pas trop vite la Chartreuse : le combat ne fait que commencer.

– Je crains que vous ne regrettiez cette décision, madame. »

Ai-je inventé la menace dans sa voix ?

6.

Alors là, il n'en revient pas, le Guillaume ! Tout ce qu'il s'était interdit jusqu'ici, voilà qu'il se l'accorde, et sans remords encore, avec plaisir, applaudi par l'entourage.

Ça vous traînarde au lit, ça y prend ses repas, ça reçoit du monde en pyjama !

Cet après-midi, veille de son départ, c'est presque une fête qui s'est installée chambre douze ; fête à laquelle notre « hernie » a associé la « prostate » du lit voisin. Il y a là Mathilde, bien entendu, Mlle Jeanne et, par triche délibérée, Éric que son âge n'autorisait pas à monter. Cathy prend tous les prétextes pour passer le nez. En voyant la bouteille de porto offerte par mon institutrice, Martineau a froncé les sourcils.

Comment cela se passe-t-il dans votre clinique pour riches, monsieur Vincourt ? Sans doute les chambres sont-elles plus belles et toutes « particulières », chambres « avec bains » ce qui n'existe pas ici, mais, pour la réjouissance, j'en suis certaine, à la Chartreuse, on vous enfonce.

« Le téléphone, madame. Paris, vous prenez ?

– Dans mon bureau. »

C'est Benoît. « J'ai montré les radios à Couderc. Il pense qu'une intervention est possible dès maintenant. Il voudrait voir Éric. M'autorises-tu à prendre rendez-vous ? »

Nous y voilà donc ! La torture de l'espoir va commencer. Elle commence. Autant y aller vite.

« Prends, bien sûr. Et le plus tôt sera le mieux. »

Légère hésitation au bout du fil : « J'aimerais vous accompagner ; tu es d'accord ? »

Et comment, je suis d'accord ! Pardon, Bernard.

J'ai ouvert la fenêtre. J'étouffais. Dans la cour, une famille passait : boubou fleuri et sandales pour la femme, djellaba et calotte blanche pour l'homme, jean et baskets pour les gamins. Quelle que soit la couleur de la peau, il y avait là un père, une mère, des enfants, des peurs, des interrogations.

Et si Éric refusait ?

Ma poitrine s'est bloquée. Jamais je ne m'étais posé la question : pour moi, il foncerait. Mais qui m'en assurait ? On peut s'habituer à son état, aussi pénible qu'il soit, le préférer à l'aventure. En sortir, c'est l'obligation de faire face à une nouvelle situation, prendre des risques, souffrir davantage peut-être...

Et si mon petit garçon s'était résigné à boiter toute sa vie ?

J'ai appelé ma secrétaire : « Mon fils est chambre douze, pouvez-vous me l'amener immédiatement ? » Devant une situation angoissante, je n'ai jamais eu de patience, il me faut savoir tout de suite, agir sur-le-champ. Comme pour Benoît autrefois ?

« Qu'y a-t-il, maman ? »

Arrêté sur le seuil, impressionné, Éric me regardait, en blouse blanche derrière mon bureau. Je voulais que le moment soit grave.

« Viens ! »

Je voulais que le moment soit tendre. J'ai entouré sa taille de mon bras.

« Benoît vient de m'appeler. Il a une bonne nouvelle : on va sans doute pouvoir faire quelque chose pour ta jambe. »

Il n'a pas foncé. Son front s'est plissé : « Quelque chose comment ?

– Pour que tu puisses marcher comme tout le monde.

– Et qu'est-ce qu'on fera exactement ? »

Ainsi que je le faisais toujours avec mes patients, quel que soit leur âge, j'ai pris un papier et, dessin à l'appui, je lui ai expliqué en quoi consisterait l'opération : « Tu vois, mon chéri, on va casser cet os ici, on remettra ta jambe bien droite, cela fera un petit trou que l'on remplira avec un greffon pris au niveau de ton bassin, tourne-toi, touche, tu sens ? Cela s'appelle la " crête iliaque ", un drôle de nom, n'est-ce pas ? c'est là qu'on le prendra. Ensuite, ta jambe sera mise dans un fixateur, le temps que l'os se consolide, après il y aura la rééducation. Puis monsieur aura une jambe toute neuve. »

Il ne fonçait toujours pas. L'air tendu, il examinait mon dessin.

« Est-ce que ça fera mal ?

– L'opération elle-même ? Non. Après, oui. On t'aidera.

– Est-ce que ça peut rater ?

– Ça réussira. »

La décision prise, on évitait de parler des risques à l'adulte, alors, à un petit. Son petit...

Le regard d'Éric est allé à la bibliothèque : cette photo de nous deux à laquelle se raccrochait, à ma colère, la mère de Violaine : « Vous, vous savez ! » Oh oui, je savais. Toutes les mères savent.

« Est-ce que c'est papa qui a eu l'idée ? »

Il l'avait dit : « Papa. » Devant l'inconnu, la souffrance à venir, il tendait sa main vers le courage d'un homme et, dans ses yeux, les larmes montaient.

« C'est lui qui a eu l'idée de montrer tes radios à un grand médecin, à Paris. »

Il s'est dégagé de mon bras, il a pris la feuille et il est allé vers la porte. À aucun moment il ne m'avait donné de réponse ; il m'avait seulement posé des questions. Je l'ai suivi.

Lorsqu'il est entré chambre douze, tout le monde a senti qu'il s'était passé quelque chose d'important car le silence est tombé d'un coup. Maman a arrêté ses mots croisés, le regard de Mlle Jeanne a volé vers le mien : « Quoi encore, la ptiote ? »

Sans parler, Guillaume a tendu la main vers son petit-fils. Celui-ci s'est approché ; dans cette main, il a mis mon dessin.

« Moi aussi, on va m'opérer bientôt, a-t-il annoncé d'une voix enrouée. Et quand on sera tous les deux guéris, si tu veux bien, je conduirai le tracteur. »

7.

L'idée est venue à Bernard au marché, devant une pyramide d'aubergines vernissées. « Vernissé », mot cher à Colette qui, dans le « jardin du bas » de Saint-Sauveur, en Bourgogne, s'émerveillait du petit coin de Provence planté par son père. Là, outre l'aubergine, poussaient la tomate, le poivron, l'ail et le piment.

Pourquoi ne pas faire un brochet « Sido », le nom de la mère de Colette qui attachait tant d'importance à régaler les siens ? Ou un brochet « Bel-Gazou », du nom de sa fille ? À partir de l'aubergine vernissée, la chose a été décidée : Bernard dédierait son œuvre à l'écrivain.

Au marché, il avait également repéré les premiers mousserons, ces champignons qui forment sur les prairies des « cercles de sorcière ». Sorcière, Colette l'était un peu, les mousserons en feraient souvenir les palais. Elle aimait à utiliser pour ses sauces des « favouilles », petits crabes qu'elle pilait avec de la tomate et de l'huile d'olive ; on ne trouve pas de favouilles en Bourgogne mais des écrevisses les remplaceraient avantageusement. Comme garniture, Bernard reviendrait à l'inspiration première : des rondelles d'aubergine frites. Ainsi marierait-il l'accent de la Bourgogne à celui du Midi.

J'ai été mise dans le secret par un chef déjà tout énamouré de son plat et qui pensait davantage à accomplir une œuvre d'art qu'à gagner un concours. Et puis Sido... Sidonie... n'était-ce pas là un clin d'œil du destin ?

Le grand jour est là : un samedi plein de soleil. L'un des marmitons de l'auberge de Sidonie lui a trouvé ses mousserons, les légumes ont été choisis à la pièce dans une ferme voisine, le brochet, sorti de l'eau tout exprès pour lui par un ami, expert en braconnage.

Dès neuf heures, les concurrents se sont mis au travail dans les cuisines de la mairie, renforcées en matériel pour l'occasion. Ils sont une dizaine, dont deux femmes, certains déjà reconnus, munis de leur étoile, d'autres, débutants. Tous se réclament, sauf Bernard, d'un grand chef.

Vers onze heures trente, le jury, composé de six personnes venues d'horizon variés et présidé par le fameux critique gastronomique Gaston Mouillot, a été installé dans la salle des fêtes où quelques privilégiés – dont je suis – ont été invités à assister à la dégustation, tandis qu'à l'extérieur, familles et amis, nez en l'air, prétendent reconnaître, par les fumets, l'œuvre de leur poulain.

Il est midi. L'un après l'autre, les cuisiniers viennent présenter leur plat, expliquer leur projet : brochets beurre blanc, à la crème, sauce mousseline... accompagnés de fonds d'artichauts, compotes de poireaux, bouquets de jeunes asperges... Le blond, l'ambre, le vert dans tous ses états dominent. Les odeurs sont fines. Bernard est le dernier, l'a-t-il fait exprès ? Je retiens mon souffle tandis qu'il pose son ouvrage sur la table nappée de blanc.

Il est présenté comme une ronde. Au centre, le buisson de mousserons, entouré des filets de brochet, eux-mêmes ceints des tranches d'aubergine frites. Safrané de celles-ci, corail de la sauce, havane des champignons donnent à l'ensemble un air de fête et la légère, mais sans équivoque, odeur d'échalote – c'est sur un lit de celles-ci que Bernard a mis son poisson au four – confère à cette fête un accent campagnard.

« Brochet “ Bel-Gazou ”. »

Bernard explique au jury l'hommage rendu à Colette, enfant du pays. C'est par ses arômes, ses couleurs, que son brochet « gazouille », ou plutôt « chante » parmi les autres.

Il m'avouera plus tard que, voyant travailler les autres, il s'était d'avance résigné à ne pas recevoir le prix. Son idée était trop rustique, sans les minauderies au goût du jour, trop riche en calories aussi ; Colette les comptait-elle ? Mais, finalement, peu lui importait : il se serait fait plaisir.

En attendant, imperturbable, le jury va d'un plat à l'autre, goûte, commente, émet louanges ou critiques : velouté parfait, manque de relevé, sauce insuffisamment liée, bonne présentation. Je regarde Bernard et c'est le petit garçon que je vois : celui qui, à la fin de l'année, n'était jamais couronné contrairement à son frère et rêvait sans espoir d'épater son père. Et comme cette pensée me vient, Mme de Montpensy pénètre dans la salle. Nous échangeons un sourire.

C'est à l'extérieur, sur le perron de la mairie, que va être remis le prix : un brochet d'argent scintillant à souhait. Nous sommes priés de nous y rendre tandis que le jury délibère. Il y a maintenant foule sur la place où je reconnais une partie du personnel de l'Auberge de Sidonie. Parmi cette foule, un enfant agite les bras dans ma direction : Éric ! Ma poitrine se gonfle de joie : pour une surprise ! Mes parents sont avec lui. Mon père est tout à fait remis de son opération.

Voici le jury, suivi des cuisiniers que tout le monde applaudit. Le regard de Bernard croise le mien et moi je croise les doigts. Il faut qu'il ait ce prix, ne serait-ce que pour mon fils. Après avoir prononcé quelques mots, le maire passe le micro à Gaston Mouillot. Flashs des photographes. Celui-ci rend d'abord hommage à la qualité des différents concurrents, puis, pour l'originalité de son choix, la justesse de ses saveurs, il nomme le lauréat : Bernard de Montpensy et son brochet « Bel-Gazou ».

J'ai laissé mon chef à la presse et aux amis et je suis allée embrasser ma famille. Maman s'était faite belle.

« Le petit tenait absolument à venir, m'a appris mon père. On est bien contents qu'il ait gagné.

– “ Bel Gazou ”, il a quand même choisi un drôle de nom, a remarqué Éric.

– Je t'expliquerai ça. »

La joie emplissait ma poitrine : par sa présence, mon fils décernait à Bernard un prix autrement important à mes yeux que celui qu'il venait de recevoir. Nous avons discuté un moment sur les nombreuses arêtes du brochet et la gourmandise de Colette, puis je les ai laissés. Un déjeuner à la mairie réunissait concurrents, membres du jury et notables de la ville. Bernard tenait à ce que j'y assiste.

Comment avais-je pu accepter ? Ne m'être pas doutée...

Une douzaine de tables avaient été dressées sous les lustres de cristal du grand salon ; les invités s'installaient dans un bruit de chaises et de rires. Bernard est venu à ma rencontre ; nous étions bien entendu à la table d'honneur. Le jury y était déjà installé, le maire, M. et Mme de Montpensy.

Je me suis arrêtée.

« Tu viens ? » a demandé Bernard, étonné.

Me voyant, Maxime venait de se lever, la serviette à la main. Nos regards se sont rencontrés : « Mon fils n'est pas pour vous. » J'ai fait demi-tour. Bernard m'a suivie : « Mais qu'est-ce qui t'arrive ? Explique-toi. » Je me suis arrêtée dans le hall.

« Je ne peux pas. »

C'était cela, tout simplement : je ne pouvais pas. Bernard a suivi mon regard. Maxime était toujours debout ; deux places restaient libres, les nôtres. Il a murmuré : « C'est à cause de mon père, n'est-ce pas ? »

J'ai acquiescé.

« Que s'est-il passé ?

– Il m'a ordonné... de te laisser tranquille.

– Ordonné ? Quand cela ? »

Sa voix était hachée, son visage avait pâli.

« Nous nous sommes rencontrés à Dijon, le mois dernier, au sujet de la Chartreuse.

– Et tu ne m'as rien dit ?

– Je ne voulais pas te brouiller avec lui.

– Mais quel âge avons-nous, Margaux ? Et tu me prends pour qui ? Pour ton Benoît ? » a-t-il demandé avec colère.

Des retardataires montaient le bel escalier de marbre. Ils ont serré la main de Bernard : « Bravo, mon vieux, un grand jour ! » Ils ont disparu dans la salle. Je l'avais bien choisi, mon jour. Quelle folle, quelle orgueilleuse avais-je été de m'être tue !

« C'est donc pour cela que tu ne voulais plus venir au château ?

– C'est pour cela. »

Il a eu un profond soupir. Ses mains de lauréat pendaient,

comme inutiles, le long de son corps. J'avais le cœur en charpie.

« Ce que mon père pense de nous, vois-tu, je n'ai rien à en faire », a-t-il lancé avec révolte.

Il m'a tendu la main : « Viens. »

À la table, tout le monde était assis à présent, même Maxime de Montpensy. Je n'ai pas pris cette main.

« Si je viens, il partira. »

Il quitterait la table, sa femme suivrait : l'humiliation.

« Mais qu'est-ce que tu crois ? Il sait se tenir. Et quand bien même... J'ai choisi, Margaux, je t'ai choisie, toi ! »

Le maire venait vers nous à grands pas.

« Eh bien, que faites-vous ? Tout le monde réclame le héros de la fête. »

Il m'a souri : « Votre place est réservée, madame. »

Bernard me regardait d'un air suppliant, il était comme un petit garçon à qui on aurait arraché son prix.

« Je le sais, ai-je dit. Et je vous en remercie. Mais l'hôpital vient de m'appeler, je ne pourrai assister au déjeuner. »

Je l'ai abandonné.

8.

L'homme a la cinquantaine, taille moyenne, cheveux dégarnis, lunettes, rien à signaler. En civil, dans la rue ou les transports, nul ne le remarquerait. En blanc, dans les couloirs de l'hôpital, on le prendrait aussi bien pour un infirmier, un aide soignant, n'importe quel médecin. Et pourtant !

On vient le voir du monde entier, il emplit les amphithéâtres, grâce à lui, le « Lève-toi et marche » du Christ est devenu, pour beaucoup, réalité. Mais les serviteurs de la santé ne portent pas de décorations sur leur uniforme, comme pour se souvenir de la nécessaire modestie face aux mystères de la vie et son acolyte, la mort.

Le docteur Couderc est venu nous chercher dans la salle d'attente. Il a tutoyé Benoît, m'a serré la main, puis il a pris l'épaule d'Éric dans la sienne : « On y va ? » Et tandis que nous « y allions », il me semblait que cette main notait les moindres inflexions de la démarche de son futur patient, esquissait déjà un diagnostic.

C'est Éric qui lui a tendu la grande enveloppe contenant les radios : celles de ses genoux ainsi que de récents clichés du squelette pour vérifier le stade exact de la croissance. Couderc vient de les placer sur l'écran lumineux ; ils les examinent ensemble.

« Ta maman t'a-t-elle expliqué ce que nous allions faire ?

– Tout ! crâne Éric. Même que j'aurai mal un bon bout de temps. Même qu'on prendra le greffon sur la crête iliaque. »

Couderc m'adresse un sourire complice : « Voilà un garçon

qui a de la chance d'avoir une maman qui s'y connaît. Maintenant, suis-moi, on va regarder ça de plus près. »

Il ne propose pas aux parents de venir : hommage rendu au calme, à la détermination de l'enfant. « On peut dire qu'il assure, ton fils, remarque Benoît avec admiration. À son âge, moi, je n'aurais jamais eu ce courage. » Je réponds, non sans malice : « Le courage n'est pas donné à tout le monde. » Il grimace. Et c'est alors qu'une sorte de paix m'envahit, totalement inattendue, comme un présent du ciel : tout est bien, ça ira ! Dieu sait pourtant si je l'ai redouté, ce moment... Est-ce qu'il me semble m'être mise en règle avec le passé : Benoît ? et l'avenir : cette opération à laquelle je savais ne pouvoir échapper ?

« Éric a décidé qu'il souhaitait être opéré avant les grandes vacances afin de ne pas trop manquer l'école, nous annonce Couderc en réapparaissant. Que diriez-vous d'une intervention fin juin ?

– Si vite ? »

Il y a des limites à la philosophie... Couderc me sourit.

« Puisque la décision est prise, pourquoi traîner ? »

Il se tourne vers Éric qui rentre à son tour dans la pièce en rajustant son pantalon : « Cela permettra à ce garçon de s'inscrire dans l'équipe de foot en janvier prochain.

– Ailier ! décide le garçon d'un ton sans réplique.

– Droit ou gauche ? » interroge Couderc le plus sérieusement du monde.

Sans hésiter, Éric pointe le doigt vers les radios : « Droit ! La jambe neuve, forcément. »

J'avais décidé de profiter du voyage pour lui faire découvrir Paris et, sur ma demande, Benoît avait réservé pour nous deux chambres dans un hôtel de charme, à la fois intime et confortable, au Quartier latin. Nous y resterions jusqu'à dimanche.

Samedi matin, j'ai appelé Bernard avant qu'il se rende au marché pour lui apprendre que la date de l'opération était fixée. Il me manquait. M'avait-il vraiment pardonné ma défection, lors du déjeuner de fête, à la mairie ? Je lui ai raconté la réflexion du futur « ailier droit ». Je ne pouvais y penser sans avoir des picotements dans les yeux. « Dis-lui de ma part que c'est un type formidable », a-t-il constaté en forçant un peu la gaieté de sa voix. Mon homme jaloux acceptait mal ces trois jours loin de lui ; avec Benoît qui plus est.

La femme de ce dernier étant partie pour le week-end dans leur résidence secondaire en Normandie, il nous a servi de guide. Tour Eiffel, Louvre, musée Grévin et, pour clore la fête, dîner ketchup-mayonnaise-frites-Coca. Et pas n'importe où : sur une terrasse aux Champs-Élysées. Le rire d'Éric éclatait à tout propos. Il n'y avait pas que lui qui planait.

Vers dix heures du soir, nous l'avons ramené à l'hôtel et après l'avoir installé dans sa chambre nous sommes allés faire un tour sur les quais. La nuit commençait seulement à tomber, la température était douce, des jeunes, des amoureux, des clochards aussi regardaient la Seine que fendaient des péniches emplies de dîneurs.

« J'ai tout raconté à ma femme, m'a appris Benoît. Elle a déclaré que mes anciennes maîtresses ne l'intéressaient pas, que je pouvais faire ce que je voulais mais que je ne m'avise jamais d'amener Éric à la maison...

– On peut la comprendre ! ai-je constaté avec un rire. Ce n'était pas une nouvelle très agréable que tu lui annonçais là ! »

Il a hésité : « Je ne voulais pas t'en parler, Margaux. Le mari qui se plaint de sa femme, c'est tellement ringard ! Mais, avec Brigitte, nous ne nous sommes jamais vraiment entendus. Je souhaitais travailler dans le public, tu te souviens ? Elle a tenu à ce que je reprenne le cabinet de son père. Tout ce qui l'intéresse, c'est le fric. Et moi, je m'emmerde ! »

Que lui répondre ? « Pourquoi as-tu laissé ta femme décider pour toi ? » Rémi aussi obéissait à Francine et Roux filait doux avec la sienne. Ne pouvait-on vivre à deux sans que l'un mange l'autre ? Il s'est arrêté et m'a désigné un banc. Un homme et une femme d'un certain âge s'y trouvaient. Ils ne parlaient pas. On aurait dit qu'ils sommeillaient.

« Notre banc ! a dit Benoît.

– Le " nôtre " ?

– Si tu savais combien de nuits j'ai passées à y galérer ! Me dire que si j'avais été moins con et toi moins tête de bois... »

J'ai glissé mon bras sous le sien : « Arrête ! À quoi sert de remuer le passé ? Et d'abord, il est pris ton banc.

– Pris ? Mais ils nous le gardaient, c'est tout. »

Il s'est approché du couple et il leur a murmuré quelque chose. Celui-ci s'est aussitôt levé. La femme m'a souri. Ils sont éloignés.

« Qu'est-ce que tu leur as raconté ?

– Merci d'avoir été si patients : douze ans ! »

Je n'ai pu m'empêcher de rire. Nous avons pris leur place. Benoît a entouré mes épaules de son bras.

« Quand même, a-t-il insisté d'une voix sourde, tu aurais pu accepter de discuter au lieu de te sauver... Il n'en aurait pas fallu tellement pour me convaincre ; et mes parents aussi. Ce ne sont pas des monstres. »

« Viens », avait supplié Bernard à la mairie en me tendant la main et je m'étais sauvée. J'ai revu son visage douloureux, comme celui de Benoît maintenant. La vie n'était-elle qu'une histoire d'enfance qui se répétait ? Pour moi, celle d'une petite fille orgueilleuse qui préférait tourner le dos la première plutôt que d'être mise à l'écart ?

Soudain, l'angoisse m'a saisie : ma place n'était pas là, mais avec Bernard. Sa voix était si triste, ce matin. Et s'il nous avait vus ce soir... J'ai repoussé le bras de Benoît. Je me suis levée.

« On rentre, si tu veux bien. Je suis vannée. »

Malgré l'heure tardive, les terrasses des cafés étaient pleines et il y avait tant de monde sur les trottoirs que parfois nous devions marcher l'un derrière l'autre. Benoît se taisait. Dans son silence, j'entendais comme un deuil qui ne parvenait pas à se faire et lorsqu'il m'a regardée, j'ai lu son désir. Autrefois, il nous arrivait de courir, main dans la main, pour arriver plus vite à la chambre, au lit. Comment avait été l'amour avec lui déjà ? Fougueux, joyeux, libre aussi. On commençait à peine à parler du sida ; cela ne nous concernait pas.

Il est entré avec moi dans le hall de l'hôtel. J'ai pris la clé de ma chambre, il m'a suivie jusqu'à l'escalier. Je me suis arrêtée au bas des marches.

« Est-ce que tu ne voudrais pas ? a-t-il murmuré d'une voix presque implorante.

– À quoi cela nous mènerait-il, Benoît ? Et puis j'aime quelqu'un.

– Le veinard, a-t-il dit, cette fois avec rudesse. Je lui souhaite de te garder bien. »

Il a pris ma main et il l'a embrassée en appuyant fort les lèvres dans ma paume. J'ai retenu un frisson ; mon corps se souvenait.

La lampe de chevet était allumée dans ma chambre qui communiquait avec celle d'Éric ; il avait squatté mon lit.

« Vous êtes allés vous promener, a-t-il déclaré. Je vous ai vus partir, de la fenêtre.

– C'est exact, mister James Bond. Avez-vous quelque chose à y redire ? Et pourrais-je récupérer mon lit ? »

Il n'a pas bougé. Son regard sur moi était presque un regard d'homme. Madeleine avait raison : l'épreuve fait grandir les enfants. À moins qu'ils n'en profitent pour ne pas sortir du cocon. J'avais eu de la chance avec le mien ; la fabrication n'était pas si mauvaise.

« C'est dommage, quand même ! a-t-il soupiré.

– Qu'est-ce qui est dommage, mon chéri ?

– Que papa soit marié. »

Je me suis assise près de lui. Mon cœur débordait de tendresse. Cette opération-là, il me fallait la pratiquer tout de suite, à chaud. Qu'il ne nourrisse pas de regrets stériles, de rêves impossibles.

« Si Benoît n'était pas marié, cela ne changerait rien. Nous ne pourrions pas vivre ensemble, et tu sais à cause de qui. »

Il n'a pas répondu. Aurais-je osé lui parler de Bernard s'il n'était pas venu à la remise du prix ? Merci, le brochet !

« À propos, j'ai appelé " à cause de qui " ce matin et il m'a chargé de te dire que tu étais un type formidable.

– Comme lui pour le concours ?

– Au moins ! »

Le « type formidable » et futur ailier droit s'est laissé glisser du lit et a regagné sa chambre en tenant à deux mains sa culotte de pyjama dont je devrais bien, un jour, me décider à changer l'élastique.

Je me suis couchée. C'était vrai, j'étais vannée. Mais bon

sang, ce n'est pas ce qui m'aurait empêchée de faire l'amour encore et encore avec Bernard s'il avait été là.

Dimanche, le programme était d'aller visiter Versailles, puis Benoît nous mettrait au train de dix-sept heures. Je verrais Bernard le soir. Mais alors que je dégustais au lit un petit déjeuner de roi, le téléphone a sonné : Marie ! Mes parents lui avaient communiqué mon numéro ; elle pleurait : Jordan venait de donner sa démission à la Chartreuse.

9.

L'histoire commence dans la nuit de jeudi à vendredi, veille de mon départ pour Paris. Jordan est de garde. Trois personnes se présentent en même temps aux urgences : un accidenté de la route, polytraumatisé, une tentative de suicide aux poignets saccagés, une occlusion intestinale qui nécessite une intervention immédiate. Jordan envoie l'accidenté en radiologie, confie la TS à un interne, décide de prendre tout de suite l'occlusion. C'est alors qu'arrive le couple Mignot.

L'homme, la soixantaine, est très agité, volubile, peu clair dans ses propos : depuis deux heures, dit-il, sa femme souffre de fortes douleurs dans la poitrine, il craint un infarctus. La femme, elle, semble plutôt calme, elle tente d'apaiser son mari. La salle de soins intensifs étant pleine, on l'installe dans une chambre et on la met sous perfusion.

Avant de passer en salle d'opération où son « occlusion », déjà endormie, attend, Jordan vient voir Mme Mignot. Celle-ci lui sourit. Cela va beaucoup mieux, affirme-t-elle. Elle n'a plus mal. Le pouls est faible mais rapide, la tension à peu près normale, Jordan la confie aux infirmières, il repassera tout à l'heure.

M. Mignot ne l'entend pas de cette oreille, il suit Jordan dans le couloir, il tempête. Sa belle-mère est décédée d'un infarctus à cet âge-là : cinquante ans. Il a reconnu les symptômes, il faut faire quelque chose tout de suite, des examens, en tout cas ne pas la laisser comme ça, dans cette chambre. « Mais elle n'est pas abandonnée, on va s'occuper d'elle », tente de le raisonner Jordan. Ne parvenant pas à se faire entendre, il finit par remettre sèchement M. Mignot à sa place : il lui fait perdre son temps.

Une vingtaine de minutes plus tard, la femme est victime de mort subite : le cœur.

Vendredi, en fin de matinée, maître Leluc, avocat, demande à être reçu par le directeur. Son client, M. Mignot, a décidé de porter plainte contre le docteur Sabbagh pour non-assistance à personne en danger. Devant témoins, celui-ci a accusé M. Mignot de lui faire perdre son temps alors qu'il lui signalait la gravité de l'état de sa femme. La suite, hélas, devait lui donner raison.

Levaillant assure à maître Leluc que toute la lumière sera faite sur l'affaire.

Jordan est convoqué chez Levaillant. Merlin l'accompagne. Jordan est effondré, il a passé une nuit blanche, il n'y comprend rien. Mme Mignot ne donnait aucun signe de détresse, disait elle-même ne plus souffrir, semblait avoir envie qu'on la laisse dormir. Il n'a rien vu, rien pressenti : erreur de diagnostic ?

Vendredi après-midi, le premier journaliste débarque ; on lui répond simplement qu'une enquête a été ouverte. Levaillant a fait passer la consigne : silence. Cela n'empêchera pas l'émission « Pas de quartier » de soulever l'affaire, ni un journal local de titrer, dès samedi matin : « Mort suspecte aux urgences de la Chartreuse ». Les coups de téléphone pleuvent toute la journée, Jordan présente sa démission. Marie m'appelle à Paris.

Benoît a tout de suite proposé de nous rapatrier en voiture jusqu'à Chatenay où nous sommes arrivés vers quatorze heures. Je lui ai demandé de déposer Éric à la ferme et suis allée directement chez Marie qui ne travaillait pas ce dimanche-là. Plusieurs compatriotes l'entouraient. Jordan, lui, était à la Chartreuse. Elle m'a tout raconté : elle ne pleurait plus, elle était en colère.

Tout ce branle-bas, ces accusations, cette plainte, c'était parce que Jordan était étranger. S'il avait été français, avec un diplôme français, on ne l'aurait pas attaqué si durement.

« Mais Marie, cette femme est bel et bien morte, cela on ne peut le nier ! »

Elle a pris son air têtu : la mort subite, cela arrivait tous les jours sans qu'un avocat débarque quelques heures plus tard. Cette hâte était suspecte, cela sentait le complot.

Dans l'état où elle se trouvait, la raisonner n'aurait servi à rien. Et j'aurais eu toute la Martinique contre moi. J'ai filé à la Chartreuse.

Une cellule de crise se tenait chez Levaillant avec Merlin, Jordan et Didier, notre syndicaliste. La question était de savoir si l'on maintiendrait ou non la manifestation prévue samedi prochain. La plainte déposée contre Jordan ne pouvait plus mal tomber : tous nos arguments sur la fiabilité des urgences, l'accueil, la rapidité des soins risquaient d'être dénoncés par nos adversaires. Et Marie n'avait pas tort : le fait que Jordan ne fût pas français aggravait encore les choses. Mais pas du fait de M. Mignot. La surutilisation de certains médecins étrangers, manquant parfois d'expérience, avait été mise en avant à plusieurs reprises par la presse. Expérimenté, Dieu sait si Jordan l'était ! Qui le saurait ?

Le malheureux était complètement abattu. Il m'a lancé un regard tragique. Les paroles de Marie me poursuivaient : hâte suspecte... complot...

« Cet avocat qui débarque quelques heures seulement après le décès, vous ne trouvez pas ça bizarre ? ai-je demandé.

– Aux États-Unis, les avocats attendent les patients à leur sortie de l'hôpital, a raconté Merlin. “ Voulez-vous porter plainte, messieurs-dames ? Nous prenons tous les frais en charge, moitié-moitié si nous gagnons. ”

– Maître Leluc a déjà travaillé pour le Parc, a observé pensivement Levaillant. Mais également pour bien d'autres. Et il a la réputation d'un homme honnête. À quoi pensiez-vous, Margaux ?

– Je pense qu'un scandale aux urgences, à la une des journaux cette semaine, serait pain bénit pour certains. »

Didier a approuvé vigoureusement : « On dit que la clinique est au bout du rouleau. Leur seule chance est la fermeture du service.

– Mais enfin, cette pauvre femme n'est tout de même pas morte pour faire plaisir à la clinique ! s'est exclamé Levaillant.

– Je vais dire aux journalistes la vérité : je me suis trompé, a proposé Jordan. Je prendrai tout sur moi et je m'en irai.

– Bravo ! Vous leur offrirez exactement ce qu'ils souhaitent : l'erreur de diagnostic. Commise par l'un des piliers du service », a tempêté Merlin.

Jordan a baissé la tête ; avait-il vraiment commis cette erreur ?

« Alors ? On décide quoi ? » a demandé Didier.

Levaillant s'est levé.

« Rien pour l'instant ! Si vous voulez bien, on attend demain le résultat de l'autopsie. »

Nous avons quitté le bureau. « Courage, mon vieux », a dit Merlin à Jordan en lui tapant sur l'épaule : « Cela nous arrive à tous de nous tromper. Si vous croyez qu'il n'y a pas certains cas auxquels je m'efforce de ne pas trop penser... Nous ne sommes pas infaillibles. »

Il y croyait donc, à l'erreur ! Nous sommes restés seuls, Jordan et moi.

« Est-ce que tu voudrais bien venir chez nous ? m'a-t-il demandé humblement. C'est pour Marie, elle n'avait vraiment pas besoin de ça en plus. »

« Chez nous », cette île humide et sombre dans un pays étranger qui, aujourd'hui, devait lui paraître hostile ; ce pays dont il avait fait sa seconde patrie.

J'ai appelé Bernard pour lui dire que, finalement, je ne le verrais pas ce soir. Je lui ai expliqué pourquoi : « De toute façon, ai-je ajouté en riant, avec ce qui se passe, je n'aurais été capable que de te parler hôpital.

– J'aurais préféré cela à rien », a-t-il répondu.

Sa voix était triste ; comme lorsque je l'avais appelé de Paris. Nous ne nous étions pas vraiment parlé depuis le fameux déjeuner à la mairie. Il était temps. Demain, j'étais de garde, je lui ai proposé de venir chez moi dans la soirée, il avait la clé. Je rentrerais le plus tôt possible. « Si tu veux », a-t-il soupiré.

Cette gêne, tout au long de la soirée, c'étaient les mots de Benoît : « Qu'il te garde bien. »

Et si c'était moi qui le perdais ?

10.

Dans la cour de la Chartreuse, une voiture de France 3. Dans le hall, deux journalistes qui se précipitent vers moi : « Docteur Lespoir ?

– Que me voulez-vous ?

– Votre commentaire sur l'affaire Mignot.

– Quelle affaire Mignot ? »

Je croise le regard de la réceptionniste, complice. La Chartreuse fait bloc. Les journalistes me suivent tandis que je me dirige vers l'ascenseur. Depuis la sinistre aventure de « Pas de quartier », inutile de dire que je les évite, excepté, bien entendu, mon ami Frédéric Poitevin. Et je leur dirais bien, à ceux-ci, leurs quatre vérités ! Sont-ils présents lorsque le miracle se produit ? Qu'un homme est sauvé que tous pensaient perdu ? Pour recueillir le sourire de l'enfant à son réveil d'une intervention réussie ? Les larmes de la femme qui ne sait comment dire merci : « Merci de m'avoir gardée en vie » ? La seule chose qui les intéresse, c'est le drame, le scandale ; comme mon père, je les traiterais volontiers de charognards :

« Laissez-moi, je n'ai rien à vous dire. »

En se refermant, la porte de l'ascenseur me libère.

Sur mon bureau, une grosse pile de courrier. Hier matin, à cette heure-ci, j'étais dans un hôtel douillet, dégustant mon petit déjeuner au lit... Ah, ils n'ont pas été longs à me rattraper, les soucis ! Et lorsque je pense à la voix de Bernard au téléphone, mon cœur se serre. Je n'ai pas osé l'appeler ce matin avant de partir. Vivement ce soir que je lui explique.

« Puis-je vous parler, madame ? »

La tête de Martineau vient d'apparaître à ma porte, laissée entrouverte.

« Bien sûr ! Entrez. »

La surveillante avance de quelques pas ; ses traits sont tirés et elle n'arbore pas, ce matin, le sourire teinté d'ironie auquel j'ai fini par m'habituer.

« Une infirmière vient de me confier quelque chose... J'aimerais avoir votre avis. »

Une première ! Je lui désigne un siège : « Asseyez-vous, mademoiselle, je vous en prie. »

Elle referme d'abord la porte.

« Le mari de Mme Mignot aurait donné des calmants à sa femme juste avant de nous l'amener, annonce-t-elle. Apparemment, il n'a averti personne.

– Comment ? »

Je n'ai pu retenir mon exclamation ; c'est que, si l'indication est vérifiée, cela change tout pour Jordan. Sous analgésiques, tout diagnostic précis devient impossible. « Elle semblait sur le point de s'endormir », a-t-il dit. Ce serait donc l'explication ?

« Mademoiselle Martineau, cette information peut être... notre salut. Comment votre infirmière l'a-t-elle appris ?

– Par une aide soignante, à qui Mme Mignot l'aurait elle-même confié.

– Et cette aide soignante n'a rien dit elle non plus ?

– Mme Mignot est décédée presque tout de suite après lui en avoir parlé. »

Cela bouillonne dans ma tête. Et le mari ? Comment le mari a-t-il pu cacher une information aussi importante ?

Martineau lève les bras au ciel : « Caché ? Mais madame, il n'y a même pas pensé, vous les connaissez ! »

Eux, la famille pour laquelle notre surveillante n'a jamais montré beaucoup d'indulgence. Il est vrai qu'elle se trouve en première ligne pour recevoir les récriminations. Et les potions miracles, données en douce, ou les médicaments que l'on fait semblant d'avaler, puis qu'on recrache, parce que le rebouteux du coin les a déconseillés, elle connaît...

Je tends la main vers le téléphone : « J'appelle M. Levaillant.

– Attendez ! Il y a autre chose... »

Presque un cri d'angoisse. Que lui arrive-t-il ?

« On aurait demandé le silence à la petite. »

Je reste incrédule : « Le silence ? Mais qui ? Pourquoi ?

– Rien à faire pour le savoir, elle refuse de le dire, même à son amie, celle qui m'a mise au courant. »

Martineau a détourné les yeux. Visiblement préoccupée. Qui peut avoir intérêt à ce que la petite se taise ? Soudain, le souffle me manque : elle ne pense quand même pas à... Serait-ce pour cela que c'est moi, et non le patron, qu'elle est venue trouver ? Le patron travaille au Parc.

« Comment s'appelle votre aide soignante ?

– Paulette, Paulette Gautry, vous ne la connaissez pas, elle débute.

– Il faut que je la voie.

– Je vais essayer de vous l'amener. »

Elle semble soulagée. Pour la première fois, nous sommes sur la même longueur d'onde : la priorité est de savoir qui a intérêt à ce que Paulette ne parle pas.

« À nous deux, nous parviendrons bien à en tirer quelque chose », dis-je avec un rire.

Elle, elle ne rit pas.

Il bruine. C'est un printemps comme ça : un jour gris, un jour bleu. Nous en avons eu deux bleus à Paris, une chance ! À quelle heure l'autopsie de Mme Mignot doit-elle être pratiquée ? Est-elle en cours ? Après trois jours, rien ne sera vraiment net. Le silence du mari est-il réellement un oubli comme l'affirme Martineau ? A-t-il retrouvé la mémoire avec maître Leluc ? La clinique serait-elle au courant ? J'ai horreur de ces soupçons ; ils me salissent.

La surveillante réapparaît, accompagnée de deux jeunes femmes. L'une d'elles a à peine vingt ans, l'air timide, un beau visage coloré. De quelle île vient-elle ? C'est à ces visages-là, ces regards venus du soleil, que les malades se confient le plus volontiers. Nées dans la pauvreté, parfois la misère, ces femmes sont familières avec la mort et savent, mieux que nous, prendre une main, recevoir des dernières confidences.

« Voilà Paulette. »

Je m'approche d'elle. Ses yeux sont rougis. « Merci d'avoir bien voulu venir, Paulette. Êtes-vous certaine de ce que Mme Mignot vous a dit ?

– Son mari lui avait donné des calmants, c'est pour ça qu'elle se sentait mieux, confirme-t-elle. Elle avait envie de dormir... Et puis elle est morte. »

Elle se remet à pleurer. Maryse, l'amie infirmière, prend le relais : Paulette ne travaillait pas ce week-end et elle n'a plus pensé à cette histoire. On essaie de ne pas emporter le malheur chez soi. Mais ce matin, voyant les journalistes à la Chartreuse, apprenant l'accusation dont Jordan était victime, elle s'est souvenue des calmants et elle a paniqué. Apparemment, elle seule était au courant. N'avait-elle pas commis une faute en ne prévenant personne ?

« Vous ne pouviez savoir que Mme Mignot s'en irait si vite, dis-je. Ni que le mari se tairait. Vous connaissiez le docteur Sabbagh ? »

Elle acquiesce vigoureusement : Jordan est omniprésent aux urgences, très respectueux envers le petit personnel, très aimé.

« Cette histoire risque de lui faire perdre son poste. Ce que vous venez de nous apprendre peut tout changer pour lui. »

Elle détourne les yeux. Elle a peur. De qui ? Je pose la main sur son épaule.

« Qui vous a demandé de vous taire, Paulette ? Il faut nous le dire. »

Les pleurs redoublent, elle a caché son visage dans ses mains. L'aurait-on menacée ? Martineau s'approche.

« Il le faut, ma petite, quelle que soit la personne. »

Paulette relève la tête. Derrière mon dos, je sens le souffle court de la surveillante.

« C'est le docteur Chauvet, dit-elle. Le docteur Rémi Chauvet. »

11.

Il faisait son tour dans la salle de soins intensifs. Il était toujours là très tôt, Rémi, entre la Chartreuse et le Parc, il n'arrêtait guère.

Je l'ai attrapé par la manche : « J'ai à te parler ! Maintenant ! » Je crois qu'il a tout de suite compris. Il ne devait pas être fier de lui : un lâche, pas un salaud. Quoique, vis-à-vis de Jordan...

Nous sommes allés dans une petite salle où l'on entrepose du matériel de chirurgie ; il n'a pas cherché à nier. C'était lui qui avait mis la clinique au courant de « l'accident » arrivé aux urgences, la colère du mari, l'erreur de Jordan à laquelle tout le monde croyait. Il n'aurait jamais imaginé l'exploitation qu'ils en feraient, l'avocat envoyé au mari dès le lendemain matin, les coups de téléphone à la presse.

« La manifestation de samedi les rend enragés. »

Et ce matin, en arrivant, il voit Paulette en larmes, il surprend la conversation entre elle et Maryse, il s'affole. Jamais on ne lui pardonnera d'avoir déclenché tout ce branle-bas pour rien. Il conseille à Paulette de se taire.

« Tu lui " conseilles " ? Vraiment ? Tu ne lui as pas plutôt dit qu'elle risquait de perdre sa place pour n'avoir rien dit à temps ? »

Rémi baisse les yeux. Le dégoût m'emplit. Comment peut-on être si bon dans son métier et si petit dans sa vie.

« Et Jordan ? Tu n'as pas pensé à lui, tu l'aurais laissé accuser ? »

Son visage se ferme. Il n'aime pas Jordan. Il n'a jamais accepté notre liaison. Jalousie ?

« Jordan s'en serait tiré : Merlin et Levaillant ne jurent que par lui.

– Peut-être s'en serait-il tiré, pas la Chartreuse, pas nos urgences.

– De toute façon, elles sont foutues. Vincourt connaît quelqu'un à Paris qui le lui a dit : la décision est irrévocable Si ce n'est pas demain, ce sera après-demain. »

Je parviens à rire. « Et tu l'as cru ? Si elles sont foutues, nos urgences, je me demande bien pourquoi ils se donnent tout ce mal pour nous empêcher de manifester. »

Il ne répond pas. Sous les verres épais des lunettes, ses yeux sont ceux d'un chien battu. Je le méprise et j'ai pitié. Ce ne doit pas être confortable de vivre dans la peau d'un minable.

« Je suppose que tu sais que Vincourt a essayé de me débaucher ?

– Je sais même que tu as refusé. »

Soudain, j'ai une illumination : « Ce ne serait pas toi qui lui aurais parlé d'Éric, par hasard ?

– Il m'a demandé un tas de renseignements sur ta vie, marmonne-t-il. Il t'admire beaucoup. Je n'aurais pas dû ?

– Non, tu n'aurais pas dû ! Tu racontes n'importe quoi, Rémi, tu fais n'importe quoi. Tu n'as rien dans le ventre : une girouette. »

Et je n'ai plus envie de te voir. Je n'irai plus avec toi dans ces petits bistrots où tu satisfais ta gourmandise en te plaignant d'une femme à qui tu cèdes tout. Sans Francine, tu serais peut-être un type bien. En tout cas moins moche. Mais pour la confiance, cette fois, moi, c'est terminé !

« Viens ! On va chez Levaillant. »

Son visage se décompose : « Tu ne vas quand même pas... » Le dénoncer auprès de notre directeur ? Risquer de lui faire perdre sa place ? Je suis trop bête pour aller jusque-là.

« Non, je ne vais pas... Mais c'est toi qui vas tout lui raconter. Si tu as demandé à Paulette de se taire, c'était par prudence, afin de nous en parler avant... »

Heureux, Levaillant ; incrédule, presque excité, lui d'ordinaire si calme ! Il a convoqué immédiatement Jordan et Merlin. Le lundi matin est plutôt calme aux urgences, il ne leur a pas fallu trop longtemps pour arriver. Jordan était lugubre, il s'attendait à apprendre le résultat d'une autopsie qui ne pouvait que confirmer l'infarctus, son erreur. Il a eu peine à croire le récit de Rémi : était-ce bien sûr ? Il l'a remercié : un comble. Mais comment se faisait-il que le mari ne lui ait pas parlé des calmants ?

Merlin a eu la même réponse que Martineau : « Il n'y a même pas pensé. Dans notre doux pays, les gens avalent ça comme des bonbons. »

Le visage de Jordan, un instant éclairé, s'est soudain rembruni.

« J'aurais dû me douter. J'ai bien vu que quelque chose clochait : la femme était trop calme et le mari trop agité.

– Monsieur Sabbagh, vous nous emmerdez avec vos états d'âme, a tranché Merlin.

– Alors, on fait quoi maintenant ? On avertit la presse ? ai-je demandé avec gourmandise.

– Surtout pas, s'est exclamé le prudent Levaillant. Imaginez que M. Mignot nie la chose. Ou qu'il ait... perdu la mémoire. Nous devons d'abord avoir confirmation. »

M. Mignot est venu en début d'après-midi, accompagné de son avocat. Levaillant l'a reçu seul. Ce n'était pas une lumière, Mignot, mais un honnête homme, sincèrement bouleversé par la mort de sa femme et en colère contre Jordan. Lorsque Levaillant lui a parlé des calmants, non seulement il n'a pas cherché à nier, mais il a donné le nombre de comprimés : quatre. Il avait doublé la dose pour que son épouse supporte le trajet. De quoi assommer un cheval. À l'hôpital, on ne lui avait rien demandé, et tout était allé si vite...

Un qui faisait une drôle de tête, c'était maître Leluc. De toute évidence, ni lui ni le Parc n'étaient au courant. Cela m'a soulagée. Il y a des limites à l'abjection.

Un bref communiqué a été fait à la presse par Levaillant. Tout y était dit en termes choisis qui n'accusaient personne. Il n'y avait jamais eu d'« affaire Mignot ». La plainte était retirée.

À Martineau, j'ai expliqué que Rémi n'avait demandé le

silence à Paulette que le temps d'avertir notre directeur. Il craignait à juste titre que la nouvelle ne parvienne aux journalistes avant que nous ne nous en soyons assurés. M'a-t-elle crue ? Je l'espère. Moins de personnes connaîtraient la vilenie de Rémi, mieux ce serait. Il est dur de travailler avec quelqu'un que l'on n'estime plus.

J'ai également remercié la surveillante de m'avoir mise au courant ; il me semblait que nous avions fait du bon travail.

« Nous menons le même combat, madame, a-t-elle constaté simplement. Vous voudrez bien, pour samedi, me redire l'heure du rassemblement. »

Celle-ci était placardée dans le hall ; pas fichue de me faire savoir simplement qu'elle serait à mes côtés !

L'air pincé était de retour, moins l'ironie, m'a-t-il semblé. Elle a consulté la montre qu'elle portait en sautoir : « Le patron voudrait vous voir avant la visite. Si vous êtes disponible, bien sûr ! Nous avons pris un gros retard.

– J'y cours, mademoiselle. »

Je l'aurais bien embrassée. Mais elle aurait trouvé le moyen de me faire remarquer qu'entre surveillante et chirurgien, cela ne se faisait pas.

Le bureau du patron était rempli de fumée. Il m'a désigné un siège.

« Alors, vous avez eu peur ? a-t-il attaqué d'emblée.

– Très peur, monsieur : pour Jordan autant que pour la Chartreuse.

– J'en connais qui ne doivent pas décolérer.

– Ils n'avaient qu'à ne pas nous déclarer la guerre.

– N'oubliez pas qu'ils vous avaient proposé de passer dans leur camp ! »

Ainsi, il était au courant ! J'avais évité de lui parler de l'offre de Vincourt : un coup de poignard dans son dos. Je n'ai pas répondu.

« Notez qu'en refusant, vous avez eu du flair, a-t-il ironisé. Si la Chartreuse conserve ses urgences, ils n'auront plus qu'à déposer leur bilan.

– À ce point-là ?

– À ce point-là.

– Eh bien, ça leur fera les pieds, à ces vendus ! »

Il a réprimé un sourire : « Quel langage pour un chirurgien !

– Un langage de cour de ferme ? »

Cette fois, il est resté sérieux.

« Je voulais vous dire de vous méfier, Margaux. Lorsque de tels intérêts sont en jeu, on peut perdre la tête, nous venons de le constater. Je crains qu'au Parc, ils ne soient prêts à tout. Et pour eux, à tort ou à raison, vous êtes le moteur du combat.

– J'en suis flattée. »

Il m'a regardée un moment en silence. Il semblait fatigué et, depuis quelque temps, absent. Sa femme ?

« À un moment, j'ai eu peur que vous ne soyez avec eux, ai-je remarqué. Je vois qu'il n'en est rien. J'en suis heureuse. »

Il a eu un rire : « Je croyais pourtant vous l'avoir dit : les pétitions, les défilés, ce n'est guère mon genre. Aussi, ne comptez pas sur moi samedi.

– C'est dommage. Vous nous manquerez, monsieur. »

Il a fixé ses mains. Un instant, il m'a semblé qu'il allait me confier quelque chose d'important, mais non. Il s'est levé.

« Allons-y avant que Martineau ne pique sa crise. »

12.

Depuis combien de temps aspirais-je au moment où Bernard m'ouvrirait la porte, m'ouvrirait ses bras ? Au calme, à l'abri, je lui raconterais Éric, Jordan, ou tout simplement je me tairais, je laisserais retomber les gros bouillons de l'angoisse, la déception, la colère, et je me retrouverais en le retrouvant.

C'est un juge qui m'a accueillie.

Voilà presque deux heures qu'il m'attendait dans cet appartement vide où le téléphone n'avait cessé de sonner, les messages de défiler sur le répondeur, mais pas un mot de moi pour l'aider à patienter.

« Je ne pouvais pas, Bernard ! Je faisais la visite avec le patron. Nous avions beaucoup de retard à cause de Jordan. »

Jordan, justement ! Mes horaires impossibles, il pouvait les comprendre, les siens l'étaient tout autant ; mais qu'hier, après trois jours d'absence où il n'avait cessé de penser à moi, je lui aie préféré Jordan, Jordan qui avait Marie, que j'aie décommandé notre soirée pour la passer avec eux, cela, il ne l'admettait pas.

« Si tu laisses ton métier déborder ainsi sur ta vie, que me restera-t-il à moi ? »

Je ne me sentais pas la force de m'expliquer, plaider, tenter de convaincre, je n'avais fait que ça toute la journée. Je suis allée poser mes affaires dans ma chambre, il m'y a suivie, il ne m'a pas prise dans ses bras, ni embrassée. Il a continué à accuser.

« C'est comme l'autre jour, à la mairie. En te sauvant, tu t'es conduite comme une gamine qui cède à la panique. Ou à l'orgueil. Crois-tu que c'est ainsi que les choses s'arrangeront avec mon père ? »

Je m'étais « sauvée »... Décidément, il me collait à la vie, ce mot. Je suis revenue au salon suivie par mon juge. Nous nous sommes assis sur le canapé. La fatigue de ces deux journées m'accablait.

« J'ai eu une explication avec lui, a-t-il repris. Ne pourrais-tu essayer de comprendre ? Ma belle-sœur est stérile, je suis le seul à pouvoir transmettre le nom, sinon, il s'éteindra. Papa a toujours rêvé pour moi d'une épouse classique, d'une tripotée d'enfants...

– Eh bien, papa est mal tombé !

– Tu vois, tu te braques tout de suite, tu refuses de m'écouter. »

Soudain, j'ai eu envie qu'il se casse, dégage, vide les lieux. Depuis trois jours, je n'avais même pas eu le loisir de réfléchir tranquillement à la décision d'opérer Éric fin juin. Toute une organisation en perspective : démarches, examens, demande de congé afin d'être auprès de lui à Paris, rééducation, sans compter l'angoisse. Fallait-il qu'on me rajoute de ridicules problèmes de famille, de nom à transmettre ? Mais je m'en fichais, moi, de Montpensy, c'était Bernard que j'aimais.

« Il n'y a qu'une solution, a-t-il dit. Nous en avons déjà parlé : vivre sous le même toit. Ainsi, au moins, nous retrouverons-nous chaque nuit, prendrons-nous chaque matin le petit déjeuner ensemble. Est-ce trop te demander ? »

Je me suis rapprochée de lui, j'ai posé ma tête sur son épaule, reviens-moi, Bernard, avec ta gaieté, ta confiance et ce silence que tu savais si bien garder quand il le fallait ; c'est pour eux que je t'ai aimé, moi qui vis dans le bruit et la douleur. Ces nuits, ces petits déjeuners communs, comme j'en rêvais ! Aussi fort qu'une gamine privée, aussi intensément qu'une femme que l'amour avec lui comblait. Je lui demandais seulement un peu de temps, jusqu'à l'automne. L'opération, la rééducation seraient derrière nous, j'y verrais plus clair.

« C'est moi qui y vois clair ! »

Il s'est dégagé.

« À la vérité, tu ne souhaites pas vraiment vivre avec moi. Tu préfères être libre de tes mouvements, de partir trois jours alors qu'un seul suffisait. Libre de t'asseoir sur un banc, la nuit, au bord de la Seine, avec ton Duriez. »

Comment ?

Un vertige m'a emplie : comment pouvait-il savoir ? Il est allé mettre le répondeur : la voix de Benoît, ardente, troublée, a empli la pièce : « Veux-tu savoir ce que j'ai dit aux gens qui nous ont laissé leur banc ? Je leur ai dit : " Voilà douze ans que j'attendais de m'y asseoir avec elle, pour regarder couler la Seine. Accordez-moi la plus belle nuit de ma vie. " »

Bernard a arrêté la cassette.

« Et pendant cette plus belle nuit, où était ton fils ? »

Son regard soupçonneux m'a été insupportable. Sur ce banc, j'avais pensé à lui, il m'avait manqué ! Qu'imaginait-il que j'y avais fait ? L'amour comme une putain, à la sauvette ? J'ai explosé : en effet, je n'avais pas de comptes à lui rendre, j'étais libre. Les amours qui entravent, je voyais trop ce que cela donnait, il n'y avait que ça autour de moi, merci bien !

« Puisque tu le prends comme ça... »

Il s'est levé. Les paroles de Benoît m'ont à nouveau mordu le cœur. Seulement il avait tout faux, Benoît ! Ce n'était pas « Qu'il te garde bien », qu'il aurait dû dire, c'était « Toi, garde-le bien ». En étais-je capable avec mon orgueil, mon intransigeance et ce métier de cinglé que je plaçais avant tout ? Les hommes, ces petits garçons, ont besoin de se sentir les premiers ; sinon ils s'en vont.

Il s'en allait. Il avait déjà mis son blouson. Qu'est-ce que j'attendais pour voler dans ses bras, demander pardon : pardon pour les mots qui vont plus loin que la pensée, pardon de te faire souffrir alors que je t'aime tant. Saurais-je un jour prononcer ce mot ?

« Je suis sans doute un homme trop simple pour toi, a-t-il constaté d'une voix douloureuse. J'ai toujours cru qu'avec un peu de bonne volonté tout pouvait s'arranger. C'est sans doute ce que tu appelles mon " enthousiasme ". Mais, pour que les choses s'arrangent, Margaux, encore faut-il y mettre du sien et tu en es incapable. Toi qui travailles pour la vie, tu n'as pas confiance en la vie. Tu te fais des montagnes de tout. »

Il est parti.

Des montagnes de tout ? Maxime, Benoît, Jordan ?

Pourquoi pas Éric pendant qu'il y était ?

Comme chaque mardi à seize heures trente, Guillaume est venu chercher son petit-fils au collège. Sur sa demande, il se gare un peu plus loin que la sortie et reste dans la voiture. Non qu'Éric ait honte de lui, mais, à douze ans, tous les copains partent à vélo ou à pied et il n'aime pas trop « être cherché comme un bébé ». Alors il laisse passer le flot avant de rejoindre son grand-père.

Celui-ci, docile, le regarde claudiquer vers sa voiture lorsque trois grands à mobylette l'entourent. Guillaume n'y attache pas d'importance. Sans doute s'agit-il d'élèves qu'Éric connaît. Mais voici qu'ils forment un cercle pétaradant autour de lui ; ne dirait-on pas qu'ils veulent l'empêcher d'en sortir ?

Guillaume remarque alors que l'un d'entre eux a le crâne rasé, et soudain l'évidence lui saute au cœur : on est en train d'agresser son petit-fils !

Il jaillit de la voiture, attrape dans le coffre son fusil de chasse – ne me demandez pas pourquoi il s'y trouve –, fonce vers le groupe qu'il met en joue – le fusil n'est pas chargé. Les agresseurs se sauvent comme des lapins. Éric sanglote.

Ils lui avaient dit que sa mère faisait un peu trop parler d'elle et que si elle ne se tenait pas tranquille, il pourrait bien avoir des ennuis avec sa patte, pas la mauvaise, l'autre, celle qui fonctionnait encore à peu près, mais peut-être pas pour longtemps.

Des horreurs !

Lorsque je suis arrivée à la ferme, il dormait. J'ai eu peine à reconnaître mon père : le regard farouche, les poings serrés, il ne décolérait pas. À la gendarmerie, où pourtant il connaissait des gars, on lui avait expliqué que ce genre d'histoire était monnaie courante ; le fait de délinquants venus de banlieue, des mineurs – sitôt attrapés, sitôt relâchés.

« C'est tout juste s'ils ont accepté de prendre sa déposition », s'est indignée Mathilde.

Je ne leur ai rien caché : les voyous, moi, je savais qui les avait envoyés. Je leur ai raconté les problèmes de la clinique et la mise en garde de Roux. On peut devenir fou pour des questions de gros sous, à l'idée de ne plus pouvoir fumer le cigare dans les bars des grands hôtels. Ils lançaient, si l'on peut dire, leurs dernières cartouches avant la manifestation.

« Mais pourquoi toi ? »

J'ai ri : « Il paraît que je suis le moteur du combat. »

Comme Roux, Guillaume a regardé ses mains. Comme le patron, il semblait leur demander si elles pouvaient encore être utiles, si elles l'avaient jamais vraiment été. En un geste de tendresse, maman y a glissé la sienne. Ces mains l'avaient nourrie, aimée, rendue heureuse. Je me suis sentie coupable. Sans moi, leur vie aurait été tellement plus paisible. J'avais fait une montagne de la mienne et, malgré eux, je les y entraînais : trop loin, trop haut. Et, par ma faute, Éric était en danger, Bernard souffrait. Soudain, j'en ai eu assez.

« Ne vous faites plus de souci, je laisse tomber ! Je n'irai pas à cette manifestation. »

Mon père a relevé brusquement la tête : « Et puis quoi encore ? Tu céderais au chantage, toi ? »

Il a frappé du poing sur la table.

« Il ne manquerait plus que ça. On enverra le petit chez ton frère. »

Un message de Frédéric Poitevin m'attendait à la maison, c'est pratique, les répondeurs, même si cela déclenche des règlements de comptes qui vous mettent par terre. Il avait une bonne nouvelle à m'annoncer : la télévision couvrirait notre manifestation. Je serais l'invitée du journal du soir.

13.

Devant, entourant le service des urgences, le maire, ceint de son écharpe, notre député, des représentants du conseil général, les élus.

Derrière, la grande vague blanche où le patron et l'aide soignante, le médecin et l'infirmier se mêlent, sans compter ceux des cuisines, du ménage, de la blanchisserie.

Puis tous les autres.

Ils ont afflué de partout, petite villes, villages et hameaux : un cortège dont on ne voit pas le bout. Parti de la Chartreuse, il avance lentement vers l'hôtel de ville. Ni chansons ni slogans, nous l'avons voulu ainsi : « HÔPITAL : silence ! » Seules les pancartes parlent : « URGENCES : URGENCE ».

Le long des rues, les rideaux de fer sont baissés, les vitrines closes : Journée ville morte. Ou plutôt Journée pour la vie ?

À mon bras, Guillaume !

Lorsque je l'ai vu venir vers moi, vêtu de son meilleur costume, j'ai d'abord refusé d'y croire. Il s'est emparé de mon bras : « Il y a du retard, ça commence quand ? »

Le visage haut levé, le pas ferme, mon père manifeste pour la première fois. Qu'il soit là davantage à cause de son petit-fils que pour nos urgences, c'est évident. Mais il n'a pas dit : « Ça ne servira à rien », ni « Ça va dégénérer ». Il est venu.

Tout arrive !

Rien n'est parfait ! Il a demandé à Mathilde de rester à la maison ; il serait plus tranquille. Et que croyez-vous que ma mère a fait ? Protesté, râlé ? Mais non : madame s'est inclinée. Elle, c'est comme ça qu'elle aime. Le contraire de sa fille.

Comme prévu, Éric a été confié à Roland pour le week-end. De lui ou de Mlle Jeanne, je ne sais lequel était le plus en colère d'être privé de défilé.

« Tu me prends pour un bébé ! »

« Tu me prends pour une vieillarde ! »

Dans la foule, je distingue Violaine, et Sandra au ventre plat, qui m'a glissé à l'oreille : « C'est fait pour les Oisillons », en reniflant un peu quand même. Trottinant aux côtés de sa mère, Marc-Antoine Poitevin, mon « épiglottite ». Et tant d'autres que je n'avais jamais vus que dans un lit ou sous les champs bleus de la table d'opération.

Mon cœur déborde d'allégresse : ils sont venus aussi pour moi.

Mon cœur est en peine : pas Olive. Pas Karim.

Il est quinze heures. Le samedi, à l'Auberge de Sidonie, les gens n'en finissent pas de traîner à table, surtout avec un ciel pareil qui a dû permettre de dresser les couverts sous la treille ; même s'il l'avait souhaité, Bernard ne pourrait être là. Une fois encore, nos « horaires impossibles » nous séparent. Un instant, son visage vide les rues, efface les quelques milliers de personnes qui m'entourent, je suis seule. « Un seul être vous manque... » Les clichés ne sont pas éculés, ils sont usés à force d'être vrais.

Ainsi que nous l'avait promis Frédéric Poitevin, la télévision est présente. Des journalistes filment le cortège, tendent leur micro aux manifestants. Ce soir, ce sera à moi de parler. Bernard allumera-t-il son poste ? Il sera dix-neuf heures trente, les premiers clients ne seront pas encore arrivés. Un effort, Bernard ! Peut-être comprendras-tu mieux, en m'écoutant, comment un hôpital déborde forcément sur la vie.

J'ai été un peu gênée lorsqu'il m'a fallu annoncer au comité que je serais, moi et pas eux, l'invitée des infos du soir. Merlin a rigolé : « Poitevin, votre amoureux... » « Rien de tel qu'une jolie femme pour convaincre », a ajouté Levaillant.

L'hôtel de ville, déjà ! Le maire se détache du cortège, grimpe les marches du perron, regarde un moment la foule qui emplit la place, déborde dans les rues. Puis il prend le micro et annonce qu'avec tous ceux qui voudront bien suivre, une délégation va se rendre maintenant à la préfecture de Dijon pour remettre au représentant du ministère de la Santé les quelque six mille signatures récoltées par notre pétition.

Alors comme un grand vent traverse la foule, balaie le silence, libère applaudissements et sifflets. Le bonheur, la chaleur d'être ensemble, tendus vers un même but, s'exprime.

Mais déjà le cortège se dissout. Des cars attendent ceux qui partent pour Dijon, les autres tournent sur eux-mêmes, désemparés.

« Je serais bien allé avec toi », dit mon père.

Nous sommes au pied du car dont le moteur chauffe. Je me moque : « Tiens, tiens, prendrait-on goût à la protestation ? » Mais il n'est pas question de l'emmener : son opération est trop proche et maman l'attend.

Là-haut, mes amis frappent à la vitre : ils m'ont gardé une place. Guillaume me retient par la manche : « On va gagner », souffle-t-il, comme étonné de sa propre audace et, avant de me laisser aller, il ajoute : « À ce soir, surtout. »

Surtout ?

Nous n'étions qu'une centaine devant la préfecture de Dijon et cinq seulement reçus par le préfet. Je n'avais pas souhaité faire partie de la délégation : le décor, les dorures, les mots, je connaissais. L'entrevue a duré à peine une vingtaine de minutes ; à la sortie, Merlin a déclaré aux journalistes qu'elle avait été cordiale et que notre pétition serait remise au ministre lui-même. À présent, c'était sur le visage de mes amis que je lisais le désarroi.

« Eh bien, nous ne comptons plus que sur vous, Margaux, a déclaré Merlin avec un faux entrain.

– Si possible, ne mettez pas le feu au micro », a renchéri Levaillant sur le même ton.

Les studios de la télévision étaient en dehors de la ville, Frédéric m'y a conduite. Je pensais à mes amis : n'y croyaient-ils plus autant ? Et si Vincourt gagnait.

« Pas trop émue ?

– Terriblement ! Bien plus qu'au bloc. »

Frédéric m'a rassurée : le présentateur était un ami à lui, il ne me tendrait pas de piège. J'aurais simplement à commenter les images du défilé et expliquer la position de la Chartreuse.

« Sois toi et tout se passera bien. »

On m'attendait au maquillage, elle courait, elle courait, la journée. « Ce serait mieux en dénouant vos cheveux », a suggéré l'esthéticienne. Je l'ai laissée faire. « Sois toi »... Ce visage que je voyais naître dans le miroir, tandis que houpettes, crayons et pinceaux faisaient leur travail, était-il encore le mien ? Foin de modestie, je me suis trouvée superbe. Mais plus star que chirurgien. Le regard de Frédéric a confirmé : « Dites donc, madame, vous en jetez !

– L'essentiel est que j'en jette au micro... »

Il était presque dix-neuf heures trente, l'heure de monter sur le plateau.

La lumière y est forte, presque blessante et la chaleur extrême. Le présentateur – je ne connais que lui, je le regarde souvent – me fait signe de venir prendre place sur un siège à ses côtés.

« Vous aurez six minutes », annonce-t-il après m'avoir souhaité la bienvenue.

Six minutes seulement ? On fixe un micro à mon corsage. De nombreux techniciens s'agitent dans la semi-obscurité du studio. Poitevin m'adresse un signe amical. Sur un écran, passe de la publicité. Fébrilement, je me remémore ce que j'ai préparé : chiffres, statistiques, coût excessif de certains examens pratiqués dans les grands hôpitaux... Pourrais-je tout dire en si peu de temps ?

« Vingt secondes, annonce une voix dans l'obscurité.

– Cela va être à nous », m'avertit le présentateur.

Générique.

« Bonjour ! »

Il énumère les sujets qu'il va traiter, puis il se tourne vers moi : « Je vous présente notre invitée, comment dit-on ? Madame le chirurgien ? »

C'est mon sourire sur l'écran... aussitôt remplacé par les images de la manifestation. La foule défile dans un silence impressionnant. Le commentateur parle de gravité, de dignité. L'émotion noue ma gorge, çà et là je reconnais des visages, oui, c'est nous, c'est bien nous ! Dire que j'avais, un instant, envisagé de n'y pas aller. Merci, Guillaume ! Une jeune journaliste tend le micro à une femme prise au hasard, une parmi les milliers : « Alors, madame, pourquoi êtes-vous là aujourd'hui ? » Prise au dépourvu, la femme ne trouve pas ses mots : « Eh bien... C'est pour notre hôpital, c'est pour le garder », finit-elle par répondre d'une voix timide. L'image s'efface, le présentateur se tourne vers moi.

« C'est pour garder votre hôpital ? Expliquez-nous cela. »

Et, au lieu de faire mon « exposé », réciter les mots préparés, je m'entends répondre : « Je suis venue parler pour ceux qui se taisent. »

Ce que j'ai dit ensuite m'a été comme dicté par toutes les femmes intimidées, tous les hommes gênés ou maladroits, la cohorte de ceux qu'on appelle les « petites gens », qui nous avaient suivis, qui nous faisaient confiance.

Il y avait deux mondes, ai-je expliqué et toute peur m'avait quittée. Le monde de ceux qui décidaient, qui connaissaient les mots, étudiaient les dossiers, maniaient la calculette et déclaraient : « C'est logique, c'est économique, c'est technique », et sans doute, sur le papier, avaient-ils raison.

Et puis il y avait l'autre monde, à qui personne ne demandait son avis, celui des gens qui ne savaient pas s'exprimer, qui n'avaient pas le moyen de juger, de choisir : le monde des silencieux, qui subissaient.

J'étais là en leur nom.

Car dans les rapports bien ficelés des ministères, il manquait une chose capitale : la dimension humaine. Les technocrates et les comptables ne regardaient du malade que la mécanique, avec beaucoup de soin, certainement, en souhaitant sincèrement apporter les meilleures solutions, au moyen des appareils les plus modernes, mais en oubliant ce que ces appareils ne pourraient jamais montrer et qui s'appelait douleur, angoisse et peur.

Et là, ils se plantaient, les spécialistes, ils oubliaient d'être performants, car le malade ou le blessé qui, au moment où il aurait le plus besoin d'aide, se retrouve loin de ses repères, ses racines, sa famille, à qui trop souvent on n'explique ni ce dont il souffre, ni ce qu'on va lui faire, que l'on nomme par son numéro de dossier ou par l'organe atteint, est un homme ou une femme qui guérira moins bien, sera plus sujet aux rechutes et dont même parfois le cas s'aggravera. Dans la balance, il était urgent de mettre ce que l'on ne pouvait convertir en chiffres : le poids de l'accueil, du sourire, de la parole, de la confiance.

C'était cette dimension humaine que nous essayions de donner à ceux qui poussaient la porte de nos urgences, sans regarder dans leur portefeuille, qu'ils soient « puissants ou misérables ». Et si nous avions défilé aujourd'hui, c'était tout simplement pour pouvoir continuer.

Je me suis tue. Avais-je dépassé les six minutes ? J'avais complètement oublié l'horloge. Mais pas une seule fois je n'avais été interrompue. On aurait dit que le silence de la manifestation avait gagné le studio.

« Je ne voudrais pas jouer les prophètes de malheur, mais imaginez que vous ne soyez pas entendus ? » a demandé le présentateur.

J'ai revu le glacial Serge Roseau, le préfet, Vincourt aussi, et ma poitrine s'est soulevée.

« Alors gare au réveil des silencieux ! ai-je lancé.

– Eh bien merci, madame. Nous resterons sur cet... avertissement. »

Le présentateur est passé aux autres nouvelles. J'ai cherché le regard de Poitevin mais il avait disparu. J'aurais voulu qu'il me rassure ; je n'avais pas cité un seul chiffre, ni même expliqué pourquoi nous étions performants à la Chartreuse. Je n'avais pas parlé des médecins, chirurgiens, infirmiers et tous ces autres qui chaque jour, chaque heure, livraient une course contre la montre pour sauver des vies. Ma tête débordait de ce que j'aurais voulu dire encore. Il n'y avait qu'un mot : « plantée ». Emportée par mon enthousiasme, je m'étais plantée.

Je ne saurais que le lendemain que, d'une certaine façon, j'avais bel et bien « mis le feu au micro ».

Le lendemain. Dans une éternité.

Frédéric m'attendait à la sortie du studio, le visage soucieux.

« On vient d'appeler pour toi : ton père a eu un malaise, je te raccompagne tout de suite. »

14.

Il m'avait dit : « À ce soir, surtout ! » et il n'avait même pas été capable de m'attendre pour mourir.

C'était bien la peine de m'être donné tout ce mal pour l'opérer moi-même de sa fichue hernie ; ça lui ferait une belle jambe dans son cercueil.

Il regardait la télévision avec maman, il écoutait pérorer sa fille, la chirurgienne qui n'avait rien senti, rien perçu, pas le moindre petit signal, même dans le « surtout », cette sorte de « Ne nous manquons pas » haletant qu'il m'avait lancé au moment de nous quitter.

Pour toujours.

Étonnée de son silence, maman avait demandé : « Ça va ? » Ne recevant pas de réponse, elle y avait regardé de plus près et constaté qu'il lui avait faussé compagnie, comme ça, sans un soupir, une plainte, il faut dire qu'il avait toujours été du genre discret, Guillaume, du genre qui détestait gêner.

Jordan avait été là très vite avec toute la patrouille et ce qu'il fallait en matériel : l'électrocardiographe, le défibrillateur, les tubes, la seringue d'adrénaline et ses mains, ses belles mains, qu'en dernier recours il avait utilisées : « et-une, et-deux, et-trois... », mais en vain.

« Laissez-le tranquille, avait ordonné maman. Aidez-moi plutôt à le porter sur son lit. »

En appelant à Dijon, où je continuais à parler du silence sans savoir qu'un pan de ma vie y était tombé à jamais, Jordan n'avait pas dit toute la vérité à Frédéric, craignant que dans la hâte nous ne nous cassions la figure sur la route. Il m'attendait dans la cour où les pleurs de Pastis m'apprenaient déjà la nouvelle ; rien de tel que les chiens pour annoncer la mort du maître.

Maman était dans la chambre avec lui. Cette chambre, nous n'avions pas tellement le droit d'y entrer quand nous étions petits, Roland et moi, c'est pourquoi nous l'appelions « la chambre au secret » : celui de notre naissance.

On avait fermé les volets et allumé les bougies prévues en cas de panne d'électricité. Mathilde pleurait comme elle avait toujours tout fait : sans tapage. Pour l'instant, la coulée de plomb dans ma gorge empêchait mes larmes de passer.

Le visage de Guillaume était paisible mais éteint, on voyait tout de suite qu'il ne l'habitait plus. J'ai posé mes lèvres sur cette joue et le seul mot qui m'est venu a été « pardon », voilà qu'il m'apprenait à le dire, il était temps ! Mathilde s'est redressée.

« Il faut que tu saches qu'il est mort heureux, Margaux. Il était si fier de toi. »

J'ai su qu'Éric et Roland arrivaient, en entendant le clic-clac pressé de mon estropié sur les tommettes de la salle. La mort-spectacle, à la télé ou sur ses jeux électroniques, Éric y assistait quotidiennement comme tous les enfants de son âge, mais c'était la première fois qu'il allait l'affronter pour de vrai, aussi l'ai-je pris contre moi. Il s'est penché sur son grand-père puis il m'a regardée d'un œil accusateur : « Est-ce que tu es bien sûre, maman ? Est-ce que tu ne crois pas qu'il dort ? » Roland pleurait comme pleurent les hommes, en s'arrachant la poitrine. La dernière fois que nous nous étions vus, il avait dit : « Quand te rendras-tu compte que tu lui en demandes trop ? » Il allait pouvoir triompher.

Nous sommes revenus dans la salle et maman a préparé du café. Jordan était allé chercher Marie, Frédéric avait disparu.

« Bon sang, a attaqué Roland. Pourquoi a-t-il fallu qu'il aille à cette manifestation ?

– Personne n'aurait pu l'en empêcher, a répondu maman fermement. Pour rien au monde, il ne l'aurait manquée. Il avait changé, tu sais ! »

Le regard désespéré de mon frère est allé d'Éric à moi. Je

n'avais pas besoin qu'il parle pour me sentir coupable : la frayeur éprouvée par papa lors de l'agression, la révolte qui avait suivi, l'exaltation de sa première manifestation, sans tout cela, c'est-à-dire sans moi, sans nous, probablement aurait-il été encore là.

« Tu lui en as fait trop voir », a résumé Roland.

Maman est venue s'asseoir à côté de lui, à la table à tout dire, la table aux comptes, une fois de plus.

« Grâce au petit et à ta sœur, ton père avait retrouvé une raison de vivre. Il me le disait hier encore. Je ne veux pas t'entendre reprocher quoi que ce soit à Margaux. »

Elle avait toujours pris ma défense lorsque Roland m'attaquait et papa faisait semblant d'avoir peur : « Les féministes montent au front... » L'avertissement donné, maman a attiré mon frère contre elle. Il souffrait lui aussi. Et s'il m'accusait, nous savions bien que c'était pour se protéger, barrer la route aux remords. Il avait laissé partir le père, non pas brouillé avec lui, ni même en froid, mais, d'une certaine façon, « en indifférence ». Il avait besoin de se convaincre que s'il n'était pas mort trop tôt, à cause de moi, il aurait eu le temps de renouer.

« Où est passé Éric ? » a demandé maman.

Il revenait justement de sa chambre avec le téléphone mobile qu'il a remis sans explication sur son socle. C'est en voyant débarquer Bernard que j'ai compris que mon fils avait été appeler au secours.

Il s'était tellement dépêché, mon amour, que, sous le blouson, il avait gardé sa tenue, ne manquait que la toque ! Roland regardait surgir ce cuistot d'un air ahuri. Avec de gros sanglots, Éric a couru vers lui, il lui a pris la main et il me l'a amené et il me l'a donné.

« Un samedi soir, abandonner ses clients, ce n'est pas sérieux », ai-je lancé.

Pas plus que de partir, à soixante-neuf ans, sans donner de préavis. Bernard n'a pas répondu. Il avait réappris à se taire. Il m'a ouvert les bras et j'ai pu enfin faire la première trouée dans la coulée de béton. « Tu avais raison : il a fini par me reconnaître, l'ennui est qu'il en est mort ! »

L'enterrement a eu lieu à l'église puisque tout ce qui venait du ciel, le bon comme le mauvais, mon père y croyait dur comme fer. Le bâtiment n'était pas assez grand pour contenir tous ceux qui étaient venus dire adieu à cet homme toujours soucieux de ne pas déranger. J'aurais voulu qu'il puisse les voir. Il aurait été gêné, il aurait dit : « Ce n'était pas la peine. » Maman avait tenu à ce que Bernard soit dans la rangée de la famille ; les langues allaient pouvoir se déchaîner.

N'imaginez pas que, perdu dans sa douleur, on ne voit rien. On voit tout, au contraire ! On devient un vrai comptable de ceux qui sont venus, de ceux qui manquent. « Tiens, lui, il l'aimait donc ? » « Tiens, elle, elle pleure ? » Et s'il y en a qui ont le culot de profiter de l'occasion pour bavarder, on les épingle aussi ; on ne leur pardonnera jamais tout à fait.

J'ai vu un directeur d'hôpital, des patrons, des médecins, des infirmières de toutes les couleurs. « Tiens, elle pleure, Martineau ? » J'ai vu Mlle Jeanne au bras de Cathy. Mme de Montpensy est allée communier, Marie et Jordan aussi. Contre ma hanche, l'ailier droit tentait de retenir ses larmes pour faire barrage aux miennes. En voyant, sur le cercueil, le bouquet blanc qui représentait son adieu, je n'ai pu m'empêcher de penser que c'était sans doute le dernier enseignement que lui donnait ce grand-père qui s'était tant occupé de lui.

Il apprenait au petit-fils la mort autrement qu'en spectacle. Il le préparait, avec cette première expérience, à accepter qu'elle fît partie de notre existence à tous. Il allait lui apprendre le vrai chagrin, le manque, le prix du souvenir, et nous l'y aiderions. Et plus tard, mais il faudrait être patient, il lui enseignerait à voix lointaine, presque effacée, que le temps accomplit son œuvre et que la vie continue.

Sixième partie

MOI, MARGAUX

1

Des mères... Des mères inquiètes ou affolées, des mères aux ongles enfoncés dans les paumes pour réprimer le cri, des mères dignes et d'autres moins, Dieu sait si j'en avais rencontré !

Elles ne m'avaient rien appris.

« Madame, calmez-vous, tout se passera bien, vous n'avez aucune raison de vous faire du souci... » Inlassablement, je m'efforçais d'apaiser, de réamorcer la petite flamme de la confiance, tout en gardant la bonne distance, me souvenant que, pour être utile, un médecin ne doit jamais se départir de son rôle, sombrer lui-même dans l'émotion.

Elles ne m'entendaient pas, ou si peu.

Je n'entends pas Bernard. Je les connais par cœur toutes les excellentes raisons qu'il me donne de ne pas m'inquiéter ; moi-même, je les ai servies. Mais ce matin, je ne suis plus qu'une mère parmi d'autres, qui tremble pour son enfant. Déraisonnablement.

Manquerait plus qu'il rejoigne le grand-père !

Le chariot est venu prendre Éric à neuf heures. Parti avant l'aube de l'auberge, Bernard était déjà arrivé. Par faveur spéciale, nous avons été autorisés à attendre au bloc, dans le bureau des chirurgiens. Une heure déjà ! L'opération peut durer deux ou trois heures.

Cette nuit, j'ai dormi près de mon fils, sur un lit de camp. Nous avons parlé tard. Éric ne cessait de m'interroger sur son grand-père : « Est-ce qu'il était sévère ? Est-ce qu'il vous punissait souvent, Roland et toi ? » Dans la semi-obscurité, car la nuit ne tombe jamais dans une chambre d'hôpital, si ce n'est pour toujours, je n'avais pu m'empêcher de rire : « Et toi, mon chéri, il te punissait souvent, ton grand-père ? » En réponse, un cri d'indignation : « Bien sûr que non ! – Eh bien, pour Roland et moi, c'était pareil. »

Il avait de drôles d'idées sur l'éducation, Guillaume. Il ne croyait qu'à l'exemple. Pour comprendre celui qu'il donnait, il suffisait d'aller faire un tour dans son potager : à la fois l'ordre et la générosité. Car il plantait autant pour les autres que pour lui. Et quand on avait l'impression d'avoir mal agi, on se sentait vraiment mauvaise graine, ortie, chardon, bon à arracher et à jeter au feu. Point n'était besoin d'autre punition.

Avant de s'endormir, la dernière phrase de mon fils : « Il disait que tu étais courageuse. »

Aurait pas pu faire sa commission lui-même ?

Voilà une heure trente qu'Éric m'a été enlevé. Où en sont-ils ? Rien que pour installer les champs, puisqu'il y a deux régions à opérer, il a fallu une bonne demi-heure. Le greffon a certainement été prélevé. Il attend dans la cupule pleine de sérum. L'os a été dégagé, scié. Minute de vérité ! La saleté de staphylocoque qui a mangé le genou d'Éric il y a sept ans peut n'être qu'assoupie et profiter de l'occasion pour se manifester à nouveau. Le risque de réveil infectieux n'est jamais à écarter. Si j'avais assisté à l'opération, je serais fixée au lieu de me ronger les sangs ici ! Mais Couderc n'a pas voulu de moi. Benoît représente la famille.

« Si nous sortions ? propose Bernard. Vois comme il fait beau ! »

Justement ! J'aurais préféré un ciel à l'unisson de mes sentiments. Et si mon petit garçon ne voyait plus jamais le soleil ?

Pauvre Bernard qui n'ose pas me toucher, me prendre dans ses bras. Il n'aurait pas intérêt ! Mon corps de mère ne le supporterait pas.

Je lui demande : « Et à l'auberge, vous avez salle pleine, ce soir ? » La seule chose qui me rassure : l'imaginer à ses fourneaux pour le dîner. S'il est là-bas, c'est qu'ici tout se sera bien passé. Il comprend au quart de tour et me donne force détails : oui, ils ont salle pleine. Les Herman ont réservé, les Delay aussi : un anniversaire de mariage. Et puis les Touzeau, est-ce que je vois qui sont, les Touzeau ? Ils viennent à huit vider leur cagnotte de bridge d'une année. Retraités, ils jouent au moins trois fois par semaine, cela finit par faire une somme. Ils trouvent toujours très drôle de casser la tirelire sur la table au moment de l'addition et de compter une montagne de pièces et de billets. Ce qu'il y a en trop, c'est pour le service. Ce qui manque, ils voudraient bien que la maison le leur offre.

« Tu le leur offriras ce soir : de la part d'Éric. »

Je les aime, ces Touzeau et leur cagnotte de bridge ! Ils me remontent le moral lorsque je les imagine cassant leur tirelire pleine sur la nappe blanche. J'écoute les applaudissements de Bernard ; il rit un peu trop fort, comme on rit, l'orage passé...

Deux heures trente qu'ils y sont ! Benoît aurait pu venir me dire que tout allait bien. S'il ne l'a pas fait, serait-ce qu'il y a un pépin ? Je voudrais n'être pas chirurgien : je les connais tous, les pépins possibles.

« Laisse-moi au moins aller te chercher une boisson fraîche, supplie Bernard. On étouffe dans ce bureau.

– Attends... »

Des pas dans le couloir, une voix qu'il me semble reconnaître, deux blouses blanches : Couderc et, derrière lui, Benoît.

« Eh bien voilà, madame ! C'est fait. Tout s'est passé au mieux. »

J'entends ma voix, détachée, superbement professionnelle : « Et le foyer infectieux ?

– Quel foyer infectieux ? Je n'ai rien vu, moi ! Que du tout propre, tout net. »

Alors tant pis, ce n'était pas prévu au programme : la mère saute au cou de l'orthopédiste, avant de tomber dans les bras du père.

Quand ce père a tendu la main à Bernard, celui-ci n'a pas compris tout de suite de qui il s'agissait.

« Je suis Benoît Duriez. Vous êtes Bernard, je suppose ? »

Je n'avais pas trouvé indispensable de révéler à mon jaloux

que « l'homme au banc » était plus jeune que lui, plus grand et nettement plus beau. Ledit jaloux a eu un choc. Je l'ai pris par la taille. J'aurais pris la terre entière par la taille, le monde dans mes bras. Quelle idiote j'avais été de me faire tout ce cinéma ! Il n'y avait aucune raison que les choses se passent mal ; surtout avec Couderc.

Il avait disparu, le meilleur des meilleurs. Benoît, enthousiasmé, retirait sa blouse : « C'était magnifique ! Pendant l'intervention, je voyais Éric courir !

– En attendant qu'il coure, on va aller l'attendre dans sa chambre, ai-je décidé. Et il faut que j'appelle maman. »

Il est d'usage de faire un cadeau aux opérés. Pour ma part, j'avais prévu les abominables baskets fluo avec coussins d'air dont mon Éric rêvait. Quant à mes deux hommes, ils avaient eu la même idée.

Que peut-on offrir à un futur ailier droit ?

2.

Il était huit heures du matin, j'achevais de m'habiller dans la chambre du petit hôtel, à deux pas de l'hôpital, où je m'étais installée pour une dizaine de jours, lorsque la réception m'a appelée. Je n'avais pas dit que j'étais médecin. Dès lors que les gens le savent, ils vous décrivent toutes leurs misères ; j'en avais eu mon compte. Ma surprise n'en a été que plus grande : « Docteur Lespoir ? Une personne pour vous. Elle attend dans le hall. »

Et avant que j'aie pu demander de qui il s'agissait, l'employé, peu stylé, avait raccroché.

Qui ?

Maman ? Certainement pas. Je l'avais eue hier soir à l'appareil. Marie ? Assez son genre de me faire la surprise. En attendant, ma profession était dévoilée : combien de consultations « amicales » aurais-je à donner ?

Je n'avais jamais vu la femme qui m'attendait en bas de l'escalier. Distinguée, élégante, elle devait avoir une trentaine d'années. Elle m'a tendu à regret le bout de ses doigts : « Brigitte Duriez. Excusez-moi de venir si tôt. » Comment avait-elle eu mon adresse ? En faisant les poches de Benoît ?

« Je n'ai pas pris mon petit déjeuner, voulez-vous m'accompagner ? »

Elle m'a suivie dans la salle à manger, regardant autour d'elle avec dédain. C'était un hôtel modeste, je n'avais pas les moyens de m'offrir des étoiles et j'avais refusé que Benoît se charge de la note comme il l'avait fait lors de mon précédent voyage à Paris.

« Prendrez-vous quelque chose ?

– Rien, merci. »

L'employé marocain – le même qui s'occupait de la réception – a posé devant moi café, lait, pain frais et croissants. Rien ne peut m'empêcher d'avoir une faim d'ogre le matin.

Brigitte Duriez a allumé nerveusement une cigarette. « Très jolie », avait dit Benoît de sa femme. Sans doute, mais d'une beauté sèche, comme ces mannequins qui semblent s'interdir tout sentiment : des porte-vêtements sur papier glacé.

« Mon mari veut reconnaître votre fils », a-t-elle attaqué.

J'en suis restée la tartine en l'air.

« Je n'étais pas au courant.

– Allez, ne me racontez pas d'histoires ! »

Son regard accusait. J'ai contrôlé ma voix : « Je ne vous raconte pas d'histoires, Benoît ne m'a jamais parlé de cette louable idée. »

Le « louable » n'était pas innocent : une petite vengeance contre le « mon » mari, le « votre » fils, qui nous rejetaient tous deux dans les limbes.

« Louable ? Vous trouvez ça “ louable ”, vous ? »

La colère animait un peu la beauté de papier. Qu'elle ait été blessée d'apprendre l'ancienne histoire d'amour de son mari et l'existence d'Éric, je pouvais le comprendre : en ne lui en parlant pas, Benoît lui avait manifesté un manque de confiance. Mais ce matin, c'était, me semblait-il, d'autres sentiments moins respectables qui l'agitaient. « Elle ne pense qu'au fric », avait dit Benoît. Craignait-elle pour l'héritage ?

« Et mes petites filles, avez-vous seulement pensé à elles ? a-t-elle demandé. Vous rendez-vous compte du choc qu'elles éprouveront lorsqu'elles apprendront... tout ça.

– Les enfants sont naturellement généreux, ai-je répliqué. Tout dépend de la façon dont on leur présente les choses.

– Vous avez donc l'intention d'accepter ?

– Ce n'est pas à moi d'en décider ; il me semble que c'est une affaire entre Éric et son père.

– Son père ! a-t-elle relevé avec aigreur. Vous le connaissez : il fera ce qu'on lui demandera. »

Elle a hésité. Son œil est passé sur mon jean, ma chemisette de sport, le sac à dos accroché au dossier de ma chaise. Elle, portait un tailleur, collier de perles et foulard de soie. Autre uniforme, autre milieu.

« Benoît ne s'est pas correctement conduit avec vous, a-t-elle reconnu. Vous laisser avec cet enfant... Et si je vous... dédommageais ? »

Je me suis levée. Elle avait bel et bien réussi à me couper l'appétit.

« Mais de quoi ? Il m'a offert un merveilleux petit garçon. Et, peut-être l'avez-vous oublié, celui-ci vient de subir une intervention importante et, malgré les calmants, il lui arrive de passer de sales nuits. Il m'attend. »

J'ai quand même emporté un croissant.

Cette nuit-là avait été meilleure que les autres et Éric avait bon moral. À la fin de la semaine, on enlèverait les fils et, si tout allait bien, il s'installerait à la Chartreuse jusqu'à consolidation complète : deux bons mois. Tristes vacances pour un gamin. Mais il nous suffisait de lorgner du côté des ballons suspendus à la tête de son lit pour retrouver un moral d'acier.

Je lui ai offert le croissant. Tandis qu'il le mangeait, je voyais deux petites filles qui n'étaient pour rien dans les sombres calculs de leur mère. J'ai décidé de n'en parler à personne.

Le soir même, le patron m'appelle. Il s'enquiert régulièrement de l'état d'Éric, mais ce n'est pas de lui dont il veut me parler. Un de ses amis, qui travaille au ministère de la Santé, souhaite me rencontrer. Peut-il prendre rendez-vous pour moi ?

Les ministères, les préfectures, j'en ai eu mon content : toujours de mêmes faces de carême, de mêmes discours. Je demande : « Est-ce vraiment indispensable ?

– Quand on fait un tabac sur le petit écran, on en accepte les conséquences, plaisante Roux. Et cela peut être utile pour la Chartreuse. »

Il est vrai qu'à mon propre étonnement, mon passage à la télévision a bien fait un « tabac ». Le lendemain, c'était pour moi que les journalistes se précipitaient à l'hôpital. Deuil oblige, ils ne m'y avaient pas trouvée et ceux qui avaient eu l'impudence de me traquer jusqu'à la ferme s'étaient vu envoyer sur les roses. Depuis, nous n'avions aucune nouvelle de notre dossier ; s'il le fallait, nous étions décidés à réattaquer.

Je m'incline. Puisque cela peut être utile... L'ami de Roux s'appelle M. Adler.

Et, en ce milieu d'après-midi, me revoici dans le hall froid du ministère de la Santé. J'ai mis une robe, emplette parisienne – ce sont les soldes partout. Comme je l'avais fait lors de ma première visite, je donne à la réception mon nom et celui de la personne qui m'attend : « Pouvez-vous patienter, madame ? »

Mais cette fois, ce n'est pas un quelconque employé qui vient me chercher mais un huissier en grande tenue. Il m'installe dans un petit salon coquet, rien à voir avec la pièce étroite où travaillaient les secrétaires de Serge Roseau.

« Je vais avertir M. le directeur de cabinet du ministre que vous êtes arrivée. »

Le directeur de cabinet ? Le plus haut personnage après le ministre ? Il y a erreur, c'est avec M. Adler que j'ai rendez-vous. L'huissier revient déjà : « Si vous voulez bien me suivre, madame. »

Une grande baie ouvre sur le ciel, les meubles de verre et d'acier vous donnent l'impression d'être dans une fusée. Adler vient à ma rencontre. Il peut bien porter costume trois-pièces, cravate et légion d'honneur, il me plaît tout de suite, le directeur ! Masse de cheveux blancs, regard curieux, chaleureux, l'âge d'être grand-père. Il retient un moment ma main dans la sienne.

« Voilà donc celle qui a tant ému les Français !

– Il paraît, monsieur. C'était sans le chercher, je vous assure. »

« Ne joue pas ta modeste », ricanerait Roland. Comme si j'avais la tête à jouer. Je crains plutôt qu'on me la coupe. Adler hoche la tête avec un soupir : « Je sais bien, je sais bien : vous avez laissé parler votre cœur ! Succès assuré sur le petit écran. Et à nous, malheureux " technocrates ", il revient de faire parler les chiffres. Moins facile d'émouvoir avec ça, n'est-ce pas ? Je suppose que vous connaissez l'état de nos finances ?

– C'est parce que nous le connaissons que nous avons renoncé à garder notre maternité. Il en a beaucoup coûté à certains. »

Il me désigne un siège, prend place, non pas derrière son bureau mais à côté de moi : « Comment faire, docteur, lorsque les caisses sont vides, pour que tout le monde continue à être bien soigné, qu'il soit " puissant ou misérable " ?

– Je l'ignore, monsieur, mais il me semble... »

Soudain, les mots me restent dans la gorge. Je viens seulement de me rendre compte de mon audace : ce sont Levaillant ou Merlin qui devraient être là, eux savent, pas moi qui ai toujours été brouillée avec les chiffres. Pourquoi Roux m'a-t-il envoyée ici ? « Cela pourra être utile à la Chartreuse »... Tu parles ! Il m'a envoyée au casse-pipe.

Lamentablement, j'essaie de dire ce que j'avais préparé pour la télévision, et qui n'aurait certainement pas « fait un tabac ». Le progrès est hors de prix ! Mais si chacun, qu'il soit puissant ou misérable, a droit aux examens et aux traitements les plus modernes, donc les plus coûteux, tous n'en ont pas forcément besoin. Or, il arrive que dans certaines grandes usines à soins, on abuse de ceux-ci. Tout ce que nous demandons, à la Chartreuse, est qu'on nous laisse continuer à faire le tri, à nous occuper de ceux dont l'état ne justifie pas l'appel à du matériel sophistiqué et qui gagneront à être traités près de chez eux, plus humainement. Nous demandons le choix laissé aux patients ; à eux de nous rejeter si nous ne sommes pas à la hauteur. En dirigeant tout le monde autoritairement vers les grands centres, n'ouvre-t-on pas la porte aux excès, à l'irresponsabilité, ce fameux gaspillage dont meurt, paraît-il, notre Sécurité sociale ? Et si nous pouvions obtenir le scanner que nous réclamons depuis plus de trois ans, ce serait encore mieux.

Monsieur le directeur de cabinet a un rire : « Mon ami Roux m'avait averti que j'aurais à faire à une personne têtue... Mais figurez-vous que cela me plaît : tant de gens ne savent plus ce qu'ils veulent. Permettez-moi seulement de regretter que tous les petits hôpitaux ne soient pas aussi sérieux que votre Chartreuse. »

« Aussi sérieux » ? Et il n'ouvre pas notre dossier d'un air attristé ; il l'a étudié. Il ne sort pas sa calculette : il l'a chiffré. Il me sourit avec bonhomie. Serait-ce que...

Le cœur battant, je demande : « Alors vous pensez que nous avons une petite chance de gagner ? »

Et, comme en réponse à ma question, la porte s'ouvre à toute volée et un homme apparaît, lui, sans huissier pour l'annoncer, sans cravate, en bras de chemise. Il tape amicalement sur l'épaule d'Adler : « Ça va, mon vieux ? » Il serre ma main à faire craquer mes doigts. Il paraît encore plus jeune qu'à la télévision... où on le voit bien plus souvent que moi !

« Alors, madame, vous nous en avez causé du souci ! »

J'entends ma voix : « Et je ne vous en cause plus, monsieur le ministre ?

– J'ose espérer que c'est fini. Adler ne vous l'a pas dit ? Vous gardez vos urgences. »

La gorge sèche, incrédule, j'interroge : « Provisoirement ?

– Qui a parlé de provisoire ? La suite est entre vos mains. Prouvez-nous que vous êtes à la hauteur de vos ambitions. Et bonne chance ! »

Il est déjà parti, sans me laisser le temps de le dire, ce « merci » qui fait des rouleaux de mer bretonne dans ma poitrine : la Chartreuse conserve ses urgences ! Levaillant, Jordan, Merlin, vous autres, nous avons gagné ! Je retombe dans mon fauteuil.

« Tenez ! »

Monsieur le directeur de cabinet me tend son mouchoir, un bon, large mouchoir de rhume comme en utilisait, pour essuyer son front, ce manifestant dont les dernières paroles, ou presque, ont été « On va gagner ! ». En séchant mes larmes, je lui réponds : « C'est fait.

– C'est la joie », constate Adler qui a repris place près de moi.

Et comme il faut toujours que j'aie réponse à tout, je chevrote : « Non monsieur, c'est mon père. »

3.

Parfois, j'aurais voulu n'être que médecin, avec mon seul métier pour horizon. Consacrer toutes mes forces à réparer les corps, en extirper le mal, aider à vivre mieux et plus longtemps. J'aurais continué à m'instruire, me tenir au courant des avances de la science et de la technique. Autour de moi, certains avaient fait ce choix : l'hôpital était leur maison ; à leur sujet, on parlait d'apostolat mais on voyait bien que c'étaient des apôtres heureux.

Parfois, regardant mon fils, j'avais envie de n'être qu'une mère. Pouvoir rester auprès de lui plutôt que de passer en courant, toujours en courant. Laisser à ses questions le temps de s'exprimer, prendre celui d'y répondre, mieux le regarder, l'écouter, l'aider à s'enthousiasmer, deviner avec lui ce qui en ferait peut-être un homme épanoui. Ne l'éduquais-je pas comme je le nourrissais ? À coups de produits tout faits, vite faits ? Sans lui enseigner le goût, le discernement, la patience, cette recherche d'une harmonie jusque dans les petites choses que me faisait découvrir Bernard et qui procurait des joies souterraines, le sentiment d'être, malgré tout, à sa place dans la grande et parfois impitoyable partition du monde.

Lorsque j'étais avec Bernard, il m'arrivait de rêver de n'être que femme. Comme certaines héroïnes de roman, je me dévouerais corps et âme à son plaisir et son bien-être. Je prendrais le temps de me faire belle pour lui, je parerais sa maison. Le soir, je serais le repos du guerrier, le matin, celle qui donne l'élan.

Médecin, mère, femme, je ne cessais de courir de l'une à l'autre sans jamais pouvoir me donner à fond. « Ma vieille, tu l'as voulu », m'aurait raillé Roland. N'était-ce pas plutôt la vie qui l'avait voulu pour moi ? Il me semblait n'avoir fait que me laisser entraîner par un courant.

La victoire des urgences a été fêtée à la Chartreuse le lendemain de mon retour à Chatenay. Tous les services étaient représentés ; Levaillant et Merlin ont pris la parole. J'avais obtenu de me taire : ne m'avait-on pas assez entendue comme ça ? Mais je ne me suis pas privée de dire à Roux ce que je pensais du piège qu'il m'avait tendu en m'envoyant au ministère.

« Vous saviez tout, n'est-ce pas ? Qui je verrais et ce que l'on m'annoncerait.

– Bien entendu, a-t-il ironisé. Adler est un vieil ami. Après tout ce que vous avez fait subir à la Chartreuse, il m'a semblé qu'il vous revenait d'encaisser le choc en premier. Et avouez que si je vous avais dit qui vous alliez rencontrer, vous auriez été fichue de ne pas y aller ? »

J'ai avoué et nous avons trinqué.

Alors qu'il portait la coupe à ses lèvres, celle-ci lui a échappé et s'est brisée sur le sol.

« Le verre blanc porte bonheur », ai-je plaisanté.

Il n'a pas répondu. Son visage était devenu extrêmement pâle et il est parti presque aussitôt ; je n'y ai pas prêté autrement attention.

J'ai moi-même quitté rapidement la fête. C'était lundi et je devais dîner avec Bernard. Avant de le rejoindre, j'ai eu l'idée de monter une coupe à Mlle Jeanne ; je l'avais délaissée ces derniers temps, ma pauvre institutrice ! La mort de papa, l'opération d'Éric, cela devait faire presque un mois que je ne lui avais rendu visite... J'allais me faire frotter les oreilles.

Elle ne se trouvait pas dans sa chambre où son plateau-repas, intact, était posé sur sa table. Cela ne m'a qu'à demi étonnée : Mlle Jeanne passait son temps à circuler dans le service. Sans doute était-elle avec celui que tous, ici, appelaient son « fiancé ».

Cet ancien chef de gare était entré à la Chartreuse quelques mois auparavant pour une prostate. Il y était resté. Cultivé, passionné de lecture, il s'était très vite lié d'amitié avec l'institutrice. Ils se remboursaient des voyages qu'ils n'avaient pas faits en se racontant sans fin ceux de leurs livres préférés. Jean... Jeanne, le même âge : une rencontre prédestinée.

Je n'avais pas le temps de l'attendre ; j'ai laissé la coupe à côté de son dîner en recommandant à une aide soignante de la lui offrir de ma part sitôt qu'elle reviendrait. C'est dans l'ascenseur qu'un détail m'est venu à l'esprit, quelque chose manquait sur la table de nuit : son fameux réveil. Il s'agissait d'un vieil instrument de cuisine que j'avais eu tout le mal du monde à faire réparer l'an dernier – et qui m'avait coûté plus cher que d'en acheter un neuf. Mais son tic-tac – les modernes étaient silencieux – peuplait de souvenirs les nuits sans grand sommeil de l'institutrice ; pour rien au monde elle n'eût voulu s'en séparer. Où était passé ce réveil ? L'accueil de Bernard a chassé le trouble qui me venait au cœur.

Il était joyeux comme un enfant qui s'apprête à vous faire une surprise et brûle de la dévoiler avant l'heure : « Monte vite ! » Il a démarré en trombe. Où m'emmenait-il ? Tout ce que j'ai pu obtenir a été que nous devions nous dépêcher pour profiter du jour ; à l'arrière de la voiture, j'ai remarqué une glacière. Allions-nous pique-niquer ?

Il a pris la route départementale et, à quelques kilomètres de Chatenay, il a brusquement tourné dans un chemin de terre ; celui-ci menait à une maison entourée d'un jardinet, protégée par quelques arbres. Au-delà, il n'y avait que des champs. La barrière de la cour était ouverte. Il y est entré. Personne ne venait à notre rencontre. Nous sommes descendus de voiture, il a sorti une clé de sa poche.

« Tu es chez toi », a-t-il dit avec émotion.

Je suis restée immobile, partagée entre la surprise et l'irritation. Nous avions décidé de nous installer ensemble, mais seulement lorsque Éric serait sur pied. Il aurait dû me consulter. Mon air soucieux l'a fait sourire : comme il me connaissait bien !

« Loin de moi l'idée de te forcer la main. Mais je ne pouvais pas laisser passer une telle occasion. Et Madame était à Paris... »

Un de ses clients et amis, ingénieur, qui venait de faire construire cette maison, s'était vu nommé à l'étranger pour trois ans : Chicago. Si je voulais bien, nous en serions les gardiens.

« Viens voir, au moins ! Tu décideras. »

Je l'ai suivi.

En bas, il y avait une grande pièce qui faisait aussi cuisine et deux chambres. En haut, un bureau et deux autres chambres, celles-là mansardées. Plusieurs salles de bains, quelques meubles. Tout était neuf, trop beau, irréel. Cela ne pouvait être chez moi.

Bernard me regardait d'un air inquiet. Une autre aurait sans doute bondi de joie, applaudi. Pourquoi fallait-il toujours que je me méfie ? Que j'éprouve cette peur d'être attrapée, arrêtée dans mon élan ? La peur d'une petite fille dont on avait cherché à rogner les ailes ? « Alors ? » a demandé Bernard. Allais-je une fois de plus gâcher son plaisir ? Je suis venue dans ses bras : « Alors, je m'occuperai du jardin. »

Nous y avons pique-niqué. Un pique-nique trois étoiles : Tourte tiède au jambon, poisson en gelée, salades variées. Au champagne, bien entendu. Depuis six heures du soir, je roulais au champagne, pas étonnant si ma tête tournait ! J'ai revu Roux laissant échapper sa coupe, son visage tragique. Mlle Jeanne devait avoir savouré la sienne. Où était donc passé son réveil ? La nuit tombait, fraîche, parfumée. Si nous vivions là, je retrouverais le paysage de mon enfance, avec vue sur les champs. Les champs prometteurs de moissons à venir, les champs bleus de la salle d'op : mes horizons.

« Veux-tu que nous dormions ici ? » a proposé Bernard.

Nous avons choisi notre chambre : la plus vaste, au premier. Il avait prévu des draps et même une veste de pyjama pour moi, le sacripant ! Il avait prévu les caresses, la tendre et ardente pendaison de crémaillère et ma maison était bien dans ses bras.

Le lendemain, devant nos tasses de café, il m'a demandée en mariage.

« Moi ? Tu veux m'épouser ? »

Mon étonnement l'a fait sourire. Puisque nous nous aimions, que nous allions partager un toit, qu'il espérait bien que je lui donnerais un de ces jours le petit dont il rêvait, ne serait-ce pas plus logique ?

Un qui aurait été d'accord, mon père !

Un qui ferait une drôle de tête, Maxime !

« Tu sais, ai-je remarqué, tout ça, y compris le petit, on peut très bien le partager sans pour autant se marier.

– Pour moi, c'est important, a-t-il répondu avec simplicité. Je veux pouvoir crier " ma femme ", sur tous les toits, prendre des mines de propriétaire, mettre ton portrait dans la salle à manger de l'auberge avec, en lettres dorées " Margaux de Montpensy ". Tu ne trouves pas que ça sonne bien : Margaux de Montpensy ?

– Royal ! Et, en blouse blanche, bistouri au poing, ça sonnera encore mieux. »

Nous avons ri. La vie était légère, surprenante, un peu frisquette aussi car il était six heures du matin.

« Et si ton Éric est d'accord, je pourrai le reconnaître, a proposé Bernard dans l'élan. Comme ça, il continuera à porter le même nom que sa mère. »

Là, j'ai failli éclater de rire : voici qu'après avoir vécu sans père pendant douze ans, deux se présentaient en même temps à Éric : le trop-plein.

« Pour ce portrait à l'auberge, je peux passer commande ? » a plaisanté Bernard d'une voix à la fois si faussement légère et pleine d'espoir que la tendresse m'a serré la gorge. Après tout, chirurgien, mère, épouse, je ne serais pas la première. Bien qu'épouse d'une toque...

« Pourquoi pas ? »

Les larmes, cette fois, ce n'était pas la femme qui tentait de les retenir. Nous sommes remontés en vitesse au premier pour une nouvelle célébration.

Avant de quitter la maison, il m'en a remis la clé.

« Quel est son nom ? ai-je demandé.

– Elle n'en a pas encore.

– Alors, La Clé des champs ?

– Cela ressemble trop à la poudre d'escampette, s'est-il moqué. Je préfère La Maison des champs. »

4.

Sur mon paillasson, un ballot de vêtements. À côté du ballot, qui respire bruyamment, un réveil de cuisine comme on n'en fait plus ; il marque sept heures et quart. Il y a un peu plus d'une heure, un homme me demandait en mariage et je ne disais pas non, je sens au fond de ma poche la clé d'une maison qui sera peut-être la nôtre. Que faites-vous là, Mlle Trouble-Fête ? On fugue maintenant ?

J'ouvre grand la porte, prend le ballot dans mes bras et vais le poser sur le canapé, merci Roland ! Tu me défiais toujours de te soulever et, grâce à toi, les kilos ne me font pas peur, surtout ceux d'une instit haute comme trois pommes à l'appétit d'oiseau.

Il s'est réveillé durant le trajet, mon oiseau. Il caquette un prénom : « Jean... Jean... » On dirait qu'il lui laboure la poitrine. Je lui fais les poches : les vieux sont pleins de poches aux trésors. J'y trouve avec soulagement ce que je cherchais : le pulvérisateur qui sauve... Ouvrez le bec, mademoiselle Jeanne, « grand, plus grand ». On fugue quand on n'est plus maître de sa respiration ? Dans la poche, j'ai trouvé aussi les médicaments : fugue préméditée. Oreiller sous la tête, couverture jusqu'au menton. L'œil se ranime. « Pas mal au bras gauche, mademoiselle Jeanne, c'est bien sûr ? Aucune douleur dans la poitrine ?

– Ça va, grommelle-t-elle. Ce n'est pas encore aujourd'hui qu'il m'aura. »

Qui, « il » ? J'interroge : « Que s'est-il passé, racontez-moi ?

– Jean, répond-elle d'une voix cassée. Mon pauvre Jean. Un tortionnaire. »

Voilà qu'elle déraille. Je suis bien, moi ! J'opère, ce matin ; on est en train de préparer mes malades. Je décroche le téléphone. Primo, avertir la Chartreuse que sa pensionnaire est ici ; mais tandis que je forme le numéro, les serres d'oiseau m'arrêtent.

« Inutile, je n'y retournerai pas. Ou il faudra me mettre la camisole.

– Mais ils doivent se faire un sang d'encre ! Et moi il faut que j'aille travailler. »

Elle pleure : les larmes roulent dans le sillon des rides. Voir pleurer les vieux, je n'ai jamais supporté. Alors, lorsqu'il s'agit de votre institutrice, la sans-faille, sans-faiblesse, celle qui savait tout, pouvait tout, même éclairer votre avenir, c'est votre enfance qui coule.

« Est-ce que j'ai au moins le droit d'appeler maman ? »

La main me libère.

Mattie est réveillée, bien sûr. C'était toujours elle qui faisait le café du patron. Peut-elle venir tout de suite avec quelques vêtements pour Mlle Jeanne ? Je lui expliquerai. En l'attendant, je prépare du thé. Comme je lui en apporte un bol, ma fugueuse me le prend des mains : « Je peux encore boire toute seule. » Le ventre gargouille, l'œil a retrouvé toute sa vivacité.

« Qui est le tortionnaire, mademoiselle Jeanne ?

– Le docteur Poulain. »

Le chef de service de gériatrie... De la poche aux trésors, elle sort un papier plié en quatre et me le tend. Une écriture soignée y a inscrit que M. Florentin, Jean, âgé de quatre-vingt-deux ans, demande à ce que ne soit pas pratiqué sur lui l'acharnement thérapeutique, signé, daté. Il s'agit de la copie conforme du papier que Mlle Jeanne a fait pour elle-même et brandit régulièrement sous mon nez afin de me rappeler mon engagement : faire en sorte qu'elle parte en paix.

« Il n'a même pas voulu le regarder, dit-elle avec colère. Je n'ai plus le droit d'aller dans sa chambre. Il va partir tout seul.

– Partir ? Qu'est-ce qu'il a, M. Florentin ?

– Son cancer. Ça le prend de partout. Et on ne fait rien. »

Les larmes coulent à nouveau. Comment est-il, déjà, ce docteur Poulain ? Je n'ai fait que le croiser. Entré il y a peu à la Chartreuse, jeune, si je me souviens bien, auteur d'un livre sur le quatrième âge, traitant de la diététique, qui a fait un certain bruit : *En forme ? Plus que jamais.* Il n'était pas là hier au cocktail.

La porte s'ouvre et voilà maman ! Lui confierai-je un jour la clé de La Maison des champs ? En quelques mots, je lui expose la situation. Pourra-t-elle donner un bain à Mlle Jeanne ? Après une nuit sur mon paillasson, elle ne sent pas le frais. Il serait bien aussi qu'elle s'alimente un peu. Je ne pense pas qu'elle ait dîné hier. Même au champagne... Et que Mathilde n'hésite pas à m'appeler à l'hôpital si elle avait une crise respiratoire sérieuse.

Avant de m'en aller, je prends les mains de la vieille dame : « Je m'occupe de votre M. Florentin, c'est promis. » Je file.

Service de gériatrie, dernier étage. La surveillante de jour, Mme Lacarrière, est dans son bureau, plutôt jeune, avenante. Il n'est pas facile de travailler ici. Il faut Aimer, avec majuscule. Est-ce son cas ? Lorsque je lui annonce que Mlle Jeanne est chez moi, elle pousse un ouf de soulagement. On a alerté la gendarmerie, il va falloir faire cesser les recherches. Ces derniers temps, plusieurs vieux se sont échappés : une épidémie. Tiens ! Pourquoi ?

« Que s'est-il passé exactement ?

– Crise de démence sénile », répond-elle.

Ça, c'est vite dit ! Pour une octogénaire qui a passé la nuit dehors, Mlle Jeanne m'a paru plutôt lucide, ce matin. Et hier, avant de s'enfuir, elle n'avait pas oublié d'emporter l'indispensable : réveil et médicaments.

« Qu'a-t-elle fait ?

– Elle a voulu débrancher M. Florentin. Elle a traité le docteur Poulain de tortionnaire.

– Il paraît qu'il ne va pas, M. Florentin ?

– Métastases osseuses. Cancer généralisé.

– Puis-je le voir ? »

Nette réserve de la part de Mme Lacarrière qui, cependant, n'ose refuser. Après avoir averti la surveillante de bloc que je ne tarderai pas, je suis celle de gériatrie dans les couloirs. On sert les petits déjeuners, des aides soignantes s'activent dans les chambres. À cet étage, le plus souvent, on doit être aidé pour manger. À cet étage, reconnaissons-le, ça ne sent pas trop bon.

M. Florentin est tout au bout, seul dans une chambre.

« On a dû l'isoler, il empêchait les autres de dormir. »

Avec ses cris ? Le cancer des os est très douloureux. Je m'approche. Les yeux sont clos, le visage gris, creusé. On voit tout de suite qu'il est en fin de parcours, le chef de gare. Sur la tablette, des livres qu'il ne lira plus, une paire de lunettes, le fameux sifflet dont il n'a jamais pu se séparer : l'équivalent du réveil de Mlle Jeanne, en somme. Les mains sont crispées sur le drap, je les prends dans les miennes : « Assez, répète-t-il, assez, assez. » Je lui glisse à l'oreille : « On va s'occuper de vous. » Je me redresse et fait signe à Mme Lacarrière de me suivre dans le couloir.

« Que lui donne-t-on ? »

À regret, elle ouvre pour moi le cahier de prescriptions. Aucun morphinique. En revanche, dans la perfusion, tout ce qu'il faut pour maintenir en vie : vitamines, éléments nutritifs.

« Mais ça ne va pas, ça ! Pourquoi le laisse-t-on souffrir ?

– Le docteur pense que c'est suffisant.

– On voit qu'il n'est pas à sa place. Où est-il, votre docteur Poulain ?

– Il passera en fin de matinée. »

M. Florentin gémit plus fort. Dans ma poche, le papier plié en quatre que m'a confié Mlle Jeanne pèse une tonne. Plus lourd que la clé des champs, plus lourd que les hésitations, le malaise, les scrupules.

J'ordonne : « Vous doublez la dose de calmants et vous limitez la perfusion à la seule réhydratation. Pouvez-vous l'inscrire sur votre cahier, s'il vous plaît. »

Le visage de la surveillante exprime une franche hostilité : « Mais le patron ?

– Vous lui direz que M. Florentin est un parent à moi. »

Le croit-elle ? Elle inscrit. « Ce sera fait, madame. »

Le bloc, la salle d'opération : du concret, du positif. « Cela fait plaisir de te retrouver », dit timidement Rémi. Hier soir, il a bu le champagne avec nous : à la victoire de la Chartreuse. À la défaite de Vincourt ? La sienne un peu. Où en sont-ils à la clinique ? Il faudra que je me renseigne. Je travaille, la rage de vaincre au cœur. Ici, c'est pour la vie qu'on lutte : les os de cette cheville brisée se ressouderont. Débarrassée de sa vésicule pleine de cailloux, cette femme se sentira renaître. Si elle croit que c'est facile, Lacarrière, de décider d'abréger une vie lorsqu'on passe son temps à se battre pour la conserver ? Mais accepter la défaite fait partie de notre boulot. Et il est fichu, M. Florentin. Au mieux, si l'on peut dire, il en a pour quelques jours. Aucun traitement n'y changera rien. Et j'aurai bonne mine, moi, d'avoir défendu un hôpital où on laisse souffrir les vieux alors qu'on a dans les placards tout ce qu'il faut pour les soulager.

« Pinces... compresses... écarteurs... »

Gestes et mots mille fois répétés. Extirpé ce fibrome qui vous gênait tant, madame, la taille d'une belle pomme, mais pas malin, vous pouvez être rassurée.

Déjà midi ! Trois heures que j'opère. Je me tourne vers l'interne : « Je vous laisse refermer la paroi, merci. »

Il me faut appeler maman et rassurer la « démente sénile ». Je lui dirais bien deux mots, à ce Poulain ! Quand je pense qu'à cause de lui je n'ai même pas eu le temps d'aller embrasser mon fils.

5.

Sa chambre donnait côté jardin. De son lit, il pouvait voir miroiter les feuilles d'une rangée de peupliers argentés. Depuis deux jours, il avait une voisine : Martine, jolie blondinette de dix ans, opérée d'une fracture de la jambe gauche par le patron. Jambe droite, jambe gauche... ils s'amusaient à constater qu'à eux deux, ils « faisaient la paire ».

Mes éclopés avaient déjeuné depuis longtemps – « de la cervelle, beurk » – lorsque je me suis installée entre les lits avec mon sandwich jambon-gruyère-salade-mayonnaise, sur lequel Éric a jeté un regard concupiscent. Il souffrait moins, mais se plaignait de la chaleur : pas d'air conditionné à la Chartreuse. Ces semaines à venir lui sembleraient longues. Début septembre, l'institutrice d'hôpital viendrait le faire travailler, en relation avec son collège ; ainsi serait-il à jour lorsqu'il y retournerait en janvier

Avec patte neuve.

« Je crains que tu ne voies pas Mattie aujourd'hui : elle s'occupe de Mlle Jeanne », lui ai-je appris.

Visiblement, le moindre souci de l'ingrat ! « De toute façon, on a deux films à la télé. » Martine a approuvé avec entrain : « Et maman nous apportera des esquimaux, comme au cinéma. »

Éric m'a chipé un bout de mon sandwich : « Hier, je t'ai appelée mais ça ne répondait pas. Où tu étais ? »

J'ai sorti la clé de ma poche : « Je visitais notre future mai son. »

Il s'en est emparé. Je l'aurais bien portée au cou, ainsi qu'une écolière, cette clé. Comment avais-je pu hésiter ? La clé de « La maison ». Éric la faisait sauter dans sa main en m'observant d'un œil malicieux, devinant mon émotion. Je ne craignais plus un refus de sa part. Le fait d'avoir retrouvé son père, qui lui-même avait deux enfants, avait changé la donne. Éric n'espérait plus nous réunir. Il me l'avait exprimé la veille de son opération en réclamant la présence de Bernard. Que dirait-il de son intention de m'épouser et de le reconnaître ? Mon généreux, mon fougueux Bernard, qui me laissait un cœur et un corps endoloris. Délicieusement.

« Est-ce que je pourrai y aller en vélo ?

– Peut-être. La maison est tout près de Chatenay, mais tu sais à quelles conditions. »

Ce vélo... Éric avait entamé sa guerre d'usure dès la date de l'opération fixée. Pensez, il n'était jamais monté sur un deux-roues ! J'avais d'abord opposé un « non » catégorique : il ne manquerait plus qu'il casse sa jambe neuve. « Alors, cela veut dire que je ne serai jamais comme les autres », avait-il déclaré perfidement.

Une fois de plus, j'avais fait appel à ma chère Madeleine. « De toute façon, tu n'y couperas pas, la tentation sera trop forte, avait-elle constaté. Si tu ne lui en offres pas un, il s'essaiera sur celui des copains, mieux vaut que tu contrôles. Pose des conditions draconiennes et sois inflexible s'il les transgresse. Ton garçon est assez raisonnable pour comprendre. »

Un long apprentissage avec Jordan, qui s'était aussitôt proposé, le port du casque, la promesse de ne pas l'utiliser par temps de pluie : les conditions avaient été acceptées. Et voilà que ce vélo me servait bien aujourd'hui : plus de problèmes de trajets du collège à la maison.

« Elle est comment, cette baraque ? a interrogé Éric.

– Royale ! Quatre chambres à coucher ; tu pourras inviter des copains. »

Il s'est tourné vers sa voisine : « Tu viendras ?

– En tandem », a-t-elle répondu.

Ils se sont montré leurs jambes et ils ont éclaté de rire.

Mattie m'a appelée en début d'après-midi : Mlle Jeanne avait mangé comme quatre. Elle allait bien. Pouvait-elle l'emmener à la ferme ? De toute façon, celle-ci ne voulait pas entendre parler de retourner à la Chartreuse. J'ai remis à plus tard le moment de la convaincre.

Consultation, courrier, contre-visite du soir, je n'ai pas vu le temps filer. À dix-huit heures, je suis montée voir M. Florentin. Il était éveillé, la douleur tordait ses traits, il criait : « Assez, assez. » Rien de ce que j'avais prescrit n'avait été fait. La dose de calmants n'avait pas été modifiée, la perfusion continuait à verser dans son organisme vitamines et nourriture.

La colère m'a incendié la poitrine. J'ai couru dans le bureau de la surveillante. Mme Lacarrière avait été remplacée par une femme plus âgée, aux cheveux gris : Mme Fernez. J'ai demandé à voir le cahier de transmission : un coup de crayon rageur avait barré mes instructions.

« Qui a fait ça ? Le docteur Poulain ? »

Elle a incliné la tête.

« Quand revient-il ?

– Pas avant demain.

– Puis-je utiliser votre téléphone ? »

Elle l'a poussé vers moi ; elle semblait plus compréhensive que Lacarrière : cette salope de Lacarrière... « Ce sera fait, madame. » Elle aurait au moins pu me prévenir que cela ne l'avait pas été. J'ai appelé Jordan aux urgences : « J'ai besoin de morphine, le plus vite possible. » Il a répondu : « À vos ordres, chef ! » Il ne m'a même pas demandé pour qui. Cet empressement, cette confiance et cet accent aussi, qui était devenu pour moi celui de l'amitié, m'ont réchauffé le cœur.

« Depuis combien de temps M. Florentin est-il dans cet état ? ai-je demandé à la surveillante.

– Environ deux semaines, madame. »

Deux semaines que Poulain le laissait souffrir pour rien : par quelle insensibilité, quel manque d'imagination, pour ne pas parler de sadisme ? Jamais je n'accepterais cela.

« Pouvez-vous faire changer tout de suite la perfusion ainsi que je l'avais indiqué ?

– Si vous le souhaitez, madame. »

Comme moi, elle savait que j'outrepassais mes droits : ici, c'était le service de Poulain, ses malades, et rien ne m'autorisait à transgresser ses ordres.

« C'est sous ma seule responsabilité. Je noterai tout moi-même sur le cahier. Pourrez-vous m'envoyer M. Sabbagh sitôt qu'il arrivera ? »

Je suis retournée dans la chambre de M. Florentin. Une aide soignante était penchée sur lui. J'ai pris sa place, j'ai pris sa main : « Je viens de la part de Mlle Jeanne. Elle m'a donné votre papier, on va vous soulager. » Il a serré mes doigts. Les larmes coulaient sur ses joues.

L'infirmière de veille est venue changer la poche de perfusion. Avant de quitter la chambre, elle m'a regardée droit dans les yeux et elle a dit : « Merci, madame. » Avec ces paroles, elle rompait ma solitude. Je l'aurais embrassée.

En voyant M. Florentin, Jordan a tout de suite compris. Il m'a entraînée plus loin pour me poser quelques questions. Il n'était pas le genre à parler du malade sous son nez et, au Liban, les vieux sont respectés. Pas comme à la Chartreuse. Pas comme chez Poulain.

Il a insisté pour se charger lui-même de l'injection, s'associant lui aussi à ma décision. J'avais tenu à ce que Mme Fernez et l'infirmière soient présentes. J'ai inscrit sur le cahier l'heure et la dose administrée ainsi que le changement de perfusion.

« Dans une petite demi-heure, il devrait déjà souffrir beaucoup moins, m'a promis Jordan. N'hésite pas à m'appeler si tu as encore besoin de moi. »

Un bref instant, j'avais songé à aller chercher Mlle Jeanne pour qu'elle puisse faire ses adieux à son chef de gare ; il n'avait personne d'autre. Mais il fallait garder raison. Quant au « fiancé », je me demande s'il ne nous a pas confondues, car lorsque la douleur a enfin cédé du terrain, voilà qu'il s'est mis à me parler de la Grèce, les îles, la mer Égée, leur voyage imaginaire préféré.

Il s'est assoupi vers neuf heures du soir, j'étais épuisée. J'ai demandé à Mme Fernez de m'appeler s'il souffrait à nouveau, ou s'il s'en allait, car il était peu probable qu'il achève la nuit, et je suis rentrée chez moi. Le téléphone a sonné vers une heure du matin : « On ne l'a pas laissé seul une minute, madame. Il s'est éteint dans son sommeil. » J'ai pu enfin trouver le mien.

Le matin, avant de retourner à la Chartreuse, j'ai fait un saut à la ferme. Mlle Jeanne a pleuré, mais elle était soulagée. Je lui ai remis le fameux sifflet ; là, elle s'est mise à rire : « Il en a fait voir aux infirmières avec ça ! Il leur disait qu'elles avaient toujours un train de retard, tu penses si ça leur faisait plaisir !

– Et le " tortionnaire " ? a demandé maman, le plus sérieusement du monde, en me raccompagnant à ma moto.

– Qu'il y vienne ! »

Il y est venu en fin de matinée, talonné par Martineau qui cherchait en vain à le retenir. Il est entré sans frapper, jeune, beau et dynamique, comme sur la photo qui ornait son livre, *En forme ? Plus que jamais.*

« Pourquoi pas le cocktail lytique pendant que vous y étiez ? a-t-il attaqué. Cela aurait été plus rapide. »

J'étais à mon bureau, je ne me suis pas levée, je n'éprouvais que du mépris.

« Le cocktail lytique donne la mort ; j'ai simplement permis à M. Florentin de partir à son heure et sans souffrir.

– À son heure ? Qu'est-ce que vous en savez ? Et c'était mon malade, pas le vôtre.

– Il avait clairement exprimé sa volonté de n'être pas prolongé. Son amie a essayé de vous le dire, vous avez refusé de l'écouter.

– Sans doute voulez-vous parler de cette Mlle Jeanne ?

– C'est cela : la démente sénile.

– Et de quel droit êtes-vous intervenue ?

– Assistance à personne en danger. »

Cela lui a coupé le sifflet. En un sens, à moi aussi. Je n'y avais pas pensé avant : M. Florentin était en danger de sale mort.

« Vous rendez-vous compte que vous avez trahi votre serment ?

– Mon serment est de soulager, non de pratiquer l'acharnement.

– Il est de combattre la mort.

– Pas lorsque le combat est perdu.

– Dans l'esprit d'un médecin, il ne doit jamais l'être. J'ai l'intention d'en référer au comité d'établissement.

– Au conseil de l'ordre, si vous voulez : tout est inscrit sur le cahier. Je persiste et signe. Et cela me donnera l'occasion de soulever le problème d'un service dont le patron est plus occupé à alléger les régimes de sa clientèle privée qu'à permettre à ceux du public de partir dignement. »

J'ai compris l'expression : « vert de rage ». Le beau et pimpant médecin, l'auteur à succès, avait changé de couleur.

« Je vois, a-t-il sifflé entre ses dents, votre passage à la télévision vous est monté à la tête. Vous imaginez avoir tous les droits. Peut-être pensez-vous aussi que la Chartreuse vous appartient, puisque vous l'avez soi-disant sauvée.

– Elle ne m'appartient pas, monsieur, pas plus qu'à vous d'ailleurs. Elle appartient à nos malades. Et si tous pratiquaient vos méthodes, qui les font fuir, à coup sûr, nous risquerions de la perdre. »

Il m'a tourné le dos et il est sorti en laissant la porte ouverte. Je me suis seulement autorisée à me lever ; mes jambes fourmillaient, ma tête aussi. J'ai bu un grand verre d'eau.

« Ça va, madame ? »

Martineau passait le nez.

« Infiniment mieux maintenant.

– Si vous avez besoin de moi...

– Je n'hésiterai pas. »

Un ange, cette Martineau ! J'ai ouvert la fenêtre. Il pleuvait, cela ne ferait de mal à personne un bon coup de fraîcheur. Je me suis surprise à sourire. Sur un point, au moins, Poulain ne s'était pas trompé : j'aurais voulu courir à la télévision et faire un tabac en plaidant la cause de ceux qui n'ont personne pour les défendre et qu'on laisse partir sans écouter leur plainte : encore une histoire de silencieux.

J'ai senti monter en moi ce « Vas-y ! » qui me prenait dans mon enfance et me tirait comme un collier de force. J'irais ! Je lutterais pour que s'installe à la Chartreuse un centre antidouleur, une de ces équipes dites de « soins palliatifs » qui accompagnent les chefs de gare et les autres, tant moralement que physiquement, jusqu'au bout du voyage. Je barrerais la route aux Poulain de tous poils : mon ambition, monsieur le ministre.

Il faudrait que j'en parle le plus vite possible à Levaillant.

6.

« J'ai réfléchi, déclare ma mère avec solennité.

– Aïe, aïe, aïe... »

Elle rit tendrement, douloureusement. C'est ainsi qu'aurait réagi ce macho de Guillaume. Où va-t-on si les femmes se mettent à réfléchir ! Ce qui n'empêchait pas mon père, mine de rien, d'aller toujours dans sa direction à elle.

C'est un beau dimanche d'été à la ferme, une fin de matinée un peu chaude, une atmosphère de conspiration. Lorsque je suis arrivée, après avoir été embrasser Éric, Mathilde, Jeanne et Marie m'attendaient dans le coin abrité, entre chêne et acacias, où le maître de maison aimait à lire son journal. Mlle Jeanne, installée depuis huit jours, Marie, non prévue au programme : « Jordan est de garde, je suis passée, on m'a retenue. »

Hum ! Tu ne sauras jamais mentir correctement, l'infirmière !

Le plateau d'apéritifs était préparé, un porto m'a été servi comme je l'aime, avec glaçon et zeste de citron, sans que l'on me blague sur mes « goûts d'Américaine ». Trop d'empressement pour que ce soit catholique, qu'avaient-elles à me demander ? Ou à se faire pardonner ?

« Voilà, se lance Mathilde. Éric va sur ses treize ans, il n'a plus l'âge de passer son temps à la ferme. Tant que son grand-père était là, je ne pouvais trop rien dire, je lui aurais brisé le cœur ; mais c'est sa mère qu'il lui faut, et avec toutes ces histoires de drogue, de violence, un homme à la maison. Alors, comme Bernard et toi... »

Trois sourires complices m'entourent, me couvent. Je n'ai pu résister au plaisir de les mettre au courant pour la Maison des champs. Pas pour le mariage, chaque nouvelle en son temps.

« Et comme je ne me vois pas très bien à garder Horace pour m'occuper, poursuit maman, nous avons eu une idée, avec Mlle Jeanne. C'est l'autre jour, en regardant la télévision qu'elle nous est venue. Marie est d'accord pour s'associer. »

L'instit et l'infirmière opinent vigoureusement du bonnet. Je retiens mon rire : ce qu'elles ont à me dire est-il donc si difficile à passer ?

« De quelle association de malfaitrices s'agit-il ?

– On voudrait faire " maison d'accueil ", répond maman. La ferme est grande, tout près du village et à trois kilomètres seulement de la Chartreuse : l'idéal ! »

Eureka ! Je l'ai vue moi aussi l'émission en question : des familles paysannes hébergeant chez elles quelques vieux encore valides, frais de pension payés par la DDASS, économie pour la Sécurité sociale, bonheur pour les anciens. J'imagine ici trois ou quatre Mlles Jeanne : ambiance garantie !

« Mais c'est une excellente idée ! Le sexe masculin sera-t-il accepté ? »

Les comparses restent sérieuses, s'agitent sur leur siège. Aurais-je mal deviné ?

« Nous sommes en effet parties de l'idée du quatrième âge, reprend maman. Et puis on a pensé à des personnes encore plus malheureuses, plus isolées, plus malades. On n'en prendra qu'une ou deux pour commencer. On verra bien si ça fonctionne. De toute façon, avec Marie, qu'est-ce qu'on risque ? »

Soudain, je comprends. Et l'audace de l'idée à la fois me stupéfie et me bouleverse. Marie fixe sur moi ses beaux yeux sombres, implorants. Combien de fois, ici même, nous a-t-elle parlé de son désir de partir s'occuper de bébés séropositifs en Afrique ? Mais il faudrait laisser Jordan... et nous qu'elle aime tant. Eh bien, elle a trouvé le moyen de tout concilier.

Terminé, l'Afrique : on balaie devant sa porte pour commencer. Ou plutôt devant la porte de la ferme.

« Attendez... attendez... Vous ne croyez pas que vous allez un peu trop vite, là ? Vous imaginez que ça va se faire comme ça ? Vous croyez que ce sera facile ?

– Nous nous sommes renseignées, déclare maman d'un air vexé. Il y aura des démarches à faire, des autorisations à obtenir, du matériel. Mais rien ne s'oppose au projet, au contraire. L'hôpital ne sait plus quoi faire de ces malheureux, qui souvent n'ont nulle part où aller. Même leur famille les rejette !

– Une honte, chevrote Mlle Jeanne. Et il y a une chose certaine, c'est qu'ils ont tous besoin d'une grand-mère. »

Je me tourne vers elle : « Cela ne vous fait pas peur, le sida ?

– La seule chose qui me fait peur, c'est de ne plus servir à rien. Et depuis que j'ai perdu Jean Florentin ! »

Elle soupire, renifle, ma parole, nous avons deux veuves à la ferme.

« Mais vous savez que c'est très éprouvant ! Ces malades sont souvent dans un état épouvantable, avec en plus la certitude de...

– De ne pas pouvoir faire marche arrière, me coupe Mlle Jeanne, comme les vieux, sauf qu'ils sont jeunes.

– Finalement, dit la voix chantante de Marie, les bébés africains, cela aurait été trop dur, je n'aurais pas arrêté de penser au mien ! »

Mon Dieu, j'avais oublié qu'elle était dans le bain ! Elle semble tellement en forme, Marie. Son sourire me pardonne. Je reviens à maman :

« Et Roland ? Tu lui en as parlé, à Roland, de votre idée ? Tu vois, ça m'étonnerait qu'il soit chaud. »

La réponse fuse, sèche : « S'il souhaite aider, il sera le bienvenu. Et je crois avoir conservé assez de cervelle pour décider de mon avenir sans lui demander la permission. »

« Son avenir »... De quel ton elle a dit ça ! Et force est de constater que depuis la mort d'un mari que pourtant elle adorait et regrette infiniment, les ailes lui poussent ; comme si elle les avait bridées pour ne pas le troubler. Je regarde mes trois générations de pétroleuses ; qu'elles sont jeunes ! Est-ce moi qui vais jouer les trouble-fête si l'on peut dire... ? Je lève mon verre et trinque à la générosité et à la folie.

Avant d'avaler la potion amère de l'étroitesse d'esprit. La sécheresse de cœur ?

Je venais de rentrer chez moi et m'apprêtais à prendre une douche lorsque Mme de Montpensy m'a appelée ; elle souhaitait me rencontrer, où et quand je voudrais, elle s'arrangerait. Elle parlait à voix basse comme si elle craignait d'être entendue. Que me voulait-elle ? Je n'avais pas envie de la recevoir ici et ne me voyais pas lui donner rendez-vous au café, j'ai proposé le parc.

Ce qu'à Chatenay, nous appelons un peu pompeusement le parc, est un espace vert peuplé de hêtres et de pins, éclairé par un lac. Les enfants y disposent d'un square agrémenté de toboggans et balançoires. Nous sommes convenus de nous y retrouver le lendemain à dix-huit heures.

Bérangère de Montpensy amenait avec elle Camille, sa petite-fille asiatique et une amie de celle-ci, toutes deux huit ans ; la brune et la blonde. Elles portaient d'exquises robes à smocks. Après m'avoir tendu leurs joues, elles ont couru vers le toboggan. Mme de Montpensy a suivi Camille des yeux.

« Quand Charles et Annie ont été la chercher dans un orphelinat, au Viêt-nam, c'était, paraît-il, un bébé malingre et certains ne donnaient pas cher de sa vie. Ils m'ont dit que son regard les avait décidés : la petite les appelait. Je me demande souvent ce qu'elle serait devenue si leur choix s'était porté sur une autre, ou si, tout simplement, elle avait dormi. Peut-être n'aurait-elle pas vécu. Lorsque j'y pense, cela me fait froid dans le dos. »

Là-bas, la petite se laissait glisser sur le toboggan en poussant des cris de bonheur. Bérangère la regardait, le visage éclairé. Ce visage était, me semblait-il, moins marqué que celui de ma mère alors qu'elle était plus âgée, pas loin de soixante-dix. Ses cheveux teints, blond doux, l'encadraient parfaitement. Les cheveux de Mathilde grisonnaient ; elle allait tout au plus trois fois l'an chez le coiffeur. « Tu m'intimides », disait Guillaume lorsqu'elle en revenait. Il n'aimait pas trop ça, moi non plus d'ailleurs.

« Et votre Éric, comment va-t-il ? » a demandé la mère de Bernard.

Je lui en ai donné des nouvelles. Elle semblait tout savoir sur l'opération. Cela m'a fait plaisir. Mais bien sûr, ce n'était pas pour me parler d'Éric, ni de Camille, qu'elle avait souhaité me rencontrer. Elle s'est enfin décidée.

« Bernard a annoncé à Maxime son intention de vous épouser en septembre. Cela ne s'est pas bien passé. »

L'étonnement, un certain agacement m'ont saisie. Pourquoi être allé si vite ? Nous n'avions fixé aucune date et il était évident que cela ne se passerait pas bien.

« Les relations n'ont jamais été faciles entre eux, a poursuivi Mme de Montpensy. Autant Bernard est rêveur, artiste, et totalement tolérant, autant Maxime a les pieds sur terre, SA terre. Ils se sont souvent heurtés. Je ne voudrais pas, cette fois, d'une cassure ; ils en souffriraient autant l'un que l'autre.

– Je le sais, ai-je dit. Bernard me parle souvent de son père. Il fera tout pour qu'il n'y ait pas cassure. »

Elle s'est détournée. Elle serrait si fort ses mains que les jointures blanchissaient. Ces mains me disaient qu'elle faisait partie des femmes qui ne crient pas dans l'épreuve, ni ne pleurent, qui savent « se tenir » comme on dit. Au prix de quels désastres intérieurs ?

« Maxime l'a menacé de lui retirer l'auberge !

– Comment ? »

C'est moi qui avais crié et il me semblait l'avoir fait pour nous deux : « Mais c'est impossible ! »

L'Auberge de Sidonie, sa fierté, sa réussite, ce par quoi, justement, il avait espéré conquérir ce père.

« C'est possible, hélas, a soupiré Bérangère. Maxime n'a fait que prêter le bâtiment à Bernard, ainsi que de quoi s'installer. Rien n'est à lui : ni les murs ni le matériel, pardonnez-moi d'entrer dans ces détails. »

Je me suis efforcée de rire.

« Suis-je donc à ce point infréquentable que la punition soit si lourde ?

– Ne croyez pas ça, Margaux. C'est mon mari qui est infréquentable. »

Elle avait enfin exprimé sa révolte, avec un peu d'eau dans les yeux, qu'elle a vite essuyée.

« Maxime a toujours vécu au domaine. Il refuse notre époque. Il n'essaie même pas de la comprendre... Et pour lui, vous êtes l'image vivante de ce que les femmes sont devenues : indépendantes, brillantes... Formidables », a-t-elle ajouté en posant brièvement sa main sur la mienne, exprimant ainsi qu'elle était de mon côté, sans pour autant trahir son mari.

Camille et son amie, toutes roses de leurs jeux, revenaient et elle s'est efforcée de sourire.

« Bonne maman, est-ce qu'on peut faire le tour du lac ? a demandé Camille. On ne s'approchera pas du bord. »

Permission donnée, elles sont reparties en courant.

« Voyez, a repris Mme de Montpensy. Maxime était contre l'adoption ; à la rigueur un petit Français bien blanc. Et voici que cette petite est devenue sa passion. Je ne voudrais pas que vous pensiez qu'il n'a pas de cœur. Il est capable de la plus grande générosité. Mais il ne supporte pas qu'on lui résiste. Et pour Charles, ce n'est pas facile non plus. En refusant de moderniser le domaine, Maxime le met en danger. Ils se sont affrontés récemment à ce sujet. Mon pauvre époux a l'impression que tout le monde se ligue contre lui, ce qui n'arrange pas les choses.

– Qu'attendez-vous de moi ? ai-je demandé.

– Si vous le pouvez, un peu de patience. Septembre, c'est demain ! Laissez-moi le temps de le fléchir.

– Le fléchir ? Mais je n'ai jamais rien demandé à Bernard, moi ! me suis-je rebellée. C'est lui qui tient à m'épouser, je n'ai pas besoin d'anneau pour l'aimer. »

À nouveau, elle a posé sa main sur la mienne : « Je n'en doute pas, Margaux. »

Un couple passait. Ils m'ont saluée. Il ne me paraissait pas les connaître. Depuis la manifestation pour la Chartreuse, on se disait davantage bonjour à Chatenay. Je me suis levée.

« Je vous promets d'essayer, ai-je dit. Mais votre fils est le plus entêté des hommes. Cela lui fait au moins un trait commun avec son père. »

7.

Enfant, je rêvais souvent d'un endroit où « personne ne viendrait m'embêter ». C'était, selon l'humeur, une pièce secrète dans la maison, une cabane au fond du jardin, un vert berceau au cœur d'un marronnier. Nul n'en soupçonnait l'existence. Je m'y réfugiais et, sans perdre de vue ceux qui m'étaient chers, j'y caressais à mon aise ce que mon père appelait mes « chimères », et parfois m'envolais sans savoir bien où, mais haut, mais loin.

Adolescente, j'avais modifié mon rêve, j'y avais, en quelque sorte, mis le confort. La cache était devenue chambre à étoiles comme on en voit dans les réclames des grands hôtels. Il pouvait s'y trouver ce piano que j'admirais tant chez une amie. Et presque toujours quelqu'un m'y rejoignait, de sexe masculin, de sentiments complices. Je ne m'envolais plus seule.

Je suis arrivée un peu avant vingt heures dans la Maison des champs. Je n'y étais encore jamais venue sans Bernard et, poussant la porte, il m'a semblé pousser celle de mes rêves passés. Tout y était un peu trop neuf, trop silencieux trop ordonné. Irréel.

Mais, dans une chambre à l'étage, le lit était fait, l'oreiller creusé. Sur la commode s'épanouissait un bouquet de fleurs fraîches, un chandail masculin traînait sur un siège. Quand Bernard était-il passé ? Après l'altercation avec son père, venant chercher ici, comme moi, la preuve qu'aucune menace ne nous séparerait ?

Je suis redescendue, j'ai pris une boisson fraîche dans le

réfrigérateur, je me suis installée devant la maison et j'ai regardé tomber la nuit sur les champs et sur mes rêves. Si, dès la première rencontre, je m'étais sentie accordée à Bernard, si j'avais eu cette curieuse impression de retrouvailles, n'était-ce pas qu'il était l'homme qui m'attendait dans mes songes éveillés de jeune fille ? Était-il, lui aussi, condamné à disparaître ?

La colère contre celui qui semait le malheur autour de lui m'a emplie. Qu'il vienne donc, Maxime, faire un tour au troisième étage de la Chartreuse, qu'il entre dans les chambres, se penche sur les lits, et il verrait si cela valait la peine de gâcher la vie, à soi et aux autres : ce qui lui restait de vie.

Pour des conneries.

Vers dix heures, je suis montée me coucher.

Un bruit d'eau me réveille. Sous la porte de la salle de bains passe un rai de lumière, l'air frais de la nuit entre par la fenêtre ouverte, il fait chaud sous la couette, Bernard va me rejoindre. Cela pourrait être ce qu'on appelle « le quotidien », nous n'y prêterions même plus attention, nous ignorerions que ce serait le bonheur.

Dans ma maison imaginaire, j'arrivais en général la première. Un silence doré tremblait, comme parfois la lumière ; je me dévêtais et attendais sur le lit que celui à qui je ne pouvais donner de nom, mais qui ressemblait beaucoup à Rhett Butler dans *Autant en emporte le vent,* pousse la porte. C'était le moment que je préférais : celui où il poussait la porte et restait sur le seuil, pétrifié par ma beauté.

Enveloppé dans une serviette de bain, pas Rhett Butler pour un sou, Bernard entre dans la chambre, tâtonne jusqu'au lit, rit quand je l'attrape. « Tous les matins, j'ai déposé des fleurs pour toi... Je savais bien que tu finirais par venir. »

Je n'aime pas ce mot « finir ».

Il jette au loin la serviette et se glisse contre moi.

Ce qui se passait avec Rhett, je ne l'imaginais pas bien : le rêve s'arrêtait lorsqu'il me prenait dans ses bras. Jamais je ne le voyais nu. Les histoires de mes copines sur le sexe masculin ne me ragoûtaient pas trop. Je ne savais pas que le désir de celui qu'on aime est beau, qu'il pouvait être la réponse flamboyante à cet appel parfois irritant que je ressentais dans mon corps. J'ignorais que si l'homme est patient, si l'on s'abandonne à ses caresses, comme à la vague lorsqu'on fait la planche, il vous fait rencontrer la chimère, qui est aussi un poisson que l'on trouve en eau profonde, dans toutes les mers.

J'ai parlé à Bernard de ma rencontre avec Bérangère en prenant le café du matin. Mon cœur se serrait en voyant s'assombrir son visage, mais je ne voulais plus de cachotteries entre nous.

« De quoi se mêle-t-elle ? a-t-il protesté. Tout cela n'a pas la moindre importance.

– Elle voulait me demander d'attendre un peu pour nous marier. Elle espère faire fléchir ton père.

– Le faire fléchir ? Irons-nous à genoux demander sa bénédiction ? Il n'est pas question de changer nos projets, Margaux.

– Et s'il met sa menace à exécution ?

– Je recommencerai ailleurs.

– Comment, Bernard ? Avec quels fonds ? »

Il a eu un rire triste.

« Le lauréat du " brochet d'argent " a eu certaines propositions, figure-toi. J'ai un ami qui voudrait s'associer avec moi : il avancera les fonds.

– Mais ce ne sera jamais comme l'Auberge de Sidonie... L'auberge est ton enfant. »

Son enfant, son enfance, comme la Chartreuse pour moi. Il n'a pas répondu. Il a repoussé sa chaise et il est allé à la fenêtre. Je l'y ai suivi. Le jour se levait, des rubans de gaze s'effilochaient sur les champs. Le visage tendu, il regardait au loin. Que voyait-il ? Le petit garçon qui venait chercher la chaleur dans la cuisine de Sidonie ? L'homme que son père obligerait peut-être à tout recommencer ? Le passé ou l'avenir ?

Un couple de pies rebondissaient dans le jardin ; il n'y a d'avenir qu'enraciné dans le passé, l'adulte ne peut voir s'envoler une pie sans qu'en lui l'enfant crie « voleuse ! ». J'ai entouré sa taille de mon bras, le sien est venu tout naturellement prendre mes épaules.

« Seulement quelques mois de patience, Bernard ! Ta mère

ne demande pas davantage. Nous continuerons à nous retrouver ici : mariés ou non, qu'est-ce que cela changera ?

– Tout ! »

Il l'avait crié. Il a lâché mes épaules : « Pour moi, tout ! Je croyais que tu l'avais compris. Et si tu n'es pas d'accord, je préfère que nous ne nous voyions plus. »

8.

Je m'apprête à aller déjeuner lorsque Jordan m'appelle : « Madame la star est demandée aux urgences. »

La voix est bizarre, la plaisanterie ne lui ressemble pas, que se passe-t-il ? Il m'attend à la porte du bloc, me tend un masque, m'entraîne en réa. Branché aux machines habituelles, un jeune homme gît sur un matelas liquide, visage intact, teint coloré. On attend qu'il se réveille, dise quelque chose : il ne le fera plus jamais, il est en état de mort cérébrale.

« Thierry, m'apprend Jordan. Dix-sept ans. Il a reçu un poteau de basket-ball sur la nuque. Les parents sont là. Jélinek leur a parlé du don d'organes, le père a gueulé, la mère a demandé à te voir.

– Moi ? Pourquoi ?

– Elle t'a regardée l'autre jour à la télévision, le gosse aussi d'après ce que j'ai compris. »

Voici Jélinek. Surveillante au service de réanimation, chargée de la sale besogne : demander à une famille qui refuse de croire à la mort de l'un des siens d'accepter que soient prélevés ses organes. Régulièrement, elle menace de rendre son tablier, elle dit qu'elle n'en peut plus d'être le croque-mort, le charognard. Derrière les verres épais, les yeux sont fatigués.

« Merci d'être venue, madame. Il me semble que nous avons une petite chance du côté de la mère...

– Le bilan clinique ?

– Il est en cours. »

Sida, maladies virales, tout doit être vérifié avant une transplantation.

Je me tourne vers Jordan : « Je veux bien essayer. À condition que tu viennes avec moi. »

Je n'ai jamais fait ce genre de chose. Pas envie. Peut-être pas la force.

« Ils s'appellent Lempereur, M. et Mme Lempereur », dit Jélinek.

Et elle croise les doigts.

Agrippés l'un à l'autre, ils attendent dans un petit bureau anonyme que l'on a vainement essayé d'égayer avec quelques plantes vertes : deux êtres en plein naufrage. Lorsqu'elle me voit entrer, la femme se détache du mari, titube vers moi. Spontanément, je tends mes mains : que fait-on face à quelqu'un qui sombre ? Elle s'en saisit : « Docteur, ah, docteur. »

Je l'entraîne sur un siège, m'assois à ses côtés. Le mari reste en retrait, comme s'il craignait d'être piégé. Il n'a pas tort, je suis bien là pour ça : l'amener à dire un « oui » qui lui brisera un peu plus le cœur.

« Est-ce que vous l'avez vu ? demande la mère.

– J'en viens.

– Êtes-vous certaine qu'on ne s'est pas trompé, que c'est vraiment fini ? »

J'entends Éric, penché sur son grand-père, accusant : « Est-ce que tu es sûre, maman ? On dirait qu'il dort. »

« Il n'y a pas d'erreur possible, madame. Thierry... n'est plus là. Lorsqu'il est arrivé, c'était déjà fini.

– Mais c'était un garçon formidable ! se révolte-t-elle. Il réussissait tout. »

Le père s'est tourné du côté du mur ; on a l'impression qu'il va s'y cogner la tête. Près de lui, silencieux, Jordan veille. Est-ce maintenant qu'il faudrait parler ? Avec quels mots ? Dire qu'il pourrait réussir sa mort, peut-être ? Elle en a de bonnes, Jélinek. Je ne peux pas.

« On vous a vue à la télévision, dit soudain la mère. Thierry voulait même vous écrire. Il avait décidé que plus tard.. il serait comme vous. Les “ silencieux ”, ça l'avait frappé. »

En me regardant parler des silencieux sur le petit écran

mon père était mort. Parce que Thierry m'y a vue, plusieurs vies seront peut-être sauvées. Tandis que je pérorais, ici et là, des destins se nouaient et cette pensée m'écrase. La « star » a envie de se voiler la face devant ces sombres manigances, tous ces « si » qu'on ne mettra jamais en bouteilles. Je cherche le regard de Jordan, il me répond qu'il est là, qu'il partage.

Brusquement, M. Lempereur se tourne vers moi.

« Je ne veux pas qu'on le charcute !

– Il n'est pas besoin de charcuter pour prélever des organes. »

Le mot est dit. C'est sûrement le moment de tenir le discours classique, parler de ceux qui attendent ces organes et seront sauvés grâce à Thierry. Mais cela, ils le savent par cœur, les pauvres gens ! Les médias leur en ont rebattu les oreilles. Et ce n'est pas de s'être émerveillés devant une image, d'avoir applaudi à un geste de générosité, qui va leur donner maintenant la force de dire « oui » sans avoir eu le temps de faire le deuil de leur enfant, ni dans leurs tripes ni dans leur cœur.

Le bip de Jordan sonne : « Pardonnez-moi, je reviens. » Son sourire m'encourage, il sort. Je me tourne vers les parents de Thierry ; il y a un moment où le silence devient lâcheté.

« Voulez-vous que je vous explique comment les choses pourraient se passer ? »

La mère acquiesce, le père hésite : il me voit venir... J'explique que la Chartreuse n'est pas habilitée à prélever les organes. S'ils acceptent que Thierry donne les siens, il sera emmené à Dijon et tout s'organisera de là-bas avec l'Établissement français des greffes. L'ordinateur donnera le nom des receveurs : en priorité des jeunes ou des personnes en danger de mort. Cette nuit même, en France et peut-être ailleurs, ceux-ci recevront les organes qui leur permettront de vivre.

J'ai parlé exprès de façon simple, technique, bannissant toute émotion de ma voix. Il me semble que si c'était Éric, là-bas sur le lit, je ne voudrais pas qu'on en rajoute, je voudrais qu'on laisse mon cœur saigner tranquille. Les Lempereur m'ont écoutée en silence, serrés l'un contre l'autre.

« Dès demain, dis-je pour conclure, Thierry sera ramené ici et vous pourrez l'inhumer selon vos souhaits. Voulez-vous que je vous laisse seuls un moment pour réfléchir ?

– Non, restez ! »

C'est la mère qui l'a dit, je devine que ce sera « oui » et un merci douloureux brûle ma poitrine. Elle entraîne son mari à la fenêtre. Où il est deux heures, où il est plein soleil. Ce matin, leur garçon qui réussissait tout est parti jouer au basket-ball. Elle parle d'une voix insistante, pressée. Ce qu'elle dit est à eux, c'est leur histoire. Je n'ai pas envie de l'entendre.

La porte s'ouvre à nouveau sur Jordan. Je lui fais signe de garder le silence. Il suffit parfois d'un mot, d'un geste malencontreux, pour tout faire basculer dans le mauvais sens.

Le père se tourne vers nous d'un mouvement brusque.

« En tout cas, pas les yeux, aboie-t-il.

– C'est vous qui décidez.

– Est-ce que vous irez avec lui à Dijon ? interroge la mère.

– Si vous le souhaitez. »

Les larmes coulent de ses yeux en une lente, implaccable hémorragie.

« Alors faites, murmure-t-elle. Et elle ajoute : Je voudrais que vous suiviez le cœur jusqu'au bout. »

La grande machine de l'espoir et de la générosité s'est mise en marche. Tandis que nous terminions ici le bilan clinique, Dijon prenait contact avec l'Établissement des greffes. Lorsque j'y suis arrivée, accompagnant Thierry, le nom des receveurs était déjà donné : un rein à Lyon, l'autre à Bruxelles, le foie à Nantes, un poumon à Rome, un poumon à Paris.

Le cœur à Nice.

À Lyon, Bruxelles, Nantes, Rome et Paris, à Nice, des équipes se sont mises en place, des médecins sont entrés dans les chambres de malades qui, parfois, n'espéraient plus et leur ont dit : « C'est pour aujourd'hui. » Des bips ont sonné dans des familles à qui l'on a demandé d'amener au plus vite leur enfant à l'hôpital.

Je me suis tout de suite bien entendue avec Chantal, la coordinatrice, qui avait pris bonne note des volontés de la famille : on ne toucherait pas aux yeux de Thierry, j'accompagnerais le cœur. Le chirurgien niçois, Serge Carpentier, qui effectuerait la greffe, avait tenu à venir le prélever lui-même. Il était en route.

Dans la salle d'opération, l'équipe était nombreuse, le silence quasi religieux pour accueillir Thierry. J'ai voulu y lire le respect dû à ce jeune mort qui allait, c'était le mot, donner sa vie. J'aurais voulu dire : « Voyez comme il est beau. » Et, comme sa mère : « Tout lui réussissait. » La course contre la montre a commencé.

Pour les reins, quarante-huit heures, douze pour le foie, six pour les poumons, quatre pour le cœur qui serait retiré en dernier puisqu'il conditionnait la survie des autres organes. Tandis qu'à Dijon les prélèvements s'effectuaient, à Lyon, Bruxelles et ailleurs, les receveurs étaient eux aussi emmenés au bloc et préparés à recevoir les greffons. Pour le transport de ceux-ci, des places avaient été retenues dans des avions ou des hélicoptères. Si nécessaire, la police locale escorterait les voitures du Samu de l'aéroport à l'hôpital.

Il était sept heures du soir lorsque l'équipe de Nice a fait son entrée : Serge Carpentier, son assistant, l'instrumentiste. Carpentier était immense, visage bronzé, épaules larges, plus l'allure d'un footballeur que d'un médecin. Après un bref salut à l'assemblée, il a soigneusement vérifié le cœur puis il s'est tourné vers son équipe.

« C'est bon. On peut y aller ! »

Chaque chirurgien a ses gestes à lui, sa façon de tendre la main vers l'instrumentiste, de parler. Carpentier travaillait comme un magicien. On aurait dit qu'il n'avait jamais fait que cela : retirer des cœurs tout chauds des poitrines, les déposer dans une boîte blanche et celle-ci dans le conteneur. Prenait-il encore le temps de penser que ces cœurs avaient appartenu à une personne, qu'ils avaient battu de joie, de peur, d'amour ?

Sans doute, puisque, avant de quitter la salle, il a écarté le drap et, durant quelques secondes, regardé le visage aux yeux clos de Thierry.

La coordinatrice nous attendait avec le dossier. « Le docteur Lespoir vous accompagnera à Nice, a-t-elle annoncé au chirurgien en me présentant.

– Quelle utilité ? »

Chantal a montré une enveloppe : « C'est le désir des parents. »

Il a eu un bref haussement d'épaules qui ne m'a pas plu du tout.

« Dans ce genre de circonstances, il arrive que les parents aient de drôles d'idées, ai-je dit. C'est comme ça. »

Il a semblé seulement découvrir ma présence. Son regard s'est posé sur moi, étonné. Je ne sais pas comment j'arrivais à sourire, j'avais plutôt envie de mordre. Il s'est tourné vers son équipe.

« Eh bien allons-y ! Qu'est-ce qu'on attend ? »

Depuis que Jordan avait appelé la « star », huit heures s'étaient écoulées. Il nous en restait un peu moins de quatre pour mener le cœur à bon port.

9.

Cinquante minutes jusqu'à l'aéroport où l'avion du Samu nous attend. Une heure de voyage durant lequel Carpentier ne prononce pas un mot, ne m'adresse pas un regard, semble dormir, le conteneur entre ses pieds. L'assistant et l'instrumentiste observent la même attitude : m'en veut-on d'être là ?

Trente minutes de route sous la protection de motards, toutes sirènes déployées. Brèves visions de touristes en short, rangées de palmiers et, par la vitre entrouverte, des bouffées fiévreuses, l'odeur épicée du Midi. Dans les couloirs de l'hôpital, Carpentier court presque, son précieux bagage à la main. Il n'a cessé de rester en contact avec lui ; il me semble que s'il l'avait pu, il l'aurait attaché à son poignet par une chaîne. Le bloc, la salle d'opération... Cela fait environ deux heures trente que le cœur de Thierry a été retiré de sa poitrine.

C'est une poitrine de jeune fille qui va le recevoir. En entrant, j'ai aperçu un visage lisse, très pâle : Blanche-Neige endormie attend la vie de son prince inconnu. Tous les yeux sont fixés sur les mains de l'instrumentiste qui sort l'organe de la boîte, le désemmaillote, le dépose dans le liquide stérile. L'échange va pouvoir commencer : le cœur malade retiré, le cœur neuf prendre sa place. Le grand moment sera celui où, veines et artères raccordées, on débranchera le circuit, où, sans aide, le cœur de Thierry propulsera le sang de Blanche-Neige. Déjà, il se réchauffe, se met en marche.

« On y va », ordonne Carpentier.

C'est sur l'électrocardiogramme que les regards sont fixés

à présent. Peu à peu, celui-ci affiche un tracé parfait. On a envie d'applaudir comme ceux qui assistent au départ d'une fusée.

Sans doute Carpentier connaissait-il bien son opérée, car une fois la fusée en route, il est passé derrière le champ de l'anesthésiste et nous l'avons entendu annoncer : « Une sacrée bonne chose de faite, n'est-ce pas, Séverine ? »

C'est ainsi que j'ai appris son prénom.

Le silence du chirurgien dans l'avion m'avait laissé croire qu'il n'appréciait pas ma présence, il n'en était rien. Alors que nous nous changions, il a tourné vers moi un visage rieur.

« Pardonnez-moi, madame, mais avant de pratiquer cette espèce de miracle, j'ai toujours eu besoin de m'en remettre au Ciel ; et pourtant je ne suis pas croyant, allez y comprendre quelque chose.

– Est-il besoin d'avoir la foi pour croire au sacré ? ai-je répondu.

– Voilà qui demande réflexion », s'est-il moqué.

Lorsque mon départ avait été décidé, Marie avait couru chercher à la maison ma trousse de toilette et des affaires de nuit ; elle avait tout fourré dans le premier sac venu : un sac à dos d'Éric, agrémenté d'un Mickey aux oreilles déployées, que lui-même n'osait plus porter. Je l'ai suspendu à mon épaule, tant pis ! J'avais pris Carpentier pour un footballeur, il me prendrait pour une demeurée.

« Où se rend Mickey à présent ? » a-t-il demandé en réprimant un rire.

Il était onze heures du soir : la coordinatrice m'avait réservé une chambre à l'hôtel ainsi qu'un billet d'avion pour demain : vol régulier.

« Il me reste à trouver l'hôtel Beau Rivage, ai-je répondu. En espérant qu'il donnera sur la mer.

– Avec un nom pareil, cela m'étonnerait, a plaisanté Carpentier. Mieux vaut prendre vos précautions. Que diriez-vous d'un tour sur le port ? »

On assure que les comédiens, après avoir joué leur pièce, sont incapables de se coucher tout de suite, je ressentais cela : il me fallait évacuer un trop-plein d'émotions, nettoyer ma tête d'images trop fortes avant de pouvoir dormir. J'ai accepté.

Le port sentait comme tous les ports : le gazoil, la friture, le départ. Malgré l'heure tardive, une foule s'y pressait. Soudain, j'ai eu faim : avais-je seulement déjeuné ? Nous nous sommes attablés devant les bateaux et Carpentier a commandé d'autorité l'apéritif. C'est à cet instant que, sans s'annoncer, une vague lumineuse a déferlé dans ma poitrine, me coupant le souffle : j'étais là, j'étais libre, j'étais chirurgien... Et ceux qui prétendaient que le bonheur n'était qu'une illusion pouvaient aller se rhabiller.

Serge Carpentier n'avait jamais touché à un ballon de foot, sa passion était le bateau. Le sien s'appelait *La Matinière,* du nom de la dernière étoile à s'éteindre. Il avait divorcé depuis peu, sa femme ayant pris son bip en horreur. Elle était remontée du côté de Strasbourg où se trouvait sa famille ; il souffrait de ne presque plus voir ses enfants.

« Et vous ? » a-t-il demandé.

Moi ? Rien de particulier. L'impression aiguë, troublante, d'avoir largué les amarres.

Après le dîner – il avait appelé l'hôpital pour s'assurer que son opérée allait bien – il m'a emmenée voir son bateau : un onze mètres avec deux cabines, un salon-bar et tout le confort. L'été, il aimait à y venir dormir.

Nous nous sommes installés sur la banquette du cockpit et nous avons regardé défiler le monde : toutes les couleurs, langues et pays. J'étais bêtement fière d'appartenir à celui-ci et bêtement fière d'être chauvine. Un vent d'est soufflait, les bruits de l'accastillage donnaient des signaux de départ, Serge a pris ma main, j'ai eu envie d'un voyage dans ses bras.

La poudre d'escampette ?

Cet empêcheur de danser en rond de Bernard !

« Si tu n'es pas d'accord, ne nous voyons plus. »

Moi qui ne supporte pas les ultimatums.

Et pourquoi pas, la poudre d'escampette ? Cela résoudrait ses problèmes, il garderait son auberge, il se réconcilierait avec son père et tôt ou tard rencontrerait une femme sans bip, qui lui donnerait beaucoup de petits Montpensy, appellation contrôlée.

Je serais tranquille.

Les lèvres de Serge Carpentier sont venues sur les miennes,

légères, puis lourdes, pressantes puis se dérobant, ce qu'il fallait pour aiguiser la faim. J'y ai répondu.

« Si nous descendions dans ma cabine ? »

Sa cabine « version propriétaire », avec une large couchette. la douche à côté, tout le nécessaire. Les préservatifs dans le tiroir de la table de nuit ? Je me suis levée.

« Si vous n'y voyez pas d'inconvénients, je vais plutôt gagner mon Beau Rivage.

KO, mon capitaine ! Ne venait-il pas de me sentir vibrer dans ses bras ? De vraies girouettes, les femmes ! Il s'est levé à son tour.

« Bien que j'y voie de gros inconvénients, je vais vous raccompagner. Aurais-je fait quelque chose qui vous a déplu ?

– Au contraire, ai-je dit. C'est seulement une autre affaire de cœur. »

Les parents de Thierry m'attendaient à l'aéroport de Dijon. Je n'avais pas fermé l'œil de la nuit, je n'aspirais qu'à rentrer chez moi, mais comment ignorer leur besoin de savoir ? Ils m'ont invitée à prendre un café et j'ai répondu à leurs questions.

« Pourrons-nous rencontrer un jour cette jeune fille ? » a demandé Mme Lempereur.

En leur expliquant que ce ne serait pas possible, je me sentais coupable. Aurais-je dû les en avertir hier ? Le don était sans retour. Si le secret était la règle, c'est que parfois les parents du donneur, surtout lorsqu'il s'agissait d'un enfant, avaient tendance à s'approprier celui qui avait reçu l'organe. Ils voyaient à travers lui l'être perdu. Ils chargeaient ses épaules d'une sorte de dette.

Séverine vivrait grâce au cœur de Thierry mais sa vie n'appartiendrait qu'à elle.

Voici que, sans le vouloir, comme Carpentier avec moi, je leur avais offert un prénom.

Sitôt rentrée chez moi, j'ai appelé Bernard. Je devais le voir le plus vite possible, j'allais, de ce pas, l'attendre dans la Maison des champs.

Bien entendu, c'était la pire heure pour lui, mais ne serait-ce pas toujours la pire heure pour tous les deux ? Cela ne l'a pas empêché d'arriver presque en même temps que moi.

Je lui ai déclaré que tout bien réfléchi, pesé et soupesé, j'étais prête à l'épouser en septembre, demain s'il le voulait et au diable Maxime. Voilà qu'il était inquiet, troublé : que cachait cette hâte, cette fébrilité soudaine ? Que m'était-il arrivé ?

« Un cœur », ai-je répondu.

Je lui ai raconté ma journée de la veille, il n'en revenait pas : j'avais donc passé la nuit à Nice sans qu'il en sache rien ?

« Il faudra t'y faire, l'ai-je averti. Toi, quand tu auras la notoriété que tu mérites, tu iras bien passer la nuit à Tokyo pour régaler l'empereur, et tu m'en vois ravie d'avance. »

Sans compter que pour lire plus clair en soi-même, rien n'était plus efficace que l'air du large.

Dans quelles conditions j'avais pris ma décision, il ne le saurait jamais, bien entendu. Il est recommandé d'avoir certains secrets inavouables pour celui qu'on aime.

10.

Ça, il fallait la voir, Mlle Jeanne, dans sa robe neuve bleu marine à col de dentelle, rentrant à la Chartreuse au bras de Mathilde, distribuant ses « bonjour » à tout ce qui portait blouse blanche, de haut, de loin, montrant bien qu'elle était là en visiteuse et non en patiente, pour offrir, pas pour demander.

Sortie quasi inconnue par la petite porte, elle rentrait célèbre par la grande.

« Mademoiselle Jeanne, vous voilà donc de retour chez nous ?

– De passage seulement, de passage ! Nous sommes venues embrasser le petit de Margaux. »

Margaux ! Pas le docteur Lespoir, l'ancienne élève dans la famille de qui elle logeait désormais ; bien obligée si elle voulait réaliser ses projets.

« Des projets, mademoiselle Jeanne ? Racontez-nous ça. »

Maman serrait fort son bras pour la faire taire. « Je ne peux rien vous dire pour l'instant, mais de grrrrands projets. » Elle en prenait l'accent de Colette !

À Éric, elle apportait *Les Trois Mousquetaires,* dans l'espoir que d'Artagnan saurait détrôner Batman. Ils se disputaient un paquet de cacahuètes, puis elle se levait et déclarait : « Ce n'est pas tout ça : on monte ! »

Maman aurait préféré que ce soit « tout ça ». Lorsque Mlle Jeanne avait fait provision de sucreries chez l'épicier, elle s'était bien doutée de leur destination et n'était pas autrement rassurée. Sans doute l'institutrice ne l'était-elle pas davantage car, avant de monter, elle faisait savoir à Cathy où elle se rendait afin que l'on m'avertisse...

Au cas où le « tortionnaire », voulant se venger, la retiendrait de force ?

La fugue de Mlle Jeanne, la mort de M. Florentin avaient fait grand bruit à l'étage de Poulain et certaines langues s'étaient déliées au sujet de ce médecin, plus tendre avec le quatrième âge dans ses livres que dans son service. L'institutrice a été accueillie en star. Elle a, pour commencer, été verser une larme près du lit de son ami qu'occupait une grosse dame, tout étonnée de se voir déjà pleurée.

Puis, suivie de sa cour, elle a fait la « grande visite », allant de chambre en chambre, d'ami en ami, s'enquérant auprès des infirmières de l'état de chacun, distribuant ses friandises sans tenir compte des interdictions de l'auteur de *En forme ? Plus que jamais.* La voyant si guillerette, beaucoup se demandaient comment on avait pu la garder depuis bientôt deux ans à la Chartreuse, oubliant que cela avait été son choix. Sans famille aucune, trop modeste retraitée pour s'offrir autre chose qu'un mouroir, cœur et respiration fragiles, elle avait choisi l'endroit où elle pourrait m'avoir sous la main sans me déranger trop.

C'était compter sans l'arrivée du fringant docteur Poulain.

Tandis qu'elle poursuivait sa visite, ce dernier commençait la sienne, tout étonné de trouver tant de douceurs sur les tables de nuit et de sourires dans les lits. Ils ont fini par se croiser. Poulain a cru que sa pensionnaire revenait et il s'est fait tout miel.

« Alors, nous voici à nouveau raisonnable ?

– Nous sommes très reconnaissante du fier service que vous nous avez rendu, a répondu Mlle Jeanne, utilisant à son propre sujet le “ nous ” de majesté, réservé aux papes et aux souverains.

– Un fier service ? s'est rengorge Poulain.

– Il me semble que dans votre ouvrage, vous parlez d'un second souffle à donner au quatrième âge », lui a rappelé une voix trop admirative pour être honnête.

Il a eu un grand sourire : de « démente sénile », l'institutrice passait, à une vitesse supersonique, à « lectrice éclairée ».

« Mais c'est tout à fait exact, mademoiselle.

– Eh bien, ce second souffle, j'ai décidé de l'employer à aider les autres à partir en paix, ce qui n'est pas le cas dans votre service. »

Et elle lui a tourné le dos.

Partir en paix !

Ce matin, j'assiste le patron : ablation d'un utérus sur une malade d'une cinquantaine d'années. Roux place les pinces sur les artères avant de couper celles-ci, geste habituel, banal. Il retire l'organe. Soudain, une hémorragie importante se déclare. La sueur coule sur le front du patron. Mon regard rencontre celui de l'instrumentiste. Je tends la main vers d'autres pinces et remplace celles posées précédemment. Les champs cessent enfin de rougir. Nous achevons le travail dans un silence pesant.

« Je vous laisse refermer, madame Lespoir. Merci ! »

Roux quitte la salle à grands pas. La porte retombe.

« Est-ce qu'il s'est passé quelque chose ? interroge Rémi.

– Rien du tout ! »

Il ne s'est rien passé. Je ne le veux pas.

À une heure, Roux, le visage crispé, entre dans mon bureau sans s'être annoncé, ce qui n'est pas dans ses habitudes. « Je vous emmène. » Le ton est tel que tout refus est impossible. Je demande seulement l'autorisation d'avertir Éric que je ne mangerai pas mon sandwich près de lui.

Dans la voiture, le patron n'ouvre pas la bouche. Il fait très chaud, il a mis l'air conditionné, de la musique. Je n'ose regarder dans sa direction. Les mêmes images, je le sais, défilent dans notre tête.

C'est chez lui que nous nous rendons, dans sa luxueuse demeure. La soubrette espagnole nous accueille.

« Madame déjeunera avec moi. Le plus vite possible s'il vous plaît, nous n'avons pas beaucoup de temps. »

Nous passons directement dans la salle à manger où un seul couvert est mis.

« Votre femme n'est pas là ?

– Elle fait une cure en Bretagne avec une amie.

– Comment va-t-elle ? »

La jeune fille rajoute une assiette ; avant de répondre, Roux attend qu'elle ait quitté la pièce.

« Hélène se réjouit de m'avoir bientôt tout à elle. »

Le ton est badin, désespéré. Je n'ai pas envie de comprendre. Je me tais. Je n'ai pas faim non plus. Il lève sa main droite, la fait tourner devant mes yeux.

« Vous souvenez-vous de la coupe de champagne, Margaux ? Celle qui aurait dû me porter bonheur en se brisant sur le sol ? Ce n'était pas le premier... incident de la sorte. J'ai consulté un neurologue à Dijon. Il pense aux séquelles d'une légère attaque cérébrale. Je crois me souvenir du moment : j'arrosais mes fleurs, je me suis retrouvé sur le sol. J'avais attribué cela au soleil. Depuis ce jour-là, mes doigts ne m'obéissent plus comme avant : la main droite, pas de chance ! »

Je ne réponds pas. Une image se déchire en moi, un peu comme un drapeau. Pourquoi pas une oriflamme ?

« Ce matin, je n'ai plus senti ces foutues pinces, je les ai mal placées. Ne dites pas le contraire. Vous le savez très bien. »

Il prend une grande inspiration : « J'ai l'intention de demander à Levaillant de vous donner mon poste de chef de service à la rentrée prochaine.

– C'est non, monsieur. Je vous remercie, mais pas dans ces conditions.

– Il n'y a aucune chance que les choses se rétablissent, Margaux. Cela aussi, vous le savez. Souhaitez-vous un scandale à la Chartreuse ?

– Nous pourrions continuer à intervenir ensemble.

– Et vous me serviriez de nounou ? Mais pour qui me prenez-vous ? Vous m'avez déjà sauvé deux fois la mise, ça va bien comme ça.

– Deux fois ?

– Auriez-vous oublié la petite Mélanie ? »

La vague du souvenir me submerge : l'appendicite, le premier point, la péritonite, le comité d'établissement... Comment aurais-je pu oublier cette humiliation ? Et voici qu'enfin Roux reconnaît son erreur ; je devrais triompher, je n'en éprouve que du malaise.

La soubrette a posé un plateau de hors-d'œuvre sur la table.

« Votre assiette ! » ordonne Roux.

Il me sert lui-même, abondamment.

« Mangez ! Ce qui m'a plu tout de suite en vous, c'est votre appétit. De tout. Ma femme prétend n'avoir jamais faim. J'aurais dû me méfier. Avec votre Montpensy, vous avez bien choisi : vous allez être servie. »

À mon tour, j'ordonne : « Votre assiette ! » Après une hésitation, il s'exécute. Je la remplis : « Je ne mangerai pas sans vous. »

Il rit et empoigne sa fourchette : « À vos ordres, patron ! Tout ce que je vous demanderai, ce sera de me donner de temps en temps des nouvelles de la boutique. Et si votre chef est d'accord, de venir parfois... réveiller mon appétit. »

Difficile de manger avec un pavé dans la gorge. C'était vous, le chef, je n'ai pas envie de prendre votre place, j'en ai marre de découvrir que les pères sont mortels...

Les pères ? Roux a tendu la main vers la mienne, je la lui abandonne. Il la serre, l'explore, la fait sienne. Je ne respire plus.

« Voyez comme c'est curieux, murmure-t-il. Il m'a semblé que la sensibilité revenait, je vous ai sentie toute. Peut-être est-ce que, finalement, vous étiez la femme de ma vie. »

11.

Chaque nuit, nous nous retrouvions, Bernard et moi, dans la Maison des champs. La plupart du temps, j'arrivais la première, je lisais, écoutais de la musique en guettant, là-bas, la lumière des phares. Cela ne m'était encore jamais arrivé d'attendre ainsi le retour d'un homme, le mien. C'était bon. J'avais fait l'achat de rideaux pour notre chambre, commodes et penderies se remplissaient, le frigidaire était toujours bien garni, le rêve se concrétisait.

Chaque matin, nous nous réveillions ensemble et partagions un copieux petit déjeuner. J'aimais ce moment où nous prenions l'élan pour une nouvelle journée, un travail que nous aimions. « Ensemble » : un mot que j'apprenais à prononcer sans craindre d'être piégée.

Éric avait pris l'habitude de m'appeler là-bas. Ces appels m'apparaissaient comme une reconnaissance de ce nouveau toit où bientôt il nous rejoindrait. J'avais envie de lui dire : « Tu verras... » Tu verras comme ce sera joyeux de vivre tous les trois : lui vanter la marchandise, en somme.

Pour fixer la date du mariage, nous attendions de savoir quand son genou serait libéré. Fin août, nous avions rendez-vous avec Couderc, à Dijon. Les radios de contrôle étaient encourageantes.

Jamais Bernard et moi ne parlions de Maxime, mais lorsque soudain il se taisait, ou quand sans raison il me serrait plus fort contre lui, je sentais s'étendre sur nous l'ombre d'un arbre trop puissant, trop mangeur de soleil, pour qu'on pût jamais l'oublier tout à fait. J'avais appelé Bérangère et lui avais dit la vérité : Bernard ne m'avait pas laissé le choix ; je n'avais pas voulu prendre le risque de le perdre.

L'auberge prospérait. Voilà que des groupes d'Allemands, d'Italiens ou de Belges faisaient le détour pour y savourer ce qu'ils appelaient la « vraie cuisine française ». « Si Sidonie avait su que ses meurettes et ses pauchouses passeraient les frontières ! » s'émerveillait Bernard. Mais ces succès étaient toujours accompagnés d'un serrement de cœur. Les clients se trouveraient-ils un jour devant porte close, Maxime ayant mis sa menace à exécution ?

À la Chartreuse, Roux avait proposé mon nom à Levaillant pour le remplacer. J'avais toutes chances de devenir chef de service. Comment se faisait-il alors que je n'explosais pas de bonheur ? Sans doute m'aurait-il fallu les doutes de mon père, les railleries de Roland, pour me faire souvenir combien j'avais désiré être là où je me trouvais.

À la ferme, le projet des trois comparses avançait. Je découvrais Mathilde, dans son genre, presque aussi têtue que moi.

Un jeudi qui fleurait déjà l'automne, j'ai pris l'ambulance avec Éric pour Paris. Il subirait toute la journée radios et examens puis Couderc nous recevrait. Nous n'éprouvions plus d'angoisse, seulement la hâte d'en avoir fini. De ce côté-là, nous sentions que c'était gagné.

Benoît se trouvait dans la capitale ; il était « célibataire », sa femme terminant les vacances en Normandie. Il m'a emmenée déjeuner dans un bar à vin du Quartier latin où nous nous sommes régalés de sandwichs au pain bis, arrosés d'un petit cru bordelais, histoire de me dépayser un peu. Devant mon assiette bien garnie, je pensais à la réflexion de Roux : j'avais toujours bon appétit, mais Bernard m'avait appris à prendre mon temps et à faire d'un repas une fête pour les papilles. Côté ketchup-mayonnaise, c'était aussi gagné.

« J'ai de plus en plus de mal à supporter Brigitte, m'a avoué Benoît. Nous n'avons finalement que nos filles comme point commun. En somme, tu auras été le révélateur de l'erreur que j'ai faite en l'épousant. »

Il a attendu le café pour me parler d'Éric : « Si tu n'y es pas opposée, je souhaiterais le reconnaître.

– Et ta femme ? »

Il a eu un geste qui signifiait : « Au diable ! »

Elle aurait mieux fait de se méfier, Brigitte. Les hommes qui, comme Benoît, filaient doux, trop doux, pouvaient tout casser d'un seul coup, sans retour, lorsque leur patience était usée.

Je ne souhaitais pas le malheur de deux petites filles, j'ai fait à Benoît la même réponse qu'à Brigitte : c'était à Éric de décider. Je lui ai annoncé mon prochain mariage avec Bernard et, prenant mon courage à deux mains, la proposition que m'avait faite celui-ci d'adopter notre fils.

Sur les murs de ce café s'étalaient des photos d'acteurs qui y étaient passés ; il me semblait jouer dans une comédie usée. Éric aurait eu le mot pour cela, il disait souvent : « C'est drôlement grave. »

C'était drôlement grave.

En homme de qualité, Benoît a pris la nouvelle avec humour : « Décidément, j'arrive toujours trop tard.

– Quelle que soit la réponse d'Éric, tu le verras autant que tu le voudras », ai-je promis.

Sur cette réponse, j'avais ma petite idée : s'appeler Éric de Montpensy chatouillait agréablement l'oreille de mon fils : un vrai petit snobinard ! Depuis que grâce à Dumas, il fréquentait les châteaux, il se prenait volontiers pour d'Artagnan. Mlle Jeanne avait réussi son pari.

Après le repas, nous avons flâné un moment dans les jardins du Luxembourg. Le feuillage des arbres était déjà roux, par endroits, brûlé. À Chatenay, l'été tenait plus longtemps. À Chatenay, les vendanges commençaient. Benoît avait pris mon bras : entre nous tremblaient les images de ce qui aurait pu être s'il n'avait eu cette fâcheuse habitude d'arriver toujours trop tard. J'ai éprouvé une étrange mélancolie. « Faim de tout », aurait blagué Roux. « Les yeux plus gros que le ventre », aurait rétorqué Guillaume. Depuis la mort de mon père, j'ai sans arrêt envie de parler de lui.

« Je sais bien que c'est idiot, a soupiré Benoît, mais ça m'embêterait vraiment qu'Éric appelle ton Bernard “ papa ”.

– Tout à l'heure, tu verras dans sa chambre qui il appelle papa ! lui ai-je répondu. Quant à Bernard, il l'a baptisé Porthos. »

Le gourmand des trois mousquetaires...

Nous avons ri tous les deux, Benoît un peu tristement, et la page a été tournée.

12.

Le destin s'apprête, en ce beau matin de septembre, à tourner une autre page. Il a décidé de bousculer la tiède quiétude d'une petite ville de Côte-d'Or. Il a désigné un à un les quarante-cinq enfants qui montent joyeusement dans le car pour se rendre à la traditionnelle baignade-pique-nique organisée par la mairie avant la rentrée des classes. Le lac se trouve à une petite heure de Chatenay. Les gamins sont encadrés par deux moniteurs ; chacun a apporté son repas et de quoi boire. Il fait chaud.

Le destin a également pointé le doigt vers ces touristes italiens qui, après avoir fait un tour de caves avec dégustation, suivi d'un déjeuner gastronomique et de quelques emplettes en ville, reprennent la route vers dix-sept heures trente, direction Beaune, une caisse de nuits-saint-georges dans leur coffre.

À cette même heure, sur la nationale, le car ramenant les enfants aborde la côte en colimaçon, bien connue des amateurs de vélo. Interdit de doubler. Arrivé en haut de cette côte, il se trouve nez à nez avec la voiture des Italiens qui vient, au mépris de la signalisation, de doubler un tracteur. Le choc est inévitable.

Les pompiers, arrivés les premiers sur les lieux, ont demandé le déclenchement du plan rouge et tous les services d'urgence de la région ont été alertés. La Chartreuse était l'hôpital le plus proche ; lorsque j'ai appris qu'il s'agissait d'enfants, règlement ou non, je suis montée avec Jordan dans la voiture du SAMU.

Le soleil absorbait le vin répandu sur la chaussée. Il ne restait plus grand-chose de la voiture italienne dont deux des passagers avaient été tués sur le coup. Le car était couché sur le côté, à mi-pente du petit ravin. Le chauffeur était grièvement blessé.

Lorsque nous sommes arrivés, pompiers et gendarmes achevaient d'en sortir les enfants qu'ils rassemblaient sur le bas-côté où ils recevaient les premiers soins. Les plus atteints seraient envoyés vers les CHU voisins, les autres, dirigés vers la Chartreuse. On ne dénombrait, par bonheur, aucun mort parmi eux.

Ne restait dans le car qu'une fillette dont la jambe était coincée par un siège lorsque le véhicule a glissé de nouveau, avant de s'arrêter un peu plus bas en position instable.

Une voiture équipée d'un treuil a commencé à dérouler des filins pour l'immobiliser. Les secours étant suffisamment nombreux autour des blessés, je suis descendue.

La petite se trouvait en bas, à l'avant du car. On ne voyait pas son visage, seulement de longs cheveux bruns. Deux hommes tentaient de la rassurer ; ils lui recommandaient de bouger le moins possible. Elle pleurait. Le long de sa cuisse, un fin ruisseau de sang coulait.

Je suis remontée vers la voiture des pompiers. L'hélicoptère faisait un bruit assourdissant, on entendait partout des sirènes, curieusement, peu de voix, plus de cris.

« En avez-vous pour longtemps ? ai-je demandé à celui qui dirigeait les opérations.

– Nous avancerons plus vite si vous nous laissez travailler, a-t-il répondu abruptement.

– L'enfant semble avoir une hémorragie importante, ai-je insisté. Si l'artère est tranchée, elle n'a pas le temps d'attendre. »

Il a épongé son visage ; je l'ai senti aussi inquiet que moi.

« Que voulez-vous faire, madame ? Si quelqu'un monte dans ce véhicule avant que nous l'ayons mis en sécurité, nous aurons deux blessés au lieu d'un. Et on ne la sortira pas de là comme ça. »

Je ne pensais pas à la sortir de là. Je voulais seulement arrêter ce sang, la mettre, elle, en sécurité.

Jordan nous a rejoints, sa trousse à la main. Je lui ai expliqué la situation, je craignais que la petite ne tienne pas le coup. Soudain, mon cœur battait plus fort et j'avais très chaud. Il a compris plus vite que moi ce qui se passait dans ma tête, car, avant même que je ne tende la main vers sa trousse, il a crié : « Non ! N'y va pas. »

Il aurait dû savoir que je n'aimais pas les ordres.

Je n'ai eu aucun mal à me hisser dans le car par l'issue de secours arrière. Lorsque je grimpais au marronnier de la cour, avec livre, coussin, tablette de chocolat et Roland suspendu à mon pied, c'était une affaire autrement périlleuse. Mais, à l'intérieur du véhicule, les choses se compliquaient car il était impossible de marcher et, entre les sièges renversés et les éclats de verre, c'était un vrai parcours du combattant.

Il faisait étouffant, les odeurs vous donnaient la nausée, le monde s'est tu. Il n'y a plus eu, tandis que j'avançais, la trousse glissée dans mon corsage, qu'une enfant, là-bas, qui saignait un peu trop à mon goût et cette maudite carcasse de ferraille qui frémissait à chacun de mes mouvements.

La jambe droite de la petite était coincée à hauteur du genou. L'armature du siège avait profondément entaillé la cuisse, l'artère était bel et bien sectionnée. En me voyant arriver, elle avait cessé de pleurer, elle me regardait de ses beaux yeux noirs en amande, elle s'appelait Camille de Montpensy, le destin avait décidé de donner dans le mélo, cela me convenait, j'ai toujours adoré.

Je lui ai dit : « Ça va aller, ma chérie », et j'ai posé le garrot, à demi étendue à côté d'elle. Le sang a cessé de couler. Il pensait à tout, Jordan : dans sa trousse, j'ai trouvé un feutre qui m'a permis d'inscrire l'heure sur le bras de la petite : « 17 h 45 ». Nous avions une demi-heure devant nous.

J'ai respiré un peu avant de faire un tour d'horizon. Camille n'avait apparemment aucune blessure importante et le genou ne semblait pas trop écrasé, mais la tension était faiblarde. Je n'avais pas de quoi faire une perfusion, il ne nous restait donc qu'à prendre patience en priant le ciel pour que, là-haut, ils n'aient pas un « train de retard », comme aurait dit ce brave

M. Florentin. L'extérieur, ses bruits et sa fureur, existait à nouveau ; il m'a semblé entendre la voix de Jordan. Je pouvais compter sur lui pour accélérer le mouvement.

« As-tu mal quelque part ? ai-je demandé à Camille.

– Non, madame », a-t-elle répondu.

Ce que c'est que l'éducation ! « Mais j'ai horriblement peur », a-t-elle ajouté avec un sanglot. J'ai pris sa main : « Tu n'as plus à avoir peur, je reste avec toi. » Nous étions échouées dans une vraie marée de canettes vides, de toutes les couleurs. Et moi qui mourais de soif : une pub sensationnelle ! La petite a fermé les yeux. Il fallait à tout prix éviter qu'elle s'endorme.

« Quand tout sera terminé, lui ai-je promis, je t'emmènerai à Euro Disney où il y a un toboggan géant. »

Ce toboggan, je n'étais pas sûre du tout qu'il existe, mais il n'aurait pas de mal à être plus haut que ceux du parc, à Chatenay.

« Est-ce qu'il atterrit dans l'eau ? a-t-elle demandé en rouvrant les yeux.

– S'il n'atterrit pas dans l'eau, c'est vraiment qu'ils sont nuls chez Mickey », ai-je répondu et Miss Viêt-nam a daigné sourire.

Après, tout est allé très vite. Deux casques argentés se penchaient sur nous : « Tout va bien ? » J'ai répondu : « Ça ira encore mieux quand j'aurai opéré la gamine. Sortez-la vite de là. » Tandis qu'ils désincarcéraient à l'aide de pinces coupantes, un troisième casque a placé la perfusion et le masque à oxygène. « Je m'occuperai de vous après », m'a-t-il promis d'une voix qui se voulait encourageante et je n'ai pas bien compris.

Comme je l'espérais, le genou de Camille ne semblait pas trop atteint. Moi, les genoux... Les pompiers l'ont placée dans un matelas coquille pour la transporter : des as ! Mais voilà que mon troisième homme voulait me mettre également sous perfusion, il paraît que j'étais blessée. J'ai dû lutter pour sortir seule : du haut comique.

Dehors, il m'a semblé que c'était noir de monde. C'était aussi bleu de vie, vert d'espoir, inouï. Je garde le souvenir d'un Libanais en larmes et d'un préfet qui voulait absolument me serrer la main et à qui je n'ai pas résisté à lancer : « Vous voyez, ça peut servir, un hôpital de proximité », mais d'une voix qui me déshonorait, chevrotante, nulle, plus d'outre-tombe que de victoire, j'aurais mieux fait de me taire. D'autant que, comme ne manquerait pas de le claironner un certain docteur Poulain, j'avais convoqué la télévision.

La Chartreuse était sur le pied de guerre : une vingtaine d'enfants y étaient soignés ou mis en observation. Aidée d'une petite équipe, Marie s'occupait de l'accueil de parents dans tous leurs états. Le temps que je me fasse un peu propre, ma cliente avait été transfusée et endormie par Rémi.

« Est-ce que vous vous êtes vue, docteur ? » a-t-il demandé, lui aussi d'une drôle de voix, comme je le rejoignais en salle d'opération.

Cette entaille sur ma joue, je ne savais pas à quel moment je l'avais récoltée, peut-être en me hissant sur le gros marronnier. En tout cas, je n'avais rien senti. Mains et avant-bras n'étaient pas mal non plus avec toute cette verrerie, mais rien que du superficiel.

« Vous êtes bonne pour la réparatrice, s'est moqué Rémi. Je me ferai un plaisir de t'endormir. »

Il aurait mieux fait de réviser son français. Nous nous sommes mis au travail.

Plus tard, comme je quittais le bloc, un vieux monsieur aux cheveux blancs qui n'avait plus une once de dignité, qui ne savait plus se tenir du tout, un vieux monsieur en larmes, s'est jeté sur moi ; Marie n'était pas loin.

« Elle est morte, n'est-ce-pas ? Vous feriez mieux de me le dire : elle est morte ? »

J'ai répondu à Maxime de Montpensy que j'avais promis à sa petite-fille de l'emmener faire du toboggan à Euro Disney et que je n'avais pas l'intention de lui demander son autorisation ; d'ici un petit mois, vraisemblablement. En automne, ils font des prix !

Il me regardait, les yeux hors de la tête, la bouche tremblante, incapable de prononcer un mot, mais ça, ce n'était pas nouveau ! Je l'ai laissé. J'avais à faire, moi, et, quoi qu'il en pense, il n'y avait pas que sa Camille sur terre.

Il paraît qu'en sortant de la chambre où il avait pu s'assurer que j'avais dit la vérité, Marie et Jordan l'attendaient pour lui faire sa fête. Jamais, a affirmé le Libanais à l'accent chantant, sa petite-fille n'aurait pu attendre les quinze minutes qu'il avait fallu aux pompiers pour mettre le car en sécurité. Sans moi, elle ne serait plus là. En montant dans ce car, envers et contre tous, j'avais été – pardon du peu – rien moins qu'héroïque.

L'héroïsme, c'est d'être prêt à donner sa vie. Ma vie, non merci, j'y tiens. C'est aussi de vaincre sa peur. Je n'avais pas eu peur une seconde ; je m'étais même sentie tout à fait dans mon rôle en escaladant ce car, j'ai toujours aimé jouer les va-t-en-guerre, la famille vous confirmera. C'était seulement en me retrouvant devant la face de carême du préfet, qui semblait être venu pour saluer ma dépouille, que j'avais ressenti un petit frisson rétrospectif.

Le Liban s'étant exprimé, la Martinique a pris le relais et quand la Martinique se lance, rien ne peut l'arrêter. Bernard, l'auberge, l'amour... Mais aussi un lointain aïeul, esclave dans les champs de canne à sucre, la Révolution française, le sida du cœur, tout y est passé. Les nombreux témoins qui assistaient au spectacle en avaient la tête qui tournait, Maxime aussi probablement, mais force est de reconnaître que le résultat a été là.

13.

Roland se penche vers mon oreille : « Prête ? »

Comme si on l'était jamais pour ce genre d'événement...

« Allons-y ! »

Les grandes orgues se déchaînent tandis qu'au bras de mon frère, superbe dans sa jaquette de location, je fais ma royale entrée dans cette église où, il y a peu, nous disions adieu à Guillaume. Deux bambins d'honneur nous précèdent, un prélevé sur chaque famille. Les travées sont pleines : bâbord les Montpensy, tribord les Lespoir.

Certains prétendent qu'aux portes de la mort, toute votre existence défile en accéléré dans votre tête. Aux portes d'une vie nouvelle, d'anciennes images m'assaillent. Une fillette sur un tracteur, un petit garçon exaspéré par les idées diaboliques de sa sœur, qui hurle : « Je te déteste, je le dirai. » Une bouffée de tendresse me vient, je serre le bras du grand garçon : « C'est vrai que tu me détestais ?

– Mais tais-toi ! chuchote-t-il. Sais-tu où tu es ? »

À mon mariage.

Côté gauche, forte représentation de la Chartreuse. Inutile de faire la liste : tous. Tous mes amis. Large sourire de Levaillant à mon passage. Ah, elle n'était pas fière, l'apprentie chef de clinique, en se présentant à lui, il y a combien d'années déjà ? Si elle avait pu imaginer atterrir chef de service ! Il faudra que je pense à parler à notre directeur de cet hôtel pour les parents de mes petits opérés... De la création d'un centre antidouleur, aussi. Sitôt mes huit misérables jours de voyage de noce passés – mais à Venise, s'il vous plaît, on persiste dans le mélo – j'attaque !

Côté droit : Pierrot. Ce brave Pierrot ! Vous organisez pour vos Routiers du vin une tranquille dégustation au château, suivie d'une bonne bouffe chez un jeune chef : vous vous retrouvez au mariage du siècle. Clin d'œil à Pierrot, tout rose d'émotion. Pinçon tournant de Roland au bras de la mariée : « Arrête... »

En vrac : Frédéric Poitevin, merci pour tout, ami, Martineau dans une robe au décolleté provocant, serait-elle autre chose qu'un gendarme ? Une feeeeemme ? Eh, eh ! Il nous faudra éclaircir ça. Roux avec son Hélène qui ne connaît pas la faim. À cinq heures, cocktail au château, suivi, pour les intimes, d'un dîner à l'auberge de Sidonie : foie de canard chaud aux raisins, brochet « Bel-Gazou », black-out sur le dessert, j'ai faim ! Je m'en ouvre discrètement à Roland : « Taistoi, on va t'entendre. » M'étonnerait avec cette musique. Sur le plan de table, j'ai placé mon cher frère à côté d'Annie la pimbèche, on va rire ! « Taquinerie trop poussée touche à la méchanceté », disait Guillaume. Vrai ?

Jamais vu autant de chapeaux que du côté des Montpensy. Autant de soie et de breloques : on s'y fera ! Ce qu'il y a derrière, je connais : tous logés à la même enseigne.

Troisième rang, côté Lespoir. Cela devient sérieux : Mlle Jeanne, Marie, Jordan. Marie, dans sa robe de mariée, il en fallait bien une en blanc. Bérangère m'a aidée à choisir ma tenue, d'un bleu mouvant, moiré, entre nuit et jour, que j'ai baptisé bleu chimère.

Premier rang... je viens de surprendre un échange oculaire brûlant entre nos deux éclopés : Éric et Camille. Turbulences en perspective ?

Superbe, altier, Maxime ! À propos, la récolte a été excellente, le raisin sucré à point. Il paraît que nous avons eu cet été ce qu'il fallait de pluie et de soleil. Il paraît ! Il y a des saisons qu'on ne voit pas passer. Et pourtant, celle-ci, en un sens, aura été la plus belle de ma vie. À confirmer...

À côté de Maxime, Bérangère. Je ne me trompe pas, elle m'a bel et bien adressé un clin d'œil. Il vient de loin. Il vient d'un banc dans un parc, d'une vraie rencontre. Me faudra-t-il l'appeler « Mère », comme le fait Annie ? Pas question. Ma mère, c'est ce petit bout de femme à gauche, dans un semis de marguerites, chapeau paille sur chignon gris, sans bijoux, sans chichis, une grande dame. À côté d'elle, Cindy, ma belle-sœur, déguisée en héroïne de feuilleton américain. Avant de lâcher le bras de Roland, je lui glisse : « Avoue qu'elle est morte de jalousie. » Il répond : « Toi, Margaux, tu ne perds rien pour attendre. » Je sais. J'ai l'habitude.

J'avance à présent seule vers l'officiant, dans la musique qui bat son plein, son triomphal. Tourné vers mon altesse, Bernard sourit. Me voici enfin arrivée